叶小辛 —— 著

起飞·降落

下

The
Rosy Flight

四川文艺出版社

第四章

Chapter 4

如果仇恨有期满之日，
它已经到期了

1

曹栋然被逮捕的消息，传遍了整个圈子。

传媒界、公关界跟民航界，都被小小震动了下。

诺亚集团赶紧出了个声明，指出曹栋然的犯罪事实虽然发生在其任职诺亚前，但公司对他严重违反《中国新闻工作者职业道德准则》和新闻真实性原则，以及损害媒体公信力的行为，表示强烈谴责。

媒体记者联系诺亚集团，想获取更多信息，但一直没有收到答复。

"毕竟，现在诺亚集团公关部门，也是群龙无首了。"陆文光自言自语着，将抽了一半的香烟搁在烟灰缸上。办公室烟雾缭绕，他推开窗户，看着对面的沧海航空大厦。

外面有人敲门，陆文光摁灭香烟，让对方进来。宋洋走进来，让他看一份其他航司的新媒体运营情况。他接过，心不在焉地翻着，心里还在想曹栋然的事。

曹栋然一走，诺亚集团营销总监一职空缺。陆文光趁机将曹栋然占住不放手的品牌广告跟文宣两块，及时收回。

他情不自禁嘴角上翘。

他抬眼，见到宋洋双手垂立站在他桌前，说道："你先出去吧。我看完再找你。"

"好的。"宋洋走出去。

他看着她往外走的身影，忽然想起前阵子跟莫宏声出去喝酒时，他提起这个女孩子"不简单""有心计"。

陆文光不以为然。职场上,谁没有一点点儿为自己打算的心思。

莫宏声当时笑说:"你可别忘了,当初她是因为一张错位拍摄的照片,才引发了跟老板的绯闻。那张照片上,原本有三个人,第三个人被树挡住了。"

陆文光点头。这事他知道,听说过。

莫宏声说:"第三个人,就是唐越光,我们老板的亲弟弟。"

陆文光不太喜欢莫宏声,这人对女性既有种天生的追逐本能,又因自己曾用金钱收买部分女性而对她们不屑。

但莫宏声在这家公司人脉广、消息灵,又是曹栋然好友,所以陆文光自从入职后,基本保持着隔一段时间就跟他小聚一次的习惯。就像他在之前两家公司任职时,几乎每周都要陪老板打高尔夫球。老板在会议上没透露过的念头,在打球闲聊时,总会有意无意说起。因此他的工作总能完成得比其他人更好。

不过,秦远风不一样。他在诺亚航空的那间办公室,比陆文光在老东家的办公室还要小。但秦远风浑不在意,还让苏卫在宜家家居选购办公用品。杂志来采访他,直接把他办公室内所有用品的价格都扒出来,大字标题《诺亚航空:天上省,地上也省》。

有员工觉得丢脸,但年轻人居然还挺吃这套。

上次宋洋做了一份数据分析,年轻网民在评价其他低成本航空时,关键词是"廉价""没飞机餐""空间小""不舒服",在评价诺亚航空时,尽管有"炒作"这样的字样,但更多关键词指向正面,比如"好玩""超值""方便""漂亮"。

之前陆文光开会确定品牌推广方案时,提出找国内顶级设计师进行海报设计。因为超出预算,大家都不太看好。员工内部投票,只有宋洋跟蒋丰投了赞成。但陆文光有点儿固执,他飞到国外跟秦远风解释,本以为会很快被他拒绝,没想到他大为赞赏。

海报推出后,非常吸引眼球,在年轻人那儿刷了屏。

再没人认为诺亚航空廉价。

这年圣诞过后,受到油价上涨影响,民航市场遭遇了真正寒冬。像沧海航空这样的大企业,年中在价格战中没尝到甜头,直接导致账面数字难看。

倒是诺亚航空逆市增长。前身的亏损么,是还没扭转,但市场前景乐观。

企业上了正轨,擅炒作的曹栋然不在了,宋洋这才正式开始市场部新人的日常——协助前辈做活动策划和组织,协助线上营销方案的制订和实施,协助进行市场调研,协助新媒体运营。

事儿多,但全是协助的份儿。

现在大家明白,老板跟她的绯闻不过是炒作。人们发现她这个人很容易相处。个性虽显得孤僻,难得的是抢功劳、甩锅、背后捅刀的事从来不干,还挺愿意帮人。他们背后议论她,说她当时不就是因为在飞机上主动救小孩,才有机会跟老板吃饭嘛。

最后得出结论:"看来还是要做个好人啊。"

方棠偶尔跟宋洋通视频。方棠晒成了小麦色,她已经上过天,驾驶的第一架飞机是单发的小型训练机。以前当空乘时,她没少进去驾驶舱,但是坐在里面摸着精密的仪表盘,还是第一次。

"紧张得手心都是汗。"她在视频里跟宋洋说,然而又忍不住描述接到起飞命令后,操纵飞机上天的兴奋感。

"我现在觉得自己无所不能了!"她在视频里大喊大叫。宋洋在屏幕这头也跟着她笑。

宋洋想,方棠这小妮子,也学会隐瞒,报喜不报忧了。

语言不通的苦闷,短期学习的压力,航校对华人的歧视,被停飞的恐惧,跟方妈未愈的裂痕,方棠从来不说。宋洋光是想,都觉得她了不起。

她低头,掏出本子,在曹栋然的名字上打了个大叉。凝视唐越光的名字,她轻轻用笔划去。

周末天气好,宋洋去探望父亲。

墓园在嘉定那边,当初是父亲的同事一起出的钱。宋洋还能依稀回忆起当年的追悼仪式,那时候她不懂生死,方爸骗他,说爸爸去了很远的地方出差。多年后,她在书上看到肯尼迪小儿子在爸爸葬礼上天真无邪的笑脸,想起了自己。

这天她披一件男式外衣,像身量不足的少年,戴顶遮阳帽,低低地压过眉眼。沿路都是高大的树,远处有庭院,非常静谧。有人在里面静静坐着,托着下巴,遥望远处平静的湖面与密密麻麻的墓碑。

宋洋捧着一束小花,心里想,今天她有很多话要跟父亲讲,很多很多。

她要对他说,曹栋然坐牢了。

她到牢里探望曹栋然,看到他两鬓都发白,整个人瘦削苍老不少。他见到她,神情意外,然后,扯了扯嘴角,也不知道是苦笑还是无奈。他说:"果然是你。"

"你猜到了。"宋洋问,"告诉我,你还猜到什么?"

"改号软件、声音合成、摄像头、电脑上做了手脚……还有什么?"他自嘲地笑了笑,"我只是猜不到,你到底是谁。"

"啊,我以为记者还原事实真相的能力都很强。"

"是之前被我整垮的那些公司老板或者员工的小孩吧。"他疲倦地躺在椅子上,像被人用针戳了一下,那种膨胀感噗地没了,像椅子上的一坨肉。"是哪家?众志?伟宏?新世纪?是因为老爸丢了饭碗全家人没工作你的人生全毁了?你到底有什么故事?"

目标只达成了一半,宋洋不愿暴露身份。她看起来严肃又冷漠:"你也知道自己毁了很多人的人生。"

曹栋然突然莫名其妙地笑:"职场就是这样残酷,不是你开枪,就是别人射中你。既然你处心积虑对我复仇,那么应该知道,我们是一个团队吧？"

宋洋以为他说的是妻子梅茵，没料到曹栋然神秘地笑笑："那么，黎雪，你打算怎样对付她？"

看到宋洋脸上的空白表情，曹栋才意识到，宋洋不知道黎雪是谁。

他突然大笑，脸上肌肉挤成一堆，整个人几乎趴在桌上。好一会儿，他才抬起眼来，对她挤眉弄眼："黎雪，原来是秦邦的实习生，后来秦邦觉得他那边的活儿不需要帮忙，让她跟我。那些财经报道后面，偶尔也会署上'鲤雪对本文也有贡献'，那就是她的笔名。咦，看你这表情，好像不知道？你要复仇，也复仇得太不认真了吧？"

他满意于宋洋被他的话所骇，一下子得意了，像被人拉长了舌头一样，再停不下来："再跟你讲一件事。宋洪波，曾经的英雄机长。秦邦挖这个机长的故事，一炮而红，顺带身为助手的我，也鸡犬升天。但没有人知道，黎雪才是真正的幕后功臣。"

黎雪。宋洋记住了这个名字。

她想，她要告诉父亲，还有黎雪这个人。

买给父亲的花束，随着她的行走，在怀中簌簌抖动，不时有白色的花瓣掉落在地上。她轻轻用手护住这花束。

远远地，她已经能够看到属于父亲的大理石墓碑了。跟母亲葬在一起，永远伫立在时间之外，永远不老。只有她一个人，在墓碑的另一边，独自长大。树木在墓碑旁边，风一吹，就温柔地沙沙作响，掉下叶子来。

她这才看到，墓碑前站了一个人。他用手轻轻扫落掉在肩头的枯叶。

竟然是唐越光。

唐越光在父亲的墓碑前放下一束花，从身上摸出香烟盒，取出三支香烟，点燃了，弯身搁在墓前。

宋洋躲到树后面，探头看他。

唐越光站了一会儿，等香烟熄灭了，弯身用纸巾将灰烬收拾干净，用手捧着包有烟灰的纸巾，往另外一个方向下山。

宋洋觉得喉咙发紧。她的手一下没抱稳，怀里的花掉到地上，片片花瓣在风中散开。在公司里，她已经很久没跟唐越光说过话了，两人面对面相迎，她对他问声"总助好"，他点点头，便是彼此交错的人生了。

她拾起花束，待唐越光走远，才走向父亲的墓碑，如同迈入战场。

是的，她还有一场战役要打。

唐越光名义上是总经理助理，实际上，魏行之有自己的总经办，杂活儿直接让他们处理。魏行之是聪明人，在沧海航空的职场斗争中败下来，不是因为不懂，只是因为不屑。

魏行之认为，秦远风把弟弟放到这个位置，既是让他站在高处纵观大局，也是让他盯着自己。

因为唐越光在沧海航空有航务工作经验，对飞行那块也了解，所以相关的改革项目，魏行之就放手交给他。他心知秦远风有意要培植这个弟弟，唐越光手头上需要主导一项容易出成绩的项目。

魏行之把节油交给他。

诺亚航空前身曾经通过燃油期货，来降低油价上涨的风险。但后来在燃油对冲上投资失误，公司油价成本上升60%，直接导致破产。秦远风接手时，提的第一条要求就是不碰燃油期货。

唐越光素来有点儿工作狂。在沧海航空时，上司区路通就常叫他不要熬夜。但他喜欢独自坐在办公室里，只有电脑屏幕亮着。没有人与人的复杂关系，他可以安静地思考。疲劳时，抬头看窗外，霓虹灯光像一轮轮被污染了的月亮，疏疏落落地映在每个窗格子里。

来到诺亚航空，人事关系纵然比过去复杂，但他再也不用看人脸色。他忍不住想，人还是同一个人，但身份一变得重要，全世界都对你和颜悦色。

他正在一项一项制订公司的节油政策，从减轻飞机重量，为飞行员提高节油奖比例，到修订动态成本指数、减少发动机等设备的使用时间、合理申请航线这些。

他看了一眼屏幕，按下打印键。

打印机发出闷响，却迟迟没吐出纸来。

唐越光走过去，拉开纸匣，空的。他走回办公桌，弯身拉开抽屉，见到里面的打印纸早就空了。

他本想打电话让总经办的人帮忙，但一看时间，想起他们已经下班，索性自己到楼下去拿。毕竟航空公司24小时有人在。

唐越光到楼下，见到行政办公室的灯还亮着，于是走进去。有个女孩子坐在电脑桌前，正埋头看电脑。他敲了敲门，扬声问："我拿点儿A4纸？"

对方抬起头来，屏幕上的光映在她脸上，亮亮的。

两人都是一怔。

"我室友在这里，她电脑有问题，我帮她看一下。"宋洋站起来，"我帮你拿纸。我知道放哪儿。"

她低着脑袋走出去，抱着一沓沉沉的打印纸回来。唐越光站在电脑桌旁，问她："哪里有问题？"

"她说发不了邮件。"宋洋把打印纸放在桌上。

"我看看。"

行政办公室旁边的几个办公室，都已经下班，四周特别安静。这里也只开了一小片区域的灯，在这灯影下，她站着，他坐着。只有键盘噼里啪啦敲打的声音，他说："可能是没在Outlook里勾选服务器验证那个选项。"

"那试试。"

他试了一下，然后重启。

办公室安排给沈珏的主机是退休员工用剩的，很旧。他们默默等待重启,屏幕黑了一下,映出两人的脸。

宋洋开始没话找话:"您最近……"

"你。"

"你最近挺忙的吧,这个点还没下班。"

"忙是忙,不过就算不忙,我也喜欢待在公司。"他看这个话题她接不了,又补充说,"嗯,最近在做公司节油的项目,也是挺有意思。"

他就是这样。不去想一项工作会为他带来什么收益,捞到多少资源,结识什么人脉,只看有没有意思,自己喜不喜欢。

宋洋不自觉地低下头,又抬起来,眼睛明亮,由衷地说:"我也听说了。那真是挺好的。你主推的项目,叫作电子飞行包吧?上次开会时听过,但没太听明白,又是EFB又是分级又是运行合格审定什么的。"

"EFB是电子飞行包的缩写,其他倒没什么难懂的。估计你没听明白,是因为王经理的口音吧。"

宋洋想起王经理把"宽体机"说成"欢体机",不禁一笑:"也许吧。那次开会我坐得远,没看清PPT上的字,全程只能靠听王经理说话。"

唐越光说:"传统上讲,飞行员每次飞都要带着个十几二十公斤的文件袋,里面又是飞行机组操作手册,又是导航图什么的,电子飞行包就是取代这个文件袋的。20世纪末,国外航空公司就有雏形了,平板电脑普及后,在美国这些国家发展得很快。"

他说,近年来国内的大航司也开始推进电子飞行包,既省钱又安全。他离职沧海航空前,电子飞行包项目已经展开了。但诺亚航空受制于前身破产、公司重组等原因,现在才推行。

说话间,电脑顺利重启,唐越光检查了一下,Outlook不再出现报错代码,能够正常使用了。

"可以了。"

"谢谢。"

彼此都彬彬有礼，是合格的同事关系。

唐越光抱起打印纸回到办公室，等待材料打印出来时，他推开窗户，点燃一支烟，看着对面沧海航空大楼，抽了一会儿烟。

这一两个月，差不多就在繁忙的状态中过去了。他手机里有十几个群组，几乎每个项目组都在里面。缩短过站时间项目小组有一个群，减少设备使用时间有一个群，合理申请航线有一个群，电子飞行包项目有一个群。

有领导的群，就有人刷存在感。一开始，总有人在那里上蹿下跳，大晚上的发自己在办公室里吃泡面的照片，或者将早已写好的报告选在周末深夜发。唐越光有时说句什么话，下面竖起一串串拇指点赞。

在沧海航空时，唐越光最厌恶这种人。进入诺亚前，他站在镜子前，对自己说，请记住你最初的模样。

唐越光跟秦远风讨论过这个问题，秦远风笑笑，说那是他们前任上司容易被人洗脑，谁晒加班晒得多，谁吹嘘自己辛苦，就把利益给谁。你要让他们知道，你不会被他们洗脑。

唐越光不太喜欢秦远风的这种调调，他不相信谁给谁洗脑。而那些人很快发现他喜欢能做事又低调的。他不看别人的上班时间，只看工作成效。楚王一旦流露出对细腰的厌恶，宫中众人马上放开了吃。

自从父母离婚后，现在是他跟秦远风见面最多、说话最多的时候。但他们只谈公事，从不说起家人。

但他有预感，家人会提起他。

那天晚上，他站在阳台上边抽烟边看对面楼顶一闪一闪的灯，想象那是什么。屋内响起了电话。他将香烟摁灭，拿起电话。

秦邦在那头，叫他名字。

他的声音有点儿沙哑，显出老态，其实他年纪还不大。唐越光想，也许因为他留在自己心目中的印象，始终是年轻时那个意气风发，满口理想与公义的记者。

秦邦问他："在家？"

"嗯。"

"以前的规矩是，我们父子每两个月见一次面。现在算算，距离我们上次吃饭，好像已经三四个月了。"

"是，刚到新公司，事情比较多。"唐越光低着脑袋，用鞋踢踏着阳台地面那点凸起处，像在跟什么过不去。他想起达叔对着他的面，冷笑着问："你真的以为你进入沧海，靠的是自己？"他不想让家庭影响到他的工作。

也许诺亚是个例外。他在沧海见到了太多虚荣、背叛和谎言，一开始他会愤怒，慢慢地开始麻木，最后他害怕自己也会变成他们中的一员。

秦远风找了他多次，他也一直关心着诺亚的发展。如果不是因为秦远风是他哥，他早就跳过去了。

唐越光跟秦邦无话可说。每次跟他见面或者电话，他都很厌烦。他从没问过母亲的事。小时候，他看母亲默默落泪，跑去质问父亲，为什么又去应酬得那么晚，扔下妈妈不管。

秦邦跟他说："你还小，不知道生存在这世界上，就是被扔到一个江湖里，漂去哪里都由不得你。"

小小的唐越光说："那你退出江湖，不就可以了？"

父子俩从来无法沟通。

应付完秦邦的电话，唐越光把手机扔回客厅桌面上。他到厨房冰箱去拿一瓶苏打水，走出来时，手机又在桌面默默振动。搁在手机下的那本航司管理杂志，被振得移了移位置。

接起电话，区路通的声音依旧爽朗："唐总助，忙得接不上我电话啦？"

唐越光一笑。

聊了一会儿，区路通说："这个周末到我家吃饭吧，有人想见你。"

区路通刚入职场时，房价还没后来那么夸张。他工作不久就在公司那边买了房，对那边的平民生活趣味相当适应。但这两年长宁区市政拆违建，他吃了十几年的苏式老面馆、馄饨店、香辣蟹……都没了。他觉得不适应，老婆却说："少在外面吃吃吃，不健康。好好在家吃饭不好吗？"

周六傍晚，唐越光带了一盒巧克力，按他家门铃。隔着门，他也能听到区路通老婆在里面喊："快去开门啦！"

区路通穿着睡衣出来开门，头发还是乱乱的。边迎唐越光进来，边敏锐地捕捉到他手上的巧克力。"哎哟你客气什么，还带了巧克力过来。你上次带酒，不就被我塞回去了吗？"

"这不是给你的。"唐越光笑。

"我的，我的——"小小女孩从饭厅里跑跳着出来，伸展着双臂，几乎直直扑进唐越光怀抱里。

区路通笑着："我就说吧，有人想见你。"

这时，从饭厅走出来一个人。桐桐搂着巧克力，跑跑跳跳过去，笑着拉那人的手："洋洋姐姐，你要不要吃？"

唐越光跟宋洋都没料到，会在这里看到对方，彼此都有些微怔。

区路通没察觉两人脸上的微妙神情，介绍说："噢，这是你师母在瑜伽班上认识的，特别聊得来。然后这位是我以前的同事，现在……"

"在诺亚航空。"宋洋微笑，"真巧，我跟他是同事。"

区路通说："你们既然是同事，应该挺多共同话题的，你们先聊聊。我去厨房帮帮忙。"

区路通跟黎雪在厨房里说着话，桐桐眼都不眨地盯着电视上的动画，忘记了巧克力，也忘记了客厅里的两个好朋友。唐越光跟宋洋，一人坐在沙发的一边，说着毫无意义的场面话。

"真巧。"

"是啊。"

"你怎么认识师母的？"

"黎雪姐吗？哦，我们一起上瑜伽班。"

"嗯。"

又是一阵沉默。唐越光低头看手机，宋洋也看，都在忙碌处理公事的模样。桐桐偷偷拉开厨房门，趁爸妈不注意，从角落里拿了一罐果汁溜出来。厨房门没拉紧，外面的两人都听到里面的对话。

"小唐是不是不愿意啊，他到底有没有女朋友？"

这顿饭，就这么沉闷地过去了。黎雪主动安排他们坐一起，偶尔不动声色地分别夸夸他俩，但因为想着唐越光也许有心仪的女孩，也并不着力撮合。离开时，黎雪还打算让唐越光主动送送宋洋，他已主动开口。

两人把他们送出门，区路通说："小唐也不是太木嘛，还会主动送人回家，估计有戏了。"

黎雪轻轻"哼"了一声："难说。"

"嗯？"

"你没觉得他们俩一直坐得很远，气氛很不同寻常吗？"

在这方面，黎雪自认比丈夫敏感得多。

当年，当其他实习生还斤斤计较于能不能署名、有没有稿费时，二十岁出头的黎雪就知道，自己所跟随的秦邦跟曹栋然，并非池中物。其他老师教她如何采编，但在这两人身上，她观察到社会是如何运作的，人是什么样的社会动物，资本如何影响生活。

她知道曹栋然在做什么，但她没对他做任何价值判断。因为，她知道他为什么会从一个炙手可热的媒体新星，自甘堕落，舔着金钱女神的脚趾。

那个晚上，她在现场。

杂志社那场人物盛典晚宴现场，曹栋然一身西装，自信卓绝，代表媒体新星，在他打过交道的名人间穿梭。看他的表情，仿佛世界都是他的。他擅长社交，跟谁都像八百年世交一样，热情打招呼，其中不乏许多在电视上才能见到的明星。

黎雪亲眼看到，一个女明星联系不到自己助理，着急地冲曹栋然招手。他笑着走过去，一副要跟老朋友聊天的姿态。

那女明星正眼都没瞧他，侧着半张脸，对他说："你帮我把旁边那花儿挪走，我过敏。"黎雪恰好在此时看到了曹栋然煞白的脸，与僵硬的笑容。身旁一男音乐人冲他笑："还愣着干吗？不赶紧的？"

黎雪确信，他的所有变化，都从那个夜晚开始。

这天的晚饭，波澜不惊地结束。

唐越光发动车子驶出地库，向宋洋住的小区方向开去。车里很静，只听得到底盘的声响，车速接近九十，两边的车被他一一抛在后面。宋洋提醒："前面有摄像头。"唐越光没吭声，方向盘捏得紧。宋洋看得出来他在生闷气，建议说："我可以自己回去——"

唐越光冷漠地打断她的话："宋洋，你到底在干什么？你拒绝我，讨厌我，没有任何原因和理由，甚至连朋友都不能是。好，我相信你有你的苦衷。然后你跟相识不久的人说自己很想找男朋友。你之前对我冷漠，刚才又假装对我热情，你到底在想什么？"

宋洋说："我当然不讨厌你。"

唐越光轻声失笑："你不讨厌我，只是对我忽冷忽热。你觉得捉弄我很好玩，对不对？我不想再陪你玩了。"

"对不起，我要下车。"

"这里不能停。"

"好。到下一个能停车的地方，麻烦让我下。"

唐越光没听她的话，直踩油门，一路赶上绿灯，在她小区门外减速踩刹车。宋洋下了车，再见都没说。唐越光方向盘一转，径直把车驶向天空之城。

宋洋看他车子驶远，才又走到小区门口的便利店，在那里买了一份沙拉一份三明治。

今晚她没怎么吃，一味耗费精力。理性上周旋黎雪，情绪上应付自己。

回到家，沈珏还没回来。她洗了澡，换上睡衣，拖了地板，烧好热水，关门回房。她不知道周末晚上，能够怎样度过。方棠不在，沈珏不在，除了工作，就没有别的能够占据她大块时间了。

在方棠去美国后，方家聚餐早已取消。方程什么时候去都行，反正方妈只想见她儿子。但宋洋还是每个星期给方爸方妈打电话，看看他们有什么需要帮忙的。方棠不在国内，方程又经常在外飞，万一两位老人家有什么事情，她必须第一个赶到。

也许因为不再一起住，也许因为宋洋在外人眼里是秦远风的人了，又也许方棠的事令她有所反省，方妈对宋洋再不像以前那样。那次宋洋给她打电话，问她天气冷了，有没有什么需要的，她说："我们都挺好的，倒是你要注意身体。天气冷了，多穿点儿。工作上如果有人欺负你的话，你回来告诉我。这里永远是你的家。"

宋洋从小习惯了不被关注地活着。方妈这番话，让她一下反应不过来，慌乱应付着。

这天晚上，她第一次感觉到无心工作，于是给方爸方妈打了个电话。电话那头，方妈正在打麻将，非常敷衍："啊，不用担心哈，没啥事我就先挂了啊。"

她打给沈珏，沈珏说她在外面吃饭，晚点儿回来。

她给方棠发消息，方棠没回。

她抓起平板电脑，打算刷一下公司的文件，但一个字都看不进去。她只好登录社交媒体，逐个点击其他航司账号，既打发时间，又研究他们的运营。

上次陆文光透露过这个意思，想把运营交给她。

电话响起来时，宋洋正在第三遍刷沧海航空宣传片。她抓起电话，想都没想就问："你什么时候回来？"

对方在电话里笑了起来，是个男人的声音。宋洋这才看一眼，发现是陌生来电，正想挂掉，那人说："不好意思，我是白鹭飞。"

白鹭飞说，唐越光在他那里喝醉了，他也不认识其他人，只记得曾经有次宋洋在这里抽奖中了卡通飞机抱枕，留下了电话号码，他姑且一试。

宋洋赶到天空之城时，唐越光已经趴在桌上，看起来并不清醒。白鹭飞在吧台后跟人讲话，见到宋洋过来，走过去跟她说话。他问她知不知道唐越光住哪里，宋洋说："不知道。但我可以找人查。"

她给沈珏打电话，沈珏刚下班，正在外面吃饭。十分钟后，她把系统上查到的唐越光地址发给宋洋。宋洋回复："谢谢。"又加了一条，"这事别告诉其他人。"

"当然。"沈珏回复。

宋洋一个人拖不了唐越光这个大男人，白鹭飞找了个员工帮忙。两个人一人一边搀着他，从天空之城到了他家。那个员工如释重负，跟宋洋说了句"后面交给你"，就走了。

大门是指纹锁，宋洋抓着他的指头扫描，只听锁头转动的声音，屋内的灯光随之亮了，从门缝透出来。她艰难地开门，艰难地把他连拖带拽拉进去，推到沙发上。

宋洋走到他家厨房，居然没看到烧水壶。她想，这人平时都不喝热水么。她犹豫了一下，打开厨房的柜子，翻出来一个烧水壶，里里外外刷洗了两遍，又烧了两遍水，第三遍烧开的水倒到杯中，兑了点儿凉水。打开冰箱，有一瓶蜂蜜，她在网上看到蜂蜜水可以解酒，挤了点儿蜂蜜进去。

她端着水杯走出去，蹲在沙发前，一只手轻轻托起他的头，把杯子移到他唇边。

"张嘴。"她低声说，也不知道他听不听得到。她费劲地给他喂了一杯水，听到有人敲门时，那人也许站在门后已久。

她随手抹了一把头发，匆匆开门。

秦远风站在门后面，看了宋洋一眼，又看了屋里沙发上昏睡着的唐越光。隔着一道门，他说了个冷笑话："我不会撞破了什么投毒杀人现场吧？"

宋洋下意识接住他的话："那你只能当我的共犯了。"给他开门时，她意识到自己造次了。这不是在外面，不是秦远风需要装亲和的时刻。

秦远风并没在意，他说："我今晚约了他，电话一直没接，我过来看看。"

以前看电视，像秦远风这种有钱人好像从来不需要亲自做什么，就连去看他的亲弟弟，他都可以让手下人去做。

她说句抱歉，就回到厨房里，兑了第二杯蜂蜜水，蹲在沙发前喂唐越光。宋洋摸了摸唐越光前额，微微发汗。她到浴室，扯下一条毛巾，拧开水龙头，热水认认真真洗了好几遍，给他擦汗，然后把毛巾搁在他前额。

沈珏这时打来电话，她看了秦远风一眼，背转身，走到阳台上听。沈珏问："唐总助怎么样？"

"喝醉了。刚把他送回来，还行。"

"嗯，那就行，你也要注意。"

宋洋挂掉电话，回到客厅。秦远风坐在那儿，看到她进来，突然开口："我一直没问你——你跟唐越光是什么关系？你们似乎是朋友，但是你称呼他为唐总助。你被拍到跟他一起，有身体接触。"

沉默半晌，宋洋抬起头来，笑了："我说跟他是普通朋友，您也不会相信，对不对？就像我说自己熟悉秦邦，是因为我喜欢他的作品，崇拜他。就像我说我看过所有跟您有关的采访，只是为了更好地工作。您跟其他人一样，都不会相信。既然如此，我的话一点儿不重要。重要的是，他是您的弟弟，您可以直接问他。"

自扳倒曹栋然,接近黎雪后,她认为自己已经逐步接近真相。秦远风对她来说,已经失去了最初的意义,对他也再没有了敬畏。她知道他不喜欢自己,也懒得继续装傻,于是有话直说。

她看一眼唐越光,觉得他已经没什么事了,跟秦远风说:"秦总,唐总助没什么事的话,我就先走了。"

"明天是周末,你应该不用上班?"秦远风突然问。

"不用。"

"约了人?"

"也没有。"但宋洋想起她要上瑜伽班,要去见黎雪,于是回答得略迟疑。

"那等会儿,我送你。"秦远风说。

宋洋点头,直接坐下,跟秦远风隔开一点儿距离。秦远风身上有飞机头等舱、商务会所、高级酒店会议室不同香水的混合气味。他身体前倾,跟她说:"我一直没机会跟你认真聊聊。"

宋洋莞尔:"秦总是想跟我这样的人聊些什么呢?您确定我会说真话吗?"

"当然。"秦远风也莞尔,"因为你是个聪明人。你关注我,关注诺亚,关注这个行业,不正是满肚子意见想发表吗?"

宋洋心想,还好,他以为我只是万千个要爬事业梯子的人之一。她点头:"一个人到了您这样的位置,的确很难听到什么真话。因为太多人想从您身上得到什么了。"

秦远风大笑起来:"比如一份工作?"

"我得到了一份好工作,但您也得到了一个好员工。"

"你很自信。"秦远风笑了笑。

"正相反。从小到大,我都不是一个自信的人。所以做每件事,都比别人多花上三倍工夫。"

"包括研究你的老板?"秦远风意有所指。

"为什么不?老板是支付我薪水的人。"但她趁机为文件夹事件解释,"但我不光研究老板,还研究我的部门、我的公司、整个行业。我连沧海航空都有一个文件夹。"

秦远风问她对沧海的看法。她说,他们的优势是大,但缺点也是大。部门跟部门之间内部竞争严重,没有人在意大目标能不能完成,只要管好自己那一块就行。还有人恶意阻止其他部门完成任务。

"这些话,我都是从唐总助那儿听来的。"她老实交代,"沧海也在改革,但我不看好。"她看着秦远风的眼睛,"传统的民航业充斥着官僚主义,充斥着阶级观念。这跟互联网行业讲求实力,谁行谁上的务实完全不同。我想,民航业也需要注入平等的价值观、先进的管理理念和人文精神。您不是说过,民航局也希望诺亚推动改革吗?"

秦远风静静地听着,没有表态。

他突然意识到,他之前不喜欢宋洋,是因为他从来没将她当成一个员工。曹栋然把她当成一个花瓶,放在秦远风身边,发挥作为女人的价值。然而秦远风现在才意识到,那远远不是宋洋最有价值的地方。

她谈不上一个合格的花瓶,炒作恋情时没有半点儿亲昵的模样。但此刻谈起工作,眉眼间倒是容光焕发。

秦远风走遍了诺亚航空的每个现场,跟不同岗位的员工交谈。但对于有不少相处机会的宋洋,他却从没主动问过她对公司的意见。她知道自己不喜欢她,便避免主动表现。

秦远风开口问:"你觉得诺亚的改革能成功?"

"我没法看到全局,我只是个普通的小职员。"

"我想听的,就是普通小职员的声音。"

宋洋说:"有努力听取小职员声音跟旅客声音的老板,我想不到诺亚会不成功的理由。"

秦远风笑了笑。

他手机亮起来,他对宋洋做了个手势,说了句"不好意思",便当她面接了个视频电话。宋洋抬头看墙上的钟，已是夜里十二点多。她想起灰姑娘的故事里，午夜钟声敲响，马车变回南瓜，骏马变成老鼠。小时候她看这故事，不懂灰姑娘回家后，面对打回原形的南瓜、老鼠跟旧衣服，为什么要哭。那原本就不是她的世界啊。

她走到厨房，拿了一个杯子倒水，切柠檬，加蜂蜜，重新走出去时，恰好看到秦远风哄孩子般，对电话那头微笑。

她走近，弯身，将杯子搁在秦远风跟前。只听秦远风对那头说："爸爸忙完再去看你。"

她脑中闪了闪刺眼的光，瞬间意识到，自己误听了上司隐私。

秦远风挂掉电话，神情看起来非常放松，似乎心情不错。他接过杯子，喝了一口，放下时说："这像是给小孩子喝的。"他一笑，"我儿子可能会喜欢喝。"

宋洋无奈，只得顺势接过话："小孩子都喜欢吃甜食。我小时候也吃。"她想起父亲，"我爸怕我咳嗽，管我管得严，后来就不让吃了。"

"父母的心都是一样的。"他莞尔，半晌，又说，"这件事，希望你保密。"

"当然。"她郑重点头。

"我不希望有人去骚扰他。当然，也会有无聊的人去猜测谁是孩子妈妈。这对我来说无所谓，但我不希望影响到他。"

"但是，媒体也许会……"

"不会。"秦远风斩钉截铁，"他不是我哪个女朋友生的，是我领养回来的。看你眼神，好像认为我不像这种好人？呵，我的确不是什么慈善家。"

他一只手轻搁膝盖上："有次推广做公益，到福利院，循例跟一群小孩合影。那时候他还很小，又黄又瘦，听说刚被扔到福利院门口。我抱着他拍照，完事后，他一直紧紧揪着我的衣角，抬头看我，怎样都不愿松开。那时候我就想，虽说自己没打算结婚，但万一哪天发生什么意外，我希望为之奋斗半生的事业，能有个继承人。"

宋洋明白。结婚对秦远风这种有钱人来说，并不划算。如果没有足够大的利益，男人怎会轻易走入婚姻。

真是奇怪，即使是秦远风这样的人，提起自己孩子，也带点儿笑意。他说，儿子好像一直把自己当成亲生父亲。福利院那天，他以为是爸爸回来，带自己回家了。

宋洋难得见他有这样一面，突然觉得他有点儿"人味儿"了。

秦远风抬头看一眼墙上的钟，已接近一点。唐越光依旧睡得很沉。他站起来："花费了你一个晚上，真不好意思。我送你回去吧。"

"不用，我就住这个小区。"

但秦远风讲究，还是将她送到她住的楼下。她跟他说谢谢，他向她道晚安。

2

周一回到公司，安琪满面喜色，给大家发了喜糖，同时在陆文光办公室里谈了好一会儿。其他人在外面，三三两两围聚，窃窃讨论。"她老公是什么人？""咦，你也不知道？你们不是每天一起吃饭吗？这么塑料情？""很神秘的呀。"

小道消息说，男方家里很有钱，是个大家族。

消息可靠吗？不知道。

但大家相互交换情报，说起之前好几次见到安琪陪一个中老年阔太逛街，姿态温顺有礼，应该就是未来婆婆了。结合前两次她冲刺豪门失败的经历，诸位越发肯定这个猜测。

安琪从陆文光办公室出来，心情很好，笑着跟大家说，她要辞职了。

人们围上来，脸上笑着说恭喜，心里想，小道消息看来相当可靠。

陆文光在了解到安琪的夫家有政府关系后，马上给她卖个人情，让她好好休假准备婚礼。"有空的话多回来看看我们。我还没见过你老公，到时候一起吃个饭。"陆文光从来不放过任何拓展人脉的机会。

跟安琪社交完，陆文光立马电话莫宏声要人。要求是：机灵但不油滑，忠诚但不愚蠢，新人最好，但不要一张白纸什么都不懂。莫宏声在电话那头放声大笑："你这是找老婆？还要求处女？"

午饭时间，大伙儿聚在一起吃饭，都很关心安琪的夫家什么来头。有人说，曾经见过她跟秦远风秘书一块儿吃夜宵，她坐在路边摊那儿，满脸是泪，当时还以为他们是一对。

年轻的女同事都觉得羡慕，纷纷感叹什么时候也能洗手做羹汤。

一个三十多岁的女同事，平时不怎么加入这些话题，突然微笑着说了一句："别以为只有你会算计别人的钱，那些有钱人家更懂得算计。他们花钱请专业人士，就是为了保障自家财产。"说完，欲言又止，似乎充满故事。

但那些女孩子又都年轻，还天真纯良，都觉得自己喜欢一个男人不是图他的钱。只是有钱男人的见识更广，能带你看更广阔的世界。

女同事又泼了盆冷水："男人没钱，还怎么带你看世界？"

下午，大家又继续忙碌。

沈珏给宋洋发消息时，她正埋头于整理诺亚的常旅客计划。这是航司的习惯做法，毕竟尽管常旅客占比不多，却是高价值客户。诺亚前身已经有一套完整的常旅客计划，但自从秦远风接手后，现在的诺亚更多地与诺亚集团旗下的酒店、租车、旅游等资源整合，或与相关的银行、零售等合作方交换积分，互通客户。这样，即使会员不坐飞机，航司也能通过出售里程来获利。

"跟沧海航空的计划也太像了……太同质化了吧。"宋洋自言自语着。

前辈以为她在跟自己说话,把头转过来,笑着问:"今天能整理完吗?"

"没问题。"宋洋回给她一个灿烂的微笑。

她继续替对方调整格式。

沈珏的微信在这个时候弹出来:"刚才莫宏声找我聊。你猜是什么事?"

宋洋抬头,看一眼陆文光的办公室,约莫猜到了几分。上午她到陆文光办公室找他签字时,听到他在给莫宏声打电话。

她回复:"你想来市场部吗?"

三分钟后,宋洋如约到天台。她抵达时,沈珏已在那儿站着,眺望虹桥机场方向。

一开始,这大楼还有其他公司的人办公,天台总能见到很多其他人。后来除诺亚外最大那家公司搬走后,一直没租出去,而诺亚又连天台在内多租了三层,这里就再看不到其他公司的人了。

交换情报后,沈珏有点儿心动,但又犹豫:"欧阳青对我挺好的,给我很多机会,这样是不是有点儿对不起他?"

宋洋也看向虹桥机场的方向。"你是从这里到上海的吧?妹妹还在老家,你每个月攒钱给她寄过去,这么辛苦,难道甘心以后一辈子就是帮人预订会议室、处理文书吗?行政办公室也好,董秘办也好,那里的女人,就是男权社会的花瓶,年纪一大,就要被扫到垃圾桶。在此之前,你要给自己留下点儿什么东西吧。在一间公司里,哪个部门最赚钱,哪个部门最有话语权?你为什么不给自己一个机会,来市场部?"

沈珏勉为其难地笑了笑:"但市场部那么多人,不见得都比在办公室的有前途吧。欧阳青也是一步一步混上来的。"

"你不是欧阳青的助理,但你可以成为陆文光的助理。"宋洋觉得沈珏真是人如其名,特别倔,"陆文光是什么位置?他现在炙手可热,秦远风每次会谈都会叫上他。他以后很可能会当副总,而你就是公司副总的人,你的前景比其他人都更好。"

沈珏静下来。

她个性硬气,但也就只是挂了个"勇"字四处冲,从来也没坐下来好好想清楚以后的路。从小到大,母亲只叫她好好学习,到北京上海去,找一份大公司的好工作。然后呢?她不知道。母亲走了,只剩下一个妹妹,更加没有人跟她商量。她唯一的信条,是身为女人也得要强。可她现在觉得想使力,却不知道要往哪个方向使。

工薪家庭长大的普通孩子,所有经验都靠自己吃一堑长一智攒回来,不像世家子弟,边走边拆人生锦囊。即使母亲在世,也给不了她多少建议。

"你约了莫宏声几点?可别迟到了。"宋洋提醒她。

沈珏低头看表,眉毛高高竖起来,转身往回跑时几乎要跌倒。

沈珏离开后,宋洋也准备要走,看了一下手机,黎雪约她下个周末见面,要给她介绍一个中学老师。她面无表情地回复一个"期待"的表情,又发了个"害羞"表情,将手机塞回口袋。

找男友只是借口,这样她才能够在瑜伽班以外的地方,更多地跟黎雪见面。就像为了攻破曹栋然,她提前做功课,去了解在世俗社会获一两枚成就勋章的中年男人特征。

为了接近黎雪,她充分利用女性喜欢当媒人的心理特点。

宋洋收起手机,转身走到楼梯口,却一眼见到拐弯处背对着天台入口,坐了一个人。

估计刚坐下没多久,因为他手里的烟才刚点上,脚边没有什么烟灰。他手里拿着一份文件,正低头看。脑后的碎发,柔细地落在他颈后。

她往楼下走,经过那人身旁时,说了声"不好意思",对方挪开了身子,同时抬起头看了她一眼。

宋洋停下了脚步。

"唐总助。"她说。下级对上级的口吻,绝对不逾越。

"不好意思,我办公室在打扫,我出来抽烟。呛到你了?"唐越光问。男同事对女同事的口吻,丝毫不亲昵。他说着,顺手把烟丢在纸杯的水里。香烟扑到水里的瞬间,发出微弱的吱吱声,扑哧就灭了。

"没有。"她客气着,边说边绕过他身旁。

鞋子踏在下一级阶梯时,他在身后说:"那天谢谢你了。"

她回身。他说:"后来听白鹭飞说,那天是你送我回家。"

"没什么。"她想了想,"喝太多酒对身体不好。"

彼此都客气而体面。一如他们在公司其他地方、其他场合碰面时一样,礼貌客气,谁都看不出来,两人曾经走得那样近。

这天晚上原本是例行的方家聚餐,但方棠在美国,方程临时调班要飞,宋洋自知她去不去都无所谓。现在她跟秦远风的绯闻早淡下来,无人再提,但是也没有他们俩分手的消息。方妈见了她,总是一脸复杂的表情,一直在等着另一只靴子掉下来。

谁知道掉下来的靴子,是结婚,还是分手。前者机会渺茫,后者概率很大,但方妈也不敢冒险,于是见了宋洋,便总是客客气气,再不敢使唤她了。

宋洋也不再是那个任由她使唤的小女孩。

她觉得今晚没什么事,想了想,还是挤了地铁到方家。到站时,身旁的小姑娘似乎认出了她,低声对男朋友说:"那不是秦远风的女朋友吗?怎么跟我们一块儿挤地铁呢?"

车厢门打开,宋洋面无波澜,顺着人流走出去。

她到附近蛋糕店买了蛋糕,提着小纸袋,进了小区,上电梯。按了好一会儿门铃,却始终没人应门。

宋洋纳闷,将袋子放脚边,伸手从包包里摸钥匙。推了门,她喊:"爸、妈,我回来了。"

没人应声。

她将蛋糕袋子搁在玄关柜子上，踏进去时，只看到扫地机器人在地面上吱吱滑动，方爸方妈不见踪影。她边喊边往里走，客厅里没人，厨房没人，卧室没人，阳台没人。只有洗手间门半掩着。她迟疑，嘴上喊着爸妈，轻轻去推那扇门。

方妈半蹲在洗手间地板上，脸色青紫，一只手按着下腹。手机扔在她脚边，正拨出电话给方爸。

宋洋进来，立即上前抱住她。方妈直接歪倒在宋洋怀里，痛得掉眼泪："去医院——"

方妈这次消化道大出血，只觉得自己快要死了，送去医院时，眼睛里都是泪。宋洋在急救车上，握住她的手，一路安慰她，一路说："没事的。我不会放弃你，一定不会。"

因为送院及时，人很快没事。方爸赶到医院时，眼眶红着，手里还提着一大袋水果，一直念叨着自己不该跑太远。方妈清醒后，想起这事，更觉后怕。她人老了，对子女便有些娇气，听到儿子电话，不住哭哭啼啼。接到女儿电话，流过泪后，母女俩也很快和解。

宋洋请了假，一直在医院里照顾着。方妈打电话时，她就在旁边削苹果。她给这里的护工包了个红包，护工给她找了个地儿，让她插上机子，将苹果打成果泥。她将果泥端回来，搁在床边柜子上时，方妈刚打完电话。

方妈看着宋洋进来，盯着她看。

宋洋注意到她的目光，也不知道她想干什么，只对她说："妈，给您做了果泥。您要是有胃口就吃点儿。"见方妈一动不动，她估计是不想吃，便说，"那我给您打点儿粥。"

转身要走，方妈突然从后面伸手，抓住了她的手腕。

"洋洋——"她喊。

宋洋顿了顿。方妈从来只叫她宋洋，喊她洋洋，还是第一次。

宋洋转过身来。方妈抬起眼睛，眼珠子转了好几圈，终于开口道:"以前那样子,我对不起你——"

"妈,好好休息。别多想。"

"不是,我脾气向来不好……"

宋洋将手轻轻搁在她手背上:"您跟爸就是我的家人。如果没有你们,我不知道我现在会过着什么样的生活。您还记得我小时候,生过一场病吗?我知道,那时候有人劝你们,任由我自生自灭,不要给我治病。要是我死了,你们就少了个包袱,多了一套我爸留下来的房子。但您跟爸没有这样做。为了给我治病,把那房子给卖了。"她说着说着,眼睛也有点儿酸,"光是这件事,我就要永远感谢你们。"

方妈倒是不太记得这事了。她是有点儿自私,爱慕虚荣,但心眼不坏,故意不给孩子治病这种事,她还真不会做。宋洋这么一说,方妈也有点儿被自己感动了,一下抱住宋洋哭起来。宋洋搂住方妈,像安慰孩子一样哄她。

陆文光打听到,公司打算精简机构,将销售部跟市场营销部合并。这样一来,一个部门会有两个头儿。

这当然是明面上的。

谁都知道,一山不能容二虎。唯有一个才是真正的大佬。

下个月,诺亚航空将要参加北京国际旅游展览会,魏行之安排市场部跟销售部联手做这个活动。陆文光不会错过这个机会。

沈珏刚到市场部接任助理。安琪离职前跟她交接,也许因为要结婚了心情特好,也许只是好为人师,交接时还是尽心尽力提醒她。

安琪最后跟她吃了个饭,她说:"像你这种没有背景没有关系的人,从办公室转到市场部也是对的。毕竟行政只是条慢车道,何年何月才能迎来自己的高光时刻啊。在任何公司,赚钱的部门永远都是核心,你来市场部真是走大运了。陆文光平时选人要求很高,我当初可是从十个人里面竞争出来的。"

言下之意,你可得谢谢我,要不是我去结婚,这机会也轮不到你头上。

　　沈珏在社交上从来迟钝，一顿饭吃完了，才回味过来她的意思。但人家早都走远了。

　　她在楼下接到陆文光电话，让她给自己买咖啡，她说"好的"，就把电话挂了。排队买咖啡时，才想起来忘了问：什么咖啡？加冰？加奶？温的？热的？

　　她给陆文光电话，却一直打不通。队伍终于轮到她了，她"唔"了半天，这时陆文光回她电话，语气有点儿不耐烦："我在开会，什么事？"

　　"陆经理，您的咖啡……"

　　"随便。"对方把电话挂掉。

　　每个老板都有自己的风格。在办公室时，欧阳青从来没让她做过工作范围以外的事。沈珏这种小户家庭出来的孩子，在人情世故上不是特迟钝，就是过分敏感。她属于前者，因此没意识到，替上司跑腿私事的获益，往往比公事要大得多。毕竟私事是他家的，公司是别人的。

　　但除了适应，别无他法。

　　外婆被下了病危通知书，居然又奇迹般地好过来。舅舅一家心底不乐意，但明面上还是要养着她。姚国栋居然还有脸找沈珏要赡养费，说她虽然人不在襄阳，但赡养费还是要给的。沈珏反唇相讥："你不是骗了我家房子吗？从租金里扣啊。"

　　话是这么说，她还是把钱转给妹妹沈雯，让她有空去看看外婆。"不要直接给钱，但是生活用品还是要买的。"尽管她也知道，外婆跟舅舅一家同住，每次给她买的东西，都被他们拿来用。

　　沈雯考上了武大，虽然有奖学金，但生活费杂费还是要沈珏来管。她倒是也争气，自己出去兼职赚钱，可是被沈珏知道后，训了她一顿："你这时间用来赚钱，能赚几个钱啊？还不如好好念书，念好了就不愁赚钱了。"

沈珏跟妹妹说这话时，方程正在旁边。

这两人是在宜家遇上的，方程看她抱着床单、被套跟枕套，开她玩笑："换男人了？睡不惯之前的床单？"

沈珏睁大眼睛瞧他。方程立即意识到不能跟她开有一点儿颜色的玩笑，立即咳嗽两声，换了个语气："就你一个？宋洋呢？"

"我跟她是好朋友，又不是连体婴。"沈珏说话的表情很认真，方程觉得好笑又可爱。看到她购物袋里有花瓶，他顺手拈了一枝人工花，笑嘻嘻插到她的花瓶里："送给你。"

"哪里有人送假花的？"

方程又笑："那以后给你送真的花。"

两人原本有一句没一句地瞎扯着，沈珏听到这话，忽然静了一下，转过眼睛去，假装看瓶瓶罐罐。有一个罐子上有心形，她假装盯了好一会儿。方程忽然觉得，她跟自己以前追求过的女孩子都不一样。

回家后，沈珏下单几本市场营销书籍，又开始看部门过去两年的各类文件。她把房间里的灯都关了，只留一盏台灯在案头，荧荧照着她的电脑屏幕。

电脑旁摆了花瓶，里面插着一枝人工向日葵。

方棠其实也并不顺利。她只是不想让家人担心。

学员们害怕教员，因为谁都不想停飞。方棠的弱势在于她是女人，但在男人的世界里，这也可以成为优势。

在美国，一切都要求政治正确，因此身为女性，她看不出是否有些教员对她满不在乎。但无论是谁，都会被她敬业的态度跟甜美的笑容所打动。这也是方程每次找熟人打听时，大家都说方棠在航校过得很不错的原因。

毕竟，航校里的雄性生物，无论学员还是教员，都对她相当不错。而在美国航校这种歧视中国人的地方，遇到好教员是值得庆幸的事，教员滥用权力是寻常事，且申诉无门。

然而在外人眼里，她还是那个没心没肺、傻人有傻福的方棠。理论考试跟模拟机记录都无懈可击。

她也喜欢伪装成这种形象。

当初受到徐风来吸引，何尝不是因为他给人一种轻轻松松、不费吹灰之力就能把事情办好的印象呢。

每次她坚持不下去，就打开手机，看他的朋友圈，看他做的视频。

没有新的女人在他的朋友圈里出没，一如她也不曾在那里出现。他只是个懂穿搭、会下厨、有品位、爱生活的单身年轻机长。

方棠把手机扔下，继续看书。

每两周，他们驱车一次到大超市购物。这天日光普照，蓝天很高，风从降下的车窗一直往里灌。一行人进门直奔生鲜货架，方棠则走到亚洲专柜前，将老干妈、炖鸡药材包、香叶通通往购物车里扔。其他人回来时，她还没选完。

"看来是个贤妻良母人选啊。"有人笑着说。方棠转过脸，一道犀利目光，封印他的嘴。

还是有人好奇："像你这种样子，空姐当得好好的，嫁个好老公，以后就舒舒服服了。怎么大老远跑来受这苦？"

方棠拿起一瓶生抽，仔细看保质期，随口敷衍："为了提高格调啊，当女飞多帅啊。"

其他人齐声"哦"，恍然大悟状。

她将生抽放到购物车里，货架另一侧站着一个高个子男人，亚洲脸孔，几分眼熟。她多瞧几眼，对方也看过来，她认出来，这是上次在航校见过的那人。她跑步经过失事飞机旁，差点儿摔倒，他伸手扶过她。

想到这儿，她下意识冲对方微笑，对方嘴角一如他挺直的脊背，纹丝不动，像完全没见到她这个人似的。他从货架上拿了一瓶日本抹茶粉,转身就走。

笑容在方棠脸上僵住,她在心里抓起货架上的所有瓶瓶罐罐,疯狂朝男人的背影砸去,边砸边骂他小日本。

午饭在附近的小中餐馆解决,老板是个健谈的福建人,老板娘却整天板着脸,将菜端上来时,重重地撒下一把签语饼给他们。男生们边笑着边拆开看里面的内容。

方棠当空乘时经常飞国外,对这种左宗棠鸡式的东西完全不感冒。

饭桌上,他们聊起航校不断换的教员,又讨论着不同教员跟学员的八卦。有个男生说,他上次在办公室偷看到名单,知道后面要换个特别严厉的教员。

"是航校教员里仅有的中国人,但可怕程度不下于当地教员,外号叫华沙。"

方棠莫名地想起刚才见到的那个亚洲人。那个人也是教员吧?但他是日本人,所以不会是同一个人。不知道为什么,她觉得只要不是刚才那个人,她就有信心可以用笑容融化对方。毕竟,再变态的人也有弱点。

她边想,边百无聊赖地掰开一块签语饼,细长字条探出白白的一小截。身旁男生突然说:"咦,那不是华沙吗?"大家都往窗外看,方棠也抬起头。

"小日本"接过福建老板递给他的打包盒,脸上没什么表情,从口袋里掏出小费塞给老板。男生们兴奋地讨论着。他们说他叫乔克,老外都叫他killer,杀手。

"好多人刚把飞机滑行出去,还没来得及犯错呢,就被他'杀'了。"

方棠手里搓揉着那张字条,往窗外看着。乔克开了车门,提着打包盒上了车,将车子驶远,离开了他们的视线。

她无聊地低头,看到签语饼上写着:

今天你会遇见一个非常重要的人。

方棠从来没见过这么不苟言笑,脸上写着"别烦我"三个大字的人。当她正式以学员身份跟他见面,向他微笑打招呼时,他只是微点头,脸上写着"笑什么",开始讲学习规则。当她有问题想问时,他先是默默地听着,脸上逐渐显出"白痴吗"三个字。

她立马尿了。原本准备好的社交话题,全都连同恨意,一起吞到肚子里。

跟他一起上天的日子到了。那天刮着北风,方棠跟乔克一起坐在驾驶舱里,在他指示下,操纵飞机滑行到跑道的另一端向北起飞。

她嘴里念念有词,逐项完成检查单,眼睛余光瞥了一眼身旁的乔克,见他纹丝不动。她心想:这人看起来也挺正常的,不像传闻那么可怕,在滑行阶段就把人"杀"了。

她的手握紧驾驶杆,正准备松开刹车,乔克突然开口:"你今天很漂亮。"

"什么?"她睁大眼睛,松开了刹车。

乔克上身正直,像背稿子一样说:"我喜欢你。"

"啊?啊——我有男朋友——"方棠撒了个谎,脸色煞白,飞机对准跑道,即将准备起飞,离地升空。当乔克用同一副表情宣布中断起飞时,她知道,她被"杀"了。

飞机降落,方棠关掉发动机。

乔克的声音很严肃,眉头皱了起来,看起来显得很凶。他沉着脸说:"在驾驶舱里,发生任何事你都不该分神。"

"但是……"方棠忍不住插嘴。

"我没说完!"

方棠咬住了下唇。

"如果你来这里只是因为觉得当女飞很帅,可以。但你不适合考商照,不适合到航司,不适合做这份要承担别人性命的工作。"他一口气说了三个不适合,字字诛心。方棠自从来到这里,向来都是打落门牙和血吞,笑脸迎人,再大的委屈都咽下去。大家都夸她厉害,说没想到她这样漂亮的女生居然能走到这一步。

但这个男人居然当面骂她,只因为他在超市里听到的只言片语。

她松开咬住的下唇,再咬住,终究忍不住松开,反驳说:"我觉得你对我有偏见。"

"我对所有人都很公正。我针对的是刚才你的表现。"

"刚才!刚才你在驾驶舱里向我表白!你把我吓了一大跳!"方棠越说越恨,"你是因为告白被拒,所以公报私仇吗?我可以申诉你!"

他非常冷静:"我可以告诉你,那是一次测试,而你没通过这次测试,这显示了你心理素质不行。"

不行!

这个男人说我不行!

方棠在宿舍,将洗手间水龙头拧到最大,任水哗哗开着。她捧起水,不住打到自己脸上。她越想越气,但冷水让她头脑快速冷静下来。她意识到,自己刚才逞一时之快,已经得罪了杀手。

在航校没有申诉部门,所以大家都特别怕教员。听说有的学校或者校区,教员素质不过关,还有教员虐待学员,而学员为了不被停飞,拼命忍让的事。她关掉水龙头,扯下毛巾,按在自己脸上。

美国超市毛巾的粗糙质感,摩擦着她的脸,她清醒过来。她知道,他一定会滥用权力,让她停飞。

她放下毛巾,看着镜子里自己那张苍白的脸,对自己摆出一个扭曲的苦笑:"方棠,你还真是得罪了一个非常重要的人呢。"

诺亚航空管理运行的副总,业务能力一般,但他是这公司元老人物,人缘足够好。魏行之本来就属空降,如果再动他,势必军心不稳,于是任由他当吉祥物,私底下将核心业务慢慢转交给唐越光。

但无论是谁,都很难把航班正常率提高上去。哪个航班先飞,什么时候飞,由空管说了算。各大航司要提升航班正常性,首先就要跟空管打交道。诺亚跟其他航司相比,在协调能力上处于先天弱势。国内空域的蛋糕就只有这么大,诺亚只能分得一小勺,航班准点率低,旅客不爽,早晚影响销售。

唐越光手上抓着几个项目,每个都推行顺利,唯独这项难以推进。

他去找秦远风。

到达时,正是秦远风每天雷打不动的游泳时间。唐越光在屋里等,隔着透明落地窗,面前的腰形游泳池里,秦远风双臂向外划动,脑袋在水中一起一伏。

唐越光推开玻璃门,往外走,径直坐在外面沙滩椅上。

秦远风又游了一个来回才上岸。他见到唐越光,冲对方一笑:"你来了。"案边有人举着大毛巾,他快速离开水面,接过毛巾,让唐越光等十五分钟。

十五分钟后,他穿戴整齐回来,手上拿着两瓶猕猴桃汁,落座时搁在唐越光跟前。他看着泳池,笑笑说:"记不记得小时候,你学游泳还是我教你的?"

"难怪我到现在都游得不好。"

"你终于开始会开玩笑了,有进步。"秦远风拧开瓶子,喝了一口,问他,"说吧,找我什么事?"

唐越光跟他说起正常性的事,秦远风听完了,没有表态,跟他说:"你最近跟莫宏声吃过饭吗?"

"什么?"唐越光不明所以,"没有。"

秦远风说:"我让他想办法请一些人到我们公司,好好养着。他前阵子做到了。"

后来唐越光知道,秦远风说的一些人,是指空管管理人员的老婆孩子。把他们放在诺亚内部,安排不错的非关键岗位。

见唐越光不语,秦远风说:"怎么,觉得这样做不妥?"

唐越光想了想,微微一笑:"以前的我可能觉得不妥,但现在我想法改变了。毕竟其他航企,甚至其他行业,也都这样。"

这就像你去看演唱会,当前排的人都站起来了,你在后排也不得不站起。否则,你什么都看不到。

近年来,顶级跨国企业一改过去聘请寒门子弟的做法,招的都是上层社会人家的孩子。敢闯敢拼什么的,没有用,公司自己都发愁业绩,也就只能借用员工们从家族继承的人脉关系了。

过去在技术岗位上,一味追求公正与精确的唐越光,现在看到了世界的另一面。

他事情多,好几次区路通叫他上自己家吃饭,他都拒绝了。一来因为忙,二来怕他们问起宋洋。

宋洋也忙。市场部的事情,一下子多起来了。

陆文光铁了心要吞下销售部,自己当老大,拼命冲业绩。沈珏只得陪着他天天加班,现在已练成了半个保姆、半个财务、半个PPT狂人。陆文光有次跟她说,以后买咖啡这种事她就不用亲自去了,找实习生就好。

她知道自己终于放单①了。

因为沈珏的缘故,宋洋听到了不少消息。

诺亚航空目前有一百多条国内航线。国际航线主要集中在东南亚和日韩。外界普遍认为,秦远风要涉足航空公司,是为了使母公司在旅行资源上拥有最省钱的运输工具,这也是他要做廉航的原因。

秦远风接过诺亚前身时,这家航司以国内航线为主。

这就意味着,它除了受三大航、沧海航空等强敌威胁外,还跟高铁正面硬杠,腹背受敌。

秦远风在一次会议上提出,希望诺亚大力发展国际市场。宋洋提

---

① 放单:民航业指飞行员、机务工程师、签派员拥有独立执行任务的资格。

前从诺亚集团那边拿到数据,当陆文光让她整理资料时,她花一个小时工夫,凑上原始数据,就交给他。陆文光觉得她速度惊人,猜测她是否提前从秦远风那儿收到什么消息,又联想到,没准她在接触秦远风时也用了几分手腕,从此对她不敢怠慢。

秦远风为国际市场这事,开过小范围会议,魏行之反对,陆文光是老狐狸,从来对老板顺着毛摸,唐越光则保持缄默。秦远风知道唐越光的沉默意味着反对。他曾经私下表示,一条新国际线的市场培育期大约是三年。再热门的航线,在此之前也很大可能亏损运营,诺亚体量太小,资金链太绷,未必担负得起他的野心。

在会议室内,秦远风说:"这事我再考虑一下吧。"

众人都退去,他独自留在办公室里。办公室里有咖啡豆植物纤维燃烧逸出的烟焦气味,他拿起宋洋做的那份市场报告来看。报告数据取自诺亚集团信息,当前数据显示,东南亚是国人出行首选,此外还有中国港、澳、台,但报告同时特别引用了日本官方数据,可以看出中国游客赴日人数逐年上升,消费意欲也高。报告判断,未来普通百姓的旅游热点会从目前的东南亚游,转为日、韩,其中日本作为热点中心的时间更长。

写报告的人还做了些小调查,指出如果加密甚至增加日本航线,日本当地很可能会有一定的优惠条件,且用了其他航企案例支撑。

他翻了翻这本报告,心想自己临时说开会,也没让大家准备,但陆文光还能拿出这种质量的报告。他又翻了翻,看到上面有个错别字。他想起来,上次宋洋做的PPT里,也有这个错别字。

秦远风放下报告,心里想:这个女孩真有心机。他第一次在饭局上见到她,已经有这种感觉。

但然后呢?她似乎没有满腹坏水,甚至很热心,在航班上出手救人。在工作上也认真,配合炒作时也没有趁机提出什么要求。

无论如何,他现在对她,不如当初那样反感了。

外面走廊一片漆黑宁静。他走出办公室,突发奇想要看看其他人在干什么。因为他们租的办公场地是旧楼改造，走道特别狭窄，所以连绿色植株都没放，看起来荒凉。但他从来不喜欢花哨，荒凉给他一种奋斗感。

他乘电梯下到四楼，走到机组航前准备区。飞行员跟乘务员分开准备，秦远风绕到飞行员区，看着他们摆出飞行计划、航行通稿、气象等资料一起阅读核对，讨论沿路气象条件跟目的地机场情况，又谈了谈最近业内的事故。有人认出秦远风，秦远风微笑着跟他们打招呼，让他们继续。

空乘们化妆的地方在同一层，但秦远风没走过去，倒是拖着箱子的空乘们从电梯走出来，纷纷认出他，笑着跟他打招呼，他也回以微笑。

他又走到签派区，刚好看见唐越光正在那里监督电子飞行包的进度。两人都远远看见对方，彼此都没有上前打招呼，只点头示意。签派员在电脑前做飞行计划，或是处理航行通告，有人夹着文件夹，在电脑与电脑间来回奔走，用上海话噼里啪啦说着机场面临关闭啦航班要么早点儿起要么控制住啦。另一片区域是机组排班部，他远远看到夏语冰在那里跟几个人开着小会。

秦远风不想打扰他们，退出去，打算回办公室，继续看报告。

进了电梯，他临时改变主意，按下五楼。

那里是办公室、人力资源部、财务部等行政部门，以及市场部、销售部等职能部门的办公场地。一出电梯，他就看到办公室跟市场营销部那里亮着灯，他绕到市场部，看到宋洋正在那里打电话。

"能查到送到哪里了吗？我们这批货周末就要用了……有个国际旅游展，不能拖……"宋洋语气有点儿急。

电话那头不知道说了什么，她叹了口气："好吧，不能再晚了。"

她挂掉电话，抬起头，看到秦远风站在她桌子前。她立马喊了声"秦总"。秦远风说："有时候，你要凶一点儿。"

宋洋说："您也不凶，但您很成功。"

"我只需要当好人。自然会有人替我演坏人那部分。"秦远风倒是坦诚。

宋洋觉得有道理,笑了一下。

秦远风问她:"国际市场的调研报告是你做的?"

"我有参与。"

"你怎么看?"秦远风拉过一张椅子,似乎有慢慢听的长期准备。

宋洋看一眼外面。

诺亚航空的人经常见到宋洋正常上下班,就是个普通的打工妹,都明白她跟秦远风不过是非常时期的一场炒作。但这不代表,人们一旦见到她跟秦远风一起,不会产生风言风语。

那传言,风里来风里去,只会击中她。因为她是女性,因为她是弱势,因为她穷。人们会说,她主动接近秦远风,没有人会把这事性别转换。

秦远风见她这模样,明白了她的顾虑,微微一笑,准备起身走开。他转身的瞬间,宋洋低声说:"在这世上,既有公司败在盲目扩张,也有企业死于墨守成规。诺亚会成为哪一种,只有您才能判断。"

他静了一下,说声抱歉,接了个电话,对对方说,自己在市场部这里。然后他站起来,将椅子放好。宋洋没像其他人那样,抢着上去冲老板说我来我来。她不能碍着他展现亲民。

唐越光出现在门口,秦远风冲他说:"等我一下。"又转身跟宋洋说,"谢谢你。希望以后有更多机会,能够听到你的真实想法。"

这话冠冕而客套,但多少有几分真情实感。只是宋洋想,如果这真话逆耳,不知他又能否接受。

国际旅游展周末举行,为期三天。陆文光带着沈珏、宋洋、蒋丰等几个人,提前赴北京筹备展台。

蒋丰似乎对沈珏很感兴趣,私底下问宋洋她有没有男友。宋洋说:"你直接问她好了。"蒋丰平时装得像那么回事,在喜欢的女生跟前,立马蔫了。

沈珏负责陆文光的私人行程。参展部分,主要由宋洋跟蒋丰跟进。宋洋没参加过展会,蒋丰虽然是前辈,但她总担心他不靠谱,于是在上海提前列好工作清单,分好工,把清单上传到工作小组群组,又打印了几份带过去。又提前跟主办方对应负责人沟通。

到了现场,宋洋倒是心理压力小了很多。展台布置简约,基本上就是易拉宝、海报、航线产品推介宣传册子等物料。他们还提前准备了小礼品。因为是国际旅游展,除了诺亚航空外,展台区域还突出上海特色,用了中国风的元素。

宋洋这边正在布置,蒋丰却拉起了肚子,往洗手间跑了好几趟。他也不知道是绕远路还是怎么的,一去就失踪好久。

宋洋看他回来,故意黑着脸:"沈珏不在,你就不打算回来干活了吗?"

"不是,你去看沧海航空的展台了吗?面积比我们大多了。我觉得我们提前败了。"他沮丧地瘫倒在椅子上。

宋洋让他看好展台,她绕去看了一下。

沧海航空的展台在1号馆,位置极佳,展台借鉴了A380设计,采用了双层,二楼布置成飞机头等舱休息室的风格,占地面积约为两百平方米,层高突破六米。所有工作人员都穿上空乘制服,非常亮丽。

宋洋回到诺亚展台,顿时觉得这里小得可怜。蒋丰正坐在几张椅子那儿,在工作清单上打钩,嘴里说着:"哟西,都差不多了。"

她低头看自己手机里的视频,犹豫要不要发给陆文光,后来一想,算了。

她有时候会笑自己,对饰演的角色过于投入。她为了复仇才进入诺亚航空,但回过神来,却发觉自己咬牙切齿地为公司忙碌着。也不知道是因为身上流着父亲的血液,还是被这公司的氛围所感染。

蒋丰凑过来:"我问过在沧海上班的同学,他们的大老板不是也想要改革吗？新闻刚报他们亏损，诺亚就宣布盈利，估计他们恨得牙痒痒的。现在也在提精细化管理，也提成本控制了。"

往一桶懒洋洋的沙丁鱼里面放入一条鲶鱼，沙丁鱼就吭哧吭哧动起来了。宋洋心想，诺亚还真是一条好鲶鱼。

蒋丰盯着天花板看："大老板甚至还提粉丝经济，让他们市场部的人发力。不过我纳闷，他们公司连定位都没有吧？跟其他航司一点儿差别都没有啊，哪来真正意义上的粉丝？"

四处都是搭建展台的人，来来往往。在这儿坐一会儿，就落了满身的细尘。宋洋往身上拍了拍："别管其他人了，做好自己再说。"她看过沧海的展台，觉得他们这些大企业从来不缺人才，就看晋升渠道是否公平。

走来两个人，着沧海航空制服，说着话，笑着，经过诺亚展台，其中一人瞥了宋洋，煞有介事地喊出来："这不是秦远风的女朋友吗？"

宋洋装没听到，继续收拾柜面上的杂物。

那人靠过来，笑着，凑近她的脸。蒋丰反感至极，护在宋洋身前："干什么干什么！"

那人笑笑："没什么，我看到秦远风的女朋友居然在这里，干着普通员工的活儿，真是新奇啊。"

蒋丰很不高兴："你们说什么！"

他们声音太大，周围的人都围聚过来。宋洋看到有人举起手机拍摄，用手拍了拍蒋丰，让他别理会。

另外那人却笑笑："很明显啊。炒作完了，就把人抛弃了呗。"

蒋丰当场骂了句脏话，马上就要干起架来，有人拍了拍他肩膀。他用手肘往后一蹭，被那人托住，笑了笑："力气挺大的。"他往后一瞧，见到秦远风的脸，怔住了。沧海航空那两人也愣住，一时间不知道说什么好。围观的人都在笑，像在看戏。

秦远风对沧海航空那两个人礼貌地说："如果对诺亚航空有兴趣

的话,欢迎开展后过来看看。"

沧海航空那人也就是嘴碎,也没想到秦远风会突然出现。但现在这么多人围着,他倒是不甘心就这么完了,勉强说了句"好",又嘀咕一声:"那么小,也没啥好看的。"

秦远风微笑:"我们公司虽然小,但是战斗力强。"

自从秦远风来了以后,就没人注意宋洋了。她坐在椅子上,正在低头写什么。那些围观的人都走开了,她还在写。

秦远风走过来:"你还挺沉得住气。"

她跟蒋丰都站起来,喊他"秦总"。秦远风笑笑:"我刚好经过这边,想起过来看看。我刚看到你一直在低头写东西。"

"一些杂七杂八的想法而已。"

"我看看?"

宋洋把笔记翻过来,递到他面前:"沧海的面子好看,但说到里子,还是要看航线产品。这三天里,头一天是专业观众,第二天是媒体,第三天是普通观众。所以头两天,吸引更多旅行社、包机商和媒体才是重点。"

秦远风问她有什么进一步想法时,她回头看了蒋丰一眼:"你刚不是有挺多主意的吗?跟秦总说一下啊。"

蒋丰从来没跟秦远风这么近距离接触过,也不知道是拉肚子拉久了,还是怎么的,双腿有点儿发软。他勉强支撑着,微笑着说:"我看到他们有AR体感游戏,其实我跟朋友也捣鼓了一个,在部门内部给大家玩过,不知道拿不拿得出手……"

秦远风说:"可以试试。"

蒋丰受到鼓舞,开始巴拉巴拉讲自己的想法,几乎停不下来。

后来,晚上在展区吃盒饭时,蒋丰问起宋洋下午为什么要阻止自己:"我还有好几个想法没说呢。"

宋洋用一次性筷子扒拉着饭盒里的黄瓜,抬眼看他:"陆文光不在现场,你在大老板面前出尽风头,就不怕这事传到他耳中让他不高兴?"

蒋丰没明白:"这能有啥不高兴的?"

宋洋把黄瓜送到嘴里:"总有些人,传话时会别有用心。"世态炎凉,人心叵测,她在幼年就已体会过。

那天晚上,当天旅游展的视频就已经被人传到网上。陆文光听说了这事,找关系将视频推一推,算是替诺亚展区预热。活动当天,蒋丰设计的AR体感游戏充满趣味性,找的几个真假女飞行员也比其他航司空姐更受瞩目,诺亚展区人气旺,不住有国外旅行社跟包机商前来咨询,宋洋他们忙个不停。

宋洋到底还是市场部的新人,平时缺乏跟这些人接触的机会。这次她能够直接了解市场需要。她切实体会到,日本将会是国人未来的出行热点。

方棠一直惶惶。

她还没被停飞,但因为上次直接跟乔克顶嘴,她有点儿后怕,怕收到警告。

在航校,学员一旦违规达到两次,就会收到书面警告,警告不仅会放到学员档案里,还会发给跟学员签约的航司。达到三次,就会被暂停训练,航校建议停飞。

即使这样,她一见到乔克就来气。只是她情商高,擅掩饰,乔克板着一张脸,她就永远笑嘻嘻。

方棠心里总觉得憋着一口气,也不知道要争给谁看。过去是徐风来,但渐渐地,她想起他的时候越来越少。以前读理论读不下去了,还要翻翻他的朋友圈,以他的装腔作势来实现自我激励。现在压根儿用不着。她只要想起乔克那张没有表情的脸,就会从床上跃起来,继续背书,或者洗把脸去上模拟机。

因为教员不同,所以每个学员进度各有快慢。方棠算是快的,曾经一周飞过三班。其他人好不羡慕。方棠仍是笑嘻嘻的,心里却想,跟杀手的见面频率太高，没啥值得羡慕。

这天乔克跟她约好了下午5点。她早早领了飞行日志记录本，在练习场边上等待。乔克带了另一个学员上天。今天天晴，空气有点儿冷，气流平稳，能见度非常好。方棠看到宛如新海诚动画里的蓝天。

4点55分，乔克的飞机往回飞，平稳落地。他穿着飞行员制服，走出驾驶舱，还在回头跟上一个学员说着什么，表情依旧不苟言笑。

他转身见到方棠，方棠赶紧冲他露出笑脸。

他依旧没有表情，例行公事地让她自己做飞行前检查。方棠紧张兮兮，对着检查单来回查，过了半个多小时才完事。乔克让她上机。

这次乔克没有说任何跟飞行无关的话，全程像个机器人一样指导，而方棠紧张地操作着，几乎无心去看外面的风景。正是太阳下山的时刻，训练机驾驶舱狭小，她坐在乔克的身旁，逆着降落的太阳，飞过一片修剪过的杂草坪，飞过航校宿舍楼，飞过球场上正在打球的男生，夜色中温柔的小镇就在前方。但她非常紧张，心怦怦直跳，只想完美完成这次飞行。

除了技术性指导外，直到下机为止，他也没再跟她说过别的话。

方棠跟其他教员上机时，会俏皮地问对方附近哪里的风景最好，什么时候的景色最迷人。但对着乔克，她一句话都说不出来。

乔克指示她围着航校区域，飞一个长方形直角的起落航线，转一圈下来，又来回练习着陆动作。连续五六次后，他问她："还行吗？"

她心想：这又是什么飞行员心理素质测试吗？于是以空姐的职业笑容，亮出八颗洁白牙齿："没问题。"

"那就好。"他话音落下，她顿时感觉急剧失重，没来得及看清他的超大角度转弯操作，只觉血液回流，阵阵犯恶心。他迅速给她递上一个呕吐袋。她捏住袋子，硬生生一路忍住。

乔克在旁，轻描淡写来了句："后面还有战斗转弯的体验教学，要试一下吗？"

方棠脸色煞白，嘴唇发青："来啊。"

"不是今天。"

今天，诸事不宜。不，只要这个男人在，诸事皆不宜。

方棠隐约有种被另一个徐风来钉在驾驶席上，不动声色蔑视的感觉。她连滚带爬下了机，白着脸回到宿舍，饭都吃不下，坐在椅子上，回忆刚才在驾驶舱内的飞行动作。这招是方程教给她的。就这么模拟飞行了一会儿，她又摊开书，开始继续看。

她不想输，尤其不想输给这个男人。

后面的飞行都比较顺利。方棠必须承认，这个男人虽然难以讨好，但跟其他不安排飞、一直拖进度，或是让你给他跑腿的教员相比，他在教学上要负责任得多。天气变暖的那天，她第一次自己飞，逐项完成检查后，她的手紧握驾驶杆，松开刹车，对准跑道。

在飞机离地升空时，她看到乔克站在跑道的边线上，凝视着她。也许是错觉，他好像正在冲她点头示意。

飞机爬升得越来越高，地面上的乔克越来越小。她围着训练场转了一圈，看到他在地面上，始终抬头注视她，或者，头顶的蓝天。方棠笑了，突然觉得他也并非那么讨厌。

当然，这种感觉在下机后就消失了。他又是那个讨厌的牧羊人，以自己的方式，将方棠这只羊从这个山头驱赶到那个山头，片刻不停。每当这只羊想在丰美的水草旁休憩，他就挥起鞭子，逼她越过又一座山头。

尽管每次当她登上山头时，她都赞叹那种美，可是却无法原谅牧羊人的沉默严苛。就在牧羊人的鞭子挥动下，她距离最后关卡越来越近。过了私照、仪表，越过语言测验跟飞行测验的小山头，面前便只剩商照这座大山头。

从来不感性的她，居然开始给方程和宋洋写起了小作文。她说，当她坐在驾驶舱里，外面是湖水一样的天空，从三万英尺高度低头，地面上的平原、草地、河流跟小镇都如此渺小。她再想起自己的烦恼，觉得一切都不再重要了。

"我在夜间飞行，虽然满脑子里都是夜间本场无边、夜间飞行错觉、爬升率和下降率这些东西，但外面夜色中的星辰依旧吸引着我。原来黑夜可以这样美。"

宋洋看完方棠发给她的消息，放下手机，看向窗外夜色。

对面沧海大楼里，也正亮着加班的灯光，每个窗户里都是正在奋斗的都市人。他们跟驾驶舱里的浪漫主义者，像是活在两个不同次元。

公司确定国际化战略部署，前期已经对目的地进行充分调研跟研讨。从大数据上看，日韩东南亚都是布局重点，而日本为重中之重。

宋洋有时候想，秦远风还真是一意孤行。他想要做的事，没有人能够阻挡。陆文光就是吃准了这点，所以才顺着他的毛摸吧。但是秦远风偏偏对这种人非常警惕。

但他是个生意人，谁有用就用谁，绝不含糊。市场营销部跟销售部合并后，陆文光成为部门一把手，管理的事情更多了。但他跟秦远风、魏行之这些人倒是有一点儿相像，说好听是亲力亲为，说难听是不愿放权。上面的人一忙，下面的活儿更多了。沈珏跟宋洋经常连晚饭都在公司吃。

黎雪给她发消息，问她最近怎么没去练瑜伽，她回复说太忙，事情太多。黎雪给她发来长长的语音，让她注意保重身体，还给她发了些养生简餐的菜谱。宋洋盯着手机里的信息，心里想，如果她不是黎雪，自己应该会跟她成为朋友。

她还是偶尔在公司里见到唐越光，彼此都淡淡的。他是总助，但并不分管市场这块，她只在大会议上见到他。诺亚的电子飞行包推进顺利，不到一年时间，就进入了验证测试期。只要顺利获得民航局的最终运行批准，就能够正式实施了。秦远风想来不甘于人后，他非常满意。

秦远风本人，在市场跟服务上投入的精力更多。

诺亚"重启"后，收益少的航线被砍掉。现在，秦远风提出把当年扔掉的日本线再捡起来，在公司内部惹来不少争议，但秦远风没理会这些声音。

新航线开辟的可行性分析，已在进行。

唐越光负责运行那块，便常常跟市场部的人一起开会。宋洋看到他头发剪短了些，显得更精神了，也比过去爱笑。会议间隙，还能看到他跟女同事微笑着说话，女同事把头埋得低，是小鹿乱撞的姿态。

她低头做记录，会议间隙，听到唐越光在跟欧阳青交谈。

"深圳飞名古屋？华南那边是某航的大本营，这不相当于在他们后花园那儿插一刀？"欧阳青笑了笑。

"是，你也知道我们老板多爱冒险多乱来。"唐越光也微笑。欧阳青赶紧哈哈："不不不，老板还是很有魄力很有远见的。"

宋洋倒是知道些来龙去脉。诺亚航空想在上海以外，建设自己的重要基地，北京跟广州都是大航司的驻地，像天津、深圳这种地方是最好的选择。此前诺亚在上海飞天津航线上低价促销，以天津作为双基地之一的沧海航空反应极大，诺亚暂时收回了试探水温的手。

这次，诺亚又把手伸向了深圳。

地方机场代表着当地的颜面，各个城市都希望能够开辟更多航线，尤其是国际航线，招商引资，发展旅游，促进经济。陆文光在部门内部会议上提过，粤港澳大湾区拥有三个国际机场、两个区域机场，机场密度为全国之最，年吞吐量超两亿人次，以后大湾区会拥有世界第一大机场群，秦远风非常希望以深圳作为重点基地，在此提前布局航线网络。

宋洋约过夏语冰出来吃饭，两人也聊到公司。夏语冰私底下也认为，秦远风是个步子迈得很大的人。

"他看得准，但这世上真的存在黑天鹅。"她微笑着摇头。宋洋不好评价什么，只问她机组排班的工作如何，女儿念几年级了。

开航前，碰头会议要开很多次。沈珏作为部门助理，主要还是负责考勤、薪酬、陆文光安排的各种事务。业务方面，宋洋这个新人就继续提供被压榨价值了。开航前会议上，她按照开航前流程准备了一份检查单，按照会议人数打印好，在会上提供给各部门。会上大家讨论，如果没有异议的话，敲定任务完成时间，在下次会议上汇报，然后进入下一流程。

宋洋把检查单分发下去，自己就坐在会议室一角，摊开本子做记录。头天晚上她在家做PPT做到两点多，今天起床时特别困难。回到公司才发现自己生理期，难怪感觉身体疲累。

会议十分冗长，会议室开着窗，外面蓝天有一道很长的白色痕迹，显然刚有飞机划过。在她对面，性能工程师说着："……我们这边主要是提供新航线性能分析数据……因为大阪曾经飞过，有参考数据，所以主要就是名古屋的可行性分析报告……"

他说着，又停下来看了看唐越光，笑着说："唐总助应该对这些挺了解的，听说总助以前也是性能工程师。"

唐越光微笑，没搭话。

接着是蒋丰代表市场部讲话，大概意思就是他们会根据性能分析数据，对运价跟成本进行测算。他说话啰唆，宋洋听得非常困，实在撑不住，她趁机出去上个洗手间。

下午茶时分，总有些八卦在洗手间跟茶水间里来回往复，就像飞机盘旋。宋洋在洗手间里趁机打盹，听到外面财务部门的女生在边补妆边聊八卦，一开始还在吐槽考勤制度，后面突然有人说："哎，你上次不是说唐总助单身吗？我上次见到他约会喔。"

"咦？真的假的？"

"就前两天，在天空之城那儿。"

"对方什么人？空姐吗？"

"没穿乘务制服，看不出来。反正就是那种男人一看就喜欢的，肤白大眼的小美女。"

其他两个女生都发出咿咿呀呀的声音。她们又笑着，互相开玩笑，说又少了个攻略对象，又笑着闹着推门而出。

宋洋回到会议室，两个部门还在讨论着。她坐下，瞥了唐越光一眼，发现他看起来神情轻松愉悦，不再是过去板着脸，严肃拘谨的模样。她低下头，觉得肚子又开始痛，她什么都听不进去，握着笔，在本子上胡写乱画。

性能工程师那边，很快就把新航线分析报告提交过来，剩下就是市场部的事了。陆文光安排了一个项目组负责这事，宋洋是项目组的助理，所有资料汇总到她手上，所以她总是最后一个才能走。

部门跟销售部重组合并后，陆文光往销售职能岗位放了一些自己人，其中包括蒋丰。

宋洋问他感觉如何，他苦笑："每天跟着客户经理去跑，完全不适合我啊。"宋洋安慰他，到时候有机会再跳回来就好了。蒋丰还在那里长吁短叹，叽叽歪歪半天，终于不好意思地暗示，自己整天在外面，都没机会认识女生。

宋洋笑。她知道沈珏连蒋丰的名字都记不住。还有好几次，她看见沈珏跟方程一起，她没问什么，倒是沈珏主动跟她说最近很巧，经常遇到方程。宋洋觉得沈珏真是迟钝得可爱。

宋洋跟蒋丰说："你还是先拼事业吧，把你那个差旅预订管理平台好好做做。"

蒋丰还是没明白宋洋的潜台词。

那天他下班时，在大楼外堵沈珏，却一眼见到她跟一个男人并肩走出来。沈珏只对蒋丰介绍，说这人是宋洋的哥哥，叫方程。方程一副自信的模样，不太想跟蒋丰说话，也有意识地护在沈珏旁边。

沈珏下班后，还要到广告公司拿宣传物料。蒋丰跟她一路在说系统的事，方程只听到他们讲陆经理什么挺满意，这个想法又怎么好，中小企业什么差旅采购什么，他一句话都插不上，只双手插口袋，非常烦闷。

广告公司的宣传物料还没印出来,沈珏跟小老板谈了半天,最后说第二天上班前赶出来,让她明天再过来拿。沈珏一脸沮丧走出来,蒋丰安慰她说,跟这些小广告公司打交道就是这样的,他以前的经验是,把截止时间提前,周五需要的东西,跟他说周一无论如何要出来。

蒋丰住在另一个方向,他们在广告公司门口告别。蒋丰想起什么,又回头附在沈珏耳边说。方程看着沈珏听完,笑了笑,用拳头轻轻打了他一下。

这里距离小区已经很近,两人步行回去,方程一路都没说话。沈珏觉得很奇怪,主动找话题,问起方棠的情况,方程随便说了两句,说她顺利通过前面两个阶段,拿到两道杠了,但最后商飞的考试没过,还要再考。

"她还真厉害。"沈珏由衷感叹。

方程轻轻哼了哼,没接话。

沈珏觉得他今天特别沉默,心想他可能心情不好,于是不去惹他。两人就这么一路安安静静往前走着,一路经过年轻情侣。方程这才想起,附近有家电影院,近日有一部文艺片上映,他原本也是想过请沈珏一起去看的。

迎面走来一个年轻女孩子,手里拿着一捧花,带笑对方程说:"先生,要买花送给女朋友吗?"

方程还没来得及说什么,沈珏已经开口说不要。女孩子还在笑着推销:"买几枝插在花瓶里,很好看的呢。我们卖得比花店的便宜。"两人一路走着,女孩子一路在后面跟随。方程有点儿不耐烦,转身问她多少钱,他都要了:"你也累了,早点儿下班吧。"

女孩子非常开心,等他扫完码,连说了好几声"谢谢",飞快跑着走开了。

方程手里捧着那一大把花,直接塞到沈珏怀里:"给你的。"

"我?"她低头看了看,"我、我不插花的。"

"那你扔了吧。"方程没好气。

"多浪费。"沈珏非常认真,"你下次别乱花钱了。飞行员赚钱也不容易,我看方棠学飞学得好辛苦才发现……"

"方棠方棠方棠……你跟我就只有这个共同话题了吗?"方程突然发起了脾气。

沈珏怔了怔。

他们已经走到拐弯处,面前就是小区入口。头顶的树木枝叶遮挡了月色,路边的路灯坏了,阴影覆在方程的脸上,黑暗给了他勇气,他冲口而出:"沈珏,你是真迟钝还是假天真?"

说着,他一把将沈珏抱住,她手里的花被压在两人怀中,花瓣被夜风簌簌翻起,粘在他们俩的外衣上面。

方程用手抱住她后脑勺,低声说:"我说过要送真花给你的……我说话算话。"

宋洋给桐桐买了飞机毛绒玩具,周末直奔黎雪家。

黎雪左手的橡胶手套还没摘下来,就过来开门,她热情招呼宋洋进屋,又笑着回头大喊:"桐桐,看看谁来了?"

桐桐从里面奔出来,伸手要接。区路通赶紧说她:"手上都是泥!先洗手先洗手!"一把将她抱起,拍拍她屁股,赶她到洗手间。他跟宋洋说:"一天之内来了两个喜欢的大哥哥大姐姐,小家伙可开心了。"

他这话刚说完,宋洋就看到唐越光手上都是泥土,从阳台走进客厅。两人打个照面,彼此眼里都有些意外,但很快又摆出没事人的模样。

黎雪夫妇在厨房里忙前忙后时,桐桐在阳台上摆弄植物,拉上唐越光跟宋洋。区路通最近突发奇想,要在阳台上种菜,于是买了种子。桐桐看到了,玩性大发,在花箱、塑料盆、铲子跟园土之间,坐了一整天。

唐越光跟宋洋来了,她把他们也拉到阳台上。

唐越光也种过,居然熟门熟路,看了看他们阳台的朝向,把区路通买的种子里,需要阳光直射的都剔除了。他手把手教桐桐,先浇自来水,保持土壤湿润,等到种子发芽,幼苗长出以后,才浇营养液。在收成期,可以额外多浇。

他弯腰,用一片窗纱盖住花槽底部的排水孔,又放上些粗沙砾。桐桐凝神看着,神色专注。

"唐哥哥,这个是干什么的?"

"这样可以让排水畅通。"

"啊,你以前种过菜吗?"桐桐非常好奇。

"嗯,我的妈妈在云南那里有一片菜地。"唐越光说。宋洋还是第一次听他提到自己的家人,手上仍在摆弄着种子,眼睛抬起来。

桐桐笑:"她是农民阿姨吗?"

唐越光不知道怎么跟小孩子解释,大观园里也有稻香村。他笑着点头,说"是啊"。

宋洋说:"你这样算是骗小孩吗?"

唐越光低头看着桐桐,笑笑:"小孩子好骗,被发现了也就发发脾气。"

小孩子可聪明了。桐桐知道他们在聊她,突然一抬头,冲唐越光嚷嚷:"我才不好骗呢!妈妈说给唐哥哥介绍了女朋友,但是她骗不了我!"

两人一怔。桐桐又说:"因为唐哥哥喜欢宋洋姐姐!你一直在偷偷看她!"

宋洋突然尴尬。唐越光一怔,又自然地伸手摸了摸桐桐的头,轻轻敲她脑门:"小孩子家,懂什么。"他随手拿起一捧种子,跟桐桐讲起话来。小孩子还是好骗,很快转移注意力。

桐桐蹲在一边玩得专心,外部杂音随着她的安静,一同消失在两人的世界边缘。唐越光主动找话说，问起她工作怎么样，她以为他要说开航的事，他说："不，我问你的本职工作。"

进入市场部以后，宋洋被分配了品牌推广的工作，但陆文光没有让她接触太多业务，只安排她做新媒体。她做策划，提供想法跟内容，实际执行外包给实习生。跟宋洋比起来，实习生做起公众号跟短视频，更快更好更多。宋洋一直想好好运营，但身为新人就是块鱼肉，刀俎在眼前晃来晃去，也没办法。市场部不断有新项目，她不断奔波于项目组之间，替他们跑腿打杂。

宋洋没有趁机跟唐越光说，只轻描淡写说自己有想法，没时间。唐越光一听就明白。他说："陆文光是个聪明人，他也是看准了你没靠山。不过自从你接手后，微博管理得好多了。"

"怎么看出来的？"宋洋问。

"以前经常信息不及时，比如说，明明出现了恶性延误事件，官微跟公号上还在更新旅游推广，下面评论肯定都是骂的。"

"骂谁呀？"桐桐抬头问。她抓了一把泥土，手一滑，簌簌落在唐越光外套上。宋洋让他把外套脱了，让她清理。唐越光说："不用，我给师母就可以。"宋洋微笑："你是存心要让桐桐挨骂？"他觉得她说得有道理，把外套交给她，她抽出湿纸巾，慢慢擦拭。

她低下头，耳边的头发滑落，垂在脸颊旁。他抱着手，靠在阳台墙上看，只听她突然接着刚才的话题，笑着说："他怎么就知道我没靠山？"

这话明显在自黑。自从诺亚航空宣传打响后，他们就很少炒作秦宋的恋情了。加上曹栋然被捕，宋洋基本上被视作弃子。

陆文光之前还因为她能够经常接触到秦远风，对她有点儿顾虑。莫宏声总跟他说，要对那些年轻水灵的女孩子忌惮几分，因为谁也不知道她们以后会不会成为老板娘。

宋洋抖了抖外套，递还给唐越光。他伸手接过，低头看着宋洋："秦远风还会有用到你的时候。"

黎雪这时候在外面喊桐桐出来洗手,说可以吃饭了。区路通走进来,牵过女儿脏兮兮的手,笑着跟他们说:"还是你们厉害。我也是心血来潮,你师母说我连仙人掌都养不活还想阳台种菜,简直痴人说梦。"

唐越光微笑,指了指桐桐:"是她厉害。"

晚餐非常温馨,黎雪不住给桐桐喂饭,边喂边说:"这么大了还喂,害不害羞,害不害羞!"说完自己又笑。区路通也呵呵傻笑。宋洋想起小时候在方家,方妈在饭桌上永远只会数落方爸,说他年纪这么大了还在外场修飞机,也不会搞关系给领导送礼早日转行政。她还问方程的成绩,如果读书太差会被她笑话"像你爸",要是成绩好就得意地说"像我"。她也关心方棠,吃得好不好,穿得暖不暖,但从不在意她的成绩。

宋洋对生母的印象非常模糊。她走得早,留下的只有那堆照片,宋洋念书时常常翻来覆去地看。对她来说,生母就是照片里的那个安安静静的女子,很难想象她跟自己有什么真实联系。

总觉得,如果亲生父母都在,她的家,应该就是黎雪家这个样子吧。

黎雪看宋洋想事情想得入神,笑着说:"宋洋也是工作太拼命了。"

区路通一哂:"现在的人,工作压力比你那时候大多了嘛。"说完觉得这话不妥,赶紧给老婆夹了根苦瓜,降降火。

黎雪不以为意,喂了一口饭到桐桐嘴里,神态悠然:"我以前在纸媒跟电视台时,觉得截稿压力已经够大了,现在新媒体压力更大。当年做记者时,我就知道,这世上不会有无缘无故的热点,而很多事情的真相也不会像表面看起来那么简单。比如说一个组合,三个成员都受欢迎,A被黑,他的粉丝会认为是B或者C,也就是所谓的对家在黑自家偶像。但其实很可能是A的团队在虐粉固粉,给另外两家泼脏水。娱乐圈这样,很多企业也一样。"

宋洋坐直了，抬眼看桌子对面的人。黎雪跟夏语冰同龄，也许因为过早离开职场，她看上去温顺无害。脸上不着脂粉，着装永远是既居家又体面，世界上最重要的事情无非是帮丈夫熨西装、给女儿做蛋糕。宋洋好几次问到她过去的工作，都被她一句"忘记了"打发掉。

跟这个女人接触久了，宋洋几乎要忘记，她是曹栋然嘴里那个"把杀人的剑递给秦邦"的人。

她全无破绽。只有刚才一瞬间，露出了真身。

区路通欣赏地看着妻子，笑着说："这才是粉丝经济嘛。哪里像沧海那样，嘴里嚷嚷着也要搞粉丝经济，什么都不懂。"

有外人在，黎雪不好意思地笑："我就是个家庭主妇，乱说的。"

眼看白素贞即将藏起尾巴，宋洋赶紧伸手拉住那点儿真身，真诚发问："那我可得取取经了。我现在做品牌推广，特别想了解媒体人是怎么想的。虽然也认识不少记者老师，但到底不算朋友。"

黎雪还在不好意思地笑着，说哪里哪里。桐桐看妈妈笑得开心，她也拿着勺子，开心地晃着脑袋。

宋洋也笑："我刚入行时，看了很多民航方面的报道，其中就包括秦邦对宋洪波那篇报道。我还挺想知道，假如公司遇到媒体要做负面报道，我们该怎么应对。"

像空气遇冷，冷空气突然夺走了室内的欢快气氛。桐桐见大人没空理她，用勺子敲着桌子。

区路通突然站起来："我去切点儿水果，桐桐，来，跟爸爸去拿。"

"我要尿尿。"

"真麻烦。去吧去吧。"他半推着女儿，往洗手间走。

饭桌上，只剩下宋洋、唐越光跟黎雪三人。黎雪看了一眼窗外，突然说了句"可能要下雨了"，冲洗手间方向吼区路通让他收衣服，才又转头，却是瞥向唐越光，然后又很快看向宋洋，勉强地微笑："宋洪波是阿光的偶像，秦邦是他爸，我们就不当着他的面提了吧。"

宋洋要的正是这话，她看一眼唐越光，说了句俏皮话："好，那我们下次背着他再说。"

唐越光摊开双手，一脸与我无关的表情。

黎雪没接话，站起来看了看窗外，又回头说："不好意思，我收一下衣服。区路通这家伙搞不定的。"

她走向阳台，桐桐自己提着裤子，从洗手间出来。她坐回自己的小椅子上，左望望，右看看。宋洋冲她做鬼脸，她咯咯地笑。

唐越光没见过她这个样子，也莞尔。

宋洋牵起桐桐的手，细声细气问："桐桐，你长得像爸爸还是像妈妈呀？"

"妈妈！"桐桐咯咯笑着说，"爸爸太难看了！"

区路通刚好抱着一堆衣服走进来，尴尬地听到这话。

唐越光心情好，也逗她玩："上次不是说自己像爸爸吗？"

桐桐聪明，看到爸爸走进来了，也赶紧说："像！"

唐越光问："哪里最像爸爸？"

"屁股！"

大人们都笑起来。宋洋也笑："真的假的？你爸爸的屁股我就不看了，但妈妈以前长什么样，洋洋姐姐看一看？"

桐桐是那种喜欢热闹的小孩，有客人到，她就得意起来。她听宋洋这么说，就腾腾腾地跑到爸妈房间里，踮着脚尖要够上面的柜子。区路通直喊"哎哟哟别摔着"，将她抱开，自己起手拉开柜子，捧出一堆相册。

桐桐坐在宋洋大腿上，开心地翻着相册，在五岁、十岁、十二岁的黎雪脸上一戳："这是妈妈！"黎雪本有些尴尬，但桐桐乐在其中。外面下起细雨，室内灯光正好，区路通在桌旁乐呵呵笑着，唐越光慢慢地剥开一瓣瓣橘子，搁在桐桐跟前的小瓷盘上。外人跟亲人的界限消弭，世界的边沿在扩大，她也放宽了心。

她也并不是表面上看起来的普通家庭主妇。

　　当年秦邦名声大噪，还成为一档热门访谈综艺的常驻嘉宾，自己本来也可鸡犬共升天。

　　但说不上是因为心高气傲，还是因为宋洪波的事让人不安，她远赴加拿大进修，寄望于时间能够冲淡受害者的血。于是外界只知道有曹栋然，不知道有黎雪这个人。

　　一切从零开始，因而更进取。直到她因为胃出血到医院看急诊，在走廊长椅上躺了一个晚上，迷迷糊糊中，她对自己说，如果不会死在外国，她就要回家。

　　她在回国的延误航班上，认识了区路通。他到加拿大出差，要考察机场什么的，说起民航事业时，眼睛里都是光。

　　她觉得这男人有点儿无趣，但是又想，无趣的男人，多好啊，他最大的乐趣就是认识了你。

　　后来她跟这个无趣男人结了婚。女儿出生的那一刻，她想起人们说，宋洪波也有个女儿。那个小女孩子，不知道现在在哪里呢？她抱着软绵绵的小婴儿，心虚地想。

　　也许因为那点子赎罪感，她彻底断了重回职场的心。但有些本领，一旦学会了，这辈子都不会忘记。当她在饭桌上，跟宋洋说起新媒体兴起，是对传统媒体的二次洗牌时，感觉过去的自己又回来了。

　　谁知道是不是因为自己后知后觉，她很晚才从区路通嘴里知道，宋洋就是诺亚炒作的"秦远风女友"。她一听就明白是曹栋然的手笔，只有他才善于利用民众喜好男女之事的八卦心理。

　　这时桐桐翻到一张中学毕业照，在一群穿着中学生制服，剪着短头发的男女之间迷茫了："啊？哪个是妈妈？"

　　区路通插嘴："肯定是最漂亮那个嘛。"

　　桐桐用手在女孩子的区域滑来滑去，落在一个肤色白腻、神色温婉的女生脸上。她问是不是这个，区路通笑着说，不是啦。父女两人开始陷入"这个发型就是妈妈""妈妈以前不是这个发型"的重复对话中。

宋洋在他们的对话之间失了神。

那个女生,跟宋洋照片里的妈妈几乎一样。

桐桐说:"这个发型跟妈妈一样啊!"又回头看黎雪。黎雪冲她笑。

区路通说:"这是毕业照,我们来看看后面的名字,看看妈妈在哪里,好不好?"

桐桐点头。

宋洋在心里默默记住那个女生的位置,二排左五。

区路通把照片翻转过来,他让桐桐找妈妈的名字,而宋洋飞快记住照片后面的关键信息。

女孩子叫罗慧怡。

她又飞快记下学校名字,哪一届,班级。

区路通在旁边说:"你看是吧,这个才是妈妈呢。"桐桐说:"啊,跟现在不一样啊。"

黎雪说:"哎呀呀,老了老了。"

宋洋插嘴,笑着看向黎雪:"别说桐桐,我刚才也以为这个女生是你呢。"她用手指着罗慧怡。区路通探头看了一眼,说:"有点儿眼熟。"他回过头问黎雪,"你不是跟这个女生还有好几张合影吗?之前搬家的时候我还看到过来。"

黎雪正在那边跟唐越光边说话边摆水果,她抽了两张纸巾,边拭净手指边走过来:"谁啊?"顺着桐桐的手指,她见到罗慧怡的脸。

宋洋明显见到她脸色滞了滞,一口应道:"不记得了。"

"中学同学都不记得?"区路通笑着,把照片翻到后面,"让我看看叫什么来着?周冰冰?啊不,看错行了,是罗——"

黎雪的手指上还残留着果汁,她一把夺过照片,胡乱塞回相册里。额前头发掉下来,她又匆匆用手将头发撸上去。一切都很忙乱。她嘴里说着话,说她不记得了,说让区路通赶紧帮忙干活,说桐桐不要老坐在洋洋姐姐膝盖上。

宋洋两只手从后面圈住软绵绵的桐桐，眼睛亮亮地注视这一切。

3

接下来的日子像沙尘一样，一不留神，扑面就过去了。抖抖脚才能看到，原来落下的沙都已经聚成小塔——

方棠连续两次没通过商照第一阶段测试，差点儿停飞，最后终于飞出来。蒋丰知道沈珏有男友后，失恋沮丧，却又在朋友聚会中认识了一个女机务。电子飞行包项目通过验证。日本航线开航在即。

方程难得这样黏人，航班一落地，就过来找沈珏。方棠回国在即，要重新租房子，方程提议她搬到宋洋那儿。

方棠一眼识破："你是想让沈珏搬你那儿吧。"

沈珏对这段感情倒是淡淡的。方程有过好几任女朋友，跟他暧昧过的也数不胜数，对于女孩玩这种欲擒故纵，早见怪不怪。他心想，陪你玩玩又如何？但时间一久，发现沈珏不是装，是真的不在意他。

他单刀直入，问她是不是对自己有不满。她摇摇头。他又问她，要不要过来一起住，她迟疑，他便说："这样可以把房间腾出来给方棠。她想继续住这边，但估计很难找到合适的房子。"沈珏又是一阵迟疑，终于说，好吧。方程在她脸上亲了亲。

沈珏让她别闹，又继续低头看书，手边是她买回来的奶茶。方程两只手从后面圈住她，笑着说："什么味道？"她刚想回答，见到他已经直接拿起来，喝了一口，又放下，"你喜欢抹茶呀。"

沈珏没吭声，继续低头看书。方程在旁边打游戏，过了一阵，走回她身旁，见她看书看了好多页。上周末她参加了航空运输市场营销的培训，回来后一直在看讲义。他低头看了看讲义，不感兴趣，又信手拿起那杯奶茶——杯子没变轻。

他怀疑自己多心，将杯子放下，又坐在沙发上打游戏，只是不时抬头看一下沈珏。

她看书看得口渴，站起来到厨房倒水喝，只是那杯奶茶，她再没碰过。方程现在想起来，他们有接过吻，但再没更深入的肌肤接触。只要是他喝过的，她连碰都不想碰。

方程像站在高塔之上，冷不防被沈珏一只手推下去。

日本航线开航前夕，唐越光在会议室找到正收拾投影仪的宋洋，说秦远风要找她。

两人下了电梯，唐越光直接从地下车库驱车到候机楼。他说，秦远风正在机场那边走走，看看情况，确保开航的时候没问题。"他最近休息时间不够，已经把每天早上的游泳活动改为跑步，这样就可以边跑边跟人交谈。"

宋洋说："那其他人得跟上他的步速才行。"

唐越光开了车窗，任由风从外面灌进来。他说："未必。这次他也许会停下来等你。"他转头瞥了宋洋一眼，"还记得我上次跟你说的吗？我没猜错，他现在有事找你了。"

这天天气很热。停机坪上，日光炙烤着灰白色的水泥地。宋洋将机场外场证挂脖子上，才走几步，已感觉热浪阵阵扑到脸上。他们在31号停机位那儿，远远见到秦远风。他跟保障人员站在一起，不时转过头，跟身旁的人问着什么。货运的升降平台车跟传送带、集装箱拖车，在工作等候区静静排开。

唐越光走到他身旁："来看货运保障，怎么不叫上我？"

秦远风微笑："想让你专心把节油项目做好。"他转头，见到宋洋，跟她打招呼，"你来了。请等等。"

这时一架飞机在地面引导车引领下，滑入停机位。机翼宽大，像《山海经》中的神禽张开翅膀，而地面上的人全被它的阴影吞没，只能仰头张望。

宋洋虽在航空公司工作了一段时间，但还是第一次到外场。她看着传送带车接近飞机后货舱，货舱门打开，升降平台车缓缓靠近。装卸者启动按键，飞机腹舱像多产的女人，被接产士从里面拉出一只又一只集装箱，转运到升降平台车上，又传送到平板拖车上。

地面还是很热，宋洋抬手擦了擦前额的汗。

又也许，热的是这个场面。

她看看唐越光，又看看秦远风，再看看工作的人。所有人都无比专注。他们看上去很喜欢自己的工作，秦远风问起什么问题，在他身旁的装卸人员连比带画，向他讲解。一急，说得更乱，秦远风微笑说，慢慢讲，不着急。唐越光眺望远处的跑道尽头，偶尔转过头来听他们说话，风拂起他耳边的头发。

秦远风向她走过来，非常歉意地笑："让你等了一下，不好意思。而且还让你跑到这里来，但我马上就要飞北京了，来不及回公司，只能直接在这里跟你讲。"

作为公司老板，他像艺人一样严苛要求自己，努力维系着人设，在人前放大自己的受欢迎的特质。

天空那头有飞机起飞，遥遥可见，上面有诺亚的标识。宋洋耳边轰隆隆的。

秦远风笑着，对她说："可能又要请你跟我配合了。"

下个月底，日本航线开航。秦远风月初会去一趟日本，想带上宋洋。他会安排公关团队发"网友日本偶遇秦远风及女友"通稿。

诺亚目前只有东京航线，苏卫原本给他安排了锁座，但秦远风让他给他们订日本航司的票，先飞名古屋。回程从东京走，坐沧海的航班。苏卫问："有什么特别要求吗？"他回："跟以前一样，经济舱。"

宋洋一听就懂，秦远风是要研究这些竞争对手。

外界对低成本航空的印象，基本就是服务差。尤其在国内，人们还没习惯廉航不包免费行李托运，没有餐饮，往往低价买了机票，还要吐槽一遍服务不行。秦远风之前跟客舱部门开会时说过，虽然他们在花钱的项目上，不能跟传统航司比，但是在不花钱的地方，没有借口比别人差。魏行之也常在会议上说，他们"要比传统航司便宜，比其他低成本航司服务好"。

秦远风长得高大，跟宋洋两人站在窄小的客舱里，非常惹眼。旁边的乘客多看了他几眼，又继续埋头看平板。他的行李早由苏卫带过去了，宋洋倒是带了小小一只行李箱，都是随身衣物跟文件资料。秦远风让她来，只是当个恋情炒作的工具人，但她想趁这个机会，从他身上学习。

她抱着行李箱往上踮，秦远风一只手拎过来，一抬手，推了进去。

"你的东西真少。"他说，"你不带大箱子去扫货？"

她说："我不知道买什么。"这是她第一次出国。

秦远风落座后，附近的乘客又看了他一眼，突然认出他来："咦，你是不是那个……诺亚那个……秦远风？"

他冲对方点头，礼貌微笑，说声"你好"。

附近位置的中国人都朝这边看过来。空乘不得不过来，用中文跟日语反复说："飞机马上就要起飞了，请大家坐好。"

刚才认出秦远风的那个乘客，跟他隔着三排位置，转过头来，大声冲他说："你怎么坐别人的飞机？还坐经济舱？"

秦远风笑笑："我们诺亚的名古屋航线下月开航，上海直飞，欢迎乘坐。未来我们还会开通更多日本航线。"

又有人问："那个是你女朋友吗？"

秦远风微笑不语，又转头，贴心地问宋洋冷不冷，抬手按了服务铃，要了条毛毯，盖在她身上。宋洋看到有人举起手机偷拍，心想秦远风真是个聪明人物。

秦远风的秘书提前一班出发，跟诺亚公关部派出的人一起。唐越光跟陆文光也都在日本。名古屋机场小，但过关时仍可见大量中国人。宋洋提了行李，秦远风伸出手："我来。"她的手放在行李箱拉杆上，犹豫了一下，松开手。

出来后，苏卫早已等候在此。他看到秦远风提着行李，上前伸手。秦远风说："不用。"

苏卫说："唐总助也到了。他刚走开。"这么说着，三人就看到唐越光走过来。秦远风微笑说："你不是在佐贺么？来凑什么热闹？"

唐越光说："今天到的名古屋。想早点儿跟你谈谈那边的事，抓紧时间。"

秦远风说："中国人果然最讲求效率。"除宋洋外，大家都笑了笑。他说起本打算下机就直接去见名古屋机场的人，但对接的人今天没上班，只好约了明天。

他们上了苏卫在当地租的车，秦远风一直在跟唐越光讲话。苏卫坐在前排，宋洋坐后排，眼睛看着外面的景色。蓝色的天跟更深的蓝的水，飞快从车窗往后退。她看着窗外，耳边听着秦远风他们讲话。

唐越光说："佐贺机场经营困难，跟东京、大阪之间往返航班的乘客少，随时面临停飞风险。但日本国内市场已经饱和，他们看中了中国市场这块大蛋糕。"

秦远风说："航班一旦停飞，当地旅游经济发展，肯定受到影响，也难怪他们会急。不过，他们既然找到我们，证明也在接触其他航司。"

"你说得对。"

秦远风微笑："毕竟诺亚之前破产重组，东京航线也经营得一般般，当年大阪航线还停飞了。现在第二次下场玩，外界都持观望态度。国内业界都不看好，更别提日本人了。跟你谈的是谁？"

"他们当地的知事，派了五六个人接待我一个，非常热情，带我到机场跟周边都转了一遍。"

秦远风对苏卫说:"找人打听一下,他们跟其他航司接触的情况。"

苏卫应了声好。

唐越光说:"沧海的人告诉我,佐贺也跟他们接触过,但是沧海看了一下经营数据,又派了个团去看一下,然后拒绝了他们。"

秦远风坐直了身子:"派了个团去?他们考察得挺认真。是那边有什么硬伤?"

唐越光微笑:"不,你不了解沧海的风格。日本那边全程接待,所以他们派了个团过去玩,其实压根儿没打算考察。"

秦远风笑起来:"那他们员工福利太好了。真怕他们把我们的人给抢过去了。我们出差的人员还要精简,差旅标准也低。"

苏卫适时插话:"那些虚的都不重要,我们只关心薪酬。"

车子驶入市区,窗外出现了城市建筑物,天际线逐渐加高,车子渐渐到了名古屋车站附近,离酒店越来越近。秦远风像是突然想起宋洋的存在,对苏卫说:"我晚上会留在酒店跟唐越光谈话,如果宋洋要出去的话,你安排人陪她吧,到底一个女孩子。"

宋洋说:"谢谢。但我晚上不出去。"

苏卫笑笑:"以前来过?没留下好印象?"

"我第一次出国。但是今晚有事要做。"

苏卫微笑:"陆经理也是的,这时候还让你加班。"

宋洋赶紧笑笑:"才不是。是私事。"

唐越光转脸看向窗外,目光落在宋洋的影子上。

车子到了酒店,宋洋下榻后,第一时间联系提前抵达的公关团队。联系上了,才发现说好要来的两个人,变成了艾米一个。艾米又要协调后面行程,又要发通稿跟拍照,一见到宋洋就不停抱怨,但宋洋看出来她处在外出出差的兴奋中。

前段时间,诺亚集团来了新的营销总监,是个美女,就是曹栋然之前的位置。但诺亚航空公关这一块,却不归集团管,秦远风从诺亚集团公关部剥离了两个人，调到陆文光手下，算是他的人。但艾米是个自来熟大嘴巴，她对宋洋说，老板好像只是暂时让陆文光管，听说品牌推广这块好像要重新划分，现在还没定。

宋洋心里想，如果让她来管，第一个把艾米投闲置散，起码不能让她负责媒体关系。谁知道她两杯下肚，会跟记者胡说八道什么。

宋洋在日本的行程很简单。在出发前，已经敲定。虽然后面因为秦远风的行程一直在变而屡次修改，改到第四次时，他们已经忽略宋洋，不再发给她看了。

反正她也就是个工具人嘛。

工具人宋洋跟艾米要最终版，发现她只需要在热田神宫"被偷拍"就行。后续大阪跟东京，她需要分别跟秦远风吃一次饭，"被偷拍"两次。任务完成。

航空服务是目的地的延伸。航司跟一个地方的旅游局跟机场，常有密切合作。像三大航、沧海航空这种量级的公司，会跟一些国家的旅游局签署战略合作，共同出资开展航线产品推广，支持以中国市场为对象的推广项目和联合宣传活动，提升这家航司在当地航空市场的影响力。

但诺亚还小，都要靠自己。

一个人，一家公司，一个地区，想要生存下来，都要靠自己想办法。

日本酒店房间小。宋洋用水壶接水，插上电，任由它在旁边咕噜咕噜响。她打开一个碗面，将一本地图压在上面。她洗干净玻璃杯，从水龙头里接了杯温水，喝完，搁在柜子上。开始关手机，换电话卡。

手机屏黑掉，她看见自己眼窝微陷。

艾米第一眼见到她，就嗲声嗲气说她太憔悴了，劝她弄工作不要太吃力，当心身体。宋洋附和地笑笑。艾米大惊小怪，说这样不行，侬晓得伐，上镜不好看。你是老板的绯闻女友，肯定要明艳动人的呀。

宋洋心里想，你不懂秦远风。他要世人看到的，就是他没有找女明星，没有找网红，没有找二代。他的身边站了个跟这世间大部分女孩子一样普通的女孩子。这才符合他的人设，诺亚的定位。

但她只打了个呵欠，又摸了摸两边脸颊："是吗？那我得去补觉才行。"

躲过艾米叫她一起出去逛的邀请，她换上日本电话卡，找到一个电话。

中国人开的小店，在池袋。

出发前，宋洋通过互联网跟媒体关系，打听到罗慧怡。十几年前，父亲出事那会儿，她就在里斯本。宋洋辗转找到罗慧怡当年在那儿的熟人，打了个越洋电话。得知事情发生后，罗慧怡突然搬家。

"听说是有了一大笔钱。"后来去了哪儿？"不知道。"那人问，"你问来干吗？"

宋洋谎称是律师，说罗慧怡有个远房亲戚去世，她继承了财产。宋洋必须找到她本人。

对方想了想，终于说："我想起来了，当时在一起的人里，有个说前几年在日本见过她。"

日本哪里？

"东京。"

东京很大。能不能回忆一下，在东京哪里见到她？

"池袋吧，好像是。"

宋洋正打算自己去池袋，没想到突然被安排来日本出差。

摆脱艾米后，宋洋到酒店大堂，用英文跟前台说明了她的需求，前台替她给小店打了电话，找到一个会说中文的店员，把手机还给她。她来回踱步，问到了姓罗店员的上班时间。挂线后，在手机上查了一下日历，罗慧怡上班那天，她在东京。

断掉十几年的线索，好像突然连接上了。她在大堂沙发上坐下来，看着酒店玻璃门开开合合，拖着行李的人进进出出。沙发前的小几上，放着小小的花瓶，旁边摆了一盒糖。她拿起一粒糖，撕开透明外包装，放进嘴里。

秦远风跟唐越光刚好走进来。秦远风见唐越光脚步缓下来，跟他说："我先上去。"唐越光回过神，说："不，我跟你一起上。"经过宋洋身边，秦远风向她点头致意，又跟唐越光并肩上了电梯。

宋洋等他们走开一会儿，才回到房间。

碗面还在桌上，静静压在地图册下面。她掀开一看，面条吸水发涨，不能吃了。她将面倒掉，开了另外一盒，重新烧水。

水壶咕噜咕噜焖着，她在手机上重新点开当年秦邦的采访视频。

看了上百遍，那个女人还是没露面，只拍了双手，声音经过处理。镜头稳稳对着她半边身体，她的脸在镜头看不到的地方，说出那句话，那句将宋洪波父女推下命运深渊的话。

她说："那个航班前的晚上，宋洪波一直跟我在一起。"

她出示了两个证据。宋洪波落下来的照片，他跟亡妻的合影。她还说得出来，他大腿根上有翅膀状胎记。

秦邦追问："我问一个涉嫌隐私的问题，如果你觉得不舒服，可以不回答——那天晚上，宋洪波有休息过吗？"

她迟疑了一下，回答说："基本没有。"

播出后，这段对话引起轰动，甚至衍生出种种"基本没有"的段子。

后来发生的事，宋洋长大后，在当年的新闻记录中看到了。

尽管民航局的事故调查绝对可靠，可证明宋洪波驾驶时的精神状态正常，但大众舆论早已经完全转向。宋洪波从英雄机长，变成了草菅人命的色鬼。他当时所在的航司迫于压力，不得不让他停飞。

要还父亲的清白，就需要找出这个女人。

但当年媒体想采访她时，秦邦始终不松口，没有任何人能找得到她。宋洋也始终不明白，为什么父母的合影会落在那里。

她日渐长大，也明白男人是有欲望的。但父亲不会罔顾旅客生命安全，不会选在那种时候。她猜测，也许他们是露水情缘，甚至是情人关系，所以她才知道父亲如此隐秘的胎记。

但她始终不懂，那个女人手头为什么有父亲跟母亲的合影。父亲给情人看这个，是为了什么？

直到她在黎雪那儿，看到罗慧怡的照片。电光石火间，她突然明白过来。

她跟母亲长得非常像。

父亲为了证实这一点，才会把照片拿给她看。

这时，水壶突然发出咕噜咕噜的沸腾声音。宋洋慢慢放下手机，又开了一盒碗面，把水倒进去。她站在窗前，往外看名古屋的夜色。

秦远风在日本的行程相当紧凑。一大早赴名古屋机场，跟诺亚进驻那边的首航工作小组成员见面，看看在地面代理、外展机务维修、餐食保障跟油料保障方面有没有问题。小组成员来自不同部门，地服部、机务部、运控部、运标部和市场部都有。

组长年纪不大，有干劲，秦远风对地面保障协议每一条都问得仔细，飞机保障、旅客安排、行李运输、机组住宿，组长全都答得上来。

"这段时间辛苦了。中午请大家吃饭。"秦远风说。

大家围成一圈，在那儿喝彩。

然后他跟当地代理单位见面，看一下他们实际情况，顺便了解这个机场特点。

中午时分，秦远风请首航小组的人吃饭时，宋洋留在酒店，艾米给她化妆。

"我们公司也太抠了，怎么连化妆师跟造型师也是我啊。"艾米一个劲儿地说，但语气轻松，并没有在真正抱怨。

宋洋接话："要不是因为我没法自己偷拍自己，也不太懂化妆，估计连摄影、发稿、化妆造型都是我。"

艾米被这话逗乐了，她看到宋洋桌面有本日本九州的旅行书，信手翻开，看到在佐贺那页放了书签，好奇地问："你对这个感兴趣？"

"没什么，随便看看。"

下午他们到热田神宫，给秦远风和宋洋拍照。当天晚上中文社交媒体都放出了"网友日本偶遇"的消息。因为热田神宫是名古屋热门景点，他们又特意挑选人多的时间去，评论里出现很多目击者。连之前有人在赴日航班上拍到他们俩的照片，也被翻了出来。

陆文光开会时特地要求，通稿里不要提诺亚开航的事，但要安排人评论，而且将评论顶上去。

当然少不了说他们炒作的声音，但秦远风不管，目的达到就好。

第二天他们出发前往大阪。宋洋只需要晚上跟秦远风吃个饭就好，白天一整天都没工作安排，拿着沈珏跟蒋丰给她的代购清单，在附近购物。方程所在机队基本不飞日本，方棠还在美国，所以出发前，她问方爸方妈要带什么。

方爸笑着说不用，方妈客客气气，也说不要。宋洋主动说："您整天说腰痛，听人说那边有个药膏挺好的，我带给您。"

方妈说谢谢，又提醒她在外小心，宋洋说别担心，挂掉电话前，方妈支支吾吾，终于问："你是跟谁去？是秦老板吗？"

她从来不提秦远风的名字，喊他"秦老板"。宋洋总觉得有点儿好笑。方程方棠都猜到，宋洋跟秦远风也就是炒作。方妈也不敢相信，虽说跟宋洋和解了，但到底怕她攀上高枝后秋后算账。而且秦远风还是方棠的未来老板呢，于是方妈对宋洋说话越发客气。

宋洋给方妈买了一大堆东西，托酒店前台寄回国内。到了晚上，她跟秦远风到国人游客最多的心斋桥上，牵手走了一段路，被不少人认出来。虽不至于像明星一样被围观，但好歹是名人，不少人举起手机偷拍。他们在附近找了家普通拉面馆，进出时都被人认出。艾米在附近假装路人，也拿手机在拍。

回到酒店后，艾米说："其实也用不着我。真的。这么多人看到了，通稿也不用发，照片也不用拍。"

宋洋笑："那要不要跟陆经理说，让你提前回去？"

"别！"

秦远风在大阪的行程同样满。陆文光从熊本赶到大阪跟他会面，算上唐越光，三人就在秦远风房间里开会。艾米把这个消息告诉宋洋，宋洋翻着手头那本旅游书，猜测着以熊本跟佐贺的距离，秦远风应该是在两个开航点之间选其一。

到了东京，他们要在当地停留三天。原定那天晚上她跟秦远风吃饭摆拍，但临时延期。艾米也不知道原因，也不清楚后续安排。

"你急什么？又没什么事，在附近逛逛多好。"艾米倒是惬意。

罗慧怡这天晚上在小店值班，后面几天都休息。宋洋心急，这样耗在酒店等通知，错过时间，就没法去找她了。

她直接给唐越光发消息，想知道秦远风那边有什么安排。唐越光迟迟没回复。她在房间洗了把脸，扎起头发，披上外套，打算直接过去问。刚开门，唐越光站在门口。

"我刚刚才看到你的消息，就直接过来了。"他说，"手机上不方便。"

她说："你先进来。"

他走了进来，看到她在柜子上放了泡面，微微蹙眉："日本有很多美食，你就躲在酒店吃这个？"

"日本的泡面也好吃。"宋洋说。

"对身体不好，戒了吧。"

"哦。"宋洋看着他，"你要跟我说什么？"

他却想了想，说出来的信息终究语焉不详："他有个重要的人，刚好也在东京。他跟那人去吃饭。"

宋洋脑中闪过一个人，她脱口而出："秦邦？"

"不，不是他。"唐越光笑了笑，"他要来了，我也走不了。"

宋洋摸了一下前额的头发，不好意思地微笑："对。我真傻。而且他不像。"

"不像什么？"

"不像一个不方便发消息讲，必须面对面语焉不详来说的角色。"宋洋这么说着，突然明白过来这个人是谁，"他儿子来了？"

"什么？"唐越光意外了，"他告诉你的？"

秦远风连这个都告诉宋洋，多少出乎唐越光的意料。

"看来真是。"宋洋心想，秦远风要陪儿子吃饭，她今晚可以利用这时间去池袋一趟了。见唐越光一言不发，默默调整手腕上的表带，她说："别多想。秦远风跟我说这番话，无非想暗示他儿子才是继承人，让我不要在你身上打什么主意。"

秦远风一开始就不喜欢她。因此，她也不吝以最坏机心来揣测他。

唐越光一离开，她转身换好衣服，带上充满电的手机，急忙出门。

他们住羽田机场附近。那天是周末，宋洋查了一下，选了最便宜的交通方式。她从机场坐单轨列车到滨松町，再转JR山手线。沿路不断有人上下，车门开开合合，她在车厢中微微摇晃着，昏暗的车窗上映出一张苍白的脸。

大冢站到了，车门打开又合上。宋洋提前挤到车门前。列车载满乘客，滑入池袋站，她随着人流下了车。

她不认路，也不懂日语，只能跟着导航走。在人来人往的街头，左拐右转，打量那些汉字与平假名片假名夹杂的招牌，一步步找寻，终于见到那家中华料理店。店面很小，跟周围浮夸张扬亮丽大招牌下的大店比，特别质朴。在门外站着一个女人，戴着口罩，举着牌子正在吆喝。牌子上有天津饭、饺子、油淋鸡的字样。

她刚进门，店员上前欢迎她，她把手机上的翻译拿给对方看。对方眯着眼睛,凑上前看,而后"啊"一下,跟她说了句日语,便转头跟门外那个女人讲话。

那女人将牌子放在胸前,走过来跟宋洋讲话。她从阴影走向光处,宋洋渐渐看清那双眼睛,非常像母亲。她有点儿失神,但仍然勉强镇定,问她:"你是罗慧怡吗?"

"我是。"对方带点儿迟疑与警惕,从上到下打量着她,"你是谁?"

宋洋问:"你记得宋洪波吗?"

罗慧怡的双眼,瞬间变得像被阴雨天路过车辆的车头灯映照般灰白,那是一种阴郁的灰,还夹杂着说不清的情绪。在池袋傍晚灯光斑驳的街头,她就像一抹幽灵。

幽灵连声音都是虚的,虚弱地问:"你是谁?"

宋洋说:"我是他女儿。"

罗慧怡站直了身子,眼睛瞥向店内,然后她说:"等一下。"她抱着牌子走进店里,宋洋隔着玻璃门,看到她在跟店长模样的人讲话。过了一会儿,她从里面走出来,两手空着,冲宋洋点点头。

"这里说话不方便,到我家吧。"

她边说话边摘下口罩,一抬眼见到宋洋脸色苍白。宋洋盯着那张酷似生母的脸,什么话都说不出来,脚也像走不动。她意识到什么,又重新戴上口罩。

罗慧怡就住附近。灰白色外墙的五层楼建筑物,她带宋洋上去,进门时,从她隔壁走出来一个印度裔的女人,牵着一个可爱的小女孩,跟她打招呼。罗慧怡冲她点点头,回头看宋洋一眼,对她说:"进来吧。"又补充一句,"里面很乱,不好意思。"

宋洋向来慎重,对于贸然进入陌生人的房屋,心存警惕。尤其在异国。但这次,她心无杂念,抬脚便走了进来。

玄关处堆满鞋子,进门后,地上摆满了摊开的塑料袋。罗慧怡前脚在前面走,边走边抬手摘下挂在上面的衣架,把衣服往已经是衣物杂物堆的小沙发上扔。衣服取下来后，跟在她后面进来的宋洋，才看清屋内。

屋子很小，中间是一张长方形桌子，上面同样摆满了摊开的塑料袋，和一瓶瓶开过没开过、满的半满的空瓶子。罗慧怡抓起一个塑料袋，把空瓶子跟半空瓶子往里面一塞，把袋口打个结，顺手塞到桌子底下。

她在桌上抓起一瓶没开过的饮料，递到宋洋跟前："喝吗？"

宋洋礼貌地摆手："我不渴，谢谢。"

罗慧怡自顾自拧开瓶盖，扯下口罩，仰头喝了两口。她放下瓶子，看到宋洋在盯着她的脸。

"很像她，对不对？"罗慧怡说，"你爸第一次见到我，也是这么说的。"

宋洋低下脑袋。来之前，她设想过很多情况，比如找不到罗慧怡，比如找到她但她只是长得像母亲压根儿没见过父亲，比如她矢口否认。唯独没想过，一切就这么自然地发生了，没有半分抵挡，她主动而坦然地提起，宋洋却失去了勇气。

她是认识父亲的，也知道自己跟母亲长得很像。所以呢？所以宋洋害怕，害怕当年她对着镜头说出的，全是真相，害怕父亲在自己心目中竖起的丰碑在多年后的今日坍塌。

罗慧怡问："你是怎么找到这里来的？"

"在黎雪的合照上见到。"

"啊，果然又是那张照片。一开始，秦邦就是这样发现我的。"她掏出香烟盒，从里面抖落一根，递给宋洋，宋洋摆摆手。

她问："你不介意吧？"

宋洋摇头。她走到窗前，推开窗户，侧着身子点燃一根香烟。宋洋什么都没开始问，她自己开始说。

从秦邦这个不得志的记者说起。

宋洪波成名后，第一批采访他的记者，基本上是交通线跑线记者，这里面就包括秦邦。内容无非是事发时的状况、他当时的心理状况、飞行员应该具备怎样的素质和日常培训，回去写写就能成为一篇稿子。秦邦采访完，估计这些素材够写一篇了，站起来跟宋洪波说谢谢，握握手。

宋洪波所在航司的宣传主管，一直陪同宋洪波接受采访。在采访结束后，他跟两人说了句不好意思，走出去拨一个刚被他摁掉的电话。

秦邦瞅准机会，跟宋洪波要联系方式，说是后续有什么问题，可以联系他。

宋洪波笑："啊，这样可以吗？不是要经过主管吗？"

秦邦说："让他一直传声，他也累。反正我们写完的稿子，一定要给你们公司审过再发的。"

宋洪波微笑着，掏出手机，跟他交换电话。秦邦在这时候，看到他贴在手机后的贴纸，那是他跟家人的合影。

出于记者的职业敏感，他问了一下宋洪波的家庭情况。宋洪波告诉他，他的妻子几年前就去世了，除了生病待在老人院的母亲跟有老年痴呆的岳母外，他就只有女儿一个亲人。秦邦给他手机背后的贴纸拍了张照，说是做资料参考用。

主管打完电话进来时，秦邦正在问宋洪波一些诸如"如何兼顾事业与家庭"之类的问题。那天的采访很愉快。结束时，秦邦走上街头，曹栋然开车来接他，车上还有实习生黎雪。曹栋然随口问起采访情况，秦邦百无聊赖地说："就那样。这种题材，难道还能写出什么惊天动地的东西不成？"

曹栋然笑笑："这个行业本来就这样。除非能当上知名主播，不然还指望它发达不成？"

秦邦将头靠在椅背上，正在闭目养神，听到曹栋然这话，他眼睛都没睁开，平静地说："我不指望发达。名和利，我只对名气感兴趣。"他原本就是报社最出众的那个人,却因为职场斗争败下来,现在成了个混日子的。

他不甘心,非常不甘心。

两个男人说话的同时,黎雪在旁默默翻秦邦相机里的照片。她突然"咦"了一声,急急抬头:"这是谁?"

秦邦靠过去看了一眼:"他老婆啊。"

"不可能啊……"黎雪摇摇头,自言自语,"她大学一毕业就嫁给老外,去了葡萄牙了啊……"

秦邦不耐烦地打断:"你在说什么?他老婆早死了。"

罗慧怡抱着手臂,抽着烟回忆到这儿,烟灰簌簌掉到地上。宋洋静静地在桌面杂物中,翻出一个脏兮兮的烟灰缸,往垃圾桶里倒干净,用纸巾擦了擦,递到窗边的柜子上。罗慧怡抖了抖烟灰。宋洋问:"那你是怎么跟他们几个人扯上关系的?"

罗慧怡说:"我跟黎雪,读中学时很要好,我嫁人后,还一直断断续续有联系。那个男人,哦,就是那个葡萄牙佬,我嫁过去才发现他会家暴。我想离开他,但是当时又不想回国,唉,我家里的事情太多太乱了,反正,我不想回到我爸妈身边。我想在葡萄牙那边生活,但是我当时连葡萄牙语都说不好,英语也烂,找不到工作。"

宋洋听她回忆着往事,她的思维跳跃又混乱,一直没进入正题。但宋洋不愿打断,耐心听着,直到她说:"我跟黎雪不是有联系嘛,她那次打电话给我,说起有个人很像我。我一问,她说,是个机长。我当时一听就问,是不是姓宋的?"

好像有个巨人,将手探进宋洋的胸腔,将她的心脏一把撅起。

她感觉自己呼吸也急促起来。

好久了,她等待好久了——就为了接触这个真相。

罗慧怡说到这儿,停了停,又转头问她:"口渴吗?你看我都忘了给你倒杯水。"

"不渴。你接着说。"宋洋斩钉截铁。

罗慧怡叹了口气，将香烟在烟灰缸里摁灭了："你都等了这么多年，也不差这一会儿了。我先去烧个水。"她去拿水壶，放在水龙头下接水。宋洋站起身，靠近她身旁，追问说："然后呢？你为什么会认识我爸？"

"咦，这个插头是不是有点儿问题？"罗慧怡手里握着水壶的插头，眯着眼睛打量插座，但就是插不进去。宋洋直接伸手接过，脆生生地将插头往插座里一戳，按下水壶开关，这圆鼓鼓的物体开始烧起水来。

罗慧怡又点燃一支香烟，她转过身子，对宋洋说道："因为之前他们公司开里斯本航线时搞了推介会，需要一些中国人当临时工。我在那时候认识他。他当时一见到我……跟你刚才的表情差不多。我当时以为他喜欢我，后来他跟我说，他死去的老婆跟我一个样。你知道，男人有时候会说这种鬼话，我才不信，然后他就把照片拿给我看……真的是一模一样。"

"所以你才有那张照片？那你怎么知道他身上的胎记？"

罗慧怡放下持烟的手，看向宋洋的姿态千回百转，良久，她说："你还年轻，看起来好像对男人没什么经验的样子？"

宋洋一下噎住。

她又说："我知道对别人的女儿说这种话，好像不太好。不过……"

"不会的！爸爸不会罔顾一机人的生命！"宋洋向来自持，但此刻终究失控。

罗慧怡轻声说："身为机长，他不会。但身为男人……或者你可以这么说吧，他真的很爱很爱你的母亲。"她低头看了看表，又抬头，"你还有什么问题吗？我还要回去上班，不能走开太久。"

宋洋问："葡萄牙那边的华人说，在我爸死后，你突然有了一大笔钱，搬了家，跟那男人离了婚，然后消失。这笔钱，跟这件事有没有关系？"

罗慧怡怔了一下，她偏过头看了看窗外，又猛吸一口香烟。"有，你爸给了我一些钱。基本上，"她抬头想了想，"他每次来都会给我一些钱。"

宋洋的脸变得像烟灰一样惨白。罗慧怡将烟头摁掉："不该跟你说这些的。"

"但你现在为什么……"

"为什么过得这么潦倒？"罗慧怡苦笑了一下，"都是命吧。我后来又爱上了一个男人，钱被他骗光了，我原来那个老公也到处找我，扬言要杀了我。我当时想换个地方生活，刚好同乡介绍，有个机会，就来了日本。后来……"她欲言又止，终于长长吐了口气，"反正我就是个浮萍一样的女人。这些故事又长又臭，你不会想听的。"

罗慧怡抓起桌面上的钥匙，握在手里："走吧。"

宋洋跟着她，磕磕碰碰往外走，整个人都像飘在半空。眼耳鼻舌身意都是飘着的，目光瞥到这儿，又瞥一下那里，忽然在一个小相框那儿停住了。

那是父母亲那张合影，就是当年她对着镜头出示的那张。相框外细心围了一圈干花，搁在柜子上。在乱糟糟的房间里，只有那一块是特别干净的。旁边还放了个小小的微笑的藏像。

罗慧怡注意到宋洋的目光，她的声音也沉下来："当年我听说你爸自杀的事后，很过意不去……虽说我当时答应接受采访，是出于某种类似说出真相的想法，最后却造成这个结果……我带着他们的相片，从葡萄牙一直到日本。我到日本后，听了身边一些日本人的推荐，就把镰仓、京都、四国的寺庙都拜了一遍，还去了高野山，祈望他可以成佛。"

她的声音越来越低，最后转了个身，双手合十，在他们跟前合掌拜了拜。

宋洋不太记得自己是怎样回到酒店那边的。她依稀记得池袋街头有下着帘子的风俗店，记得有很多说着中文的人擦肩而过，有穿着很短裙子的年轻女孩子，记得JR山手线上拥上来一批人又下去一批人，记得有夜风吹起长街上的塑料袋，在风里飘啊飘。

看到酒店正门，她才意识到自己还没吃晚饭，又折出去。到附近的小超市打算买点儿吃的。她抓了一碗泡面，突然想起来唐越光的话，又放下，拿了牛奶、三明治、和果子跟黑巧克力。这超市人少，上了年纪的店员在那儿忙前忙后。

她提着东西出来，旁边药妆店里走出来一个人，她瞥了一眼，见到秦远风。

秦远风看了看她袋子里的东西，跟她打招呼："没吃晚饭？"

"没有。"她说。

秦远风注意到她眼眶有点儿红，但什么都没说。两人并肩往酒店走，宋洋随口问："您也没吃吗？"

"你。"他提醒，"我说过不止一次吧。"

"你也还没吃吗？你今晚不是要陪……他吃饭吗？"

秦远风苦笑了笑："他有点儿不舒服，肚子痛。可能是水土不服。"

宋洋这才明白，他这是下来替儿子买药。原本这种事情，他可以让苏卫去做的。秦远风倒是瞧出来她在想什么，他说："我给苏卫放了假。他今晚有活动。"

宋洋见过太多人，腰有十文钱，走路时已振衣作响。但他的确是个不错的雇主。

她问："没有找医生？"

"跟前台说过，他们派人来看过，还替他买了药，但吃完没效果。我咨询国内的医生朋友，有人建议说可以买某种药，我就过来买。"

宋洋想起小时候每当她生病，父亲也特别紧张。母亲早逝，老人家身体不好，自己都要让护工照顾，家里只有从乡下请来的亲戚帮忙。因此父亲觉得特别对不起她，一旦她生病，他都特别特别在意。

但即便如此，他也从来不请假。他说每个飞行的人都有家庭。小时候宋洋不理解，长大后明白了，因此对有高度职业荣誉感的人，倍有好感。她在诺亚认识的那些人，有些她只知道名字，有些她认得脸。他们是一道道影子，热爱飞行的，抱怨工作辛苦又不舍得放下的，**重重叠叠**，每一层重叠，都加深了她对父亲的认知。

但今晚的事，让父亲覆在这些影子上的形象，像纸一样，噗地穿了。

也许因为想起了父亲，让她今夜有些恍惚。不远处酒店高层楼顶，亮着明明灭灭的灯，像暗夜里的红色勋章。她突然开口："你不介意的话，或许我可以帮他看看。"

秦远风的儿子看上去有五六岁，正坐在床上看一本童书。宋洋一走进去，他马上抬起头来，首先看见父亲，刚才还神情克制，立马扔开书，手按着肚皮。当他看见跟在后面的宋洋，眼神突然警觉起来。

宋洋觉得好笑。她想，往秦远风身上扑的女人不会少，否则这小孩子何至于如此敏感。

秦远风坐在床边，问他还有没有不舒服，他点头。秦远风说："让姐姐给你看看，好不好？"

小屁孩盯着她，不吭声，像一种无声的对峙。

宋洋问："你叫什么名字？"

他不回答，只看向秦远风："玛丽亚呢？"

宋洋听这名字，猜测是一直在美国照顾他的保姆。

"玛丽亚也不舒服，我让她休息去了。"秦远风说，"威利，姐姐跟你说话。"他喊的是英文名，威利看了他一眼，又瞪一下宋洋。

从罗慧怡那儿出来后，宋洋一直是飘着的。但威利这小小孩，拧捏的神情让她觉得有意思。她走上前，不跟他废话，也不讨好他，直接摸了摸他的手，冰的。

她又问了几个问题，威利不理会，秦远风倒是能答的都答了出来。这让她多少有些意外。她原本认为，秦远风一直在国内忙工作，把小孩丢在美国，多少有些自私。现在看来，他还是爱这个孩子。

宋洋跟他说："你等一会儿。"转身出去。

再回来时，她手里提着一块圆滚滚的东西，坐在床沿，摊开在掌心，是一只剥了壳的鸡蛋。她说："我问前台拿的，用水壶煮过。"她把用布裹着的鸡蛋握在手里，也不跟威利废话，让他把衣服掀起来，露出肚皮。

"我不！"威利说。

宋洋不理会，直接下手去撩他衣服。

威利挣扎，嘴里喊着"爸爸救命"，宋洋摁住了他。秦远风在旁觉得有趣，看得直笑。宋洋回头："帮帮忙。"

父亲一事放下，她对诺亚的工作不再患得患失，跟秦远风说话也随意起来。秦远风也不觉被冒犯。

宋洋反复用鸡蛋滚在威利的肚子上，威利"哎呀呀痒痒痒"地叫起来。他长相清秀，是非常秀气聪慧的那种孩子，但掀起衣服却露出鼓鼓囊囊的肚皮。宋洋忍不住笑，手下始终不留情，握着鸡蛋快速滚动。

过了一会儿，威利不喊了。

宋洋松开手，将他衣服扯下来，盖住他的小肚子："还痛吗？"

威利瞪着她，赌气式地跟她对峙。

秦远风拍拍他脑门，对宋洋微笑："看他这表情就知道已经好了。"

宋洋说："你的功劳。"

"嗯？"

"小孩子不舒服，可能只是为了引起大人的注意。你在这里，他就好了。"

威利在旁边听到，开始生气，用手拍向宋洋的手臂。秦远风比他更快，一手按住他，脸仍朝向宋洋，接续话题："看来你不单学过医，对儿童心理也有研究。"

"没学过，但听过，儿童心理学还挺有用。"

"因为每个人的心里都有个孩子？"

"因为成年人都有幼稚的一面。"

"不管怎么样，要谢谢你，宋医生。"秦远风有点儿开玩笑。

宋洋说："我学的东西早忘光了……我小时候不舒服，我爸就会用这个民间土办法，说他小时候也一样用。我至今不知道原理。"

威利在旁觉得无聊，拉着秦远风的衣角。宋洋说："他今晚没吃东西吧？带他找个地方，喝点儿热汤什么的。"她跟秦远风告别，回到自己房间。

长久以来的目标地，终于到了。但是那里并不如她所想。那种浑身乏力的感觉攫住了她，她整个儿躺倒在床上，盯着白色的天花板。窗户拉开，外面不时传来想要把黑夜撕裂的车声。

她将窗户用力拉上，再次倒在床上。

突然传来了敲门声。

宋洋怀疑自己听错。她看了看表，晚上8点半。这个时间，谁来找她呢？

敲门声又响了三下，非常慎重。

她坐直身子，对着门口方向说了声"Hello"。门外是秦远风的声音："是我。"

宋洋去开门，秦远风站在门外，冲她微笑："我带威利出去吃饭，一起吧？"

宋洋本以为要带上艾米，继续摆拍，于是跟秦远风说来不及化妆。秦远风听她这么说，笑了起来："不，真的是吃饭。"

在酒店餐厅吃，都是日本料理。威利肠胃不好，秦远风给他要了茶碗蒸和味噌汤。宋洋放下随身小包，环视一下周围。秦远风笑笑："这里不会有人偷拍。"又转头，对威利说，"刚才到现在都没谢过姐姐呢。说谢谢。"

威利不吭声，只用一双孩童的眼珠，看牢宋洋。眼珠子又黑又大，宋洋想起，曾几何时她也是这样。但现在的她，在别人眼中，满腹心机。

宋洋冲他做鬼脸，威利扭转过脸。

秦远风问起她，当初为什么想来诺亚。这一次，认真发问。

宋洋避开父亲的事，告诉他，自己喜欢这个行业。诺亚虽然小，但是她喜欢参与到弱者变强的故事里。

他又问她，为什么会喜欢这个行业，是因为家里人从事这个，还是受了影视影响。

她没正面回答，只微微笑："我以为你永远不会问起。"

"什么？"

"第一次见面的时候，在饭局上，你压根儿没问过关于我这个人的任何事。"

"是吗？我不记得了。"他说，"但是在直播里问你的隐私，也不太好。"

也许当初，自己是小人之心了。

从罗慧怡家出来后，她本以为自己会食不下咽，没想到胃口奇佳，直吃到裤腰绷紧。秦远风问她诺亚航空一线的事，那些他想知道但没人会告诉他的事。威利吃饱了犯困，上下眼皮在打架，但秦远风仍在谈兴上。宋洋不得不提醒他："威利要睡觉了。"

他摸一摸小屁孩脑门，温存低语："困了？"

"嗯？"威利睁开眼睛，声音都是含糊的。

"我们回去吧。"

秦远风牵着威利的手往外走，仍回头跟宋洋继续刚才未完的话题。宋洋觉得也挺有意思。在外人看起来，这也许是一个霸道总裁与平民女的故事。然而剥掉性别外衣，不过是上司与下属在交流工作，乏善可陈。

他们等待电梯，威利突然开口喊了声什么。秦远风俯身，耳朵贴过去："什么？"

威利看着宋洋，又张口，清清脆脆地喊了声"妈妈"。

秦远风正色："她不是你妈妈。"

"那我妈妈是谁？你第一次带我跟其他女人吃饭，她肯定是我的妈妈。"

"她不是。"秦远风非常严肃，"不能随便叫其他人妈妈。"

威利又黑又大的眼睛，从秦远风身上转到宋洋身上，又转回他爸爸身上。谁都看得出来他的失望。

电梯门打开，他们一前一后进去。威利始终垂着脑袋。

宋洋突然涌起不忍，对这小孩产生了莫名强烈的代入感。她伸出手，轻轻揉了揉他的脑门，蹲下身子，在他前额上亲了亲："威利，今晚好好休息。"

威利抬头，眼中一下子注入了神气。电梯门打开，他跟着秦远风出去，一只手被他牵着走，突然又朝宋洋递出另一只手。宋洋犹豫，他不由分说地牵过她的手。

秦远风跟宋洋，隔着这扬扬得意的小小人儿，对视了一眼。

宋洋的房间就在两步之隔。秦远风松开握着威利的手，平静地说了声晚安。宋洋也说晚安，低头按下密码锁，推门。

秦远风突然喊住她，她回头。

他说："谢谢你。"

宋洋点点头。他又说："我知道你是好意。但随便给一个小孩希望，是很残忍的。"

宋洋想，你不知道一个被剥夺了希望的孩子，过着什么样的生活。但她说，好的。便推门进了房。

她洗完澡，从冰箱取出一罐梅酒，边喝边查邮件。窗外是一片黑暗，室内也灭了灯，只留洗手间有光。她一口一口喝着酒，邮件上的文字在眼前流过去，像倒掉的酒。她看不进去，把平板电脑扔到一边，倒在床上。她闭上眼睛，父母亲那张合影出现在她漆黑视野的每个角落里，将小小的她围困在中间。

室内非常安静，现在她终于可以静下来，回想今天发生的一切了。罗慧怡整个人，连同她那间房子，像一个个小精灵，顺着她的头发，爬进她脑子里。她想起罗慧怡说，父亲每次来都会给她钱。

不对！宋洋突然整个儿坐起来。

父亲是机长，赚钱多，但在宋洋长大的那几年，他不是花钱给妈妈治病就是给爷爷奶奶外公外婆疗养。为了给宋洋好的教育环境，又花钱买了学区房。他死后，照顾宋洋的乡下亲戚把家里值钱的东西都拿走，还留下一句话——这机长的钱还不够在乡下盖一个厕所呢。

他没有其他收入，留下的钱也不多，否则后来宋洋生病时，方爸方妈不至于要卖掉父亲留下的房子筹集医药费。

父亲怎可能有这么一大笔钱给罗慧怡在里斯本买房子？

宋洋急匆匆站起来，伸手去摸墙壁上的灯，结果太焦急踢到了脚趾，疼得她直发慌。她缓了十几秒，又爬起来，哆哆嗦嗦披上外套，胡乱抓了把头发，闷着头往外走。

抵达池袋时已经夜深，街上店铺大多都关了门，只有餐馆便利店还开着。穿着西装梳着大背头的男人，站在风俗店外面抽烟，打量着路过的男人女人，烟灰抖落在泡泡浴灯牌前的路面上。宋洋路过罗慧怡工作的那家店，往里面看了一眼，她不在。

她认得路，往前走，左拐，转入小巷，走到尽头，看到自动贩卖机的路口，再拐一个弯，往前走就到了。公寓门锁着，她进不去，这才意识到自己太焦急。她站在外面等了不知多久，见到一个印度裔女人牵着小孩走过来，另外一只手里提着大袋子。走近了，对方朝宋洋瞧瞧，宋洋朝她瞧瞧，认出了彼此。

宋洋下意识蹦出一句英文，然后才想起来，边掏手机边说着罗慧怡的名字。那女人用英文回复她:"你是问那个中国女人吗?她刚刚匆匆忙忙搬走了。"

宋洋怔了怔,直接抓住对方的手腕,把小女孩吓得手里的玩具都掉地上了。宋洋顾不上,只死死追问:"她去了哪里?"

"我跟她不熟,连她名字都不知道……更不可能知道她去哪里了。"

宋洋失望至极。

罗慧怡的话里,七分真相,三分谎话,于是听起来特别真挚。宋洋回过神来,想到自己从小到大,不也是满嘴谎言么,怎么被她一下唬住,就辨不清方向了。

线索断了。

印度裔女人突然说:"哎,刚才还有个男的找她,刚刚走。"

"什么人?长什么样?"

"也是中国人,很年轻,大概这么高。"她踮起脚比了比高度,"发型像这样的,挺英俊。"她指了指附近的广告牌上的男艺人,"穿着黑色长风衣,那种裤子。"又用手指了指对面小酒馆前站着抽烟的一个男人。

"他去了哪里?"

"那个方向吧。"女人往前指了指。

宋洋俯身替小女孩捡起玩偶,飞快塞到她怀里,丢下句"谢谢",反身就往那个男人去的方向跑。

小巷这里没有什么人,只有在风俗店门前招揽生意的西装男子,在她奔过时被她吓了一跳,看了她一眼。有不良少年在附近大吵大嚷,脚边都是压扁了的空啤酒罐。

没有什么穿着黑色风衣的年轻中国男人。

她一路跑,直到眼前出现一条大马路,汽车在上面快速行驶,将黑夜割裂成两半,一半抛给快乐的人,一半丢给伤心的人。

宋洋失魂落魄,沿着路面往前走,经过一家小店,有人从里面走出来，正好回头跟人笑着讲话，谁都没留意谁，撞到了她身上，忙不迭跟她鞠躬道歉。

她失神地抬头看了一眼，觉得这地方有点儿熟悉，又看了一眼，发现是罗慧怡打工的地方。

宋洋一个急转身，闷头就要冲进去，差点儿撞到刚才出来那人身上，把他吓了一跳。她顾不上，一只手扒着门就往里面闯，食客都抬起头，一脸茫然地看着她。

她边用英文问罗慧怡在不在，什么时候上班，边往外掏手机。手指在上面一阵忙乱，滑来滑去，要找翻译。店里正在煮面的中国人突然抬起头，对她说："罗慧怡刚打电话来辞职了，让把剩下的钱，有多少给多少。"

"她去了哪里？"

对方摇摇头："不知道。"看着她，神色木然地补充了一句，"知道也不能说。"又低下头，继续煮面。

宋洋慢慢走出来，双腿发软，也不知要去哪里。她站在店外面，走了几步路，发了好一会儿呆，看着红绿灯转换，耳边交通信号嘀嘀嗒嗒响。

身后，有人拉开小店的门，用英文说了句什么。她的耳朵是一张小小的网，捕捉到熟悉的声音，捕捉到"罗慧怡"这三个字。

宋洋回头，看到那个人从里面走出来，脑袋低垂。一身黑色中长款风衣。

抬起头来，两人都是错愕。

宋洋没想到，会在这里见到唐越光。唐越光也没想到，会在这里见到宋洋。

长街上有风，酒精和香水的味道。他们漫无目的地走着，谁都没开口说话，谁都在想第一句话该怎么说。

还是唐越光先开的口。他说："原来你真的是宋洪波的女儿。"

宋洋问："你什么时候知道的？"

"刚才。"

宋洋惨淡地微笑:"但是你早就怀疑我了,对吗?"

"从第一次在师母那里见到你。"他安静了好一会儿,"曹栋然出事没多久,你突然跑到离公司跟家都不近的地方学瑜伽,认识了黎雪。你说让她介绍男朋友,我一开始觉得奇怪,甚至生气,但后来怀疑,你只是为了增加在瑜伽班以外接触她的机会。但我并没想到原因。直到上次你看照片时,一直在套话。我联想到所有的事,比如你姓宋,比如你在坊间传言诺亚要改革裁员的时候,非得进来,比如你跟人总保持一定距离,像是怕人从自己的私生活中窥探出过去。"

宋洋觉得自己像个天真的透明人,原来一早就被别人看得清清楚楚。她缄默,等待唐越光向自己发起进攻,斥责她卑鄙,斥责她阴沉。

但他却说:"对不起。"

她抬起头,看着他。

他说:"我替我爸,替师母,向你说声对不起……我知道简单的道歉,换不回来一条生命,但相信我,师母一直在内疚。"

几年前,唐越光第一次到区路通家里吃饭时,黎雪认出了秦邦的小儿子。当丈夫到楼下买饮料时,她向唐越光忏悔了当年的事。她说这些年来,她身体一直很差,每天都做噩梦,要吃安眠药才能入睡。

他跟宋洋说,师母过得并不好,希望她能够原谅师母。

宋洋脸色苍白地听完,声音颤了颤:"但是罗慧怡撒谎!她对着镜头撒谎!谁让她撒谎的?是她的贪欲。谁给她钱做这些事的?是秦邦。谁替秦邦牵线的?是黎雪。跟他们三个比起来,只负责掌机跟剪辑的曹栋然,简直是清白人一个!"

"是我爸——是秦邦骗了她们。罗慧怡的确是撒谎了,这点无可厚非。我两年前受师母所托来看过她,你应该也看到她现在的状况……对活在底层的人复仇,已经没有意义。"唐越光在宋洋撕裂的伤痛面前,甚至不愿用父亲一词。

"但是她刚才还在对着我撒谎。"

"被自己害死的人的女儿,突然出现在面前,谁不害怕呢?"唐越光说,"我恳求你,放过师母,她不是曹栋然,她没有主动成为帮凶,她只是被利用了。"

宋洋不语。

他慢慢走近她一些,低声说:"我也求你,放过你自己。让这件事过去,重新开始自己的生活,好吗?"

像试探一般,他一点儿一点儿将手伸向她,最后慢慢握住她的五根手指。她的手冰凉,像暗夜长街的月光将其冷藏。

良久,她开口:"我不是基督山伯爵,我没有其他要求,我只要他们把清白还给爸爸。我要他们向爸爸道歉。"

"好。"唐越光没有半分犹豫,"回国后我就跟师母说,跟我爸说。"

宋洋摇摇头:"你不会。那个人始终是你的亲生父亲。要求道歉,等于要毁了他的名声。他的一切都是建立在那个采访上得来的。"

"偷回来的东西,那就还回去。"唐越光回答得直接。

他说得好像是小学生摔坏了学校的椅子,道个歉就完事。他态度坦荡,光风霁月,倒显得宋洋汲汲营营。

宋洋站在那儿,脊背发紧,好一会儿,终于说:"我也偷了东西。你对我的信任,是我偷回来的。"她抬头,咬着牙齿,"一开始,我是为了秦远风,才故意接近你。那本性能笔记,不是我的。"

"我知道。"

宋洋看他,他说:"我后来看到你的字迹,根本不一样。"

宋洋想了想,又说:"我也不喜欢你听的那些歌。"

"啊,那是你的损失。"唐越光故作惋惜。

宋洋忍不住笑了笑,又沉默。他低头,非常小心地用两手捧起她的脸,认真说:"对不起,如果我再早点儿发现,再早点儿跟你坦诚地谈这个问题,你就不用一个人默默忍受那么久……咦,眼睛入沙了?"

她用手指按了按眼睛,要躲开他的手。

唐越光比过去大胆得多,他拉开她的手,假装仔细端详,然后在她眼皮上吹了吹:"没事了,我把所有不开心的事全部吹走了。以后宋洋就是这个世界上最快乐的人。"

4

这天发生了太多事。星光下,唐越光牵着她的手回去,电梯里没有别人,他忍不住伸手摸她头发。电梯在某层停下,两人随即分开,看到酒店服务人员鞠躬问好走进来,他们也对对方鞠躬,又相视对方,微微一笑。他送她回房间,在门口停住,小心翼翼亲吻她前额,说晚安,目送她进去。

宋洋一个晚上没睡好。

她的内心灌输了太多恨,爱是陌生的课题。她在枕头上,翻来覆去,想着父亲,又想起秦邦,最后念着唐越光才入睡,又醒来多次。

次日早上,宋洋一出门,就在走廊上见到唐越光。他看起来也没睡好,挂着黑眼圈。两人摸着自己的眼睑,都笑起来。

他们一起走,在酒店餐厅见到秦远风。他边看着手机边进食,抬头见到两人,冲他们微笑。宋洋问起威利,秦远风夹起一点儿烤鲑鱼:"他没事,正在房间里吃早餐。胃口很好。"

唐越光问:"你不陪他?"

"我在想事情,希望无人打扰。"秦远风微笑了一下。

唐越光跟宋洋在他对面坐下用餐。秦远风原本正看着手机,忽然想起什么似的,又抬起头来:"对了,我打算,把恋情炒作取消。"

唐越光跟宋洋都觉得突然,相互对视一眼。唐越光问:"为什么?日本航线正是需要增加曝光的时候。"宋洋凝视秦远风片刻,忽然扭过头,对唐越光说:"这里冰激凌好像不错,你帮我拿一个?"

唐越光走开后,她问:"你知道了?"

秦远风喝一口咖啡,微笑:"昨晚看到你们牵手回来。"

"我们本来也打算今天跟你说。一切发生得太突然,所以……"

秦远风突然笑着打断:"当然,这才是爱情。"

宋洋用小勺戳中小碗里的抹茶杏仁豆腐:"我不想因为个人的事情,影响到诺亚。"

秦远风抬头微笑:"但哪天你俩在一起时被人看到了,那对诺亚的影响就更大了。"他看着宋洋,"这世界对女性并不友好。我跟唐越光不会受到丝毫影响,但人们会怎么说你?你会被网络暴力得体无完肤。"

"让我想一想。"宋洋突然发力,碗里的杏仁豆腐被小勺碾成碎块,"我会想个好点儿的主意,尽量双赢。"

这天下午,陆文光突然收到秦远风的消息。说他跟宋洋要"分手"了。这消息让陆文光吃了一惊,心头涌上不少猜测。他私底下问艾米,是不是东京那边发生什么事了,艾米却一头雾水,还没收到任何消息。

陆文光还在斟酌时,秦远风将"分手"方案也已发给他。陆文光一看,隐隐感觉这是宋洋手笔——

预热:先通过相熟靠谱的渠道,放出分手的小道消息。

辟谣:隔一段时间,再放出他们在日本同游的照片以作辟谣。

再加热:隔一段时间,再放出分手的小道消息。

官宣:到日本航线已达到宣传目的,网友也腻烦时,可以官宣和平分手。

方棠回国了。

她到诺亚报到,一切都很新鲜。

办公楼跟沧海大楼隔着一条大马路,遥遥相对,只是寒碜不少。

办公楼是租的，每个区域都是沧海对应职能区的缩小版，从前台往里面走，一路都是诺亚航空精品航线的易拉宝跟宣传海报。

她经过会议室，玻璃墙内，所有人围成一圈，坐在上首位置的人，看起来也没什么架子。

她经过飞行准备区，桌椅、饮水机、仪容镜，全都排得紧凑，没有浪费的空间。

她经过办公区域，行政人员在格子间里埋头，看起来很专注，没有人聊天。打印机滋滋响着，往外吐着纸。

宋洋跟沈珏说过，以前诺亚没赚到钱时更寒酸，现在已经升级。话虽如此，魏行之还是让办公室制订方案，继续节省预算。

方棠大笑："我的新东家这么抠啊！"

沈珏告诉她，"抠门"两个字简直是流淌在诺亚的血液里。就连秦远风出门，都会坐经济舱，其他人自然不例外，甚至还有坐火车的。

方棠刚回国，就发现沈珏跟老哥有点儿不寻常。她私底下问宋洋，宋洋告诉她，在她离开这段时间，这两人好了又分了，现在正处于尴尬期。

所以啊，跟朋友熟人同事恋爱，就是有这个问题。方棠这么告诉自己。她穿着制服到飞行部门报到，一路引来其他人注目。她在沧海航空时就发现这一点：空乘走在路上，也许会引起男性注意，但假如这时出现一个女飞，所有人的注意力都会马上转移。

想到这儿，她挺了挺胸膛。

出国前，方棠租的房子已经退了。方爸让她回家住，但方棠回来后，感觉跟方妈之间还是有点儿微妙。

学飞前，方妈千方百计阻止，说她丢了空姐的工作，又铁定没法吃苦，简直是浪费青春，在婚姻市场又前景不明——女性的能力值跟受欢迎程度可是成反比的啊。

方棠不是不知道方妈想法，所以不打算回去住。公司有飞行员宿舍，目前女飞只有她一个。总务部给她安排一楼的一个房间，旁边住着宿管阿姨，中间是休息室，基本没有人。同一层另外一面是洗衣房跟健身房。

她去看了一下，感觉还不错，也懒得再找房，就这么定了。

马上就要正式飞行了，方棠的心都在这上面。

方程提醒她，执行任务前要查一下搭档的名字，提前给他们发消息打个招呼。上机后选餐食，记得让机长先选，主动问机长有什么别的要求。

她上排班系统查了机长跟副驾驶的名字跟联系方式，给他们敲了一通肉麻话，还简单说了一下明天的目的地、机场、天气，表明自己有做功课。

最后调皮地表示："我是您明天航班的副驾驶，一枚新人，多多指教。"

副驾驶很快回复："好，明天见。"还回了个微笑的表情包。

她又低头看机长的名字——QIAO KE。

QIAO KE？方棠在手机黑屏上看到自己拉长后的脸。即使是同名同姓，她也不想看到这个名字。

但她还是把同样的内容发给这位机长。对方一直没回复。

呵，怎么叫这个名字的人都那么清高？

方棠设了三个闹铃，手机跟手环都设置提醒。第二天早上，闹铃还没响，她就睁开眼睛，从床上跳起来，开始洗漱。穿上熨得笔挺的白衬衣，系好领带，郑重戴上肩章，挂上登机牌后，她在镜子前看了看自己：不错，不错。

机组成员要在航班起飞前90分钟签到。她提前2小时就抵达了运行控制大厅，在那儿对着酒精测试机吹气，听着熟悉的"Normal，正常"机械声，抬头看着窗外对面的沧海航空大楼，恍惚中，她觉得自己好像在跟过去的自己道别。

再见，空乘方棠。

你好，小飞方棠。

"方棠——"

有人在后面喊她，她转身，见到一个长脸的飞行员，笑容可掬地看着她。她还在发愣，对方冲她微笑："昨晚跟我发过消息，忘记啦？"

"哦哦！庞师兄你好！"她有点儿纳闷，忍不住问，"师兄怎么认得我？"

问完后，瞬间意识到自己有点儿傻。

大厅里人来人往，但人们经过时，都忍不住向她这边来。

这里只有一个女飞行员，就是她。

对方微笑："叫我庞飞好啦。你就是方程的妹妹吧。我也是昨晚收到你消息后才想起来，方程妹妹不就是叫方棠吗？早些时候就听他说过你要进诺亚，让我多多关照你，没想到你第一班就跟我一块儿飞。"

方棠心里开了一朵花，在云霄上悠悠地晃着。真幸运，有老哥的朋友罩着。

庞飞说她今天第一次飞，带她熟悉一下流程。方棠原本一直紧张，但知道这是方程朋友后，整个人放松多了，态度也没那么拘谨。她跟着庞飞，看他打印机组任务书、领签派放行文件，跟签派妹子聊天调情，在飞行计划上标注，填任务书。

她问问题，他回答，她不时插话。

庞飞笑着说："你现在还是新人，到了酒店要负责填入住单，不过没事，我来替你弄吧。"

"谢谢师兄！"方棠甜甜地笑。

庞飞正要说点儿什么，突然神色一紧，整个儿从椅子上跳起来，身板挺得笔直，冲着方棠身后毕恭毕敬喊道："机长，早上好！"

方棠知道机长来了，调整好表情，转过身冲对方甜笑："机长，早上厚——"

因为震惊,最后一个字歪音走调。

杀手乔克,身着飞行员制服,出现在诺亚运行大厅,站在方棠跟前。方棠这团火还未灭,迎面撞上冰山。冰块一样的冷感,像易拉罐里的可乐一样,从他周身喷出来。

她跟庞飞都被紧急降温。庞飞试图跟乔克打招呼,跟他聊天,乔克一言不发,仿佛这两人是透明障碍物,只顾低头看飞行计划上的油量。他垂着长长的眼睫毛,一只手从口袋中摸出黑色墨水笔,飞快在上面签上名字。随后拖着拉杆箱,丢下一句话:"到准备室吧。"

方棠当空乘时,没少参加飞行前会议。但以飞行员身份参加,还是第一次。她啥话都插不上,也不敢插。像小学徒一样,跟着乘务组和安全员一起下楼,到车库坐机组车,过安检,到指定停机位,下车。

乔克跟他们说:"你们先上去。"

方棠准备跟着庞飞他们上去,乔克冲她伸了伸手指:"你,留下来。"

方棠心里暗暗叫惨。

两人穿上反光马甲。乔克说:"现在做绕机检查。你还记得吧?"

方棠赶紧说:"师父教我的,怎么敢忘记?"

乔克不为所动。

方棠一拍脑门:糟了,忘记他不吃这套。她尴尬微笑,从左侧前机身开始往前绕行,边检查边口中念念有词:油污,没有。污渍,没有。外来物,没有。损伤,没有。划伤,没有。凹陷,没有。变形,没有。雷击痕迹,没有。漆层剥落,没有。固定螺丝松动,没有。电子舱门关闭。机外氧气释放指示器绿色状态……

她报告乔克,一切正常。然后等待乔克表扬。

乔克什么都没说,让她跟着自己,又走了一圈。在起落架、飞机机翼、飞机尾部、发动机等部位,他都重点检查一遍。他从口袋摸出黑色墨水笔，边低头在飞机外部检查单上签字，边问她："现在心情怎么样？"

"嗯？"方棠没明白他的问题。

乔克盖上笔盖，抬头看她："现在你不是学员，不是独自驾着小飞机。客舱里有两百多个人，他们的生命都握在你手上。"

方棠心想，这话也太夸张了吧，她第一次飞，就是个跑腿跟班，坐在那儿看着。但她知道这话不能跟乔克说，于是义正词严道："我会用责任为他们护航！"

方棠一直在装孙子，就连上飞机后，乘务长跟她热情寒暄，说"早就听说今天有新人女飞，还是个美女"的客套话，都只是嗯嗯嗯。正在检查客舱设备跟摆放矿泉水瓶的空乘，也好奇地抬头看她。

乔克在旁边，她实在太紧张了。她看得出来，庞飞也有点儿拘谨，在乔克核对他输入的飞行计划时，他也一声不吭。

幸好，航班还算顺利。以前听老哥说的那些什么惊险故事，没有发生。抵达北京后，庞飞跟乘务组出去，还叫上方棠。方棠本来开开心心出去，一眼见到乔克从他们身后经过。乘务长热情地喊："机长，一起出去吃饭啊？"

"不用了。"乔克转身进了房间，砰地关上门。

其他人面面相觑。乘务长悄声说："这个机长刚来，之前在美国当教员，听说个性就是这样。外号叫杀手。"方棠心想，原来大家都知道了。

每家航空公司的乘务长，消息都很灵通。连哪里有好吃的，都一清二楚。乘务长说她有个小本本，专门记录全国各地好吃的馆子。

他们到五道营胡同深处，那家馆子人多，露台上的位置早已满人。他们对着一桌杏仁豆腐、鸡里蹦，开始讲公司内部的八卦。说起在航班上遇到的怪咖，或是机场里流浪的那个印度人，最后说到秦远风跟宋洋从日本回来后就分手了。

有小乘问："分手？他们不是一直炒作吗？日本航线刚开呢，

这么快就官宣分手，以后还能继续炒作吗？"乘务长故作神秘地说："谁知道呢？"又有人猜测，没准是秦远风发现了宋洋这个人不可靠，决定终止合作。

方棠觉得好笑，只默默地吃着蛋糕。

这时候，突然有人笑闹着从楼下走上来，他们回头看，庞飞跟乘务长认识人多，都说："好像是沧海的机组喔。真巧。"方棠正低头吃着蛋糕，一听到沧海的名字，心想可别遇上熟人，把脑袋埋得更低。

却有人远远地喊方棠，她只得抬头，见到以前在沧海的师父林玲在那儿，正冲她扬手。她也激动，走过去跟林玲说话。沧海航空其他人在附近找了个位置，坐了满满一桌。民航圈子小，不同公司的人往往是同学或者前同事。也有人认出了诺亚航空的人，扬了扬下巴，算是打个招呼。

方棠跟林玲站在露台上，林玲慢慢问起她，现在当女飞怎么样。方棠笑："还好吧，现在才第一班，什么都还不熟。"林玲微笑："我是真没想到，那会儿你辞职去学飞，还真的飞出来了，你真是太令我骄傲了。"

方棠笑说哪里哪里。林玲说，当初我还以为你是为爱所伤，一时意气呢。方棠大笑，什么为爱所伤，怎么我听起来像个脑残！

这么说着，沧海航那桌又来了两个人，大家起哄地笑着。方棠跟林玲齐齐望过去，见到是徐风来跟一个空乘，看起来挺亲密。林玲注意到方棠的目光，低声说："是那个女的在追他，还没在一起啦。"

徐风来笑着跟对方说话，恰好目光转过来，遇到方棠，在她身上滞了一下。方棠转过身，继续跟林玲说话。

方家又恢复了聚餐。方棠当女飞这事，诺亚出了两篇通稿，方妈的老同学转到群里问她，其他人识相地纷纷夸赞，方妈觉得脸上有了光，对方棠态度也缓和下来。只是她总感觉方棠翅膀硬了，有意跟自己赌气，也因多少对她现在的个性摸不着底，于是私底下跟方程打听，看她现在有没有男朋友。得到否定回复后，生了半天闷气。

宋洋比约定时间晚了五分钟，一进门就道歉。但方妈早就不敢说她了。

一家人围着吃饭，大家都关心方棠的新工作，就方妈一直不说话。宋洋注意到她竖着耳朵听着，微笑着给她夹了块鱼肉。

倒是方棠主动问起宋洋分手的事，宋洋直接认了："是啊，分了。"

方妈听了这话，心里一惊。她情绪有点儿复杂，又是开心又是不快。不快，是因为老同学知道宋洋是秦远风女友，想托方妈关系，把自己儿子搞进诺亚。方妈答应得好好的，这下黄了，怎么给老同学交代？开心嘛，是因为身为母亲，她觉得自己亲女儿长得比宋洋漂亮，个性比宋洋开朗，凭什么宋洋搭上了秦远风这种笋盘，方棠却还单着。

她扒拉着碗里的菜，心里猜测着：宋洋到底做了啥，秦远风才甩了她？分手费要了吗，多少钱？

方妈好奇得很。但到底不是亲女儿，她也不好开口，只从碗沿上斜着眼睛偷偷瞧宋洋。宋洋正偏着头跟方棠讲话，没说几句，两人都笑起来。方妈更好奇：怎么了？咋还这么开心呢，强颜欢笑？

这饭吃得差不多，方爸站起来收拾，宋洋像往常那样也来帮忙，方爸忙让她坐下休息。方棠笑笑："哎呀，搞得我像个懒姑娘似的，我也来。"

厨房窄小，容不下三个人在里面走动，方爸轰她们俩出去。宋洋便端了水果走出来，方棠跟在她身后。

两人走出来，刚好听到方妈在问方程跟沈珏的事，方程答得不太耐烦，言简意赅地说分了。方妈喜滋滋地："分了？分了好！"

宋洋跟方棠两个人对视一眼。

方妈又说："那个外地人，底下还有个弟弟呢。这就是个无底洞！以后你要给他们家打工的呀！"

方程有点儿不高兴了:"是妹妹。再说了,打什么工呀,太难听了。"

"妹妹嘛,好一点儿。但万一长得丑嫁不出去,还不是你替她养着呀……"

连宋洋跟方棠都觉得这话说过了。方程一声暴喝:"够了!"

客厅里静了下来,宋洋止了脚步,方棠也止住。两人悄不作声往墙后站着,听着方妈"刺啦"一声搬开椅子,带着怨气,拖长声音:"怎么了?我把你生出来,就不能给你点儿人生忠告了?你们这一个个的,都咋了?方棠这样,你也是这样。我知道啊,你们都能耐了,晓得飞了,不把我放在眼里了。"

方程懒得跟她说话,冷冷丢下一句:"我要回去了。"又冲里面喊,"你们跟我车吗?一起回去?"

坐到老哥车上,方棠才仔细问起宋洋近况。宋洋没跟她说太多秦远风的事,只说她现在有男朋友了。

"谁啊?不会真的是秦远风吧!"

宋洋说出唐越光的名字。方棠第一反应觉得这名字怪熟的,一秒钟后想起来,这不是她让自己查过的那个人吗?

飞行机组只管飞,对公司组织架构、管理人员这些的熟悉程度,远不如地面员工。宋洋不得不给她补课,说唐越光现在是诺亚的人,在魏行之手下。

方棠嚷嚷着要见本尊。宋洋说:"他还在日本出差,这次没跟我一起回来,估计得在那边待一个多月。"

"日本很近,随时可以回来啊。"

宋洋笑得舒坦:"是啊。不过现在他在考察航线,我们都认为,这时候还是别分心。"

宋洋嘴里的重要事,是日本小地方航线意向考察。诺亚上海飞名古屋开航,首航客座率逾九成,市场相当关注。

佐贺热情更高涨，熊本也越发积极争取，其他地方的知县听到消息，纷纷向他们递出橄榄枝。唐越光研究当地市场时，顺便对机场运行条件也一块儿考察了。

宋洋是初恋，不解风情得很。每晚跟唐越光通视频时，反反复复，仍说着工作的事。唐越光笑话她，但是又说："我就是喜欢你这样子。"

他们互相告知对方工作上的最新进度。

唐越光说，他们跟佐贺和熊本都谈过，大家讨论下来，认为佐贺目前急于发展，给出的补贴更优厚，但熊本在旅游地宣传上更有力。

宋洋则告诉他，已开辟日本航线的推广，他们市场部正在头脑风暴："你还记得蒋丰吗？他说可以搞动漫营销。"

"动漫营销？"唐越光笑起来，"空乘在飞机上扮机器人吗？"

宋洋说，蒋丰的提议是做一些高达航班、宫崎骏航班之类，比如可以在机舱内放一些高达周边，搞抽奖，自媒体上互动，这样也契合诺亚航空针对年轻人的定位。

蒋丰是个主意很多的人，但是需要人配合他执行。怎么实现，如何联系动漫公司那边，他通通没想法。最后还是宋洋给他写了份计划，提交给陆文光。

陆文光正忙得焦头烂额。女儿准备中考，老婆是离婚后再娶的小空乘，工作没多久就跟他结婚了，要人脉没人脉要阅历没阅历，完全帮不上忙。他天天忙着找关系。家里老人又住院了，他工作也顾不上，这才体会到人到中年智者虑。

几个月前的雄心壮志，被现实磨得只剩小小一块，远远挂在墙上，时不时闪一闪，发出微弱的光。莫宏声看他这模样，约他出来喝酒，劝他要学会管理，学会授权，不然要累死。陆文光闷着头喝一口酒，心想哪么容易。莫宏声知道他是猜忌心重的人，也不再劝他。

最后，还是夏语冰知道了陆文光的事，帮他牵了线，把女儿考学校跟老人找医生的事都给搞定了。

陆文光对着莫宏声连连感叹，还是你家老婆好啊，我家那位就一个花瓶，关键时刻完全不顶用。

莫宏声却苦笑着，说家家有本难念的经啊。他不好告诉陆文光，夏语冰突然跟他提起了离婚，于是转了个话题："对了，别说我不提醒你。那个宋洋可是老板家的人，你小心当了她的垫脚石。"

陆文光一怔，又笑笑："这么明显的炒作，怎么连你都骗过了？你以为秦老板真的会喜欢她吗？"

莫宏声也笑："不，我说的是老板的弟弟，唐总助。"

陆文光大感意外。仔细想想，才明白为什么秦远风突然提出停止炒作。

在秦远风的恋情炒作、航线广告、短视频跟大促销的组合下，诺亚日本航线一度成为热门话题。大促销机票被抢购一空。连非目标客户也知道诺亚航空有飞日本的白菜机票。诺亚日本航班客座率居国内航司首位，大幅领先第二名10个百分点。魏行之相当满意。

陆文光也很满意，在家里哼起小曲。小娇妻坐在化妆镜前，揭下面膜，转头问他："怎么了？这么高兴？"他笑笑："说了你也不懂，继续敷你的面膜去吧。"她哼了一声，继续对着镜子摸自己的脸，嘴里嘟囔着，自己有个包包想买。陆文光只假装没听到。

但公司里有些声音，他没法假装没听到。

这次宣传效果虽好，但营销成本也高，并不符合公司一贯策略。销售分部不是他的嫡系，有人异议，说他们只会花公司钱，哪天预算降低，市场那帮人就做不出事情来。这声音传到陆文光耳边，他在会议上跟对方针锋相对，话里有话，直到魏行之开口肯定他的业绩，不同的声音才低下去。

陆文光铆足劲，要全面造势。

他邀请了媒体团飞日本。按照惯例，媒体老师在当地食宿行程花销，全部由公司负责。纸媒式微，广告收入连续下跌，陆文光花一大笔钱请媒体记者赴日游玩，背后颇有争议。但鉴于上次魏行之当面肯定，再没有人当面说什么了。

宋洋提前写了通稿，交由陆文光审核。礼品由她跟艾米、蒋丰负责。他们一组三个人，上网选礼品、包装盒，连夜扎蝴蝶结，自己包装。只剩下最后两小时，艾米突然尖叫。其他两人看着她，她像看恐怖片似的表情说："多了一个小飞机模型。"

"没事吧？"蒋丰心大。

宋洋已在旁默默拆开盒子，一个一个重新核对，又一个一个重新包装。他们额外多花了一个小时。今天每个人都喝了三杯咖啡才到现场，看起来都精神饱满，容光焕发，其实虚着呢。宋洋把艾米跟蒋丰推到前头，自己在小桌子后负责媒体签到跟车马费、礼品发放。

艾米到诺亚集团当公关前，曾经是知名杂志《GW》的记者。《GW》虽说被归类为时尚类，但最擅长的却是深度人物报道。艾米擅长社交，但文字水平不行，大家都说她应该去搞公关，她就跳到诺亚去了。她讲话爱用"侬晓得伐"开头，尤其爱跟外地人飙上海话，夹杂英文单词，吃穿用度都像上只角名媛。后来看到她跟本地人一起，却说着字正腔圆的普通话，一打听才知道，她家是宁波的。

活动现场，艾米一看到《GW》的人，就欢脱地跑去跟人打招呼。

宋洋远远看着，《GW》派来的人年纪跟区路通差不多，但衣着更有范儿，戴着墨镜，嘴角噙着一丝笑。有一句没一句，跟艾米说着话，艾米听得直笑，花枝乱颤，那长形的耳环在脸颊两边不住地晃。

那男人见到陆文光，便拍了拍艾米肩膀，握了握她的手，然后跟陆文光说话去了。艾米还站在那儿笑。宋洋问她："刚才那个人，他不签到吗？"

"哎呀，我们这些礼品他看不上。"艾米瞥了一眼签到表，却又指着"李君"的名字说，"喔，签了呀。"她捂着嘴笑，"肯定是他实习生替他签的。我以前实习时，也帮老师签过。"

艾米跟蒋丰一起跟机，保障这群嘉宾，到东京继续伺候他们。唐越光也在日本，宋洋不是没想过假公济私，飞去日本见他。但他们俩都觉得这样做不好。唐越光说："基本确定会在佐贺开航，我也很快回来了。到时候我们休个假，就能够安心在一起了。"

他们俩都不想在工作的时候分心。

宋洋做媒体剪报，翻到了李君那篇。此人言辞犀利，虽介绍了诺亚日本航线，但在字里行间总透着些优越感——"国内的民航业刚刚从运输业升阶到服务业，要达到国外的五星级服务，还有很长一段飞行距离。有意思的是，有些航空公司打着廉航的旗号，直接把这段升阶之旅拉回原点。"

宋洋转过头去问艾米，艾米很有经验地说："这篇已经算挺温和了，还是夸了诺亚几句的，原稿更犀利。李君从来不准公关改他的稿子，牛得很。而且——"艾米又是一副"我来告诉你"的样子，"他跟沧海航空那边的公关关系挺好的。"

"那为什么还请这种人来？"

"魏行之点名要求的。说李君这人不仅背靠《GW》，而且是媒体圈内知名的民航爱好者。他自己经营的公众号，粉丝数虽然不能跟顶级大V相比，但是在飞友里面几乎算是朝圣指南。哪家公司开了新航线啦，引进了新机型啦，甚至休息室改造升级啦，他都会去尝鲜并且第一时间发布。所以魏行之说，我们要一点儿一点儿争取他的好感。"艾米指着文章的结尾，"你看，他这不是对诺亚算是点赞了嘛。你不知道以前他冷嘲热讽得多难听。"

听艾米一口气讲完，宋洋对她有点儿刮目相看。这姑娘看起来对工作漫不经心，但该知道的事情都清楚得很，一点儿不迷糊。她不喜欢李君，但上次活动现场丝毫没表现出来，她怎么看都像他的小迷妹。

在宋洋眼里，这就叫敬业。

宋洋觉得自己要学的还有很多，晚上跟唐越光视频时，她这么跟他讲。他笑笑说："应该没有能难倒你的事吧？"

两人聊了一会儿，就开始干活了。他们把手机放在一旁，连着视频，各自做事。偶尔想起对方了，就抬头看一眼手机屏幕。宋洋二十五岁才初尝恋爱滋味，只觉世间一切都是马卡龙的甜。

住在她隔壁房的沈珏，却正相反，刚刚失恋。方棠小心翼翼地跟她打听，她轻描淡写，说只是因为跟方程个性不和。方棠心想：也是哦，老哥那么爱玩，但沈珏显然是个闷闷的，个性又倔，难以想象他们会走到一起。

方棠已经飞行了一段时间。她现在是诺亚的明星小飞。不是因为飞行技术多过硬，而是因为出名。她当过空乘，跟人打交道多，嘴巴甜，笑容更甜，没有比她更适合站在幕前的人了。就连以前在沧海的同事也经常跟她说，前天又见到你的新闻啦，昨天又看到你接受采访啦，今天走在机场里也听到人们讨论你啊。

师父林玲也给她发消息，说为她骄傲，最后冷不防来一句："昨天跟他一起飞，他问起你。"

方棠隐隐约约猜出他是谁，但还是明知故问了一下。

林玲说，昨天他们航前准备后，一起坐机组车进机场。她因为落了东西，要上楼去拿，徐风来主动说陪她去拿。只剩他们两人时，他问起林玲，方棠现在怎么样。

"那你怎么说的？"

"我说呀，肯定比我们好吧。诺亚飞行员的待遇比沧海高不止一点儿啊。"

方棠正在天空之城喝小酒，她对着手机，咪咪直笑。老板白鹭飞凑过来，问她什么事那么开心。她将手机搁在桌上，佯装神秘："这是我成为飞行员的前传。"

"说来听听。"突然有人在她身旁落座，她一扭头就见到乔克的脸。乔克瞥一眼她的杯子："酒精？"

她的脸白了白，瞬间口齿不清："公司没排我班……我也没备份……"

乔克要了一杯无酒精鸡尾酒，转脸面朝方棠："最近天气不好，机组资源紧张，随时会叫我们出任务。"

方棠刚才的好心情顿时全无。她结结巴巴地说："那、那我先回去准备一下……"

随即抓起手包，落荒而逃。走的时候，还听到白鹭飞跟乔克开玩笑："机长先生，你这是把我的客人赶走了啊？"

虽然每次飞，都会搭配不同的人，但也不知道是怕啥来啥还是怎样，一个月后，她要飞武汉，又遇上了乔克。

她不敢大意，从知道跟他搭班的那一刻起，就开始认真准备。像要面临大考的小学生一样，她狂翻手册，学习航线特点，预习航线上的特情处置程序、通信习惯，提前检查证照带齐没有，制服熨好没有，闹钟调好没有。

一切都好。只是没想到，她会在候机楼远远地见到徐风来。

此时此刻，在敞亮的候机楼里，方棠一身飞行员制服，跟同样飞行员制服的徐风来，隔着拖着行李箱的来往旅客，遥遥相视。

乔克冷不防开口："那个是你前男友？"

方棠突然从云端掉下来，跌落日常。她吓了一跳，又结巴了："怎、怎么知道的？"

"你一直盯着他看，他也看你，但是彼此没有打招呼。"

方棠小声嘀咕："没想到你还挺八卦。"

乔克面无表情，像个机器人："我对你的事没兴趣，只想提醒你，集中注意力好好飞。"

方棠赶紧嘴里念念有词，开始背航线特点，直到上机。

但她没想到，武汉那么大，她居然还能在那里见到徐风来。

这天的另一个副驾，也是个寡言的人。飞行过程中，驾驶舱里连一句废话都没有。好不容易抵达目的地，到了酒店，方棠替他们办理了入住手续后，才终于松了口气。她回到房间，想起还要替沈珏带东西给她妹，于是赶紧给对方打电话。

沈雯在武大念书，常念叨着到上海找老姐，但沈珏不肯，让她好好待在学校用功。沈雯觉得没意思，但她知道自己姐特别倔，谁都说不动，没再提这茬。

但那次沈珏跟她说，自己上次出差韩国，给她带了点儿高丽参，托朋友带过来。这个朋友就是方棠。沈雯一听方棠就激动。方棠！诺亚航空的明星女飞啊！她加了方棠的微信，提前就问她住哪里，早早就从学校赶到酒店那边。

方棠本来还打算去武大走走，但沈雯已经赶过来了。她洗把脸，下了楼，见到急匆匆赶来的沈雯。相比沈珏，沈雯更会打扮，嘴更甜，个性也开朗，一见面就喊方棠"姐"，对她夸上天。方棠心想，这小妹妹跟自己还挺像。

她问沈雯附近有没有什么好的餐馆，请她吃个晚饭。沈雯也没来过这边，低头打算查点评，最后还是方棠跟乘务长打听了好去处，拉上沈雯过去。

一顿饭时间，她打听完沈珏姊妹的家庭背景。以前，她只知道沈珏由单亲妈妈拉扯大，听沈雯一讲，才知道原来她生父是个飞行员，还是个渣男。

"我妈总觉得她在男人的事上吃亏，所以整天跟我俩耳提面命。我是无所谓啊，我还小，但我姐好像听进去了，所以特别不相信男人，不相信爱情吧。"

方棠心想，难怪方程有次说漏嘴，认为沈珏对自己不咸不淡的。

原来不是老哥的问题，是沈珏自己的问题。

沈雯还说了好多，比如外婆重男轻女，比如舅舅一家挡着拦着，不让她们见外婆一面，生怕她们怂恿外婆修改遗嘱。

"外婆到现在也不知道，她生病时的住院钱，是我姐掏的。"沈雯用吸管狠狠戳着杯子里的碎冰，愤愤不平。

方棠好奇起来，问沈雯他们抢的房子在哪个小区。她顺手在手机上查了一下那房子的价格，差点儿笑出声来。诺亚机长一年就能赚到这个钱。沈珏要是有心，随时能嫁个飞行员。不知道这帮子势利亲戚，到时候会不会又来扒她的皮，吸她的血。

方棠送沈雯上了车，自己则返回酒店换好衣服，到楼下健身房跑步。

虽说现在飞机都是现代化的电传操纵系统，跟过去比，对体能要求低得多。但她在美国航校时，已习惯了力量锻炼。

她在跑步机上，塞着耳朵听着音乐，慢慢跑起来，没留意到身旁机子上什么时候有人。直到那人用手摘下她耳塞，她才发现徐风来就在她旁边。

他笑着说："真巧，又见到你了。"

"哦，是哦。"方棠调整了步速，跑得稍微慢些。

"没想到你真的当了女飞。之前听人说，我还以为是同名同姓。"

"我也没想到。"

"是因为我吗？"徐风来微微笑着。

方棠回忆起他这副模样了。永远这样笑着，永远把全世界当成他的笑料。她停下来，用挂在脖子上的毛巾擦脸，对他说："你误会了，我永远不会为了另外一个人做一件事。过去不会，现在不会，将来也不会。"她从跑步机上下来，"我跑完了，你继续。"

她一转身，见到乔克正在一旁的史密斯架上做卧推。他神情专注，看起来完全没注意到那边两人的对话。方棠蹑手蹑脚经过他身边，正准备溜出去，乔克突然喊住她。

她站住，回头看乔克。徐风来在跑步机上放缓步速，正在看她。

乔克说："你今天表现不错。"

5

也许是恋爱的缘故，宋洋觉得这个城市的夜晚也分外可爱。天空很高，人们在人行道上来来往往，灯柱子隐没在梧桐树、香樟树和银杏树之间，把灯影投在路人身上。宋洋过去从来不逛街，现在周末加完班，也跟在方棠身后，一间一间店的橱窗看下来，再拐进武康路时，已是一手提着购物袋，一手提着食品袋。

方棠从来不吃黄油，唯独苏格兰的黄油酥饼戒不掉，还推荐给宋洋。两人肩并肩走着，方棠忽然说："我们回去吧？"宋洋才发现，前面快走到安福路了。她笑，原来方棠怕在附近见到自己老妈。

两人打了车回公司方向，宋洋小区跟方棠宿舍都在那边。车子驶得慢，没驶出多久就开始堵。方棠百无聊赖到处张望，突然像发现新大陆一样，指着车窗外让宋洋赶紧看。"你看你看！这两人，十有八九是出轨男女。"

宋洋看到外面有家外贸鞋店，店外站着一男一女。宋洋看不见他们的脸。她问方棠："你怎么看出来的？"

"直觉。"

宋洋笑她："你什么时候像个神婆了？"

方棠喟叹可惜不能立即查证。

这时，那个男的微微转过脸，看了一下四周，然后飞快在女人的脸颊两边亲了亲。这下宋洋看清楚那个男人的脸了，是李君。

居然是他。宋洋对这位不可一世的记者，可谓印象深刻。

就在她盯着李君看的时候，女人也转过脸来，宋洋看清她的脸，怔了怔。

那人是黎雪。

跟在家里时比起来，她整个儿的气质都不一样。

这天晚上，唐越光跟宋洋视频时，发现她心不在焉。她解释说自己着凉了，唐越光让她早点儿休息。他们道了晚安，宋洋准备上床睡觉，但翻来覆去睡不着。一闭上眼，黎雪的样子就闯进来。

她是个双面人。

年轻的时候，她是业内精英人士。结婚后，甘心当个贤妻良母。她跟唐越光说，自己也被秦邦所骗，她说自己对罗慧怡配合秦邦撒谎一事，并不知情。

但现在，宋洋冷静下来，抽丝剥茧，觉得不可能。

难道秦邦跟曹栋然远赴里斯本时，只拿着一个地址就上门？如果黎雪不在，罗慧怡怎么会同意两个陌生大男人进屋？

假设因为签证一类的原因，黎雪不在现场。但难道罗慧怡事前事后就没跟她提过，她要配合秦邦演一出戏？在她对唐越光陈述的版本中，她双手干净，唯一的污点，仅仅是给秦邦介绍了一个长相酷似母亲的人。

宋洋翻来覆去，心事重重。

既然黎雪能够对着自己丈夫演戏，谁说她就不曾对着其他人演过？

宋洋一骨碌翻过身，抓起枕头边的手机，给艾米发了个消息，问她有没有空出来喝东西。

艾米秒回："好啊。我正在外面撸串撸到一半，我男友跟他的同事突然说要出任务，临时走了，我正发愁下半场没节目呢。"

因为怕见到熟人，宋洋特地没去天空之城，而是挑了稍远一点儿的地方。这地方唐越光跟她提过，人少，音乐好，舒服。艾米坐下就说，哪儿找的这么好的地方。

宋洋先跟艾米客套了一下，然后说起今天看到李君的事。只是没提女方是她认识的人。她艺术地表达，那个女人看起来不像是他老婆。

"当然不是！他老婆陪孩子在加拿大念书呢。"艾米没等宋洋套话，自己先倒出来一大堆李君的隐私。什么他老婆在家突然接到女实习生的电话，说自己怀孕啦，什么发现他转移资产气得想离婚但为了孩子还是忍啦。

"他的确很有才华，但是也很贱就是啦，他跟那些女人的事，杂志社很多人都知道。他经常把自己的艳遇分享给男同事。"

宋洋说："今天跟他一起那个女的，不是小姑娘，看起来倒像是有夫之妇。他们有身体接触前，还小心翼翼地看了看四周。"

"他现在很少碰有夫之妇吧，好像更喜欢单身的，毕竟怕麻烦。"服务生把艾米点的新加坡司令送上来。艾米啜了一口，边说话边打手势："我男朋友还在《GW》那里，所以还是听到他很多事情。"

宋洋犹豫着，是否要把话题引到黎雪身上。艾米曾经是媒体人，没准知道黎雪。

艾米还在巴拉巴拉："李君拉了个开车群，就是把社里的男人们都拉进去，在里面开开车发发小图片黄段子吹吹牛啥的。他把什么小姑娘为他割脉自杀血流一地的照片啦，甚至为了讨好他而拍下的性感照片，都发到群里。我男友给我看过。"她边说边从包里翻她的小平板电脑。也不管宋洋正在吃冰镇甜番茄，一手的红色汁液，就把小姑娘血淋淋的手腕照片递到她跟前。

"你看，你看。"

宋洋抽出湿纸巾，匆匆擦干净自己双手，边擦拭边想，下一刻该不会让她看性感照吧。

艾米的手指还在上面滑动，又把屏幕往宋洋跟前凑了凑："你看，还有有夫之妇给他写的肉麻情书也晒出来了。居然还是手写的。"

宋洋在密密麻麻的手书中，一眼看到黎雪的名字。

艾米手快，下一秒就要滑过去，给她看性感照片，宋洋说："等等。"

她食指跟拇指在屏幕上开合，仔细看眼前这书信。信件上的每个字都像一柄抵在她背上的尖刀，她多看一个字，那柄刀就往她的血肉里刺得更深一点儿。她视线开始模糊，眼前仿佛又见到了血，也许是她刚吃的冰镇甜番茄，也许是小姑娘血淋淋的手腕，最后她明白过来，那是父亲身体下的血泊。

艾米满意地看着她脸色发白，知道信里的秘密将她骇住了。她用手指玩弄着吸管，笑笑说："这个女的，说什么自己当年编造的谎言害死了英雄机长，还说良心不安时常做噩梦，直到认识李君后，才被他治愈了。"

平板电脑黑了屏，宋洋看见自己的脸正从黑色屏幕上凝视自己，仿佛从深渊尽头盯着她。

艾米在她的脸跟前晃了晃手："咋啦？"

宋洋迅速镇定自己，抬起脸来："第一次看到这么大的秘密，有点儿吓到了。"她将平板电脑搁在桌面上，"你们没打算做个内幕报道？宋洪波这个英雄机长的事，当年全国闻名，十分轰动。"

"嗐，你以为我们没想过？但这样不等于把李君卖了吗？他自己当时把这图发出来后，也很快意识到这个问题，立即撤回。嘿，他连那些自杀啊、裸照啊什么的都没撤回，就撤回了这个。幸好我男友手快，给截图了。啊你等等，我接个电话。"她掏出手机，跟电话那头咿咿呀呀说着什么，上海话夹杂英文，声音越来越大，隔壁侧目。她冲宋洋打了个手势，走出去听电话。

宋洋的眼神像一阵风，送着艾米出了门，又掠到桌面那静静躺着的平板上。

因为陆文光明早要向魏行之汇报日本航线市场情况，沈珏留在办公室改汇报材料，一直改到10点才到家。回家路上又接到陆文光电话，说想到两个地方要修改。沈珏赶紧从包里翻出笔跟本子，趴在路边墙上就开始写。结束电话后，手机刚好没电，她把本子往包包里一塞，急匆匆往家里赶。

路上经过面包店，她进去买第二天早餐。刚进门就听到方程的声音："我哪有骗你？"然后是哧哧的笑。

她抬头，见到方程背对她，端着面包盘子，站在收银台前的小队伍里。他抬起眼睛，也正好见到沈珏。

两人都避开眼神交流。

沈珏随便夹了两个红豆面包，就排在方程身后，静静等待。

轮到方程买单了，他对电话那头轻声说："我再给你打电话啊，乖，我正买东西呢。"

显然是在哄女孩子的语气。沈珏站在他身后，面无表情。

电话那头似乎不愿意放过他，还在喋喋不休，他无奈地冲那头说："真没骗你，都等着我呢，我得手机支付呀。"

收银员跟沈珏都看着他。他对电话那头说："行行行，好，那我用现金。"他边说边摸口袋，摸了半天，侧开半边身子，让出位置给沈珏，又拿开电话，冲收银员说，"让她先。"

沈珏将盘子放到收银台上，收银员按了几下，机子上显示一个金额。她掏出手机，正打算要扫，发现手机按不动，才想起来手机没电了。她翻了翻包包，没带钱包。

她抬头："不好意思，我不要了。"

收银员嘀咕一声："今天咋回事，怎么都遇到这种人？"

方程听到了，突然放下手机，冲收银员说："你说什么？你说哪种人？"刚才还是和煦春风似的吹着电话那头的人，瞬间就肃杀如秋冬，冷眼看着那收银员。

那小姑娘不敢吭声了。

方程对电话那头说："真不跟你讲了，挂了。"便挂掉电话，对着桌面虚指一下，"一起给吧。"

沈珏说："不用。"

收银员看了她一眼，又看了方程一眼。

方程说:"一起给。"

沈珏说:"不用。"

排在沈珏后面那个人说:"搞什么啊?等半天了。"

收银员又抬头看了沈珏一眼,再看了方程一眼。

沈珏不吭声了。方程说:"一起给就是,分开装。"

收银员动作快,给他俩装成两个袋,都交到方程手上,不忘职业地说一声:"欢迎下次光临。"

两人往外走,方程将红豆面包那袋塞到她手上,随口问了句:"这么晚下班?"

"嗯,加班。"

"一个女孩子家,路上小心点儿。"

"这里是上海,治安很好的。我不怕。"沈珏还是那样不解风情。

他哼了哼:"你在哪里都一样。我第一次见你时,在襄阳,你不也是一个人走夜路,我一个陌生男人跟在你旁边走,你都没半点儿警觉。"

沈珏沉默了半天,忽然说:"我当时就觉得你不是坏人。"

方程没想到她会这么说,倒一下不知道怎么接了。两人静静走了半天,他才忽然笑着说:"我还以为你讨厌我。"

"我不讨厌你。"

两人已经走进小区,道路两旁灯柱子藏在树后,像是小小的发光的脸,在窥视这一对男女。

方程说:"但你突然要跟我分手,原因也说得不清不楚的,找你你也不回我。"

"我们个性不合。"

"是个性不合,还是因为你生父的原因,所以你对飞行员有偏见?"

沈珏没料到会从他嘴里听到这话,吃惊地抬头看他。他说:"是你妹妹跟方棠说的，我可没主动打听。但你自己也在航司工作，你应该知道，飞行员群体是很庞大的，你不能给他们贴标签。有爱玩的，但也有专一的，忠诚的。我的师父就是这样，跟我师母关系可好了。"

沈珏不吭声。方程觉得自己已经说动她了，一只手搭着她的肩膀："再给我一个机会，好吗？"

沈珏看了他好一会儿，才慢慢开口："方程，我只是一个很普通的人。现在你喜欢我，只是因为我是一张白纸，一个见惯了色彩的人，对白纸偶尔也会感兴趣的。但你不会永远喜欢一张白纸。"她指着他的电话，"我们分开了，你在电话那头，还会有瑞贝卡多丽丝凯瑟琳陪你开心。多我一个不多，少我一个不少。"

她朝方程鞠了一躬，抬起头来，眼睛居然有些微红："我喜欢你，是喜欢你这个人，不是因为你是飞行员。我跟你分开，也是因为你这个人，跟你是飞行员无关，跟我生父更加无关。刚才谢谢你。我已经删掉你的联系方式，欠你的钱，我托方棠转给你。"

沈珏到家时已经很晚，电梯门一开，发觉宋洋也才刚到。宋洋看上去脸色不太好，招呼也没打，直接进浴室，洗完澡，进了房，房门紧闭。

沈珏抱着一堆衣服，抬手敲了敲门，隔着门问她："你没事吧？"

"没事。"宋洋说，声音闷闷的。

"不舒服？"

"嗯。"

"那早点儿休息啊。"

"嗯。"

次日一早，沈珏上班时，宋洋还没出来。她出门前敲了敲宋洋的房门，宋洋含糊应了声，让她先走。上午有会，沈珏匆匆出门。

上午的汇报非常顺利，魏行之对日本航线的客座率跟市场反响很满意。他在会上公布说，唐越光在日本那边跟佐贺机场接洽顺利，调查结束即将回国，公司也已经联系民航局，后续要进行航线申请报批工作。

散会后，沈珏到茶水间时偷了个空，给宋洋发了消息："你好点儿没？听说你家唐先生要回来啦。"发完消息，继续忙碌。

这天宋洋一直没回来。陆文光还主动问起沈珏，说宋洋今天一大早给他发消息，说自己不舒服，要请三天假。他一口答应，安排她休息一个星期。陆文光问沈珏："她没什么事吧？你跟她同住，应该了解她情况。我一个大男人的，也不好问她女孩子哪里不舒服。"

沈珏说，她只知道宋洋昨晚就很不舒服，等她回去问一下。

艾米在旁竖着耳朵。陆文光一转身，她脚一蹬，椅子"哗啦"一下转到沈珏旁，凑过去："宋洋怎么啦，不舒服？昨晚跟她喝东西时还好好的啊。"

"你昨晚跟她喝东西啦？"沈珏问。

"对啊。难道是昨晚回去的时候着凉了？"

她看了看手机，宋洋一直没回复。她担心宋洋，打电话给她，没人接听。艾米看她坐立不安，便笑话她："没事的。她肯定是吃了感冒药在睡觉，你这不是吵醒她嘛。还有两小时就下班了，你待会儿就看到她啦。"

沈珏觉得也是，就把这事暂时搁下。

唐越光上了飞机，跟空乘要了杯温水，服了胃药。他在这边饮食不规律，这两天有些胃痛。在这边待了几十天，终于要回去，他有点儿期待。跟秦远风打了个电话，简单讲了讲这两天的进度后，他给宋洋发了条消息，说："今晚想见你。"

飞机准备滑行，他关了手机，要了条毯子，好好睡了一觉。他睡得沉，连派飞机餐时都没醒。睁眼时，飞机已经下降高度了。

宋洋一直没回复他的消息。过了海关，取了行李，唐越光便拖着行李箱往外走，边直接给宋洋打电话。

她手机关机。

他心想，难道她出差了吗，但为什么之前没听说，莫非是临时任务。他没多想，一出机场叫了辆车，拖着行李箱直接回家。

司机正在听电台，唐越光准备回个电话，抬头对司机说："我想打个电话，麻烦声音关小一点儿。"

司机伸手要调音量时，电台主播说："……十几年前，英雄机长宋洪波跳楼自杀，舆论普遍认为他是出于畏罪心理……"

唐越光像突然被刺了一刀，他身子前倾，急声说："不好意思，再大点儿声！"

"啊？到底是要大声，还是要小声？"司机很不耐烦。

"大点儿声，谢谢——"

司机一下把声音扭大，脚踩油门，车子直冲出去。唐越光在车上，从电台主播口中听到了这件事的概况。

有大V突然爆出一封写给媒体人李君的信，写信的女人叫黎雪，当年是秦邦的实习生。信中提及，宋洪波桃色绯闻是假的，他们利用了宋洪波对长相酷似亡妻的罗慧怡的好感，编造了这个谎言，利用舆论的力量，间接杀死了一个英雄。

司机说："哎哟，我还记得那个英雄机长！没想到死得那么冤哪——"

下车前，唐越光给宋洋又打了一次电话，依旧无法接通。

低头搜索新闻，这事已上了热搜。

他看到那封信，清清楚楚，是师母的字迹。再刷了一下评论，都是替宋洪波叫不平的。还有一条被顶上去的热评，找出了宋洪波在他们公司内部的一次讲座录音文字截图，他在讲座里跟新入职的飞行员提到，自己大腿根部有个翅膀形状的胎记，自己这辈子就是要飞的。

唐越光心事重重，拖着行李下车。前方就是小区，城市灯火闪耀，他刚走进大门，手机就在口袋剧烈振动，他猜测是宋洋，没想到却是区路通。

他松开手中行李箱，摁下接听，对面传来桐桐的哭喊，像烈风一样鼓动他的耳膜："光哥哥，爸爸妈妈吵得很厉害，我很怕……"

唐越光捏紧了行李箱拉杆，转身就往小区外走，边走边哄着："桐桐不要担心，我现在……"

突然有车在他面前呼啸而过，他蓦然顿下脚步，倏然警醒。

现在要什么？要过去吗？不，那是他们的家事。他再担心，也不可以这个时间冲过去。

他只得站在马路边，对电话那头号啕大哭的桐桐说："桐桐，你现在回自己房间里，静静待着，不要出来。爸爸妈妈的事情，他们会自己处理。等我方便了，我再过来看你，好吗？"

直到挂电话为止，桐桐依然在哭，哭得他心都软了。他站在马路边，盯着电话，又尝试拨打宋洋电话。依旧关机。

在日本一直精神奕奕的他，刚到上海就被深深的无力感所淹没。从佐贺小城回到大上海，他像被人抛到海水里，车流声像涨潮，一浪又一浪将他拍在海滩上。

他拖着行李箱，上了电梯，想起来是不是要给沈珏打个电话。他刚出电梯，沈珏电话就来了，说宋洋失踪了。

唐越光推门进屋，一路大步经过开放式厨房、全身镜、摆上水果的茶几、书柜、写字桌。他脱下外套，随手扔沙发上。电话那头，沈珏语气焦急："她给陆文光请了病假，又给我留了字条，说自己外出一周让我别担心，现在哪里都找不到人。"

唐越光渐渐明白了——宋洋一手制造了这件事，她有心不让他们找到自己。

沈珏喂喂喂了几声："你还在吗？"

"我知道了。"他突然冷静下来，"她想躲起来。"

"到底发生什么事了？"

他问:"你有看最近的新闻吗?宋洪波那个。"

"知道,业界大事。怎么了?"沈珏不明白,这个跟宋洋有什么关系。

唐越光一字一顿:"宋洋是宋洪波的女儿。"

跟沈珏结束通话后,唐越光到洗手间里洗手洗脸。他往手心上挤了点儿洗手液,认真地搓着泡沫,仔细清洗着手指缝隙。凉水冲下来,他捧起水来洗了把脸。抽出毛巾擦拭干净脸庞后,他走到阳台上,点了一支烟,然后在公司通讯录上查到方棠电话,给她拨打过去。

方棠很快接听,唐越光礼貌地介绍自己是谁,她马上知道他的用意,立即问:"你也不知道她在哪儿吗?"

"我出差,今天才回来。"

方棠急得快哭出来了:"我们都找不到她,她好几天没跟我们联系了。"

"我知道了。别担心,她应该是想一个人安静一下,所以藏起来了。"

"她爸这事现在又被媒体挖出来了,算是还了宋叔叔的清白,她应该高兴才是呀。"方棠没想明白。

唐越光想,不是媒体挖出来的,就是宋洋本人。

他猜想,宋洋应该给相识的记者打过电话,放出独家新闻,又通过营销号、各平台大V,推波助澜。

宋洋曾经答应过自己,不找师母的麻烦,只安心等他回来。他回来后,会跟师母、跟秦邦说清楚,要一个说法,要一个清白。

最后,她还是瞒过他,选择最激烈的方式,卷起这场风暴。

在唐越光抽烟的时间里,手机上已经不断有新闻推送,朋友圈跟微信群里也在转发这件事。"还英雄机长清白""无良媒体滥用话语权""机长永远以安全为最高职责"的字眼反复出现。他将香烟摁灭在烟灰缸里,给人发了条消息,要查一下宋洋最近有无登机外出。对方很快回复他,说没问题,但是要等一会儿。

他回:"谢谢。"

对方再次回复他,是在次日早晨了。宋洋没有出行,起码没有通过机场。

唐越光盯着手机,突然想到一个地方。

宋洪波的墓前摆了一束花,另外还有纸做的小花,是小学生到烈士陵园扫墓时,给烈士献的那种手工花。粉色紫色的纸团,展成一片片花瓣状,在风中摆动着。

唐越光走近前去,向着墓碑鞠了三个躬。他掏出香烟盒,抖了三支香烟,点燃了,蹲下,整整齐齐摆在墓前。有风掠过他的手,地上烧成灰烬的纸片打着卷儿,他瞥到那纸上有字。

风停下来,他低头看那碎纸片上的字,没头没尾的。但真真切切,是宋洋的字迹,又真真切切,可辨出有"真相"二字。

估计是要告慰父亲,真相已大白天下。

唐越光在那儿,静静等着香烟燃尽。他看着远处厚重的云朵,在这宁静墓园的天边移动着,也许快要下雨了。他想起,也曾跟宋洋在一起躲雨。

母亲唐黛的电话,是在他于墓园停车场刚找到自己车时打来的。唐黛在电话那头说,秦邦入院了。

唐越光在阴沉沉的天色中驱车赶到医院,见到唐黛。他自入职诺亚后,就始终没抽出时间到云南陪她。一年不见,母亲还是如此优雅,头发盘得整整齐齐,着藏蓝色裙子,像是一转身就要出席宴会。他总是在想,父亲那时候怎么会舍得留下母亲在家,在外追逐那些莺莺燕燕?

"护工刚推他去做检查。"唐黛见到他,从椅子上站起来,用手轻轻扫了扫裙子下摆。唐越光问起详细情况,才知道原来秦邦在家摔了一跤,送医院全身检查时,意外发现他患了肝癌。

唐黛轻轻用手抚着自己一边手臂:"保姆给你们俩打电话,一个关机，一个没接。她也不知怎的就打给我了，我刚好在上海，就过来了。"她的话里，没有风，没有火，过去的恩怨都只是飘过来飘过去的云。云朵变幻了形状，过去就过去了。

他们正说着话，护工推着秦邦过来了。跟前妻相比，他看起来更为显老。头发花白，剪得很短，目光机械地追逐着两人，眼神有点儿浑浊，非常精瘦，但整个人看起来仍有火候。看到唐越光，眼里终于有了神采，冲他微微点头。

唐黛看唐越光一眼，他会意，让护工先走开，自己将秦邦推到病房里去。

一进门，在病房里躺着的另外两个病患，就朝门边看来。秦邦的病床靠洗手间，唐越光瞥了一眼，那上面挂满了内衣裤。三人病房洗手间外的窗户开了一半，风吹得那些烂布料一样的衣物晃来晃去。

秦邦突然伸出手，轻轻拍了拍小儿子的手背。唐越光说："临时入院，床位紧张，先将就一下。我们再给你换医院。"

秦邦问："远风呢？"

秦远风这时候刚赶到，还穿着西装，行色匆匆。刚才唐越光进来时，隔壁床两个病患就使劲跟秦邦说话，向他打听："这是你儿子啊？一表人才啊。在哪里上班，有女朋友没有？"秦邦连眼睛都不朝他们抬一下。

秦远风一进来，隔壁床的更好奇了，总觉得这男人眼熟，好像新闻上见过似的。

室内地方窄小，秦远风跟唐越光没在里面待多久。秦远风跟秦邦说，自己待会儿给他联系其他医院，尽快给他转院。"你在这儿好好休息吧。"

秦邦没说话，哼了一声。

三人离开医院往外走时，唐黛说："这么久没见，他怎么越活越像小孩了。"唐越光说："是要讨得别人的关注吧。"

"他是要你们俩的关注。我的无所谓。"

他们俩说话时,秦远风在跟他的司机打电话。秦远风让司机把车开过来,提前让他下班。母子三人上了车,秦远风坐驾驶席。他抬头,从镜子里看一眼母亲,问她住哪里。

"小时候你们住的地方。还记得在哪里吗?"唐黛说着,从后座上摸出一本讲大众心理的书。她想起秦远风事业刚起步时,自己在网上看过他的演讲,他提到自己保持每周看一本不同种类的书,每月跟优秀的人吃一次饭。她在后座看着他后脑勺,心里想,这些他都不知道的。

秦远风应着:"当然。不过那房子很久没人打理了。为什么不住酒店?"

唐黛温和笑笑:"我比较念旧。"

秦远风不说话。唐黛跟唐越光说起秦邦的病情,她说,保姆说秦邦当时在看手机,也不知道看到什么了,大发脾气,没留神地板滑,摔了一跤。她用手摸了摸脸,非常疑惑:"这么大年纪了,怎么还那样沉不住气呢。什么新闻值得他气成这样?"

秦远风跟唐越光从镜中相互看了对方一眼,都没说话。

唐黛敏锐地意识到这个话题不适宜谈,她低头轻轻整了整裙子,缓缓抬起头问:"远风,你那个儿子呢?还在美国大农村养着?"

"是。他呼吸道不好,医生建议他在空气好的地方待着。他一半时间在上海,一半时间在国外。"

唐黛低声说:"云南空气也很好,环境非常舒服。"

秦远风微微笑:"那我以后把他带过去。"

"不,孩子还是要在父母身边长大才好。"她微弱地叹了口气,"当年秦邦不让你跟那女友结婚,你一赌气,自己领养了个孩子,一直没让我们见过。你是认为,我们不配当你的家人?所以你要给自己找一个家人?"

秦远风淡淡说:"人都死了,还提来干什么。"

唐越光在旁听着,有点儿意外。他跟秦远风自幼分开,对彼此私生活都不了解，不知道他有什么样的过去。只记得听母亲说过，秦远风当年跟一个姑娘恋爱。那姑娘出身飞行世家，两个哥哥都是宋洪波的徒弟，对师父感情深得很。据说秦远风带她回家吃饭时，姑娘个性暴烈，当场就跟秦邦吵起来，咬定他编假新闻，污蔑英雄机长。后来秦远风也没跟她结成婚，只是没想到，原来她死了。

唐黛显然也很意外，低声问："什么时候的事？"

"好久之前了，空难。"秦远风不想多说。唐越光却在此时，默默想起了宋洋。

跟秦远风当年那个女朋友比起来，宋洋个性不烈不躁，看起来阴阴的，绵绵的。如果那姑娘是火，宋洋就是水，但能够将世界毁灭的，往往是一场大洪水。

车上三人陷入一阵沉默。车子穿行外滩附近，交通堵塞，行进缓慢。秦远风降下车窗，任由喧闹的人声像潮水一样涌进来，冲掉尴尬的寂静。

前面是红灯，车子堵在车龙之间。秦远风在等待的时间，打了好几个电话不断找医生，最后找到这方面的专家，对方说安排他明天就转院。

唐越光说："你还认识这么多医生。"

秦远风说："教育跟医疗的资源，在社会上用得着。当你有事要找人，送钱送东西送女人，违反纪律，很多人不敢要。但如果他的家人住院了，或者小孩要上小学，你顺手帮他牵个线，下次找他就好办多了。"

唐黛坐在车厢里的黑暗中，一直静静地没说话，忽然开口："你跟你父亲，还挺像的。"

兄弟俩都知道，这不是什么好话。

唐越光换个话题："找到专家，妈你可以不用担心了。"

唐黛款款应道："我跟秦邦早不是夫妻了，我对他也没有亲人的感觉，谈不上担心。如果今天是个陌生人要我帮忙，我也会帮。"

秦远风抬头,从镜中打量她一眼:"那这么多年,你对我不闻不问,也是因为没把我当亲人吗?"他终于问出了这个问题,但唐黛不发一言。

唐越光说:"明天转院,我来接你吧。"

唐黛说:"不用了。你们安排吧,我就不去了。我要回老家看一下你们外婆。"

第二天,唐黛提着小箱子下楼时,天空还泛着淡淡的灰白,街道笼罩在黎明刚至的幽暗中。弄堂口路边停着一辆车,车上有人。

她走近,才发现那不是自己预约的车。降下的车窗里,秦远风探出头来,向她说早安。唐黛有点儿意外,隔点儿距离看自己这个陌生的儿子。她问:"你不用去医院?"

"先送你一段路,来得及。"

"不,我喜欢坐长途汽车,在混合着的汗味的氛围当中晃着晃着,抵达目的地。"

"小时候你跟我讲故事,就是这调调。"秦远风微笑,"上车吧。"

路旁两遍建筑物逐渐低矮下去,车子上了高架直奔闸北,两边灯柱子在淡淡将晴的天色中,含着一团团光晕,往后退去。唐黛看着窗外,说上海变化真大。秦远风笑:"大吗?老城区那里倒是没啥变化。"两人有一句没一句说着,直到唐黛突然说了一句:"我本来以为,你生了我的气。"

"哦,那个。"秦远风心无旁骛,看着前方路面,"我习惯了。"

"习惯什么?"

"从小到大,你更喜欢阿光。你觉得他像你,而我像秦邦。"

唐黛静了静,然后开口:"远风,其实……"

秦远风微笑:"你不用开口安慰我,我早就不是小孩子。我如果在意的话，也不用主动创造机会跟你独处。"

"但你还是在意，对吧？"

"我时常想，如果当年你在的话，老爸跟她不至于吵得那样僵。你这样身段柔软，这样聪明，一定会跟她好好谈。我也不至于在她死后才知道，她带着我的孩子上了天。"

唐黛抬手拢了一下额前的头发，慢慢地，试探地说："所以你后来要了一个自己的孩子。"

"我想要一个家人，一个会依赖我、需要我的家人，所以当时我没有拒绝这个抓紧我不放的孩子。"秦远风说，"但现在看来，我经常不在他身边，也只是把过去自己经受过的痛苦，加在了他的身上。"

窗外天色渐明朗，这座不眠的都市，车流又如潮水般涨起来，逐渐密集。唐黛扭头看向窗外，低声说："你有家人。你从来都有。"

秦远风看她一眼。

她说："我一直想等有机会了，跟你说清楚这一切。但后来再也等不到这个机会了。"

"你要说什么？"秦远风努力让自己喜怒不形于色。

"你以为我更喜欢阿光，但事实正相反。当时我没有经济能力，而秦邦不一样，他能够给孩子提供最好的资源。谁跟了他，谁就能够有更好的生活，认识最优秀的人，见识最好的东西。谁跟了我，只能上普通的学校，过普通的生活。"

车厢内有点儿闷，秦远风开了一点儿窗，轻描淡写："我还真不知道，你穷得连来看我的路费都没有。"

唐黛听出他的嘲讽与不满，无奈一笑："你不知道的事情很多。比如说，一个女人离婚后，前夫家里会阻挠她去见自己的孩子，会给小孩灌输对母亲的仇恨，会让小孩生活在阴影中。那时候，秦邦处处打压我事业发展……不要这个表情，我当年没告诉你，是因为不想像他一样，向孩子灌输对父母的恨。但现在你长大了，告诉你也无妨……是的，小孩也是慕强的，也喜欢更好的生活。我当时就想，与其苦哈哈的，我还不如让自己强大起来，再来找你。"

"你说没机会跟我解释的，就是指这个？"

"是。我的事业开始腾飞时，你就出国念书去了。但你应该记得，我当时每年都到你学校探望你。"

秦远风不语，握着方向盘，慢慢回想着往事。唐黛接着说："再后来，你拥有了自己的事业，非常成功，我替你自豪，但与此同时，也失去了让你了解这一切的机会。"

他轻声失笑，无法接受她的说辞："你可以随时来找我。难不成我会让你跟秘书预约时间？"

唐黛摇摇头："我不想让你认为，我跟那种在你成功后就围在你身边的人，没什么两样。"

"你想太多了。"秦远风的声音有点儿冷，"或者，这都是你的借口？"

"也许是你想得太少。身为一个男人，你无法想象一个失婚女性在社会上要面临什么样的眼光。"

"即使是自己儿子的眼光，你也要考虑？"

"正因为是对自己最重要的人，所以更在意。"唐黛苦涩地笑了笑，"我想让自己成为那种配得上如此出色儿子的母亲，但是你跑太快了，我追不上。"

客运站出现在前方，秦远风说："我应该找个人开车送你回去。最起码，陪你一起坐车。"

唐黛说："我独来独往惯了。"

秦远风笑笑："也许这一点，我最像你。"

她抿嘴微笑，看起来非常年轻："你身边应该不缺女人吧？"

秦远风笑着，扭头看她一眼："你是八卦新闻看多了。"

"我只是了解所谓的成功男人。"

"这就开始黑我了？"成年后，秦远风这是第一次跟唐黛这样亲近,他心情轻松,跟她开起了玩笑。

"不是吗?"唐黛也笑。

"坦白说,刚开始赚到钱时,也荒唐过一阵。后来觉得没什么意思,我已过了需要靠外物证明自己的阶段。"

"没打算发展一段固定关系?"

秦远风失笑:"爱情不是必需品。起码对我来说不是。"

"那她呢?"

他渐渐敛了笑容:"已经过去了……其实我俩个性也不合。如果她没死,估计也早分开了。"

唐黛觉得他的话未尝没有道理。刻骨铭心的爱情,未必就真的最适合自己。

她一只手将长发撩到耳朵后面,细想一阵,微笑说:"我觉得,你会喜欢跟你旗鼓相当的女人。"

秦远风微笑,不再接话。他停好车,把唐黛送进去。临上车时,唐黛跟他说,秦邦的事若有进展,记得告诉她。秦远风应承。他良久注视唐黛进去的背影,直到再看不见。他回头看一眼,车子后座上放了个有诺亚航空logo的大纸袋,里面露出奢侈品包装的一角。

他在心底笑话自己,就像初次约会的少年,终究还是没有勇气,把礼物交到所爱女子的手上。即使那人是自己母亲。

他送唐黛上了车,出来时,司机已经在外面等他了。他上了车就开始闭目养神,路上稍微休息了一会儿。车子在医院住院部对面马路边停住,外面是个小花园,植了一株桂花树,很香。唐越光站在树下打电话,秦远风走到他身边,等他打完电话,两人一起上楼。

秦邦却不在病房。隔壁床的家属正坐在小凳子上聊天,一扭头看见他俩,连声"哎哟":"你们可来啦。刚才有人过来,你爸气坏了。"

唐越光问:"他现在在哪儿?"隔壁床说,秦邦一激动,腰撞到柜子上了,护士推他去上药了。秦远风俯身,捡起一束白菊,抖落里面的小卡片。卡片上有一行字——

  我想要给您几朵忠贞的紫罗兰，可是我父亲一死，它们全都谢了。

秦远风扬了扬手里的卡："谁送过来的？"隔壁床说："有个穿黑色衣服的女孩子，刚刚才走的。"比画了一下身高跟发型。

唐越光心里有数，转身发足往外奔。

住院部电梯非常繁忙，一直停在三楼，在那儿等电梯的只有一个老头和两个年轻家属。他转身奔进楼梯间，快步赶到一楼，正好看到隔壁床口中那个黑衣女生，走到桂花树下。

他喊宋洋的名字，没应。他上前拍她肩膀，质问她："我知道你恨秦邦。但他现在是个病人，你要发泄也好，怎么都好，难道就不能等他身体好转吗？"

对方回头，脸上怯怯的，是另外一个人。唐越光微怔，脑子空白，回过神来想要道歉，那女生已经开口："跟我没关系啊。有人给我钱，让我送过去的。"

给秦邦办好转院，跟医生打点好，已是傍晚。诺亚集团还有会议，秦远风赶回去。唐越光也回了公司，经过市场部，忍不住停下脚步。

宋洋的位置是空的。

魏行之听说了秦邦的事，特地到唐越光办公室来问。唐越光知道，他除了关心自己，也是想通过自己了解秦远风的家事。魏行之离开他办公室后，唐越光翻了几页佐贺机场性能评估资料，静不下心。他关灯锁门离开。

小区附近有块废弃篮球场，唐越光一个人在那儿打球，反复投篮。秦远风突然黑影般抢过他的球，运球到篮板下，球应声入网。

唐越光看到他,一笑,左右拦截,球又回到自己手下。

"我们俩,多久没打过球了?"秦远风要抢,唐越光卡位挡住。

"从你到美国读书后吧。"

兄弟二人在球场上较量一番,如热血少年,直到天空飘下雨。两人坐在地上,看着篮球架伫立在漫漫细雨中。

秦远风捏着矿泉水瓶,把喝了一半的水递给唐越光,他接过来昂头喝完,突然笑起来:"如果没有意外,我肯定能让你一个球都中不了。"

"你确定?"

"但是有意外啊,这个意外就是你打得比我想象中好。"

两人都笑起来。

唐越光又喝了一口水:"我们好像很少坐在这里聊天吧。"

"跟坐在哪儿没关系,我们原本就没怎么聊过天。要不是诺亚,我估计一年都跟你见不到一次面。"

"那我还要谢谢诺亚,让我们兄弟感情变好了。"唐越光抱着手臂,往栏杆上一靠,"其实那次在车上……我知道你怎么想的。但你相信吗?你以为妈偏心我,但其实她更爱你一些。"

秦远风微笑着,轻轻躲过这话题:"都不是小孩子了,还要比这个吗?"

唐越光淡淡微笑:"我一直好奇,你为什么要进入民航业?"

秦远风笑笑:"还能有什么原因?为了钱。"

"别开玩笑了。为了钱,就不会扎进这个资金回报率低的行业了。"唐越光说,"我听魏行之说过你们的第一次见面。"

秦远风大笑:"你刚不会想说,发现我是个有情怀有理想的人,从此对我刮目相看吧。"

唐越光左手右手互抛着篮球,也笑:"喔,原来你不是?"

"不要把人想得太好,你会失望。"

"我对人性从来没有期待。"

"但你还是失望了。"秦远风说。

"嗯？"

"你看到那束花、那张卡片的瞬间，脸上的表情，是藏不住的。"

唐越光不作声，站起来，一下一下往地上拍着篮球。天上跟地上都是湿的，他头发也被打湿，衣服贴在身体上。但他左右一摆，飞快运球，跃起上篮。篮球回到他手里，他又一下一下地拍着，重重地拍，地面的水溅到他小腿上。半晌，他将球抱在手里，回身对秦远风说："那你呢？这么多年来，你除了工作，还是工作……也是因为不相信人性？"

"不是所有人都需要爱情。"秦远风说。

大雨突如其来，把他们浇得浑身湿透，毫无防备。远处楼宇窗格里的灯光，像倾倒的咖啡，洒在篮球场水汪汪的地面上。秦远风带头在风里雨里跑向大楼，唐越光在他身后紧追，两人如少年一样在雨中笑着追逐，笑声被风刮得东一片西一片。后来在工作中、会议时，唐越光看着秦远风那紧绷的脸，时常想起当天他那罕见的快意。

因为秦邦的事，唐越光请了三天假。这三天里，他几乎每天都会打两三次电话给宋洋，但依然只有机械声的"您拨打的电话已关机"。

再次见到宋洋，是在三天后了。

这天他回到公司，经过陆文光办公室，隔着玻璃门窗，见到宋洋在里面。她正跟陆文光说话，偶尔低下头，盯着自己的圆头鞋。唐越光一心要找她，站在门外，专心等待。不时有人经过，友好地跟他打招呼。他无心交际，敷衍地点点头，又从口袋里掏出香烟，想起室内不能抽烟，又放回去。

隔着玻璃门所见，宋洋在陆文光桌上放下一份东西，朝他微微点头，转身往外走。唐越光堵在门口，她走出来，他朝后退了退，伸手拦住她。

她抬头。

他问:"你回来了?"

"回来了。"

"我有话跟你说。"

宋洋看着他的眼睛,非常沉默,也没问他要谈什么。彼此都知道。

唐越光说:"到我办公室——"陆文光在这时走出来,说宋洋落了东西,将手机递给她。宋洋接过来,非常礼貌地说"谢谢"。陆文光看了她一眼,压低声音说:"那封辞职信先放我这里,希望你考虑清楚。"

"我考虑得非常清楚。"宋洋语气坚定。她回过头,唐越光仍在,像猎人盯牢自己猎物一样,目光始终锁在她身上。

陆文光办公室跟市场部大办公区只隔一扇玻璃门,旁边是本层的大小会议室。其中一个会议刚散会,人们夹着会议记录本,三三两两从里面走出来,谈着正常性考核的话题。有人过来跟唐越光说话,唐越光飞快跟她说了两句,然后让她稍等。他匆匆追上已走开的宋洋,拉住她的手:"你要辞职?"

"是。"

"我有话想跟你说。今晚,天空之城?"

"好。"她看上去非常平静。由她一手搅起的暴风雨,似乎都与她无关。

那天上午,一切如常。市场部针对近期国内部分旅游城市的出港高峰,要优化登机口升舱产品。销售分部的人在小会议室里讨论,陆文光一直在会议室里没出来。话最多的蒋丰也不在。沈珏在小会议室,一直做会议记录,不时抬头看向外面,用担忧的目光掠过宋洋。宋洋低头忙着整理文件,准备工作交接。

中午时分,宋洋抓起手机到楼下去吃饭。人们在等电梯,隔壁飞行部门的女生用嗲嗲的声音，夸张地讲着男朋友的事。

电梯门打开，宋洋从手机上抬头，见到艾米从电梯里步出，黑着脸。她背着包，一眼看见宋洋，把身上的包往地上一摔，大声骂起来："你为什么偷拍！"

宋洋不解释，不反驳。

电梯门开了又合，排队的人都在看，忘了进电梯。

艾米像一头暴怒的狮子，逮着血肉模糊的活物，指着宋洋鼻子，颤声斥她："我把你当朋友，你把这事抖出来！现在我男朋友工作没了，他要跟我分手！我们本来打算结婚的！"

"对不起。"说完这话，宋洋再无话可讲。她像沉默的蛇，把对方的辱骂悉数吞下。

艾米突然从包包里掏出一瓶矿泉水，拧开盖子就要朝她头顶上灌。围观人群中马上有人"啊"地叫出来，叫她走开。但宋洋不言不动，任由艾米明晃晃把水泼了她满脸满身。

唐越光拨开人群，冲了上前，护在她跟前。他对艾米说："这里是公司，请你住手。"

"公司是打算站在这种人这边了吗？"艾米的声音又尖又细。

"私事请在其他场合沟通。"唐越光礼貌克制。

"沟通？她趁我出去打电话时，偷拍照片，卖给媒体的时候，跟我沟通过了吗？"艾米越说越恼火，又从包包里掏出另一瓶矿泉水，使劲拧开。唐越光伸手将瓶子打落。瓶子滚落在地上，水洒了一地。

"我要叫保安了。"他说。

艾米用刀子一样的眼神，狠狠剜了宋洋，又怒瞪了唐越光一眼："犯不着！我不干了！"她用力推开人群，转身离开。

唐越光脱下他的西装外套，披在宋洋身上："我送你回去。"

"不用。"

"走吧。"

宋洋动了动右边肩膀："不用。我自己……"

唐越光怒斥："够了！你还想任性多久！"

宋洋抬头看他。他瞬间恢复了平日的理性，低声说："对不起。"也不理会众人的目光，伸手搂过她被宽大西装覆盖下湿漉漉的肩膀，将她往外带。

围观的人像被无形的手分开两拨，自动让出中间的路。

唐越光车开得快，在车流中穿梭。两人一路无话。上了楼，宋洋径直进了浴室，把水开得滚烫滚烫，从头洗到脚。她关水挤洗发水的时候，听到外面关门的声音，她知道是唐越光离开。她的手一抖，洗发水挤了满满一手，滴到了地上，整个浴室都是甜扁桃的香味。

她洗完澡，吹干头，走出去。客厅里一个人都没有。

唐越光不说一句话，就这样走开了。

这都是宋洋预料之中的事。她用手摸了摸头发，还有水。她转身进浴室拿电吹风，走到客厅，坐在沙发上吹头。

开的是热风，吹得她眼睛跟脸颊都发烫。

她关掉电吹风，搁在桌上，两只手捂住脸，像一个人最最无助时的姿态。

她没听到门开的声音，没听到人的脚步声。只觉得两手突然被按住，轻轻拉开，她看到唐越光站在她跟前。他说："我怕你被冷水淋过，会感冒，出去买了姜茶冲剂。"

宋洋意外，没料到他还会回头。她迟疑地张嘴，说了声"谢谢"。

唐越光弯腰，将姜茶放在桌面上，回头说："我走了。"

她不自觉地也站起来。

他说："今晚的饭，取消吧。你在家里好好休息。"

"我没事。"

他应得干脆："我有。"

她站在那儿，看他，听他说："我不想见到你。"

宋洋握着那盒姜茶，一言不发。

唐越光下颚线条绷紧："刚才去买姜茶的路上，我接到区路通电话，他说他要跟师母离婚。电话那头，桐桐哭得撕心裂肺。"

宋洋翻来覆去摆弄那个纸盒子，外包装捏在她手里，被捏得变了形。

唐越光说："我一直相信你，即使你出尔反尔，即使你给病人送白花，我也觉得你有苦衷，有原因。但你没有，你没有打一声招呼就打算辞职，我们从公司到这里，你一句话都没跟我说，连一个原因、一个借口都没有，甚至不打算编点儿什么来敷衍我。"

宋洋依旧不说话。

"一架飞机要飞得起来，推力要大于阻力，升力要大于重力。但现在，我们之间的阻力大于推力，重力大于升力。我对你失望透顶，我们没法继续这趟飞行了。"

唐越光转身离开，仿佛在她身旁多站一秒亦是罪恶。

6

这天会议结束，沈珏才听人说起宋洋的事。有人向沈珏打听艾米怎么回事，更多人却关心着，宋洋跟唐总助到底什么关系。人们在背后小声议论着："难道秦老板要分手，跟这事有关吗？""太刺激了我的妈！"

沈珏没空理会这些。

一个多星期来，宋洋的手机终于接通。沈珏火急火燎："你在哪里？"

宋洋说："我约了人吃饭。"

"你没事吧？"

"没事。不用担心。"

宋洋挂掉电话，手指摩挲着玻璃杯的边沿，好一会儿，才抬起头来，看向坐在她对面的夏语冰："不好意思，你刚才说什么？"

她们坐在天空之城外面的大遮阳伞下。太阳很好，宋洋摸了摸自己的脸，干得有点儿掉皮。她出来得匆忙，什么都没带。但她也从不讲究。

夏语冰说："你的辞职报告，交到莫宏声那里了。你真的确定要走？"

"这不是结束。这甚至不是结束的开始。但，这可能是开始的结束。"宋洋若无其事地笑了笑，"我念书时背了很多这些句子，尤其喜欢丘吉尔的。这是我印象最深刻的一句。"

夏语冰摊开双手："我印象最深的是他另一句话。如果想要挣钱，你要学着取悦。"

两人都笑，夏语冰接着道："你复仇成功了，现在，得学着停止取悦别人了。"她拿起装有苏打水的杯子，啜了一口，"我该说庆祝吗？"

"你怎么知道？"宋洋没对其他人说过这事。

"我在媒体也有不少熟人朋友。我听说放消息的人，是宋洪波的女儿。现在我终于明白，为什么从你进公司开始，我就觉得你好像带着点儿目的，跟别人不一样。那时候我还以为……"

宋洋摸着杯子，一笑："以为我的目标是秦远风？"

夏语冰也笑，又说道："不过中午的事一出来，大家都在议论。现在话题偏了，都在讨论你跟唐总助什么关系。加上前阵子又传你跟秦远风分手的事，风言风语更多了。"

"他们伤害不了我。"

"啊，他们是伤害不了你。"夏语冰看了一眼远处，又回头她，"但唐越光可以。"

宋洋看着夏语冰。夏语冰说："我知道你们是一对。秦邦受了刺激入院。我还听说，有人送了白菊给秦邦，还写了些什么。"说这话时，她看着宋洋，像是要从她身上找到什么答案。

侍者把宋洋点的意面端上来，宋洋卷起衣袖，开始大口大口吃盘子里的食物。她不打算对任何人交代自己做的事。

夏语冰又说："秦邦患了肝癌。"

宋洋的手停住，一小根意面从叉子上滑落到餐盘上。她放下叉子，捧起杯子，咕噜咕噜喝下红树莓汁，直至见底。她放下杯子，说了句："报应。"

夏语冰听得出来，她的声音有点儿颤。

这才是她认识的宋洋。有仇必报，但点到即止，绝不赶尽杀绝。

夏语冰相信，如果宋洋知道秦邦患了肝癌，是不会给他送白菊的。

宋洋又卷了几根意面，塞到嘴里。夏语冰看她面无表情地大口进食。她抽出纸巾，擦了擦嘴角，忽然说："那不是菊花。"

"嗯？"

"那是雏菊。"宋洋说，"你看过《哈姆雷特》吗？他有个未婚妻，疯了，自杀了。后世的画家诗人特别喜欢描述她自杀的场景，她编织的花环里，就有雏菊。"

"念书时被逼着看过，早忘了。"夏语冰对这个突如其来的话题有点儿意外。

宋洋用叉子戳着盘子里的意面，仿佛那是仇人的肉。她面无表情："奥菲莉亚自杀前唱的歌，我还能背出来——这儿是一枝骗人的雏菊；我想要给您几朵忠贞的紫罗兰，可是我父亲一死，它们全都谢了。"

她抬起头："我送给秦邦的花，就是这些平平无奇的小雏菊。我写给他的话，也只是《哈姆雷特》里的一句台词。我猜得没错，心里有鬼的人，会被这些吓到。"

有那么一瞬间，夏语冰觉得宋洋的发泄方式，实在可爱。

她习惯了凡事都分胜负，争高低。鞋跟要穿高的，职位也要高。

若有人对不起她，她一定不会这样轻轻放过。

宋洋看了看表，提醒她："午休时间过了，我已经辞职了，但你是时候回去了吧？"

她们站起来，并肩同行了一段路。夏语冰问宋洋，怕不怕艾米向她报复。

宋洋摇头："我后来跟她见过一次面，给了她一个联系方式，说有媒体正缺她前男友那样的人。那是家很不错的媒体。后来她给我发消息，说男友顺利入职，两人也和好了。"

她们经过地铁口，有穿蓝花衣裳的老婆婆在那里摆摊，卖一把一把的白兰花。宋洋扭头对夏语冰说稍等，弯身跟老婆婆说话。老婆婆从竹篮里端出一盘白兰花，下面铺着白方巾。

宋洋买了两把，一把放到自己口袋里，一把递给夏语冰。夏语冰接过，她捧着这白兰花，穿行在上海的闹市街头，突然心里有种安静感。

宋洋问她女儿最近怎样。夏语冰说："喔，她跟我。"

见宋洋一脸不解，她笑笑："是了，你还不知道，我在跟莫宏声离婚。"她说得轻描淡写，风轻云淡，什么私人恩怨男女情爱都不存在。

夏语冰说："我跟莫宏声现在是好朋友，否则我也不会第一时间知道你要辞职。"

当然，事实没有她描述得如此轻松。当初莫宏声出轨时，她就听律师朋友的意见，偷偷做了取证，在拟定离婚协议时，还额外增加了针对夫妻债务的兜底条款，防止莫宏声隐瞒债务。莫宏声当时阴阳怪气地笑说，夏语冰，你还真是心细。

宋洋问："那为什么——"

"为什么要离婚？跟我当初打算继续跟他走下去的原因一样，也是为了女儿。"她一笑，"有次女儿跟其他孩子一块儿抢一个球，被男生们推了一下。我听到莫宏声哄女儿时说，叫她要学会示弱，男生才会让她。还叫她不用拼命,说她长得可爱,以后找个好老公,当个贤妻良母就行。"

夏语冰在那一刻想,这样的教育,对女儿真的好吗?

她问宋洋:"你见过手术后的伤口吗?口子愈合了,但皮肤上面会长出粉红色的肉,提醒你,有些事情发生了就是发生了,过不去的。他出轨过一次,从此以后,每次他出去应酬饭局,外出出差,甚至只是走到阳台上打电话,我都会起疑心。我不是个拿得起放得下的人。"

"女儿能接受吗?"

"小孩子很敏感的,她早就发现了。"夏语冰拈着白兰花,放在鼻下轻轻嗅闻,"父母感情不好,她都知道。她在整个青春期都会害怕,害怕父母哪一天就突然离婚了。与其如此,还不如干脆一点儿,趁着她还小,趁着我还年轻,离了婚,也许还能找个爱我的人。"

她跟宋洋坦诚相对,但唯独隐瞒了一点——得知她恢复单身后,魏行之约过她单独吃饭,似乎有意重新追求。

两人经过一家花店,夏语冰停下来,挑了两捧绣球花。店主说:"这花很漂亮呀,插在家里,二人世界不要过得太浪漫。"

夏语冰掏手机结账,听到这话,抬起头说:"我一个人过,也能吃得好,住得好,穿得好呀。"

她接过花束,交给宋洋一捧,微笑说着礼尚往来。她问宋洋复仇成功,以后有什么打算。宋洋用手摆弄着花瓣,平静地说:"如果仇恨有期满之日,它已经到期了。以后的人生会变得怎么样呢?我自己也很期待。"

"你是真的热爱这个行业,对不对?"

宋洋突然被问住了。

夏语冰说:"一开始,你只是为了接近曹栋然,接近秦邦。但后来,你真的喜欢上这份工作,对不对?否则你何必为诺亚做这样多。"

宋洋低头摆弄手里的花。夏语冰说："你看这条街上，人来人往，每个人都要挣口饭吃，但不是每个人都足够幸运，有值得奋斗的事业。但显然，你是真的喜欢这一行。就这样辞职，我担心你会后悔。"

十字路口前，两人停下脚步。夏语冰说："上一代的事情既然了结，你也该为自己的未来做打算了。莫宏声还没把你的辞职信交上去。如果你想留在诺亚，我跟莫宏声说一下。"

交通灯转换，穿着西装的上班族在她们身旁来回穿梭。

宋洋说："不用了。谢谢。"她看看远处，"我下午就不回公司了，有机会再约。"

她告别夏语冰，一个人慢慢走回去。经过便利店时，她想起来，唐越光曾经在这里给她买了个小蛋糕，为她庆祝生日。她在便利店的玻璃墙面上，照见自己的黑眼圈。她冲镜里的自己做了个鬼脸，手里拿着一瓶可乐、正从里面往外看的小胖子怔了一下。宋洋微笑，转身快步朝小区走去。

上了电梯，外面的铁门没锁。

宋洋谨慎地开门，一进屋，见到方棠、方程跟蒋丰都在。三个人正围在客厅中间的长桌上，桌面上摆开了大阵势。锅、鱼丸、香肠、牛肉、火锅底料、蘸料……方棠正拿筷子敲蒋丰的手："你别捣乱啊！"沈珏从厨房走出来，手里端着满满一大筐菠菜白菜娃娃菜。

工作日的下午，他们整整齐齐出现在这里，一见到宋洋进屋，也没问她去哪里了，几乎异口同声地笑着跟她打招呼："回来啦？我们吃火锅！"

方棠说："咦，有人送花？"冲宋洋挤眉弄眼。宋洋说："是女人。"

方棠嚷着没意思，转头把花插到花瓶里。她洗完手，把电视机拧开了，调到最热闹的频道。客厅里闹腾起来。日后宋洋想起这个下午,回忆从她各处感官点点渗入:辣椒的红、青菜的绿、鱼丸的白、火锅底料的鲜、电视机的闹、窗外的光。

他们卖力演出,好像齐聚一起,就是真的为了吃一顿火锅。蒋丰大谈特谈他的高达收藏,方棠聊起她飞行的事,沈珏微笑说起湖北的藕,几根头发粘在右边脸颊上,方程体贴地为她用手拨开。宋洋喝下大瓶冰冻啤酒,白兰花在她口袋里,安静吐着香。

方棠问方程跟沈珏:"老哥,你们俩啥时候又好上了?"

方程狡黠地说:"就刚才。"

方棠逼着他讲,他才说,刚才为了给宋洋筹备这一顿,他主动载着沈珏去超市买食材。沈珏掏出购物清单,讨论要不要买饮料。方程说:"后备厢里有。你去看看。"沈珏走到车尾,打开后备厢,里面露出一整圈用香槟玫瑰围成的心形。方程走上前来,对沈珏说自己绝对真心,说她为什么不给幸福一个机会。沈珏被打动了。

蒋丰在旁听着,心想这人可真会撩,难怪沈珏对自己不感兴趣。

蒋丰跟方程两个男的,一喝酒就没了分寸,直接喝倒。沈珏怪方程不懂事,方棠却笑嘻嘻识破他的小心机,说他无非就是想趁机赖在沈珏这儿。方程听到妹妹吐槽,睁开眼睛,尴尬地坐起来。

几个人笑成一团。宋洋看着他们,也低低地笑了。她用手拨开前额的碎发,又笑笑说:"我会永远记住这个下午。"

第二天,宋洋准时上班。一踏入大楼,其他人就像看史前生物一样,向她投以注视。宋洋索性放慢脚步,朝每个注目的人点头微笑。

一到办公室,坐下没有三分钟,莫宏声的电话随即至,让她到他办公室,态度客气。她心想,真有意思,她新入职时在他办公室外等候,那一刻,他是趾高气扬、居高临下的。

莫宏声办公室下着帘子,什么都看不到。宋洋在门外,敲了敲门。莫宏声在里面应,她自报家门。

莫宏声站在门边,客气地让她进来。宋洋进去,见到秦远风坐在沙发上，手里翻着一份文件。顿时，她心如明镜：找她的不是莫宏声，是秦远风。

莫宏声离开后，秦远风从沙发上坐起来，眉峰下双眼明亮，如锁定猎物般看牢她："我想当面听听你辞职的原因。"他扬了扬辞职报告。

"得罪了老板，算不算？"

秦远风嘴上挂着点儿笑，看起来发自内心："他亲口告诉你的？"

"我从进诺亚第一天起，就知道迟早会得罪他。"

"那你也太小看你的老板了。"他从桌面上抄起一份文件，人从桌后绕过来，把文件递给她，"在别的驯兽师眼中，你可能是一匹脱缰烈马，但在我眼里是良驹。打开来看看。"

宋洋带点儿迟疑，打开文件夹，见到里面是一份草拟文件。她飞快扫视，大意是说市场销售部要设立品牌推广室。她抬起头，秦远风说："我打算安排你当品牌推广负责人。"

像大白天闪了闪电，一切都出乎意料。

宋洋做好准备，会迎来秦远风的奚落、责难、愤怒，唯独没料到，他安排的是这一出。她几乎失笑："秦先生，不要开玩笑。我犯了错，我辞职，你让我走，一切就此结束。难道你想还击？我不值得你花这时间和精力。小人物也是有自己的体面和尊严的。"

"你犯了什么错？"秦远风说，"曹栋然出事，是因为他做了违法的事。黎雪闹到离婚，是因为她背着丈夫出轨。犯错的是他们，而你并没有逼着他们犯错。"

宋洋没料到，会从秦远风口中听到这样的话。她微微张嘴，却说不出话来。半响，她吞吞吐吐道："你父亲……"

"他是个有野心的男人，不择手段，只为了能够超越自己的出身。很多人说我行事像他，但那是因为人们不了解我。我从来不认同他的方式。"秦远风踱到宋洋跟前，站定了，态度非常诚恳，"他老了，病了，妻子离开他，儿子不曾真正尊重他。他得到了应有的惩罚。如果你觉得不足够，我来代替他，向你亲自道歉。"

宋洋站在那里，内心震动，无法说话。

黎雪的信件公布于世后，外界舆论全都倒向宋洪波这边，秦邦名誉受损尤其严重。宋洋所追求的公义，已经实现。然而她始终没听到当事人说过一个"对不起"。

半晌，她摇了摇头："做错的不是你，该道歉的也不是你……我甚至还利用过你。"

秦远风开了个玩笑："是，你处心积虑接近我，我还以为你跟其他人没什么两样。看来是我太高估自己，或低估了女人。"

她越过秦远风的肩膀直看到窗外，天空高而明净。她也有自己的好奇："我想知道，你为什么会——"

秦远风打断她的话，干脆利落："在直播饭局上，你懂得抓住机会，目标明确。在工作中，你执行力强。你一直搜集情报，接近目标，沉得住气。配合炒作时，你不该说的话，一句不说，能守秘密。做市场推广时，你也不逞能邀功。"

"可是，品牌推广是——"

"你以一己之力，把宋洪波当年那件事闹得沸沸扬扬，从传播角度来说，非常成功。"

宋洋无言以对。她嘴唇微张了张："但我不确定——"

秦远风奚落地笑："就是有一点，特别婆妈。"

宋洋站在他探测的目光中，感觉被一览无遗。秦远风说："你是宋洪波的女儿，连你自己都没发现，你是真的热爱这个行业。"

夏语冰说过一模一样的话。

宋洋不是没想过，离开了诺亚，她依然可以留在民航业。但她将再也看不到眼前的风景。在大时代变幻中，诺亚处在行业发展的风口浪尖，秦远风点亮一盏灯，魏行之、唐越光、陆文光、夏语冰……每个人都举着火把往前走，照亮他们脚边的一小段路。

谁也不知道这条路最后通向哪里。

宋洋想跟着他们一同走下去。

她的手攥着那份文件，内心挣扎，后脊发紧，半晌终于开口："我会试一试。"又说，"我对驯马师能够让我跑多远，也很好奇。"

"拭目以待。"秦远风莞尔，"你还有什么问题吗？"

"有。"宋洋直截了当，"公司里也有不少人知道我爸这件事。你一心留住我，也有部分原因，是为了让人认为你豁达坦荡吧？"

秦远风笑起来："你看，这么了解我的员工，我怎么舍得让她离开？"静了静，他又说，"我不是善男，你也不是信女，我们是绝配。合作愉快。"

第五章

Chapter 5

理想本来就是比钱更奢侈的东西

1

对于宋洋的突然提拔，陆文光早有准备，但到底比他想象的快太多，他一下乱了阵脚。

他跟莫宏声约在外面喝酒，问对方怎么回事。莫宏声看起来闷闷的，陆文光每说一句话，他都"嗯"一下。陆文光忍不住问："你家的事，怎么样了？"

莫宏声摆摆手。他本来以为人到中年，重获自由，尽管不舍得女儿，但还是能时常去看她。久违的自由到手，他多少有些振奋。

没想到现在的女人，一个比一个精。年轻漂亮的姑娘跟他约会，新鲜的肉体还没到手呢，空洞的灵魂已经提出一堆物质需求。离婚后被分了财产，参加同学聚会时又不时听到这个身体垮了，那个家庭散了，谁又被辞退了，危机感从未如此深重。

回想起来，也就夏语冰这种傻女人，当年能跟他一起吃苦。

陆文光安慰他："女人嘛，也就是硬撑着。她现在花枝招展的有人追，那都是表面光鲜。"看莫宏声凛了凛，他知道自己说漏嘴了，"你不知道她有人追的事？"

夏语冰的办公桌上，每天都摆着鲜花。他们说，追她的是个法国人。两人在帝都相识。那天北京下着雨，夏语冰穿着简单的黑外套长毛裤，刚吹过的头发略有点儿蓬，妆容极淡。从出租车上走下来，用力撑开一把伞，却始终不得劲，细看才发现伞柄已经坏了。她微微眯起眼睛，笑着摇摇头。有个白种男人撑着小黑伞走过来，一口流利京腔,问她要不要帮忙。

宋洋问起夏语冰这个传闻,她只是微笑,看上去心情很好。她给宋洋看照片。男人比她大十二岁,但保养得极好,看上去比腰围突出的莫宏声更显年轻。

但谁都不知道,夏语冰跟魏行之也走得近。而且在夏语冰心里,法国人总会对新鲜浪漫腻味,迟早要离开中国。但魏行之却看得见摸得着,实实在在。

夏语冰跟莫宏声在同一家公司,抬头不见低头见,看前妻过得美滋滋,他脸上挂不住,转身也想跟实习生调调情。但年轻人都不傻,都躲着他。他才发现,中年人在约会市场,实在卑微。

他只能找陆文光喝闷酒。

陆文光也满腔心事。

宋洋当上品牌推广负责人后,跟他的关系就很微妙了。她个性倒是低调,没有找莫宏声要人要钱。但文件上说得清楚,品牌推广分部归市场部管,从市场部划拨两人过去。

宋洋非常谨慎,要哪两个人,全由陆文光定。陆文光挑了个每天上班只会刷淘宝玩手游闲聊的小女生,又把他觉得过于天马行空不着边际的蒋丰塞给她。宋洋嘴上什么都没说,对陆文光越发客气,大事小事请示汇报,但越是这样,他心里越是没底。

他从听回来的逸事中判断,这个女人不简单。她进了机组排班后,揭了自己室友老底,把人赶走。她配合曹栋然工作,听说也是她把曹栋然送进牢狱。她跟艾米合作,却把艾米告诉她的秘密卖给了媒体。最骇人的是,她跟秦远风传假绯闻,却搞定了秦远风的弟弟。这不是宫斗剧里的大女主吗?

那天,陆文光远远看见宋洋,她靠在门边,抱着手臂说话,声音很低,抬头瞥了一眼陆文光这边,又扭头跟夏语冰说话,说着说着就笑了。

陆文光心想,女人,真可怕呀。

方棠一查系统：飞成都，机长还是乔克。

暑运期间，航班量多，她在宿舍、公司或者驾驶舱里见到乔克的概率，都比过去高。但她现在不再是被乔克瞥一眼，就浑身瑟瑟发抖的雏鸟了。厚皮厚肉，乔克说她什么，她都照单全收，除了"是的是的"就是"好的好的"。

航班是早班，7点半起飞。方棠凌晨3点起床，化好妆，换好衣服，走到宿舍门口，坐上机组车。她一眼见到乔克坐在一侧，正低头看手里的iPad。她热情地喊："乔机长，早安！"

乔克点点头。

后续一切照旧：航前体检、开准备会、出发到停机坪。驾驶舱窄小，乘务长进来问他们选择什么餐食，目光看向乔克。乔克瞥了方棠一眼，忽然说："你先选。"

"嗯？"方棠纳闷。

为了避免飞行员同时出现食物中毒，影响航班安全，几个人要选择不同餐食。按照惯例，由机长先选。方棠是三个人当中最新的，她最后选。但乔克这么说，乘务长笑着看向她，方棠也不便发问，倒是心里猜测着乔克的口味，选了个他不喜欢吃的。

乔克看她一眼，她心里发虚，但仍对着他使劲笑。

起飞过程顺利，平飞后，方棠去洗手间。一开舱门，她就发现，门外有一个拿着飞机模型的小女孩，小学五六年级的样子，怯怯地盯着她看。

她冲小女孩笑了笑，进了洗手间。

从洗手间出来，小女孩还在那里，站着看她。一只手攥着飞机模型，死活不松开。

方棠摸了摸自己的脸。刚才照过镜子，没脏啊。又低头看了看制服，没乱啊。

"哟，你还在啊。"乘务长走过来，笑着揉了揉小女孩的脑袋。

方棠看着她，她跟方棠说，这小女孩爸爸是飞友，她自小受影响，也成了飞机迷。听说飞这趟航班的是女飞，非常想看看，就守在驾驶舱门口。

方棠低头，看着小女孩手里的飞机模型，指了指说："这是你的吗？"

小女孩点头，但还是有点儿害羞，躲在乘务长后面。乘务长笑笑说："刚才不还口口声声说有话想跟飞行姐姐说吗，怎么就害羞了？"

女孩想了想，指着方棠问："你真的是机长吗？"

方棠笑说："我还是副驾驶，还不是机长啦。"又正色，摆出严肃的表情，"但我以后可是要当机长的。"

小女孩扬起脸蛋："女孩子也能当机长吗？"

"当然了。女孩子除了不能当爸爸，什么都可以做。"方棠一本正经地哄小孩。

"但飞行员不是在里面吗，你怎么出来了呢？你出来了，谁开飞机呀？"

"里面还有两个大哥哥啊。"方棠低声说，"大哥哥很凶的。"

小女孩扑哧笑了出来。方棠想起乔克那张面无表情的脸，也笑了出来。小女孩又问了好多问题，比如机长跟副驾驶怎样区分，这个飞机的发动机是哪个公司的，机龄多长。方棠没料到她能问这么专业。

"机长哥哥很凶的，我得回去了。"在小女孩的脸摆出一个失望表情时，她及时说，"等飞机落地后，我请你到驾驶舱参观，好不好？"

失望马上变成开心，小女孩又问，现在能不能进去。方棠细心解释，现在正在飞行，根据规章，任何人都不能进去。要是小手一挥，不小心断开自动驾驶，后果可严重了。

飞机落地后，方棠没忘记自己的承诺。她在驾驶舱里，跟小女孩介绍，这是手提话筒，那是前轮转弯控制，这是检查单存放的地方，那是氧气罩,这是测杆,那是扬声器……小女孩对仪表面板深感兴趣,她便耐心介绍,这是起落架指示器面板,那是飞行控制面板,这是主警告和注意灯,那是导航显示。

乔克在旁,默默地收拾着东西。小女孩不时瞥向他,终于低声问:"这个是很凶的机长哥哥吗?"

方棠一下噎住。乔克抬起脸,冲小女孩点点头,说我是。

小女孩笑了笑,指着他跟前的仪表面板:"这个也一样吗?"

"机长跟副驾驶的,不一样。"

女孩睁圆了双眼。

乔克跟她一一介绍。他做事从来认真,面对小孩也不敷衍。方棠忽然觉得,这人也并非那样讨人厌。

离开驾驶舱时,小女孩跟方棠乔克招手,大声说自己也要当女机长。方棠觉得心情大好,坐车子进市区,一路上只觉成都天空又高又蓝。还没到晚上,酒店健身房已经人满,她索性换上运动装,打算在酒店附近跑步。

一出电梯,就见到同样运动装扮的乔克。

也许因为他寡言得像冰块,运动装倒让他看起来明朗起来。她冲他打招呼,问他是不是也跑步。他只默默点头。两人出了门,方棠也不辨方向,索性跟在他后面跑。

已是夜晚,月亮如一轮指环般明亮。他们跑向远离商业区的方向,不时有车子飞快驶过路面,月光淡淡照着。乔克慢慢停下脚步,方棠终于追上去,喘着气:"你……跑太快了……"

"我要真跑得快,你就看不到我了。"

方棠嘻嘻笑道:"我开飞机追你。"

乔克看她一眼,方棠的心突然一跳。

乔克说:"慢慢走回去吧。"

方棠点点头。

两人像各怀心事的少男少女,肩膀错开肩膀,一前一后走着,有一句没一句说着话。方棠问乔克的飞行经历。也许因为谈论他喜欢的飞行，今晚他意外地话多。他说起夜航，说地球自转逆向飞行时，天空还是黑的，飞着飞着，天空突然就亮起来。

方棠听得神往："真有意思。"

乔克瞧她一眼："这是时差效应带来的挑战，光线突然强烈变化，飞行员会不适应的，飞的时候要提起精神。"

方棠心想，这人可真没情趣啊。

他们经过大慈寺附近，隔着红墙，能看到里面的高树，有香味透出。方棠说："我当空乘时经常飞成都，每次都到春熙路，居然从来没走过这边，发现有这么美的地方。"

"你一直当空乘，为什么去学飞？"乔克问。

"哦，那个……"方棠抬手，用脖项间的毛巾擦了擦汗，对乔克微微一笑，"是个很无聊的故事。你不会感兴趣。"

"跟上次那个男人有关？"

方棠想了想："一开始也许跟他有关，想争一口气，后来，我只为自己争气。"她看着乔克，笑笑，"尤其当别人说我飞不出来，特别不可能在杀手手下飞出来时。"说这话时，两个年轻男女在他们身边轻快跑过，男生手里牵着气球，两人说笑着，男生手一松，气球晃晃悠悠往上飞升。方棠跟乔克同时抬起头，往天空看去。

隔着高高的树木，能看到今晚月色，极美。

回程那天，预报说上海有雷雨。方棠预感会错过方家今晚聚餐，上机前在家庭群里发了消息。方爸回复：没事没事，一路平安。方妈没吭声。

方棠对着屏幕，像狗一样用力嗅了嗅。乔克冷眼看她："你在干什么？"

"我隔着屏幕，嗅出了有人不高兴。"

这次方家聚餐，多了个人。

方程从没带过女朋友回家吃饭，沈珏是第一个。方爸早就希望儿子结婚,自从在群里看到消息后,就提前研究菜谱,打扫卫生,忙前忙后。方妈却始终提不起劲。

打从知道沈珏是外地人,还负担着妹妹学费生活费后,她就在方爸跟前发过好多次脾气,只是不敢当儿子的面说。她下定决心,想要趁这次吃饭,摸摸沈珏的底。

方棠太了解老妈了,猜都猜得到她咋想的。她私下提醒方程,方程却笑她想多了。

回来时,受上海区域天气影响,航班备降杭州。方棠跟乔克拖着箱子回到公司宿舍时,已是深夜。方棠洗头洗澡后,敷了个面膜,躺在床上看手机。

徐风来给她发了一张照片,以及一行字:巴黎的天空。

方棠想了想,记起来他们当初是在巴黎搭上的。她觉得这男人真鸡贼。什么暧昧过界的话都没说,伸手在边缘试探一下,撩你一下,看你反应。

我能有什么反应?忽视呗。

方棠把手机扔一边。

她撕下面膜,忽然想起那天晚上在成都夜跑。红墙内的高树,夜空中的月亮,空气里的火锅味,身边不苟言笑的男人。她发现自己已经完全没想徐风来了。

方程带沈珏回家吃饭。

跟不断给沈珏夹菜的方爸相比,方妈始终懒洋洋的,没说过几句话。在方爸客套地问沈珏哪里人,做什么工作时,她才突然抬起眼皮,不咸不淡说了句:"你那工作,能赚多少钱?"

沈珏早从宋洋嘴里知道方妈的厉害。她不卑不亢地回应,说赚得不多,但也是有前途的。方程也笑笑说,沈珏的老板在诺亚炙手可热,以后是要升副总的人。沈珏作为他的嫡系,可不愁没饭吃。

方妈一直以为沈珏是个好拿捏的,没想到她丝毫不怯。方妈原只存着试探的心思，这下却有了想法。

万一这女孩当了儿媳，恐怕方程就不再听话了。

一顿饭下来，方妈态度有变。端了水果跟热牛奶出来，不温不火地唤众人吃。她在沈珏身旁闲闲坐下，无意般说起方程的成长。沈珏静静听，方程在旁笑笑，不时抚一下她的头发。

方妈也笑笑，说起从小到大，方程得很多女孩子喜欢："就连宋洋呀，都给他写过情书。"

方程的脸变了色，急吼吼叫："妈！你乱说什么！"方爸也拿起电视遥控器，慌张张调整音量，一下错手，关了电视。

宋洋在旁看着，只觉得好笑。她拿起一个橘子，慢悠悠地剥掉橘皮，递给沈珏。沈珏不慌不忙接过，眼睛只盯着方妈，她想让对方看清楚，自己看透她，也不怕她。

方妈心里有点儿犯怵，知道万一这女孩入了门，儿子就不好控制了。

这顿饭默默吃完，默默散了。儿子在场，方妈不会傻到当面闹。但方程再迟钝，也看出来发生什么事。

电梯从负一层上来，宋洋随人流进入，走在最后。

电梯门关闭时，有人在外面喊"等等"。宋洋从里面按住电梯，对方一进电梯，打了个照面，是唐越光。电梯里的人喊他"唐总助"，他笑着打招呼，唯独没看宋洋一眼。

宋洋被挤到一旁，贴着冰凉的电梯壁，脸朝他的衬衣领口。

她挪开脸，转向侧面。脸正好朝向旁边一个女生的手机屏幕，女生抬起脸，看了她一眼。

她低头看地面，想起前段时间她用唐越光的名字，寄玩具跟零食到区路通家里，东西全部被退回，说是那家人已经搬走。

她能够明白，唐越光为什么对她失望。

电梯上了一层，进来一个人，宋洋感觉又被往里挤了一下，跟唐越光贴得更紧。还有人要进,里面的人说:"进不了啦,下一班吧。"电梯门又合上。

她始终低着脑袋。心里想起蒋丰之前提过的高达方案,突然有了模糊的想法。

一出电梯,她快步走回办公室。蒋丰在堆积木,那个叫张斯华的女生不知道跑哪儿去了。宋洋走过去,捡起最上面那块积木,蒋丰"哎呀呀"喊了起来。她说:"给张斯华打电话,开会。"

"什么会?"

"头脑风暴,讨论你之前的高达方案。"

当时陆文光没采用这份方案,蒋丰沮丧至极。现在宋洋重新提出来,蒋丰又乐起来,开足马达一样。

公司会议室向来紧张,要用会议室,得提前在系统上申请排期。他们每次开会都是随便找个地方。宋洋当上品牌推广负责人后,也没有独立办公室,只是把工位移到安琪原来坐的地方。身旁是一片长窗,可以看到对面沧海大楼亮起的灯光,一排绿植隔开她跟市场部其他人。她让两人把椅子拉过来,就在她位置旁开会。

张斯华匆匆忙忙赶回来,手里提着一个小购物袋,悄咪咪塞到自己柜子底下。蒋丰絮絮叨叨提着不切实际想法时,她始终低头玩着手机。

宋洋止住蒋丰,让他先把第一步做好。

"第一步是什么?"

"版权。"

蒋丰把眼睛睁大,一脸"还要版权吗"的模样。

宋洋回头就给万代公司发邮件,第二天收到对方回复。答复得特别官方,且合作版权费用超出了预算。宋洋把这个结果告诉团队,蒋丰一脸沮丧,手里一直摆弄着高达模型,一声不吭。

张斯华本来对工作不太上心,但她说她男友也是高达迷,于是有了些兴趣,主动提起来:"我们可以联系别的动漫公司,总有版权不那么贵的。"

宋洋说:"我不太清楚,但版权不贵的,受众估计也不多。大家都知道,我们公司从来就是花小钱办大事的风格。如果花了大预算,最后没效果,我们这几个人脸上都不会太好看。"

蒋丰问:"那这是要放弃吗?"

宋洋笑笑:"我是这么容易放弃的人吗?只是跟大家头脑风暴一下,让大家做好最坏打算。"

张斯华去年夏天跟男友去东京看演唱会,顺便去了一趟周边的藤子·F. 不二雄博物馆。她提议可以做哆啦A梦,知名度高,博物馆所在的城市也想要宣传,没准可以合作。

这话倒是提醒了宋洋。开辟航线也是一个道理,小地方为发展当地旅游业,发展经济,往往会提供更多优惠。那么他们要搞动漫航班的话,当然最好也是找有宣传需求的合作方。她问蒋丰:"有什么日本动漫或者游戏,近期要打开中国市场的吗?"

"什么?"蒋丰一下子没反应过来,倒是张斯华想起来了:"阴阳师?日本题材,中国出品。"

《阴阳师》是日本作家梦枕貘的作品,但国内买了版权,出游戏,出影视,正是需要推广的时候。

他们在会议上各自分工,蒋丰跟张斯华联系阴阳师国产游戏跟影视方,宋洋跟运行单位接头,确定宣传航班,提前通知机组人员,尤其是确定Cosplay航班机组人选。

宋洋给张斯华买了杯咖啡,夸了她一番。张斯华突然觉得,工作也可以很有趣。回家后,她跟同样是动漫游戏迷的男友一起讨论,又有很多新想法。回公司后,提议说现在国漫热,可以在回程航班上增加国漫元素,这样也能争取更多国内媒体支持。蒋丰也是个国漫粉,对这个提议举手赞成。

团队的每项进展,宋洋都向陆文光汇报。陆文光不说好,也不说不好,全不表态。宋洋知道他有想法,尤其是她捡起当初被他否定的方案来做,他心里不高兴。

宋洋也没打算升官发财,只做自己该做的。

动漫航班的策划很成功,没花太多钱,曝光基本靠拉合作方。有动漫博主自己也苦于没有创意,花钱买张机票,在现场穿得像安倍晴明一样现身航班。因为跟手游合作,所以登机的还有这款手游的官方玩家团,这些人也都向他们的粉丝做了直播。

宋洋看着这些人愉快的脸,心里想,夏语冰说得对,秦远风说得对。

她是真心爱这个行业。

在宋洋忙得不可开交时,沈珏跟方程又分手了。

自从见家长后,沈珏对方程就淡淡的。宋洋从来不过问他人私事,方棠却忍不住,才知道他俩吵过架。方程站在阳台上,狠狠地抽着烟:"她说什么两人不合适,还说——"

方棠急问:"她说什么?"

方程又发狠吸了口烟:"她说咱妈了……她说像咱妈那样的人,是不允许儿女为自己而过的。"

方棠不吭声了。这句话,她以前也许没意识到,现在却万分同意。

要是两人之间的裂缝,方棠也许会事多,给两人撮合撮合。但一旦涉及方妈,她自己都无能为力。最近她跟方妈关系一缓和,方妈又追问她找男友的事。听说有不少飞行员追求她,她斩钉截铁地:"你得给我抓紧了啊。"

以前方棠喜欢跟妈妈分享这种话题,但现在越发觉得不是滋味。方妈常常挂在嘴边的一些话,什么"女人在婚姻市场的价值""越老越掉价""女人要示弱",过去她无比赞同,现在听着就觉得恶心。

有次她说漏嘴,说公司有个英籍华人年轻机长,家里还挺有钱,跟她约会过。方妈眼睛发光,放下筷子,凑近她打听。当得知女儿对他没意思后，啧啧啧了好久。方棠忍不住说："你那么喜欢，你去跟他结婚好啦。"方妈说："人家要是能看上我，我也乐意哟。"

从此以后，方棠在饭桌上，绝口不提类似话题。只说菜好不好吃，天气怎么样，飞什么航班。方妈向她打听方程的事，不知道；方妈问她自个儿的事，不想说。

方妈对着女儿发脾气，说她越来越不懂事，啥话都藏在心里，不跟家里人讲了。

方棠笑了笑，当着她面说："这种话，你怎么就不敢跟儿子讲呢？是我赚的钱不如方程多，还是给的家用不如他？"

方妈气得当面大骂。但渐渐地，连宋洋都发觉，方妈对方棠也终于敬畏了起来。至于"拿不住"秦远风的宋洋，虽被打回原形，但方妈意识到，宋洋也是有攀上高枝的可能性，对她也谨慎了几分。

方棠跟宋洋都想，方妈到底是老了。

徐风来还是隔段时间就给方棠发消息，她从来不回。后来他不再给她发。方棠光脚站在阳台上，大口喝啤酒，抬头看满天星星，心想，这就对了么，这才是她熟悉的徐风来。

方棠要飞东京，她听说秦远风也坐自己飞的这班，跟宋洋打听消息。宋洋正在打扫屋子，戴着口罩，掀起地毯，扬起满屋子细细的尘。她递给方棠一个口罩，嘴巴在口罩后面翕动，带着笑意："我怎么知道？"

方棠才想起来，她跟秦远风是假，跟唐越光才是真。但现在，真的那个也没有了。

沈珏正在阳台上洗东西，听到她们对话，探出头来："是陆文光那个吧？他也坐这趟航班，陪秦远风去日本领奖。"

方棠问："什么奖？"

宋洋想起来，之前陆文光给她发了一个新闻，让她做好宣传准备。

新闻内容,是一家知名航空评测机构SKYTRAX的年度航司评选结果出炉,被称为航空业一年一度的奥斯卡。

诺亚首次摘星成功,获得四星航空公司评级,同时获得全球进步最快航空奖项。陆文光当时说,今年的颁奖典礼在日本举行,他到时候会在日本聘摄影师,亲自挑选照片,发给宋洋,宋洋需要考虑提前在官方平台造势。

沈珏拖着拖把进来,水滴滴答答落在地面上。她边拖着地板,边说难怪陆文光这么重视。提前让她开好机票,预订酒店,又通知市场部众人,重新制作公司物料,印上SKYTRAX四星级航空公司字样,同时标注奖项。

方棠说:"能够理解啊。一家谁也不看好的公司,突破重重困局,不光实现了盈利,现在居然还顺利摘星。"

SKYTRAX的评分方式跟体系,注定了带有客观独立性,任何航空公司都无法用自己的资源来影响它。尽管五星才是最高等级,但是在实现盈利后,首次摘下四星,对诺亚来说,可称得上里程碑。方棠说起,当时她还在沧海时,沧海也试图走摘星之旅。

"成功了吗?"沈珏问。

"成功了一年,但把我们折腾个半死。"方棠想起就要哭,"第二年换了个副总,就没搞了。"

沈珏笑:"怎么不见诺亚的空乘抱怨?"

方棠想了想:"玄学呗?"

宋洋抱着清洁剂走出来:"正因为诺亚一直在夹缝中求生存,没有官方补贴,也没有黄金航线航权,时刻也垃圾,他们只能在服务上下苦功。"

宋洋亲眼见过,唐越光他们为了压缩服务成本,让旅客掏一点儿小钱就能坐得更舒适,开了无数会,设计讨论了大量方案。

当时宋洋在便利店见到唐越光,见面打招呼,听他说起这事。他说魏行之在苦恼,国内旅客对低成本航空不了解,对任何增值服务收费,都有抵触情绪。两人走出天空之城,在深夜的上海街头散步,聊起怎样改进。

夜里有风吹来,宋洋打了个喷嚏。唐越光脱下外套,披在她身上。两人相隔一点点儿距离,并肩而行。

现在回想,都觉得是很久很久以前的事了。

方棠跟沈珏见到她在走神,问她在想什么。

她低头,拍了拍手上的毯子,避而不谈唐越光。"我只是想起很久以前看到过秦远风一个采访。他说,这个世界上的大部分人都是弱者,但每个人都幻想自己会成为强者。所以,逆袭的故事永远最好看。"

沈珏打来电话时,宋洋正在看公众号后台数据。杯面泡了一段时间,已经把水吸干,她"哎呀"一声,懒得再整,端起来直接吃,边吃边记录。她习惯用同一款笔记本,A5大小,封面与纸质厚实坚硬,随身携带,有任何想法都记在上面。

当她写下本周工作计划时,没预料到五分钟后,沈珏会打电话通知她去日本。她说,陆文光在大堂滑倒,摔到骨折,去不了日本,让她问一下宋洋的日本签证情况。可以的话,让她代替自己去。

宋洋办理了三年签,可以随时出发,但她还是问了一句:"让我去?"

沈珏明白她意思:"陆经理对谁都猜忌。他宁愿让你去,也不想让销售分部的人去。"

宋洋连夜收拾行李。什么场合,穿什么衣服,统统不清楚。陆文光没告诉过沈珏,沈珏也没法给她参考意见。她只能上网搜索颁奖典礼的新闻,然后往行李箱里塞了件男款小西装。

这衣服还是夏语冰建议她买的,她只穿过一次。夏语冰告诉她,选择肩宽合适的尺码,把它扔掉,拿起再小一号的尺码,就是合适的男款小西装:"否则,你就只是个偷穿爸爸衣服的小女孩,而不是穿上男友衣服的女人。"

夏语冰带她一起逛街，试香水，买耳环，搽口红。她说，以前你是秦远风绯闻里的女主角，不着脂粉，才符合这个社会对天真纯良好女孩的想象。现在你站出来，代表公司形象，要亮丽。她送给宋洋一只古驰的竹节包，里面有张小卡片："一只好的包，会让你在职场上战斗的姿态更好看。"

宋洋不曾用过这个包，她觉得所有奢侈品牌都跟诺亚定位不符。

不过这次，她决定背这只包到日本。

2

相隔数月再到东京，一切都不一样。

一下机，取行李，过海关，已是中午。距离颁奖典礼开始还有七小时。秦远风有商务活动，苏卫将地址发给她，让她自己打车过来。她前往酒店的路上，一直给东京办事处的同事打电话，确认在东京当地的诺亚职员，尤其是会出席典礼的飞行员跟空乘。她逐一核对出席人员名单，在视频里确认他们的服饰跟出场次序。方棠也在出席人员里，身穿飞行员制服的她，看上去比任何空乘都要亮眼。

陆文光临时出事，跟她没有任何工作交接，她不确定的地方，只得又联系国内。她让方棠帮忙确认当地信息，确保人员准时到达会场。有任何问题，第一时间联系她。

宋洋到酒店放下行李，飞快洗澡吹头发，换上杏色长裙，披上藏青色小西装，出门打车直奔举行颁奖典礼的会展中心。路上，她跟陆文光预订的当地华人摄影师最终确认，约定见面时间地点。

出租车靠近会展中心，她在暮色中，远远看见一个有立体感的建筑物，司机回头跟她说话，她皱眉，对方朝她点头鞠躬，又说了一串日文，她猜测是问她在哪里停车，直接把手机递到他跟前。他边看边点头说着什么,把车停在东区那边。

东区有六个展览区,两边各三个,由长廊相连,建筑物外墙上分别垂下东京航展跟SKYTRAX颁奖典礼的条幅。进入会展中心,会说英文的工作人员含笑迎上前,她顺利找到了会场。

她曾经听曹栋然吹嘘过自己参加的那些盛典。红毯上的明星,摄影师的镜头,粉丝的尖叫,圆形玻璃拱门,铁马和围挡,VIP休息室,上千块LED屏。

SKYTRAX颁奖典礼虽是国际航空业界的年度盛典,却简洁朴实得多。没有明星,没有红毯,没有LED灯。典礼不在高级酒店举行,而是在全球各地机场、航展举办地找了个会场,拉上一张长桌,配上酒水饮料跟羊角包,会场一角有落地的蓝色背景板,上面印有SKYTRAX World Airline Awards[①]字样。

秦远风还没到,她给苏卫发消息,对方说他们还在路上。摄影师已到现场,宋洋跟摄影师沟通他们要什么样的照片,注意哪些特写。对方估计在日本当地接过不少中国企业的业务,非常熟悉,宋洋把联系方式给他,让他今晚就把照片发给自己。

诺亚航空的工作人员跟空乘队伍还有几分钟就到。宋洋趁机熟悉会场,她留心名牌,看到有卡塔尔航空、阿联酋航空、日本航空、法国航空、德国汉莎等公司的人,他们正彼此交谈,同时陆续有媒体到达现场。

秦远风在开场前十分钟进来,跟他一起的是东京办事处的经理杨宾。她快步走向他们,见到他跟人微笑打招呼,交谈,便轻轻在他附近停下。

他瞥见她,于是笑笑,跟旁人说声抱歉,冲她微笑:"你来了。"

"您的座位在那边。"

---

① World Airline Awards:全球航空公司奖项。

"不急，他们有一个小时的社交时间。"他打量她，这是他第一次见到她穿裙子，本想社交式夸赞，但话到嘴边，他改变了主意，"新包包？"

宋洋将手上的竹节包放低一点儿，掩饰她的不自信。她并非含着金钥匙出生，父母没有教过她什么场合该穿什么用什么。她平生所识，全靠二手经验，唯恐不得体。回国后夏语冰看着照片说，她如果穿尖头鞋，配小包，会更好。

但当时秦远风浑不在意，只对她说："来，我们去社交一下。"

美国西南航空与日本航空高层也在。秦远风端着杯子，上前跟人家主动介绍自己。他们听过诺亚的名字，也留意到这家在中国土地上野蛮生长起来的公司。

秦远风跟他们说："中国人有句话，叫作三人行必有我师。美西南开创了低成本航空经营模式，日航的改革则堪称奇迹。我一直把你们视为老师，时常重温你们的案例。"

外航跟业内媒体都对中国市场这块大蛋糕极感兴趣，作为会场内唯一的中国内地航空公司，秦远风周围不乏人流。宋洋在这片会场内，提前得知荷航正在积极申请北京大兴机场的时刻，大韩航空计划新增首尔赴中国二、三线城市的航线，而达美航空将全新机型第一时间投运到上海—西雅图航线中。

日后，宋洋再回想起东京，会有两个印象。一个是池袋的深夜，有点儿脏，有点儿乱，像丛生的杂草，充满了繁盛的生命力，唐越光对她说，不要被过去困住，你是自由的。一个是会展中心的夜晚，她站在秦远风身边，与外航高层微笑，握手，交谈。她喝完一杯香槟又喝一杯，只觉得脸颊绯红，随时要起飞，上天摘取SKYTRAX的星星。

自父亲死后，她便是内敛的，谨慎的，从未如此刻般昂首挺胸声势浩大。在场的人都务实，聊的全是业界话题。她不懂社交，但是懂工作。当秦远风回忆不出准确数据时，她能够及时在旁补充。

音乐响起，颁奖流程正式开始。各航空公司飞行员跟乘务穿着自家制服出场，会场像被卷入一片兴奋的旋涡。方棠作为里面唯一的女飞行员，特别抢眼。

音乐声中，SKYTRAX公司主席登台致辞，简单回顾了他们这个奖项的历史。宋洋早已查过资料，知道这是一家为航企服务做调查的公司，进行最佳空乘、最佳餐饮、最佳航空公司酒廊、最佳机上娱乐等各类评比。

主席在台上逐一宣读各类别奖项的获奖提名，以及最终入选公司。

当获奖公司的名字被念到时，该公司员工就发出欢呼声。

主席宣读最佳进步奖，念到了诺亚航空的名字。他致辞说："过去，我曾经向许多不同的航企颁发最佳进步奖的奖牌。这些公司，有的已经成长为巨头，有的后续表现令人惋惜。今天，我第一次向来自中国的诺亚航空颁发这个奖项。过去一年，SKYTRAX评委会见证了诺亚航空在服务创新及服务品质方面令人印象深刻的进步，他们结合东方待客之道和西方管理理念，不断赢得亚洲各国消费者青睐，成为具有国际特色的航空品牌。"

秦远风在诺亚空勤地面工作人员的鼓呼中上台。口袋里，是文秘为他写的致辞。

宋洋站在人群中，抬头看他。

秦远风神清气爽，在台上用美式英语简短发言："感谢SKYTRAX。对在座的媒体朋友来说，诺亚还是一家陌生的公司。我们在硬件设施上不如人，没有头等舱，没有丰富的机上娱乐和美味的餐食，但我们有最好的飞行员，最好的空中乘务员，最好的机务维修、地面值机、签派……对不起，时间有限我没法再念下去了。"

众人一起笑。

他接着道："诺亚会继续在服务体系、航线开拓和飞行安全领域努力。希望明年、后年，以及未来每一年，我都能站在这块蓝色的板前，重复我今天的发言。"

后面，SKYTRAX又颁了一次四星级航空公司的奖，秦远风再次上台领奖。总裁问他，拿到四星级的秘诀是什么。他笑笑："我也不知道，运气好？"大伙儿都笑起来。

宋洋在平台上直播了他领奖的两段。领完两个奖项后，她抓紧时间在手机上编辑，现场发了好几条微博。

颁奖典礼后半段，苏卫进来会场，跟诺亚工作人员说典礼结束后，秦远风请大家吃饭。安排了车，请大家一起去。空乘们鼓掌说好啊好啊，方棠还是小孩心性，也跟空乘一起叫好。

典礼结束后，媒体对各公司进行采访。大多数记者都拥向更为知名的大航司，围着秦远风转的记者，出于礼貌问了一两个关于诺亚的问题，基本上都把问题集中在中国民航业发展相关议题上。

秦远风谦虚表明，自己也是个外来者，当他刚进入业界时，被人视为资本玩家，但现在大家更认同他是一条鲶鱼。他谈了自己的一些看法，同时对中国民航业发展表示相当乐观。

宋洋在每位记者提问后，请他们留下联系方式，说回头把资料发给他们。

一切结束后，苏卫跟秦远风说，其他人已经在机组协议酒店换好便装，车子正载着他们去吃饭的地方。"您的车子已经在外面。"

宋洋正跟他们请的摄影师讲话，一回头，见到秦远风在她身后等着。他跟她说："你也是诺亚的一分子，一起参加庆功宴。"

宋洋从包里掏出四五张名片，说都是记者留下的。她想早点儿回酒店，把资料发给记者，再把通稿写出来，连同照片一起发给国内外媒体。

秦远风笑笑："要这么赶？"

"要的。一般事件，媒体只报道一次。通稿得及时发。"

秦远风带着苏卫、东京办事处经理前往餐馆，跟其他人一起庆功时，宋洋急匆匆赶回酒店。在出发东京前，她已经把部分通稿写好，就差补充现场部分,以及加入图片了。

这应该是公关的活儿,但自从有曹栋然的前车之鉴,陆文光有意跟诺亚集团公关部门做切割,执意让品牌推广分部接手公关的活儿。

宋洋写稿快,写完后还在等摄影师传图过来,顺手把稿子发给她提前联系好的翻译公司,让他们连夜翻译成英语、日语跟韩语。英语是例行公事,后者才是重点,毕竟诺亚要开拓亚洲市场。

在这期间,方棠给她发来两条消息,一条问"你怎么没来",一条说"秦老板真的不错,我都快爱上他了哈哈哈"。

摄影师的最后几张图终于发过来,宋洋添加图片,将通稿发给相关媒体后,又迅速把公众号跟短视频更新了。

等待翻译文字传过来的时间里,她到酒店大堂买咖啡喝。她往自动售货机里投入三枚硬币,没听到咖啡滚出来的声音。她蹲下来,伸手进取物口,摸来摸去,还是没摸到。

"我来。"

她扭头,见到秦远风站在她身旁。

宋洋移开一点儿位置,秦远风走上前,突然使劲捶打机器。捶了两三下,听到咕咚咚的声响,冰咖啡滚了出来。他弯身取出,递给她:"机器卡顿,打打就好。"

"谢谢。"宋洋握着那罐咖啡,"庆功宴结束了?"

"还没有。"

"嗯?"

"没完,还有一个人没吃。"秦远风微笑,宋洋也笑。

两人一起向电梯位置走去,宋洋向秦远风讲述媒体安排进度。秦远风打断她的话:"你在这方面才是专业的。你安排就好,有什么问题再跟我讲。"

两人上了电梯,秦远风接到电话。宋洋低头看手机,邮件里,有记者回复说希望要到秦远风的资料。秦远风跟电话那头说,好,待会儿见。挂掉电话,他问宋洋:"你还没吃饭吧?一起。"宋洋说:

"正好,我要采访你。"

他们步行到附近的居酒屋,两人都不懂日文,店家递上一份英文餐单。宋洋拿出本子跟笔,秦远风将她的本子合上,笑说:"不要太正式,我会不肯说真话的。"宋洋笑说:"我以为你身经百战,而且我又不是记者。"秦远风将背部舒适地往后面一靠,将桌上的烟灰缸往自己这边一拉,边掏香烟边微笑说:"正因为身经百战,才真假莫辨。"

他问宋洋是否介意抽烟,宋洋笑:"即使我介意,我敢说吗?"

"别人也许不敢,但你很难说。你把老板的亲爸气得进医院了。"秦远风点燃一支香烟,非常放松地坐着,"还有个人要来。但我们可以先聊。"他随手翻着餐单,"你要吃什么?我吃过了。"

宋洋点餐时,秦远风接了个电话,指点对方这家居酒屋的位置。宋洋点完餐,那人已经来到宋洋身后,跟秦远风打着招呼:"我刚还打算直接去酒店找你。"

"我们在这里谈。"秦远风笑笑,又瞥一眼宋洋。宋洋低着头,不说话,不去看背后的唐越光。

唐越光此时也已发现她在,他脸色沉了沉,刚才那份轻快倏忽消失,波澜不兴地跟秦远风说着话:"佐贺那边的细节谈过了,我先把文件搁这儿了,你看看。明天还要去大阪,我先回去休息。"

秦远风看一眼唐越光,又看一眼宋洋,面上仍是笑着的:"不坐下来一起吃?"

"不了,还有事。先走了。"

宋洋一句话没说,只低头在本子上一笔一画写着,不时喝一口啤酒。写她待会儿要问的问题,要了解的秦远风,要完成的工作。

唐越光转身走了。

秦远风看了她好一会儿。她也抬头,若无其事地问:"可以开始了?"

"可以开始。"

宋洋问了一个她一直想知道的问题,即秦远风为什么想搞民航。

他说:"我跟魏行之第一次见面时,也谈过这个。我在美国念书时,经常去旅游,当时就兴起了做旅游,甚至做民航的想法。你看刚才的颁奖典礼,大家都对中国民航市场感兴趣,中国有那么多的航空公司,但在全球有影响力的有多少?"

宋洋停下了记录的手。她抬头看他,想知道这番理想主义的话,是否真的出自这个商人内心。

唐越光内心仍是少年,光风霁月,追逐梦想。

秦远风不一样。他的笑容热中带冷,洞察一切,而任何人都无法看穿他。

秦远风问:"你在想什么?"

"你对其他媒体说过的话,我全都看过,在写通稿时又重新看了一遍。除了基本资料外,我还想写一点儿软的东西。一些除了行业媒体外,连普通人都感兴趣的东西。"

"有多软?"

"比如说,受到一个什么人影响,发生了什么影响你的事。诸如此类。"宋洋喝了一口啤酒。

他笑笑:"你自己编吧。"

"那我给你编个女人。"

"好。"

"你的初恋情人,她对民航感兴趣,影响了你。"

"我从不受人影响。"

"你让我瞎编?"

"也要符合人设。"

宋洋往肉串上撒了点儿盐,拿起来一根:"也是,我觉得你不像是个需要爱情的人。我还想给你编个女友,可以是女飞行员,或者有飞行理想,最后她影响了你。"

秦远风笑笑,不说话,只继续抽着烟。宋洋早换下颁奖礼的衣服，摘下首饰跟假睫毛，只穿简简单单的针织衫，坐在那儿喝大杯冰镇啤酒。

居酒屋的电视里，播放着天气预报，说有强台风要登陆西日本。但此时此地的东日本，闹哄哄的生活仍在继续。附近一桌围了五六个穿棒球服的年轻人，突然大声笑起来，秦远风跟宋洋同时抬头看向他们。宋洋看着他们脸上的痘痘，心里想着：肆无忌惮的青春，真美好。

秦远风问："你刚才说编了什么？"

"一个女人。"宋洋突然意识到，自己造次了。居酒屋太拥挤，室内空气太暖热，人与人之间空间窄，越发亲密，让她差点儿忘记了，眼前这个人是她老板。无论他表现得多亲切，多接地气，跟你一同下馆子，坐在你身边聊天，但老板就是老板。

但秦远风似乎并不在意。在一室喧闹的日本人当中，无人留意到他，他看起来难得地舒坦。领带早已摘下，衬衫领口扣子开了两粒，一根接一根抽着烟，有一句没一句地说着话。

他问："今晚颁奖礼上，你好像在找什么？"

宋洋佩服他注意力细致。她说："我在看有没有亚航的人。"

"为什么？"

"他们在品牌推广上做得特别出色。我想见一见他们的人，跟他们学习。"

秦远风在烟灰缸里摁灭一支香烟："其实不光是业内，业外走低成本路线的品牌，也有很多值得我们学习的。低成本跟劣质品，本来就不该画等号。"他交叉两手手指，"比如说快时尚行业里，优衣库跟Zara。为什么优衣库扩张得更快，做得更成功？"

"为什么？"

"优衣库有很多基本款，单一款式，不同颜色。这样就降低了设计生产的成本，而且他们的产地放在生产力更廉价的东南亚。相比起来，Zara款式多，生产线多，产地还始终控制在西班牙。普罗大众总认为,便宜没好货,只是因为他们不懂得成本管控是系统性的。"

宋洋若有所思。她跟民航业内很多人交谈过,没有人举过这种例子。也许因为秦远风本来就是个外来者,因此眼界更广,想法更灵活。

她忽然"咦"了一声。

秦远风问:"怎么了?"

"你说起优衣库,我突然想到了——"

这时大门方向传来中国人大声说笑的声音。秦远风抬头看一眼,原本松弛的表情消失,他直了直身子,问宋洋:"还要再点吗?"

宋洋明白他想走,说已经吃完了。秦远风说:"那走吧。"

秦远风拿起刚才唐越光给的文件,披上长外套,起身往酒店方向走。东京夜晚街头,天空深蓝得接近透明,让人想起村上龙的书名。路边小店半新不旧,拐过一个街角,眼前便是大路,两旁都是奢侈品牌。橱窗里,优雅地坐镇着真皮包、靴子、珍珠项链、钻石。

他问:"你刚才说优衣库什么?"

"我想起优衣库每年都有联名款诞生。衣服还是那样的衣服,但只要有知名品牌、知名设计师加持,价格就会被炒高,这就是品牌溢价。"

秦远风等待她往下说。

宋洋语速飞快:"品牌溢价跟是不是大牌没关系,重点是用户的认知。也就是说,用户不会因为用了你的手机,或者坐了你的航班,就自掉身价,反而有种想跟朋友分享的荣耀感。只有做到这一点,才能够产生溢价。现在旅客们已经形成惯性思维,认为上了飞机,任何服务都不该收费,所以任何增值收费服务都推行艰难。但假如有品牌溢价呢?"

"接着说。"

"我们有一个颈枕眼罩毛毯套装,才几十块钱,不到一百。旅客不差这个钱,但是没有人掏钱买。说实话,我也不愿意买,因为跟其他传统航司机上用的没有区别。非常普通。但假如我们找年轻设计师，做得有设计感一些呢？"

宋洋的心热，说到激动处，连脸颊亦绯红："或者可以每年度做小更换，比如色调、logo位置大小做些调整，又或者投放在不同航线上，又或者跨界联名。"

"可以考虑一下。"秦远风微笑。

宋洋掏出手机，点选备忘录，手指飞快滑动记上一笔。

秦远风问："还有什么想法？"

宋洋说："想法有很多，但都不成熟，我连成本都没算过，不能贸然跟你讲。"秦远风说："那我等你。"

两人走了一段路，秦远风问起她跟唐越光之间的事。宋洋微笑着说："已经过去了。"秦远风看了她一眼，没有表态。宋洋心里想，他是否认为他们俩的关系会影响工作。

两人慢慢走到酒店门口，上了电梯，秦远风跟宋洋道晚安，叫她早点儿休息。她指了指他手上的东西："你是不是还要看完手头的文件？"秦远风笑，说不一定。

宋洋回到房间，脱下外套，进浴室放水。她看了一眼手机，发现方棠给她发了十几二十条语音微信。

她以为出什么大事了，按下播放，只听到方棠的一声叹息，而后带点儿女儿情态，细声细语："我跟我师父接吻了……就在刚刚。"

她在十几二十条六十秒语音的容量里，把今夜东京的月色，长街的微凉，便利店里的酸奶跟店员，便利店外的乔克，都描述一遍。

最后她说："我也不知道自己怎么了。"

她说，她喝得有点儿多，在外面笑着跟他打招呼。天上月色极美，又亮，她轻轻凑上前，用手拨开他脸上的头发。手碰触到他的脸，才发现那不过是树木落在脸上的阴影。乔克皱了皱眉，方棠声音拿捏得又轻又软，带点儿醉意说："你又皱眉了。"

"我没有。"

"你有……这里……"她用手摸他左边眉毛,"还有这里……"又摸他右边眉毛。笑容跟声音一样,又轻又软,像羽毛一样撩动着。

她在长街上的霓虹灯与橱窗之间,半醉半醒,突然轻轻在他脸颊上吻了一下。乔克像雕像一样,一动不动。

"你怕我,呵。"方棠带醉,踮起脚尖,用手环住他的脖子。

乔克抬了抬眉头。

她趋近,犹自喋喋不休:"你怕我飞机开得不好,丢了你作为师父的面子。你怕我话多,老是嫌我烦。你怕我……"

"我不怕你。"乔克说着,一只手捉住她的手,将她拉过来,低头吻下去。方棠在这个吻中,突然清醒。

他的呼吸非常清新,有薄荷的味道。眼神不再严肃,自上而下凝视她,她不知道说什么好。

他却首先开了口,他说,对不起。

方棠一瞬间想起了徐风来。徐风来第一次亲吻她,巴黎夜里也有同样美的月亮。他的呼吸亦是薄荷味。他也说,对不起。

方棠转身往酒店里面跑,乔克没有追上来。

"怎么办呢?"方棠问。

宋洋用手试了试水温,可以了。她边把头发盘到脑后,边回复方棠:"为徐风来,你只给我发过十条语音。为了乔克,你给我发了差不多二十条语音。你说呢?"

方棠回复一个哭泣的表情。天知道她哭什么。因为再次坠入情网?有的女人就是为爱情而生,比如方棠这种。但谁说这种女孩子就不能拥有事业,甚至将飞机开上天呢?对比之下,世界里只有工作跟工作的宋洋,生活要贫乏许多。她跟秦远风,是同一种人吧。

宋洋把身子沉入浴缸里。身体的疲劳像消融到热水里的雪,但脑子仍清醒转动。今天见到了全球顶尖航空公司的代表,她意识到,世界很大,也确定,自己热爱这个行业。洗完澡,她换上睡衣,把头发扎成一团盘在头顶,仔细卸妆,把护肤品摆在一起。

这些过去没有的习惯，全靠夏语冰耳提面命，她说，宋洋现在代表公司。她不需要满身名牌，但必须显得自信自律。

这世上的女人有两种，一种通过男人成长，一种借助同性力量。宋洋是后者。

卸妆卸到一半，她感觉床在剧烈晃动，整个身子被抛到半空中。床头柜的抽屉剧烈地摇，砰砰砰砰地开合，桌面的东西哗啦啦撒了一地，壶里的水洒了一地。外面走廊上有人奔跑，夹杂着各国语言跟尖叫声。

她第一个反应是：地震了。

宋洋抓起外套披在身上，急匆匆推门，抬头便见到住在她斜对面的秦远风。他仍穿着衬衣，着拖鞋，反应极快，三两步迈向宋洋："快跑。"

宋洋缺乏经验，在外住酒店从来没关注逃生出口位置，此刻两个方向都有人奔出。秦远风抓起她的手："跟我来。"

之前有人说过，如果在日本遇上地震，不要跑，留在室内。但酒店大楼还在猛烈晃动，从房间里跑出来的人越来越多。大家都很狼狈，穿着拖鞋的、光着脚的、披着床单的，还有披着浴巾的——估计是刚从温泉直接冲出来。还有男人只穿着裤衩。女孩子全都披头散发，边跑边尖叫。

秦远风跑经前面一间房时，在门前稍停留，用力拍门，喊着苏卫名字。苏卫穿着睡衣，眼罩还挂在前额上，一脸惊惶，也很快明白发生什么事，混在人们中一起往外跑。

他们跑到楼梯口时，秦远风突然说一声："你们先下去。"又对苏卫匆匆说，"照顾好她。"便转身往回跑。他逆着往前的人流，奔回他的房间。

宋洋急，但身后的人们不住往前拥，人越来越多，她无法回头，只得顺着人流一起跑。苏卫也在她身旁，脸色苍白，两人挤在人群中，不住往下面跑。宋洋从未觉得七层楼的楼梯原来这样漫长，好像怎么跑都永远有下一层似的。

　　大楼像被巨人的手重重摇晃着，人们跑得东倒西歪。两边的头发胡乱扒在她脸上，她随手拨开，心里乱纷纷，想着怎么还没到一楼，想着怎么还没听到秦远风的声音。

　　终于跑到一楼大堂时，他们看到外面空地上已经有很多人。有人赤着身体，只披着浴巾，有人裹着床单。女孩子全都披散着头发，衣着单薄，惊魂未定。有人只穿着一条薄薄的裙子，光着脚，脸色苍白，在深秋的夜里发抖。身旁的陌生男子将身上裹着的床单脱下，递给她。

　　大地还在强烈晃动。宋洋盯着酒店大堂，始终没见到秦远风出来。

　　苏卫突然回过神："秦先生他——"

　　宋洋用手按住胸口，感觉心脏激烈跳动。

　　"秦先生——"苏卫突然喊。

　　她双手移开，看到秦远风穿着拖鞋，衬衣衣袖有污渍，他手里拿着文件。

　　宋洋难以置信："你回去就是为了拿这个？"

　　"这个资料很重要——"

　　"你疯了！你知不知道，你可能会死！"

　　她向来极度克制，不轻易表露情绪，尤其在职场中。秦远风从未见过她这模样。他一时意外，苏卫也结舌，迟疑地酝酿着场面话。只听秦远风笑笑说："没事，日本房屋很抗震。"

　　"你这么确定这次震级不高吗？你没看到很多日本人都跑出来了吗？你知道福岛核电站泄漏那次日本大地震，死了多少人吗？"宋洋接近歇斯底里。她眼睛通红，仿佛秦远风不是她的老板，而是方棠，或者沈珏。她担心，她害怕，所以拼命骂。

　　"福岛那次，很多人不是死于地震。"他微笑，"而且，谁都会死，我早已做好准备。我遗嘱立好了，公司留给儿子，交给弟弟管理。"

"你会死，但不是现在……不是在你儿子还小，还需要爸爸的时候！死去的人是很轻松的，痛苦的只有留在这个世界上的人。每天每天，都活在阴影之中。所以我没法原谅那些轻易放弃生命的人。"

她全身都在颤抖，他无法分辨，是因为大地仍没停止抖动，还是因为这夜风太冷，而她穿得太单薄，或是她体内的情感太过强烈，冲撞得她站立不稳。她低下头，深呼吸，平复情绪。许久，终于低头，对他说："对不起。"

是她太幼稚，是她太年轻，道行不深，把对父亲的感情代入其中。

苏卫的手机挂在胸前，此刻响起来。他如释重负，接听电话是绝佳借口，他转身走开。

秦远风将声音放低沉："你说得对。"

周围的人还在喧闹，奔跑，等待暴怒的大地平复。震动逐渐停止。东京的长夜很冷，所有人都穿得单薄，但没人敢回到室内。酒店人员用日语跟英语跟住客解释，说刚才的地震初步预计是里氏7.5级。根据日本的相关法规，高层建筑必须能够抵御里氏7级以上强震。他们的大楼符合要求，但酒店方面依然会对楼宇结构做检查，同时正在为大家准备御寒物品。

过了一会儿，穿制服的人抱着毯子走出来，开始向大家发放。他们每发一条毯子，就向住客鞠一次躬，好像地震是由他们引发，他们需为此道歉一样。

宋洋接过毛毯，盖在自己身上。夜风吹来，她还是打了个喷嚏。

秦远风把自己那条毯子盖在她身上。她说不用，伸手要掀起，他用手按住她的手背，手心温度透过毯子传来。好一会儿，才将手松开。

苏卫走过来，跟秦远风说，办事处经理正往这边赶。秦远风说："给杨宾打个电话，叫他不要过来，在家待着，我的命不会比他的更贵。"想了想又说,"让他问一下,在东京的其他工作人员情况如何,机组怎么样。待会儿给我一个数字。"

过了一会儿,酒店人员走出来说,经过重新检测,酒店是安全的。大家可以暂时返回房间收拾东西,穿好衣物鞋袜,在房间内短暂休息,不过要保持清醒:"随时做好余震来临,立刻撤离的准备。我们也会协助大家,跟大家在一起。"

这酒店人员的外套上有一点点儿污渍,估计也是刚才跑的时候不知道擦哪儿了,但她双手交叠,始终保持镇静神态,说完话后,又朝空地上混乱站着的人群深深鞠躬。

宋洋突然想,民航业所要求的专业和服务,也正如此。

住客开始慢慢往回走。他们上楼时,苏卫跟秦远风说,在东京办事处的工作人员跟机组都一切正常,没有人受伤。宋洋知道方棠没事,放下心来,却又想到不知道唐越光怎样了。

回到房里,宋洋披上厚外套,将护照钱包取出来,又打开钱包,看了看里面的全家福,爸爸妈妈在小小的纸片里,冲她微笑。她将钱包跟护照放到衣服口袋里,穿上鞋袜,在床上躺下,但不敢睡着。她想起自己卸妆卸了一半,但卸妆棉早震到地上,卸妆水洒了一地。

身体实在太累,头脑又警觉。肉体与灵魂打着架,时有胜负,她昏昏沉沉地睡一小会儿,又很快醒来,又睡着,又醒来。最后一次醒来,她索性摸出手机看。

这才发现,原来一小时前,唐越光给她打过数个电话。正是地震发生的时候。

她给他发了条消息:我没事。你呢?

她将手机放好,头脑彻底清醒,再也睡不着。

唐越光很快发回消息,只有一个字,好。

好什么呢?是表示安心,还是最最冷漠的"我知道了"。

宋洋将手机穿好手机绳,挂在脖子上,躺下来。

十分钟后,楼里又强烈晃动起来,杯子哗啦掉到地上,屋子漆黑一片,外面有人叫起来。宋洋从床上一跃起来,推开房门,见走廊上一片漆黑。酒店电力系统显然已损坏。她的眼睛适应了黑暗,辨认出外面跑动的人,全都穿戴整齐,统一往一个方向跑。

"宋洋!"她听到秦远风在喊她,不一会儿,她察觉到有人牵着她的手,"往这里!"

是秦远风的声音。手心温度与触觉,都是他。

她跟随他跑动,顺着人流,摸黑下楼。这次,有酒店人员分别用日语跟英语喊话,提醒大家靠墙壁走,不要拥挤。

这次的晃动持续时间比刚才短。但酒店停电,在楼梯上下不便,酒店大堂里挤满了人。长沙发早被占满。苏卫在外面打电话,再次跟办事处的人确认信息。秦远风跟宋洋靠墙而坐,宋洋感觉非常疲累。

秦远风说:"你睡吧。今天你从上海飞过来,一直没休息。有情况我喊你。"

宋洋使劲摇头。

"不累吗?"

"累。但你是老板。哪里有老板不睡,员工睡的。应该你睡,我来站岗,有什么情况,我摇醒你。"

秦远风笑:"你眼皮都快合上了,我可不敢把生命交给你。"

酒店大堂很暗,他们在靠门边的墙边坐着,月光映进来,像在地面铺上银白色毛毯。宋洋实在疲累,靠在墙上,迷迷糊糊睡着,脑袋往一侧低下去,落在了秦远风肩膀上。

秦远风转头看她睡颜。

她卸妆卸了一半。当日他第一次见到她,她化妆化到一半,也是这样真真假假的一张脸。像是被吻后,残妆尚留,欲掉未掉的颜色。咬唇妆还没卸掉,Bitten lips,直接翻译过来是被咬的唇。秦远风第一次听这名字,觉得有点儿情色,当时的女友笑话他:"哪里情色了?"

秦远风又看了看宋洋的唇。

苏卫打完电话回头，想跟秦远风汇报日本办事处情况。远远看到宋洋靠在秦远风肩上睡着，稍犹豫，最后还是没走近，只给他发去消息。至于地震时，唐越光给他拨了十几个电话，疯了一样问他宋洋的事，苏卫当然不会告诉秦远风。

中间又陆陆续续有两次余震，震感不强，他们继续留在室内。接近早晨，酒店恢复供电，街上恢复了平静。他们在酒店吃早餐，宋洋一直低头用手机。

秦远风问："你在跟谁报平安？"

"昨晚就跟爸妈报过平安了。"她脱口而出，说完自己也是一愣。原来这些年来，她早已将方爸方妈视为至亲。

秦远风凝视她半晌，知道她在想什么。倒是宋洋把手机屏幕转向他："我昨晚都忘记更新了。"

秦远风低头，见到她正在更新微博，刚发了条诺亚为日本航班提供退改服务的内容。他问："你出差前没交接？"

"交接了常规工作，但这个是突发事件，还是我自己来会更快。"她说着把手机拿回来。

早餐吃到一半，杨宾赶到酒店，说地震发生后，成田机场跟羽田机场跑道关闭，航班停飞。东京首都圈的JR线路，全部停运。

秦远风原本下午要拜访日航，现在只能取消。毕竟日航现在也忙得人仰马翻。他们几人除了留在酒店，没有其他事情可做。

有不少住客已经退房，苏卫给他们换了低层，但没人留在房间里。宋洋把手提电脑搬到大堂，将剩下的稿件赶出来。秦远风坐在她对面沙发上，听杨宾说话。

过了一会儿，唐越光赶到酒店。他进门，外套上蒙了薄薄一层雨雾，目光首先掠过宋洋。宋洋抬头看外面，才发现正在下雨。

唐越光跟秦远风说起现在航班停飞："有大批游客滞留在机场，诺亚的人也不少。"就在他说这番话时，已有两三个电话打给秦远风。秦远风回头，把手机交给苏卫。

秦远风问唐越光:"你还没吃早餐吧?我们边吃边说。"

苏卫在这时走过来,将手机递给他,说是诺亚集团公关经理谭若思电话。

宋洋忙完后,回到房间,穿戴整齐,护照钱包揣口袋里,手电筒等防灾物品都放在小包里,搁在桌面上,随时准备撤离。她上网搜东京机场情况,见到大使馆派人到现场,安抚滞留旅客。她给蒋丰发消息,让他查一下诺亚航空在东京滞留旅客人数等消息,尽快发给她。

等待蒋丰消息的时候,她上网查了查诺亚的相关新闻。说是诺亚出行在东京当地469名旅客里,有78人失联。

宋洋估计,谭若思打给秦远风的电话,应该在说这事。

过一会儿,蒋丰把诺亚航空在东京滞留旅客人数发给她。在这期间,陆文光打电话给她,问她在那边怎样,又打听秦远风情况。

中午时分,终于收到消息,说机场下午2点重新开放。杨宾及时给秦远风四人订了第一班机。

酒店停电时,他们都早已将行李收拾好,立即启程回国。杨宾安排的商务车到酒店门口,宋洋循例要先上车,坐后排。苏卫突然喊住她,笑着说:"我跟杨经理有事要谈,我们坐后排。"他跟杨宾先上了车,宋洋随后坐中间,秦远风最后上车,坐在她旁边的位置上。

苏卫跟杨宾在后面,有一句没一句地谈着,都不是什么要紧事,有点儿没话找话。宋洋明白苏卫的用意,暗暗好笑,觉得他多此一举。秦远风没跟她说话,接了一个电话,便转头看窗外。

进机场的路上可见大街非常安静,建筑物没有明显受到影响,只是广告架子等非固定物品东倒西歪,有树木倒塌,工作人员估计一大早进行了清理,现在道路都已清出来,只是还是有点儿堵。

进了候机楼才发现到处都是人,所有柜台前都是问询的旅客。机场里的餐馆便利店跟免税店都关闭。杨宾取过他们四人的护照,钻到值机柜台后,替他们办理登机。

秦远风跟唐越光的手机,此时同时响起。宋洋无事可干,低头刷了刷手机,看到蒋丰给她发了条日文新闻链接,还发了个问号的表情。

她点开,粗略浏览了一遍,只看得懂里面的汉字。大约是说关西机场如何如何,她也没看明白。

杨宾这时从柜台后奔出来,脸颊红彤彤的,抬起一只手擦汗,另一只手将登机牌攥得紧,几乎忘了交还他们。秦远风刚挂掉电话,脸色颇有点儿凝重。唐越光则转过身,落在后面,继续听着电话那头的消息。

杨宾开口,对秦远风说:"刚收到消息,台风登陆西日本,关西机场连接外界的唯一联络桥,被邮轮撞坏了。"

秦远风点头:"我听说了。"

苏卫追问:"对我们影响多大?"

杨宾说:"关西机场成为海上孤岛,已经关闭了。机场近3000名旅客被困,中国大陆旅客有750人。刚才确认过,我们有169名旅客。还有机组人员。"

苏卫说:"那就是说——"

"东京这个事小,关西受的影响要大得多。那边机场电力供应紧张、物资紧缺,又没法跟外界连通。这里有多糟糕,那里就是这里的十倍。我们刚刚取消了整整八天航班,受影响旅客达到几千人。"

唐越光手里握着电话,向他们走来。他对秦远风说:"我留在日本,现在赶往大阪。"

秦远风神色犹豫。

唐越光说服:"我们的日本航线刚开了个好头,万一在这里处理不好,一切努力都白费了。"

"那你小心。"

"好。"唐越光又转头跟杨宾要大阪办事处经理联系方式。杨宾说,自己要留在东京处置震后航班秩序恢复,但他会分别找一个中国籍、一个日籍职员陪他去大阪,协助他。

他们讲话时，宋洋一双黑眼睛，始终平定地盯着唐越光。她看他逐一跟秦远风、跟杨宾、跟苏卫握手，最后站在她跟前。他将手收回，垂在身体两侧。

宋洋什么都顾不上，在其他三人注视之下，伸出两臂，扑上前抱住他。他有些意外，悄无声息地承受着她的拥抱。

她郑重地说，保重。他滞了滞，说，我会。

回到国内，宋洋始终在关注日本那边的新闻。她在新闻上看到，关西机场大面积浸水，成了一座孤岛，八千人在里面等待救援。

魏行之召开紧急会议，商量应对方案，确定将诺亚旅客撤离关西机场，到距离最近的名古屋机场。宋洋去茶水间，经过航务人员办公室，见到他们正在打越洋电话。

她回到办公室，往窗外看去，对面沧海大楼亦灯火通明，直开到夜深。她猜测，他们也在连夜应对。

不少航司都在想办法增加班次，运送更多旅客回国。所有人都在申请加班。这种情况下，能顺利申请加班，非常难。

宋洋也加班，下班后顿顿盒饭。有件事有点儿奇怪：她连续两个晚上，在天空之城见到魏行之跟夏语冰。两人似在小酌。一开始宋洋并没多心，然而再细看，魏行之看起来心情不佳，夏语冰在软语安慰。她穿着斜纹软呢套装，直筒半裙，一头长发微微蓬松，笑起来时眯着眼睛。

那绝对不是上司与下属谈话的姿态。但宋洋假装没看到。

第二天，沈珏给她发来消息："陆文光要当公司副总了。"宋洋忽然明白，为什么魏行之看起来心情不太好。此后，陆文光就要跟魏行之平起平坐了。

沈珏跟宋洋在家吃火锅，沈珏说："秦远风这是在搞权力平衡，防止魏行之独大吧。"丸子咬在嘴里，非常烫，沈珏赶紧吐到碗里。宋洋夹了一块鱼豆腐到她碗里，笑着说，沈珏长大了，会分析这些了。

但她们都不知道,魏行之有两个死党近期在民航系统混出头来,他还有好多老同学在民航界内,正是拥有话语权的阶段。而秦远风提前跟魏行之吃了一顿饭,答应替他弟弟公司注资。魏行之也心里有数,秦远风不懂运行,但是他懂市场,所以陆文光并没有多少实权,很多事情还是由秦远风握在手里。

陆文光心里也清楚,但依旧快意。

宋洋经过会议室,见到他躺在大班椅上,脑袋抬得高,背脊仿佛有无形的翅,马上就要乘风飞起。沈珏的身价也水涨船高。尽管公司规定高层秘书必须由同性担任,陆文光另有男秘书作为生活助理,但还是打算留下沈珏任文秘兼事务助理。

沈珏越来越忙,方程颇有微词。沈珏在家里加班,他无事可干,伏在写字台上,偏头看着她,笑笑:"这么辛苦加班干什么?脸都黄了。"

"干不完呀。"沈珏微笑。

方程搂着她一边肩膀,亲她脸颊:"我又不是养不起你。"

沈珏停下键盘上的手指,抬起眼睛:"这是你的想法,还是你妈的想法?"

方程心虚,笑了笑。沈珏继续看电脑屏幕。

自从上次沈珏到方家吃饭不欢而散,方程跟沈珏之间就有点儿罅隙。方妈在家再没提起过什么,却有意无意说到,她哪位老同学的女儿长得美,又在国外读完书回来,哪个老朋友给女儿买了房子,刚装修完。方程一声不吭。方妈小心察看他的脸色,怕他生气,点到即止。

这天方家又聚餐,吃饭时,方程说起沈珏老板升了副总,她也升职。他这么说,是想让方妈感觉沈珏经济独立,不会靠他家吃饭。没承想,方妈却放下筷子,薄薄的嘴皮子一动,淡淡说道:"她经常跟着男上司加班?那还了得?"

方程听得生了气，也啪地放下筷子。

　　这时方棠端着盘菜，从厨房里走出来，方妈跟方程对望一眼，都不再说话。方程那顿饭吃得没劲，但回头越想越不是滋味，渐渐也觉得方妈的话有点儿道理。他想问问方棠意见，但方棠现在越发独立自信，他怕说出来会被骂死，只得在心里憋着。

　　这次宋洋因为太忙，没回方家吃饭。

　　她在网上看到关西机场便利店货架一空的照片，后来随着机场停电停水，通信不畅，连餐馆店铺都关门。她进了"关西机场处置群"，在里面看到大家发的视频，偌大的候机楼一片昏暗，滞留旅客在椅子上睡。许多航司的柜台都关了，只有几家中国航司还开着，其中就有诺亚。

　　群里十几人，除了唐越光，主要都是大阪办事处的职员，也有小部分名古屋办事处的。由于领事馆派车接回中国公民，为了协助旅客连夜撤离，大阪办事处全体出动，连名古屋办事处的职员也主动前来。

　　她知道唐越光很忙很忙，但还是忍不住，给他发了消息，说在转运旅客时，能不能让旅客们对着他的手机录一段话。

　　三小时后，唐越光回复她：好。

　　他给她发来两段录音，还有一段关西机场撤离中国旅客的视频。

　　录音里，李姓男乘客说："本来我们以为还要排队排很久。因为我们导游说，可能得排个三五天，才能坐上船过去。机场里没吃没喝，天气很热，没空调，味道又重。没想到，诺亚航空跟我们说，有车来接我们啦！"

　　另一个女乘客带着激动的哭腔，说她已经有点儿发烧了，机场买不到药。还好领事馆来接人，他们现在已经坐车回到大阪市区，在酒店住下了。后面诺亚还会安排航班，从名古屋运送他们回上海。

　　宋洋记录下每个故事，发给张斯华。张斯华搜索网友对诺亚航空高效温情的点赞，截图保留，写成通稿，由宋洋改好后，发布给媒体。蒋丰将视频跟音频剪辑，加上张斯华找到的截图，在社交平台发布。

工作充实，但蒋丰也忍不住抱怨："我们不是品牌分部吗？现在好像一直在做公关的活儿，以前这些不都是诺亚集团的公关来做吗？"

张斯华抓起一个橡皮擦，朝他脑袋扔过去。她低声说："你懂不懂啊！这是斗争后抢回来的权力，你怎么还想把它交出去呢。"

宋洋有点儿意外，原来张斯华倒不像她看起来那样人畜无害。张斯华环视一周，压低声音说："谭若思能力不在曹栋然之下，只是情商比曹更高，非常低调。"

宋洋想起来，当时他们从东京回来，谭若思亲自到虹桥接机。她个子高，那天穿白色真丝衬衫、麻棉质地阔腿裤，外面套一件长风衣。站在登机口，亲自迎接秦远风。她的神态有点儿亲昵，但分寸掌握得好，一个美人懂得放软身段，总不会惹人讨厌。

秦远风跟她讲着话，两人并肩走，好一会儿，想起宋洋还在身后。他跟谭若思介绍，这是诺亚航空的宋洋，现在负责品牌推广。

谭若思微笑："宋洋，我知道。在新闻上见过的。你好。"她跟宋洋握手，指尖冰凉。说着又扭过头，跟秦远风说话。宋洋想起来，当初在饭局直播时，她曾经见过谭若思。当初那位将金卡给她的美女，就是谭若思。

不知为何，宋洋总觉得谭若思对自己，谈不上恶意，但总有些疏离。她猜测是因为工作分工的缘故。

另一只靴子落下，陆文光正式升迁。人们喜欢谈魏行之如何跟他握着手，笑得开怀的情景。只有市场部的人还注意到，品牌推广分部也悄然升格，增加了编制，宋洋管的业务更多，且正式有了头衔，也是中层管理者了。

大家知道宋洋跟秦远风一起出过差，风言风语少不了。

夏语冰跟宋洋说起时，宋洋只"哦"了一声。夏语冰笑她，你还真是不畏流言。明明是凭借实力，被人传成这样，也不生气。

宋洋说:"也不是完全不生气。这么传的人,对女性太不尊重。但抛开性别不提,也不是完全没道理。"

"嗯?"夏语冰摆弄花瓶的手停下来,抬头看向宋洋。

"要不是跟他一起出差,他也看不到我在做什么。跟默默做事的人相比,我的确是占了便宜。"

夏语冰笑:"你还真豁达。"

有人敲了敲夏语冰办公室门,IT部门的人进来找她谈升级系统的事。宋洋便出去了。她走到走廊上,见到唐越光正跟人打完招呼,转身往前走,迎面遇上宋洋。

他的脚步很明显顿了一下。

宋洋看着他的眼睛:"什么时候回来的?"

"昨天晚上。"

"我在群里看到,大家都特别辛苦,连夜协助领事馆的人撤离旅客,连名古屋的同事也赶来帮忙。一点儿负面声音都没有,都是夸的。"

"你们做得好。"

气氛又静了静,唐越光说:"听说你升职了,恭喜。"

"谢谢。"

好像除了工作以外,彼此都不知道该谈什么。

最后唐越光说:"我还有事,先走了。再聊。"

"嗯。"

两人擦肩而过,向不同方向走去。宋洋沿着走廊往下走,迎面碰到蒋丰从会议室出来,逮住她要让她签字。宋洋一声不吭抓过文件,掏出笔,在旁边一张空桌子上,弯身翻着文件。

蒋丰话痨,在她身旁直絮叨:"陆经理,啊不,陆副总刚才在会上说,近期推广重心暂时转移到韩国航线上。但佐贺那边的方案先做着……咦,宋洋你怎么了?怎么眼睛都红了?"

宋洋低头,飞快签好字,塞到他怀里,转身走开。

3

宋洋将方棠包装成明星飞行员。

东京震后,机场首个航班,刚巧方棠执飞。宋洋替方棠安排了好几次访问,她长得美,又会说话,替诺亚长了不少脸,成了网红。方妈原本总觉得女孩子学历太高、工作太好、赚钱太多,就不好嫁人,但这次方棠扬名立万,她再没说过这种话。

老同学一问起方棠的婚事,方妈就虚张声势:"我家方棠这条件,追她的人多着呢。"

那天晚上,方棠刚在天空之城坐下,白鹭飞走过来,笑笑:"名人,怎么还敢到公众场所来呀?"

"别开玩笑了。"方棠眨眨眼睛,"名人是不是能够打折?"

"女飞从来是我们的受保护对象,从来都是六折。"白鹭飞笑。

方棠跟白鹭飞聊了一会儿,他抬起眼睛,看到有两人从门口走进来,他忽然说:"世界真小。"

方棠目光倏忽落到刚进来那两人身上。徐风来穿着夹克外套、收脚长裤走进来。他俩身后还有其他男女,方棠认出来,都是沧海航空的小飞小乘。

跟徐风来同时进来的还有一个女人,在他耳边悄悄说着话。方棠一眼看出来,那是她过去曾经的模样。那微微将下巴缩进去的姿态,边笑边用手拢头发的样子,行走时裙子款款微动,而她用手按住裙子下摆。

有多少女子按照时尚指南,将自己塑造成可口的糕点。方棠也曾经是她们其中之一。

谁能想到,她现在跟徐风来一样,穿着夹克外套、深色长裤,头发随意扎在脑后。但天空之城中很多人认出她,她走到哪里,坐在哪里，身旁目光都像影子追逐身躯一样跟随。跟徐风来一起来的人也不例外。

那些小飞里，有些不知道她是徐风来前女友的，大惊小怪地说："那不是诺亚的明星方棠吗？真人很飒很美啊。"

徐风来进来便见到她。现在，更无法对她假装视而不见。

他俯身，在女伴耳边说了句什么，对方娇嗔，假装不理他。他只在对方手背上拍拍，便径直往方棠这边走来。其他人笑着，冲他起哄，他脸上淡淡的，也没理会。

他走到方棠位子旁："约了人吗？"

"嗯。不过延误了。"她低头看看表，又抬起头。透过他肩头，看向他们那桌子人，都在朝他俩怪笑，除了那个女伴看起来不太高兴。

"我在新闻上见到你了。"见她没有反应，他说，"挺厉害的，你们是东京震后第一班回国的。"

"谢谢。不过厉害的是机长。"

"是那个乔克吧？"徐风来问。

方棠边点头边想，他什么时候这么有名了。再看徐风来，只听他说："我在美国学飞时认识他。那时候他就是这个样子了。"

"什么样子？"方棠看到有人走近，但不声张，故意问。

徐风来说："说好听点儿，一丝不苟。说难听些，不近人情。"

方棠扑哧一笑。徐风来见她被自己的话逗笑，也微微一笑，于是问："我记得你以前不飞的时候，都喜欢出去喝一杯。最近有家新开的餐厅不错，有空我带你一起去？"

"好啊。"乔克突然在他身后说话，徐风来整个儿怔住。一直憋着坏笑的方棠，此时撑不住，放声笑起来。乔克在她身旁坐下，对徐风来说："我能一起去吗？不跟她一起，我怕有人会说我不近人情。"

沧海航空那群人还在朝这边看来。服务生端上来方棠的饮料，她咬着吸管，仍在憋笑，身子都在抖。徐风来黑着脸，一声不发，掉头就走。

看他走开，乔克低头跟方棠说："你太坏了。"

方棠松开吸管，用手托着下巴："我以为你喜欢我坏。"说着突然凑上去，在他脸颊上亲了一口。她松开他，又瞥到徐风来正往这边看来，她玩心大发，又故意凑过去，想再亲他。

乔克头也不抬，伸手推开她："别刺激人家。"方棠一脸失望，嘀咕着："果然不近人情。早知道那天不跟着你跑出来。"

她说的是东京地震那天。

当天，她在慌乱奔跑中绊倒，乔克在身后一把将她扶起。发现她崴到脚后，直接抱着她，一路往下跑酒店空地上。她始终不明白，住在二楼的乔克，是怎么跑到三楼去的。后来乘务长才告诉她，乔克早跑出来了。发现方棠不在，他转身便跑进去，逆着慌乱的人流直奔三楼去找她。

那一刻，方棠觉得仿佛有王子吻了她一下，一直卡在喉咙里的苹果吐出来，她在迟迟春日中睁开眼。

这种心情，能够跟谁说呢？

方程、沈珏跟宋洋，都不适合。

方程跟沈珏又一次分手，一切都在意料之中。

至于宋洋，她跟唐越光分手后，越发寄情工作，原本仅余的一点儿情绪波动，好像都被那个男人吃光抹净。她越来越像影视作品里的女强人，虽不至于行走带风，气场两米八，但遇事异常冷静沉着，喜怒哀乐不形于色。吃穿用度全部升级，听说是被之前的女上司调教出来的。她从不穿奢侈大牌，衣服鞋包都是托机组带回来的日本小众品牌的基本款，一点儿不贵，胜在好看耐用。

宋洋现在也有一间小小的独立办公室，踏进去，能够闻到咖啡豆里植物纤维燃烧散发的烟焦味，桌上摆着鲜花。方棠说你现在也喝咖啡摆花啦,宋洋头也不抬,爽利地说都是别人送的,扔了可惜,要不你拿走?

方棠对这些不感兴趣,她一眼看中放在办公桌旁,像是随手扔在墙边的一个大纸袋。纸袋上是诺亚航空的标识。

"这是什么?"她毫不客气地提起来。

宋洋边回复手机群里的消息,边说:"也是别人给的。"

"什么东西?"方棠边说边将里面的盒子从纸袋中取出。

"不知道。还没看呢。"

方棠取出橙色盒子,看到那个她熟悉的品牌logo。她忍不住"啊"了一下。

宋洋回头看她,只见方棠大惊小怪边"啊"边拆开缎带,打开盒子,像女巫小心翼翼对待她的水晶球,她谨慎地掀开包装纸,看着防尘袋里的铂金包。

她抬起头:"谁送你这玩意儿?"

宋洋看着那铂金包,脸上像被抹掉了所有表情。她抓起手机,突然站起来,将方棠吓了一跳。

宋洋说:"我突然想起还有点儿事。"

方棠神秘地笑:"是要去谢谢这个人?谁呀?男人?"身体快贴上去了,表情特别八卦。

宋洋笑笑,说就说你多事,催促她快走。

方棠离开后,宋洋快步走到电梯间,给苏卫发了条消息,说自己有事想见秦远风,预约一下。

苏卫一直没回复。宋洋索性直奔他跟秦远风那层。她进了电梯,在壁镜面前,整了整衣服,拢了拢头发,电梯门开了。她没走出几步,就看到苏卫站在走廊那排长窗前,压低声音打着电话。他抬眼见到宋洋,非常客气地冲她微笑,做了个请稍后的手势。

宋洋冲他笑,耐心等待。她听他轻柔地跟对面说:"宝贝我现在有事,晚点儿回复你。"便挂掉电话,朝她转过身来。说话时,他尽量目不斜视,然而宋洋确定,他眼角余光已经瞥到大纸袋里的橙色一角。

苏卫礼貌中带些热情,对她说,最近秦远风都不在公司这边。

"他明天一早飞美国,估计得好一段时间才回来。"他又问,"你找他急事?"

"不急。"宋洋笑笑,"等他回来再说。"她跟苏卫客套几句,问他最近怎样,苏卫笑说:"Hugo到美国,我就给自己放假。"宋洋非常社交地笑,两人聊了几句,她正回头要走,苏卫突然在后面喊住她。

他上前几步,噙着点儿笑,对她说:"如果你现在要找他,其实可以去一个地方。"

宋洋在上海多年,还是头一次到交大闵行校区。

到闵行时正是落日时分,宋洋从"拖鞋门"下面进去时,傍晚将近。之前苏卫告诉她,秦远风一般在思源湖畔坐着。"虽然他只在交大念了一年就出去了,但对学校还挺有感情。"

"很好找。"苏卫当时这么告诉她的。

宋洋站在思源湖边,跟对岸的砖红色建筑物遥遥相对时,才意识到这句话是个坑。

湖边到处都是低头看书的学生,还有在那儿边踢着小石子边散步聊天的。她穿过植满绿柳的岸边,逐一去看手上没拿书、不像学生的单身男子。就这么经过好几个人,天色已经开始暗下来。

宋洋往前走了几步,发觉自己已经看不清人脸。她提着诺亚logo的大袋子,停下脚步,对自己无奈一笑,终于转过身。

她是在那时候,看到秦远风站在她跟前。她毫无心理准备,一下子不知道说什么了。

秦远风目光从她脸上滑落到她手上。她手上提着那个诺亚标识的大纸袋,纸袋里有解开缎带的盒子,盒子里是被方棠惊鸿一瞥的铂金包。他若无其事地问:"你跑大老远,到这里找我?"

宋洋轻轻提起那个大袋子,在他眼前晃了晃:"之前你通过苏卫交给我的,我一直没打开,刚才才发现……我不能收。"

"为什么?"

"太贵重了。"一个男人送给女人铂金包,这个女人只会是他的妻子,或是情人,绝对不会是他下属。

"跑这么远,就为了这件事?你就这么急要交还给我?"

宋洋笑了笑:"我已经拖了太长时间。下次再见到你,也不知道是什么时候。"

"苏卫什么话都跟你说,就没告诉你,我只到美国一个星期就回来?"

宋洋疑心他话里有话,似乎对苏卫有些不满,笑笑,不接话。宋洋不识路,秦远风沿着思源湖慢走,她便也跟他并肩慢行,不时有慢跑的学生越过他们。天色此时已经暗下来,湖边的情侣不知何时多起来,在幽明处亲昵地说着话。

秦远风只笑说:"原来不是每个女人都喜欢这玩意儿。"他低头,又抬头,"希望你不觉得被冒犯,这个包,一开始不是买给你的。"

宋洋认真地点头:"当然了,毕竟这不仅花钱,还费时间。"

"你觉得自己不配?"

"我觉得这不是我想要的。"

秦远风在长石板地上站定了,看她:"你想要什么?"

宋洋也站稳了:"星星。SKYTRAX的五星。"

"这不是用钱能买到的东西。"

"理想本来就是比钱更奢侈的东西。"

秦远风没说话,只是突然半弯下身,掏出手机,照亮脚下的长石板。"你过来看。"宋洋走过来,见到脚下的长石块上,有些刻有人名,有些刻着日期,因被磨损,但仍清晰可辨。宋洋明白了,这是墓碑石。

秦远风说:"思源湖很美,对不对?但原来走近看,通往这里的石板路,都是墓碑石。创业又何尝不是这样。一家公司要做大,就要踩着其他公司的尸体过去。任何事都是对赌,其他人不输,我们怎么会赢?但是摘星路上,死的人也可能是我们。"

湖面上的风吹过来,把他俩的头发都拨乱。宋洋静静地听。

"因为计划把手伸到深圳,诺亚现在得罪的不光是沧海,还有以华南为大本营的业界巨头。未来我们要发展华北,阻力只会更大。我今天听到消息,说几大航企要联手对付诺亚。有很多人跟我说,诺亚能够成功翻身已经不易,再往前一步,可能是坦途,也可能是深渊。"

宋洋咬了咬嘴唇,没说话。

秦远风说:"还记得很久以前,你跟我说,一个人到了我这样的位置,很难听到什么真话。而你就是会对我说真话的那个。"

"也许因为那时候,我没想过从你身上得到什么。"

"那你现在想得到什么?"他低头看一眼那个大袋子,"比一个包包更便宜的东西?"

他笑,宋洋也忍不住笑起来。

她开口道:"我的观点非常幼稚,不值一提。我只知道,当你手上有好牌的时候,就要打出去。如果手上都是烂牌,那就忍,一边忍一边修炼,忍到烂牌变好牌。如果你有好牌不打,等到局面改变,就是别人反过来打你的时候了。"

秦远风笑一笑,也没回应,抬头看着眼前的包玉刚图书馆。他说:"我收回这个包。至于你要的星星,我会尽力。"

他们经过菁菁堂那栋白色建筑物,出了校门,秦远风的车在外面等。秦远风要送她,但宋洋坚持自己另外打车,他不再坚持,只让她注意安全,转身上了车。

车门关上,秦远风从车窗里瞧一眼宋洋,便拿手机拨给苏卫。

苏卫很快接听电话，声音既明快又礼貌："秦总。"他极聪明，在摸不准秦远风心情时，永远喊他"秦总"。只有跟他近距离，看到他心情好时，才偶尔喊他英文名。

秦远风问："是你告诉宋洋我在哪里的？"

电话那头，苏卫明显一滞，而后小心地带着笑："她说有急事，想快点儿找到您……"

"苏卫，聪明是好事，但有时候过分聪明，工于揣摩，越了界，就未必是好事了。"

苏卫声音里的明快，立即敛掉。他声音郑重，谨慎含笑，说我知道了。

挂掉电话，苏卫点了一根烟，推开窗户，从自家卧室往外看。对面可见居民楼阳台上堆得满满当当的杂物，一盆仙人球非常显眼。

安琪从床上站起来，裹着薄床单，从后面环住他的腰。苏卫是竹竿身材，腰很细，身上的肌肉都是少年式的。安琪就是喜欢他这种外表少年气，内心满腹城府。她亲了亲他耳朵："怎么了？秦老板电话？"

"嗯。"苏卫吐出一口烟。

她从后面伸出手来，轻轻捏了捏他的脸颊："看你这忧心忡忡的。"

他轻声笑了一下："我不像你，以后就是阔太太。我这赤手空拳的，还不是要靠自己。我不替自己考虑，谁替我考虑？"

安琪静了一下，什么都没说，将脸贴在他赤裸的背部肌肉上。他的肌肉也是少年式的，像日本的男偶像。良久，她闷闷地开口："我下个月就结婚了。这是我们……最后一次？"

"嗯。"苏卫应了一声，突然将香烟摁灭在烟灰缸里，转头将安琪抱到床上，发狠似的吻她。安琪在纯白的被单跟枕头之间，两手牢牢扣住他的背。

诺亚航空重启，定位调整了，但VI（Visual Identity，品牌视觉）还是旧的。

宋洋觉得之前的VI形象老气，无法吸引年轻受众。他们拟了个招标，将公告发给上级审核。

下来后，蒋丰发现投标条件中，增加了这样一条：曾经跟本公司有过市场合作。

宋洋拿着招标公告，笑了笑——这量身定做的招标，也太明显了。

她想来想去，决定私底下问问沈珏。

沈珏一看，说当时招标公告过他们手的时候，已经有这句话："肯定是你新老板加的。"

说的是从销售分部经理升为市场部总经理，人称K先生那位。蒋丰曾经一度在销售分部干过，当时就跟宋洋吐槽过他们风气不好。不过销售主要看业绩，最后还是要以客座率说话，人为干预不多。

市场部不一样，这是个花钱的部门。再用以前那套，就不合适了。

沈珏看宋洋烦恼，跟她说："这事你也不适合直接去找陆文光说。这样吧，你就假装不知道，我提醒他这个不合适，他一看就懂的。"宋洋说沈珏你真好，在她脸上亲了一口。

宋洋一直不明白，好多人都不喜看到昔日好友进步。自私的基因希望把所有人都拉到跟自己一条线上，最好还在线下。但是，有个爱自己又能帮上忙的朋友，是多好的事啊。

招标公告最终由公司总经办发布，当然没有了那句话。宋洋也没被找麻烦。只是那天在家吃小火锅，沈珏忽然问起："你最近有没有听到奇怪的传闻？"

"什么传闻？"

沈珏想了想："没事了。"

宋洋抓起长桌上的纸巾盒，作势要扔她。沈珏笑着夺过，才又说:"他们说,招标的事,你去找秦远风打小报告了。"

宋洋停下捞面条的手。

蒸汽热腾腾,沈珏脸上有薄薄的汗。她用手背擦掉汗水:"我当然知道不是。不过这种说法也太恶毒了。"

"这说法本身不恶毒,但潜台词倒是对女性充满恶意。"

两人抬头对视一眼,都笑起来。

宋洋有几家喜欢的公司,比如阿拉伯的纳斯航空,他家的品牌VI就很合她口味。还有英国一家动物园,美国某家烘焙店,还有……她留意已久。确定招标后,她想办法向这些公司的设计方发出了招标邀请。有些表达了兴趣,有些则没回复。

一套品牌视觉的核心设计,包括品牌理念、价值口号、中英文标准字、品牌色彩系统、识别符号和主形象画面等等。这套核心一旦确立,公司的会议室和部门标识、形象墙、前台、玻璃门色带什么的,全都要换。就连名片、工作证、信纸等商务应用物料,都要改变。

翻译成一个字,就是钱。

在习惯节俭的诺亚航空,这种无法转化为肉眼可见利润的预算,引起了很大争论。原本宋洋就在舆论风眼中,这下她越发低调。

那天,她办公室里的扫描仪坏掉,她直接去文印室。文印室就在行政办公室隔壁,关上门就是间小黑屋。扫描仪低沉地响着,她听到欧阳青的声音,然后又听到莫宏声在隔壁压低声音,笑笑:"你没发现苏卫对她特别好吗?当秘书的都是老板身边人,清楚老板的爱好。这你还不明白吗?"

宋洋砰地推开门,莫宏声跟欧阳青就站在门边,两人脸上都是一怔。欧阳青假装看其他地方,莫宏声十分尴尬。宋洋直接与他对视。她要让他们知道,她什么都不怕。

那天以后,日子一如既往地飞驰。方案招标顺利,一家由荷兰人跟北京人合作的设计工作室最终入选。沈珏开宋洋玩笑,说她是诺亚首席花钱官。

宋洋不服气，她开了个新媒体小组，由张斯华负责，让她招收实习生。这个小女生现在锻炼出来了。她以方棠为主角，做了一期"她的诺亚"，联系客舱部门，搞了一次机舱活动，预算低，反响好。张斯华在学校招了些大学生，逐一面试，凡是太有想法的，一个不要。

蒋丰说她跟人力资源面试官一样可怕。张斯华反唇相讥："我自己就曾经是那种眼高手低、纸上谈兵的学生。我才不想要一个跟我一样的人。"

秦远风这次赴美国，外界以为他去见投资人，实则他曲线救国，飞到那里，跟国内一家500强企业高层会面。

这家企业驻深圳，算是当地一张名牌，跟市政府关系良好。

秦远风在灯火通明的酒店餐厅里，跟对方提出，希望他们从中牵线。

粤港澳这一块地，就有三个国际级机场，而深圳夹在广州跟香港中间，多少有些尴尬。他们有本土的航企，但这家大鹏航空由沧海航空控股，无论挣来的脸还是分得的钱，都跟当地政府没关系。

最重要的是，国际化大都市不是喊口号，要看当地机场有多少国际航线。

于是，对于诺亚航空打算将深圳作为上海以外的第二基地，深圳市是欢迎的。然而，在沧海航空控制下的大鹏，开始给当地施加压力。诺亚本打算趁着上海名古屋航线卖得好，趁热拿下深圳名古屋，但在沧海航空跟其他以华南为基地的航企狙击下，迟迟开不了航。

宋洋将下巴藏在墨绿色围脖里，咬着三明治，听夏语冰说起这些事时，难免想起闵行交大思源湖边那些墓碑石。

一将功成万骨枯——秦远风也有害怕成为枯骨的时候。

夏语冰倒是没跟她说起她跟秦远风那些流言，宋洋猜想，也许是同为女人，她也正被自己跟魏行之的流言困扰着。

两人坐在上海阴天的太阳下说着话，夏语冰说起，法国人已经回国。

宋洋问:"还回来吗?"

夏语冰俏皮一笑:"那要看看他法国那边的老婆让不让了。"

宋洋了然。故事拥有这样的结局,多少在她意料之中。夏语冰却毫无感伤:"其实对我来说就是个路人,我早猜到他有老婆,后来就没再约会了。"

她们这时候看到魏行之跟唐越光进来,四个人看到彼此,彼此都怔了一下。魏行之跟夏语冰很快调整表情,非常职场地冲对方点头微笑,倒是宋洋跟唐越光的目光掠过对方,表情都有些僵硬。

他们俩往里面走以后,夏语冰忽然说:"唐总助现在也跟一开始不一样了。"

"嗯?"

"刚到诺亚时,他老是绷着脸,不苟言笑。现在健谈多了。"

宋洋想了想,一笑道:"是油多了?"

最近,唐越光有事没事就跑民航局那边。

数月前,佐贺航线上报民航局,他就开始频繁走动。从前不擅社交的人,现在也会说场面话,也会喝酒。只是有次宋洋在场,有机场高层想要灌她酒,唐越光笑着替她挡了。那天晚上,他喝了很多,酒量似乎比过去好。宋洋还记得那次,他在天空之城喝醉酒,白鹭飞打电话叫她接人。

航线顺利通过审批那天,宋洋主导下的新品牌VI也最终确定下来。

蒂凡尼蓝与纯白的主色调,视觉效果年轻化、现代化,一改旧诺亚的暮气沉沉。陆文光告诉宋洋,秦远风很喜欢彩绘机身的风格,特别是把AirNoah这个网址绘在机身上的主意。

宋洋向来不喜越级汇报,但自从招标后,她便绕过顶头上司K先生,直接找陆文光。她越是硬气,K先生越是认定她背后有人,不敢对她怎样。

陆文光知道秦远风重视，因此对这事也非常上心。他到底是做市场出身，触觉什么的灵敏多了，当即就说："新空乘制服这事，可以搞成大新闻，不要浪费。"

宋洋微笑："我也有此意。"

两人一致认为，应该拍大片。

陆文光说起，诺亚集团谭若思以前在时尚杂志干过，认识不少人，应该知道找谁操刀效果最好，"还有友情价。"公司现在大力推行全面预算管理，陆文光作为公司高层，自然比过去精打细算不少。

他拿起电话打给谭若思，很快得到回复。谭若思说要先跟宋洋见面，谈一下。

宋洋本以为，会面会选在公司会议室，没想到谭若思挑了家餐厅。这次见面，谭若思比之前要话多一些，偶尔说起自己在英国念书的事，又说到她在时尚行业认识的人，都是名人。宋洋无心社交，只想直奔主题，讲讲找人替乘务拍大片的事。

谭若思看穿她心思，拿起手机打个电话，告诉宋洋已经安排好。对方待会儿把摄影师助手联系方式发给她。宋洋觉得这顿饭目的已达，整个人也放松下来。

"这家餐厅有些料理，是餐牌上没有的，只有熟客才知道。比如这道法餐，是改良后的上海口味。"谭若思说罢，从手提包里翻出香烟盒。她点燃香烟，姿态千回百转，是个真正的美人。

宋洋试了一下泡在红酒里的公鸡肉，一股怪味儿直冲脑门。她扯出纸巾，直接把肉吐在纸巾里。她直接说："我吃不惯。"

谭若思笑笑："很多人吃不惯，我第一次跟远风吃，他也这样。不过他忍得住，直接咽下了。"

宋洋留意到，她直接喊秦远风的名字。

谭若思缓缓吸了一口烟："你有没有发觉，饮食是最能透露一个人出身的？原生家庭不怎么样的人，吃相也不会太好。"

宋洋终于明白她的疏离感从何而来。但从工作第一天起，她就知道，情绪在职场上不是受欢迎的东西。尤其是那些将女人视作情绪化代名词的男人，会更加看低你。而作为同性的女人，也不会尊重你几分。

她放下叉子，身板挺直，双眼直视谭若思。

谭若思手中香烟烟灰长长的，落在烟灰缸里。她交叠双腿，淡淡道："远风是个极度精明的生意人，谁对他有利，谁对他有价值，他就会对谁好。有时候他的真心假意，还真不是谁都能看得透的。"

谭若思说完，看着宋洋。宋洋语气平静："你说完了吗？我们现在可以继续谈新VI了吗？"

谭若思莞尔一笑，明白对方已经收到她的讯息，点到即止："当然。"

宋洋再次见到谭若思，是在一周后。

她从办公室出来，穿过贴满新视觉海报的长廊去小会议室，准备开市场部周一例会。手机在口袋里振了一下，她拿出来，看到是头天晚上设定的会议提醒闹铃，便用手滑掉。再抬起头，谭若思着衬衫铅笔裙跟尖头鞋，正往这边走来。她看到宋洋，忽然停下脚步。

她说："我听摄影师说，你们没有去找他？"

"是的，我们另外找了人。"

"是吗？"她笑笑，"谁？"

宋洋说出一个名字。谭若思笑了笑："也许是我孤陋寡闻了，可从来没听说过这人。"

"他是新人，价格不高，但是作品很好。你想看看吗？"

"Why not？"谭若思说英文，耸耸肩，非常西洋做派的样子。

宋洋径直推开旁边大会议室的门，行政办公室的人在里面做会议前布置，擦桌子，放矿泉水，测试投影仪。

她走进去，跟他们打招呼。谭若思发现，大家似乎都挺喜欢宋洋。宋洋连接投影仪，把照片投在幕布上。行政办的人抬头，啧啧称赞，说从没见过这么好看的空乘制服。

谭若思不说一句话，也不笑。宋洋看她的表情就明白，这套照片拍得比她想象的还要好，好很多。

最难得的是，诺亚航空的定位既要接地气，又不能给人廉价感。这套大片，主打轻松青春活泼有趣，恰到好处地结合了两点。

其他人只懂得看热闹，谭若思是懂的，于是便只是微笑。

行政办的人走开了。谭若思看向宋洋，直言不讳："你比我想象中要厉害。"

"是吗？"宋洋说，"很抱歉我让你感受到了压力。但我希望这种压力源于职业，而非性别，或者男女私情。"

谭若思往日牙尖嘴利，此时突然怔住。

"对了，你上次提到出身。我忘了告诉你，我的生父是英雄机长，就是被秦远风他爸污名化那位。如果真有你所说的出身这回事，秦远风并没有比我高贵。"

说完，她低头看表："我要去开会了，不好意思。"她转身推门出去，一眼见到秦远风站在会议室外。苏卫站在他后面一点儿。从苏卫脸上表情判断，他们俩都听到了。

宋洋平静地跟他们打招呼，又平静地走开。

跟乔克一起后，方棠总觉得在宿舍住不方便。刚好方程告诉她，他同事有房子出租，就在他那个小区。方棠之前在那儿住过，宋洋跟沈珏又是邻居，她连房子都没看，就让老哥替她拿下。

她满心以为乔克会夸她，没想到他说："宿舍住着不是挺好的？"

方棠心想，哪里好了。

但她是女孩子家，哪里说得出口要两人搬到一起住的话呀。她不管，执行力超强，说搬就搬。乔克替她搬完家，也就顺势在那里住下了。

　　小区所在那条长街，外面都是餐饮小店。方棠每家都吃过，跟店主们都混熟了。熟食柜面朝向街口，方棠在街上走过，像名人一样跟他们每一个人笑着打招呼。

　　乔克生活习惯非常健康，不吃外卖，也不吃小店。虽说飞行员常年在外飞，肠胃都经过千锤百炼，但他格外谨慎，不光自己不去吃，还不让方棠去。方棠只得自个儿偷偷去。

　　林玲在他们家吃过一次饭。乔克在厨房里将橄榄油倒入平底锅时，林玲低声问："乔克那样的人，怎么会喜欢上完全相反的你？"

　　方棠厚颜无耻，甜甜一笑："你看，他的人生这么无趣，看到像我这么天真热烈有趣的女子，怎么可能不喜欢嘛。"

　　乔克端出来奶油蘑菇菠菜烤蛋盅、炙烤牛小排、小鱼金丝油菜跟青蒜鲈鱼汤。林玲一看就知道这些都是减糖餐，对这两人的组合更惊叹不可思议。

　　至于临街店主们眼中的方棠，则是个没家没口的女孩，生活作息还极其不规律。工作日白天各个时段都曾见过她，深夜凌晨也遇过她，独自一人在那儿撸串。

　　有店员好奇："姑娘，你到底是做什么工作的？怎么作息那么奇怪？"店长在旁使劲打眼色无效，只得边大声咳嗽边拽回来店员，用力敲他脑袋，说这种蠢问题怎么能问呢。方棠一想到他们以为自己做见不得人的工作，就乐得肚子痛。

　　南京鸭血粉丝汤店的老太太，好心好意地问："姑娘，几乎天天见你在外面吃。你在家不做饭吗？"

　　"不做呀。"方棠说的是实话，乔克才是掌勺的。

　　"哎哟，你什么都不会做，怎么嫁人哪？"老太太是真替她着急。

　　方棠让老太太别急："我不会做饭，会开飞机啊。"

　　作为诺亚代言人般的存在，方棠不时要参加品牌推广活动。这天到诺亚参观的是一群小学生。方棠收到宋洋发给她的活动方案，见到向孩子们介绍航空公司运作的,包括飞行员、乘务员、机务工程师等,她是第一个。

类似的活动她参加得多,驾轻就熟,她跟宋洋说:"空乘我也能讲啊!"

"你当时又不在诺亚。"

"一样嘛。"

"被沧海航空的人见到会有意见啦。"

方棠心想,宋洋还挺面面俱到的。

公众开放活动在诺亚航空训练中心。根据行程安排,首先由方棠向孩子们科普飞行知识,再由乘务员带他们走进客舱模拟机,最后由专人给孩子们介绍诺亚航空。

方棠一进门,就看到唐越光也在里面。她纳闷:他那么忙,怎么还参加这种活动?她又抬眼看了看宋洋,宋洋一身职业装,在跟这所小学的负责人交流着什么,跟唐越光始终没有眼神交流。

时间到了,宋洋给方棠打手势,她立马走上前,精神头特足,开始向孩子们介绍自己,讲飞机怎么飞,讲她当时怎样通过训练。她跟其他飞行员不同,因为不是纯技术出身,知道孩子们听不懂也不会感兴趣,于是主要讲日常训练跟飞行时经历的趣事,大家都听得哈哈笑。

她注意到,只有一个小女孩除外。

方棠讲完后,还想留在这儿听乘务介绍客舱模拟机。乘务员小姐姐跟小学生们说:"小朋友们,你们知道飞机上有几个区域吗?还有那些好吃的东西,都放在哪里,你们又知道吗?……"她说完,带着孩子们走进模拟客舱,大家都很兴奋,叽里呱啦叫着,跟去郊游一样,手里还攒着零食。老师不停喊:"把食物跟水壶放在包包里,不要碰坏!把食物跟水壶放在包包里,不要碰坏!"

方棠发现,那个小女孩并没表现出兴奋,只默默地跟在人群后面。其他小伙伴这里摸摸,那里碰碰时,她只是在一旁瞧着。

她心想，这孩子，如果不是对民航兴趣缺缺，就是家里有人干这行，她早见识过了。因为方爸当机务，她跟老哥也比同龄小孩对飞机认识得更早，更多，更深。

乘务小姐姐开始提问："大家知道，迫降跟备降有什么区别吗？"

小屁孩嘴里哇哇哇喊着，没一个说对的。方棠心想，这题超纲了啊。老师拼命喊："大家安静，会的举手！"

没人举手。但也再没人乱回答。

那个小女孩眨眨眼睛，突然细声细气地说："天气不好，飞机没法降落，要临时飞去其他地方，这个叫备降。备降不危险，迫降危险。"

乘务小姐姐笑起来眯眯眼："说得很对呢。"她把手里的大飞机毛绒玩具递给小女孩，问她叫什么名字。孩子接过玩具，抱在怀里，声音提不起劲儿似的，说她叫桐桐。

"桐桐真聪明。"

方棠觉得模拟机里人太多，太拥挤，于是提前出来。刚走出来，就见到外面只站着宋洋跟唐越光两人。隔了好大一段距离，谁也不跟谁说话。方棠觉得尴尬，扭头又进了模拟客舱。

最后轮到唐越光跟大家介绍诺亚航空。方棠转头看宋洋，见到她一直在看唐越光。方棠忍不住在心里叹了口气。

那天活动结束后，老师带着孩子在模拟机前面合影，场面闹哄哄。大合影完，孩子们都掏出自己的儿童手表或者手机，三三两两一起拍照。只有那个叫桐桐的小女孩，形单影只，独自站在一旁。

唐越光走了过去："桐桐。"

桐桐看他一眼："光哥哥。"再也没了过去那份热情劲儿。她的目光总不禁投向宋洋，但宋洋始终只是站在一旁，没有上前。

这样更好，因为妈妈说，就是因为那个宋洋姐姐，爸爸妈妈才会分开的。桐桐总也想不明白为什么会这样，宋洋姐姐不是一直对她很好吗?

自从爸爸妈妈分开后,家里也没有了客人。她偷偷给光哥哥打电话,被妈妈发现后,严肃地说,不要跟爸爸的朋友来往,也不要把家里的事情告诉其他人。

桐桐紧张地点头,她不敢告诉妈妈,她早就把爸爸妈妈吵架分开的事告诉光哥哥了。后来他们搬了家,光哥哥找不到她,她也再没找过光哥哥。

现在,光哥哥站在眼前,问她最近怎么样,读书还好吗,为什么不跟同学们一起拍照。

桐桐心想,光哥哥还是以前那个光哥哥,那么温柔。她忍不住说:"我跟你讲,你不要告诉妈妈。"

"不会。"

"因为……他们笑我。"

"为什么?"

"他们说在网络上见到我妈妈干了不好的事情,所以爸爸不要妈妈,也不要我了。"说着,桐桐的眼泪止不住流下来。

"爸爸没有不要你。爸爸一直很爱桐桐。"唐越光用手揉了揉她的脑袋。

桐桐吸了吸鼻子,又抬起头:"他们说,是宋洋姐姐干的……"说到这儿,她又紧张地看一眼宋洋的方向。

唐越光沉默半晌,慢慢开口:"宋洋姐姐也没做错……大人的事情,很难定对错。"

桐桐听不明白。但唐越光向她笑笑,于是她也笑。她觉得光哥哥不会骗人,于是很安心。

开放日快结束时,方棠接到方爸电话,说他有个朋友的女儿看了她的新闻,也想学飞。问她啥时候有空,一起出来吃饭。方棠在这种事情上总是非常热情主动,一口应承,直接敲定晚上。

方爸又问:"你那个男朋友在哪儿?要不要也带出来啊?"

方棠大惊失色，说别别别。她跟乔克的事，方妈还不知道。她小心翼翼守护着自己的爱情，不想老哥的事也落在自己头上。虽说方妈已经很急，在她心目中，二十七八岁的方棠是个老姑娘了，再不赶紧嫁出去就没人要。她甚至放宽了对女婿必须是上海人或发达国家国籍的这个要求，外地人也行，只要有上海户口，有正当工作，无不良嗜好，赚钱不比方棠少，且没有一家子穷亲戚。

但正是这个态度，让方棠非常紧惕。

她知道，一旦她把乔克带回家，方妈就会开始让她牢牢将乔克握在手里，"别让他跑了"是她的常用词。她讨厌这种把自己放到盒子里，外面系上绿色缎带，将自己美美递出去的货物交易过程。

挂掉方爸电话后，方棠跟宋洋打了个招呼就走。临出门时还看了唐越光一眼，不懂为啥他跟小女孩能说这么久，态度这么温柔，对宋洋却如此冷淡。

哎，越是爱过，越是冷漠。

她戴上飞行员墨镜，转身出了门。

开放日结束后，老师带着孩子们跟宋洋挥手，说再见，谢谢哥哥，谢谢姐姐，再见。宋洋默默低头收拾东西，一道阴影落在她跟前的地面上，她抬头，见到唐越光站在她跟前。

他说："你知道桐桐哪个学校，哪个班级，特地去联系的吧？"

宋洋并不否认："对。"

"你没有变，做事情总是带着目的。"唐越光说，"不过，还是要谢谢你让我跟桐桐见面，让我了解她的近况。"

"不客气。"

两人非常客气。宋洋稍迟疑，终于问了她一直想问的问题："我们，还是朋友吗？"

唐越光没料到她问得直接，他一停，低声说："发生过的事，就是发生了。"

"我明白了。"

宋洋看向远处，觉得天阴阴沉沉，好像随时要下雨。她听到唐越光说，他还没准备好原谅，原谅一个会处心积虑利用感情的人。

她抬头，淡淡地说了句："我做这事，原本就不是为了得到谁的原谅。"远处隐隐打了个雷，天空深灰色，街灯都亮起来。她从包里掏出小黑伞，在头顶撑起来，独自踏入雨中。

雨越下越大。

秦远风参加完日本领事馆的晚宴出来，想起来秦邦医院并不远，他叫司机开车过去。在车上，他给回到云南的母亲打电话。电话很久才有人接听，他微笑着问："打扰你清梦了？"

"我睡觉会拔电话线。"她说自己刚才在写书法。书房里没有电话，她得走到楼下才能听。

秦远风淡淡地笑："真羡慕你的生活。"

"那你呢？还奔波于工作跟应酬之间？"

"本来娱乐活动也不少，但是都过于冒险刺激了。上次有人提醒我，为了儿子，我决定爱惜自己的命。"他微笑，"所以现在，我正去往老爸那家医院。"

秦远风替秦邦安排，住进了最好的私家医院。唐黛问起秦邦近况，得知他现在正在吃靶向药，同时用中药调理。秦远风说他身体状况算稳定，就是脾气差。唐黛微笑："可能是年轻时往上爬，忍过的火，现在全都发出来了。"她又笑，"阿光倒是天生个性隐忍，我也担心他老了以后怎么办。"

"怎么了？"

"他心情似乎不太好。我的直觉是，因为女人。但你知道的，他非常谨慎，嘴上什么都不会说。"

秦远风心里明白，但只安慰唐黛，说她不要想太多。

沉吟半晌，她问起威利的事，得知他现在在上海，她说："有空的话，把他接到云南如何？这里好山好水，对他身体也有好处。而且有亲人陪伴，总是好事。"

秦远风心情愉悦，微笑说好。挂掉后，他给苏卫拨去电话，让他给威利准备机票。

车子到医院，秦远风到住院部，觅到秦邦的单人病房。还没进去，就听到里面有人言语。隔着门缝，他见到有个女孩背着门，正对着病床上的秦邦说话。女孩侧着一点儿身，他看不见她的脸，只看到她手里握着一把刀，极缓极缓地削着苹果。秦邦在病床上，异常警觉地远远看她，身体僵硬。

女孩将苹果仔细削好，递到秦邦面前。秦邦看一眼苹果，又看一眼她，没接过。

"没有毒的。"她说。

这话一开口，秦远风认出来宋洋的声音，非常意外。

宋洋说："你不吃，我吃。"

她咬了一小口苹果，慢慢说："像你这样的强者，也有这样脆弱的一面。但你放心，我不是你，我像爸爸，爸爸是个好人。从小到大，我都想不明白，为什么他这样的好人要受到这种待遇。我至今也没想通，但是已经不重要了。"她将小苹果吃完，用纸巾包住果核，放到病床旁的垃圾桶里。

盯牢秦邦，她低声说："我这次来是想跟你说，爸爸的事情已经真相大白，他的清誉恢复了。你不用担心我会对你做什么，我不会。请安心养病，早日康复。"说着她站起身，转身往外走。走到门边时，她看到秦远风在门外，定定看着她。

她微怔，而后说："老板你很喜欢在门外听人说话。"

秦远风伸手，轻轻捉住她三根手指头："在外面等我。"

他也不待宋洋答应，直接走进病房。

宋洋坐在病房外面的长椅上，她想，秦远风还是像他父亲。总是那样过分自信，觉得只要他说了，别人就要等。

秦远风问秦邦怎么样，有没有不适应，医生有没有交代什么。秦邦淡淡应着，说没什么。过一会儿，他突然厌恶地说："快叫护工来，替我把垃圾桶里那个苹果核扔了！"

像哄小孩一样，秦远风说："好。"

秦邦又突然抬头，神色狐疑："我看到你跟她说话……你们什么关系？"

"她是我员工。"

秦邦咬着牙，脸上的细纹如河流般汇到一起，像刀尖："辞掉她。"

"我工作上的事，你不要管。"

"辞掉她！"

"她是一匹良驹。"

"迟早会脱缰。"

秦远风不耐烦："够了。我有信心可以驾驭她。你休息吧，我要走了，有事你打给苏卫。"

秦邦看着他转身，对着他的后背，沉沉地说："迟早会脱缰的。我说的不是她，是你。"他说这话时，秦远风正在转动病房门上的门把手，这话落在他耳中，他只觉荒唐。他摇摇头，转身走出去。

宋洋还坐在长椅上。住院部走廊里空调开得凉飕飕，她静静地盯着脚边那一小片地板，披着件半新不旧的男款外套，又大又舒适又保暖。秦远风站定，她听到脚步声，抬起头，也站起来："你出来了。"

"走吧。我让司机载你回去。"秦远风说着，快步在前面走。宋洋跟上他。

上了车，秦远风问了宋洋地址，让司机先送她回去。司机应了声好，车厢内就再没声息，只有淡淡的雪松味道，很好闻，是秦远风的气息。

宋洋等待他说话。他准备要说什么，是秦邦，是品牌VI，还是日本航线的推广？是斥责，还是赞扬？刚才在医院长椅上，宋洋想了又想，每个可能性都存在，交织成一张网，将她笼住。

车子在上海长街上快驶，秦远风开口说："我曾经跟谭若思短暂地在一起过，后来分开了。"

宋洋并不意外。她意外的是，他让她在外面等，就是为了说这个？

他说："我是个公私分明的人。跟她分开后，她才偶然加入诺亚，我不知道她对我有什么想法，但如果我对她有任何想法，我不会将她留在公司。"他转过脸来看宋洋，"我跟你说这些，是因为当天我听到了你们的对话。我想让你知道，假如有人将私人感情带入工作，你可以直接告诉我。"

宋洋想了想，说："作为员工，听到老板这样为自己出头，我很感动。但是自己能处理的事，我不想麻烦上级。而且……"

"而且什么？"

"因为我晋升太快太顺，公司里已经有很多很难听的流言。过去我问心无愧，现在与未来，希望也同样如此。"

秦远风笑："你有没有想过，招人妒忌，是因为你太出色？"

宋洋抿了抿嘴。

秦远风说："谭若思自视甚高，认为自己帮我不少。她从没介意过其他女人，但你是例外。我想，在她心目中，其他人都是草包，唯独你让她感受到了压力。"

"她把你当成自己的领地吗，谁接近，就要被挂到电网上？"

秦远风觉得这比喻有意思，微笑。车厢内瞬间安静下来，宋洋忽然问："你是不是有别的问题要问我？"

"比如？"

"比如说，我为什么到医院来，我想干什么，我有什么目的。"

"那你是不是有什么事需要跟我说？"

宋洋想了一会儿，摇摇头："我没有什么需要向你交代的。我去看秦邦，只是因为想亲眼看看这个影响我命运的人，现在过得怎么样，仅此而已。"

"那就行了。"秦远风微笑不语,转头看向窗外。马路两旁高楼,在夜色中沉默对峙着,守护着大都市常年坑坑洼洼的路面。风卷着细雨,落在行人头顶的伞面上。外面天色阴沉,车窗亦暗沉如镜,他能够透过这面镜,看到身旁宋洋的侧颜。

司机说:"秦先生,雨天路况不好,堵得厉害,不方便开进去。"

宋洋说:"哪里方便哪里放下我就行。"

司机没搭腔,在等待秦远风答复。秦远风没说话,似乎还在看着车窗外。好一会儿,他忽然问司机:"你刚说什么?"宋洋疑惑,他刚在看什么,看得如此出神。

司机重复了一遍问题。秦远风说,那在路边停吧。

外面的雨似乎越下越大,行人用皮包顶在头上,迈步跑起来。外面雨声哗哗,车厢内静寂无比。车子在临街路口停下,宋洋早已从包里掏出伞攥在手里,道了谢,便下车。

秦远风喊住她,她转身,见到秦远风撑着一把大黑伞,从车上步下。他说:"我送你到小区门口。"

宋洋笑笑:"上海治安还是很好的。"

"所以绅士失去了他的理由?"

宋洋微笑,不再推辞。她跟秦远风一人撑着一把伞,在雨中并肩而行。

秦远风问:"你一个人住?"

"有室友。"

"同事吗?"

"嗯,也是诺亚的。你应该见过,陆文光的文秘。"这话说完,宋洋在心里猜度,自己是否说错话,毕竟沈珏是她的消息来源。

秦远风只是微笑:"也许见过,没有太多印象。"

到了小区门口,宋洋慢慢停下脚步,转身面朝秦远风。她跟他说晚安,再见。秦远风也说晚安,再见。宋洋往小区里面走去,秦远风目送她的身影逐渐没入雨幕,才转身沿路回去。

4

自从新品牌视觉形象推出后,人们几乎已经忘记了诺亚航空是低成本。秦远风也多次在会议上强调,他们只是以低成本理念来经营管理,但服务方面,在压缩成本的前提下,要尽量与全服务公司看齐。

"做好成本控制,只是为了让我们的机票价格更有竞争力,不是让我们在其他方面偷懒。"他说。

宋洋在会议纪要上看到这句话,思考了一会儿,最后关掉文档,继续她的工作。

因为意外怀孕,张斯华急匆匆请假办婚礼。休婚假前,她请大伙儿吃饭,在宋洋身边开起了她的玩笑:"你一直没男友,也是要快点儿找个人啦。"

宋洋微笑,佯装推她一把:"要你管。"

饭桌上,张斯华聊起她在筹备婚庆时,见过安琪。后来话题一偏,大家不知怎的,又说起秦远风的秘书苏卫,居然一桌子女生都对他感兴趣。

这顿饭就这么在八卦中过去了。

这个月似乎宜喜事,各种粉红色新闻不断——

方棠跟乔克都见了双方家长。方妈满意极了,但这次她不敢再跟老同学炫耀,只一心敲打方棠,让她催促乔克掏钱买房,方棠连敷衍都懒得敷衍。

方程跟沈珏分手后,再没约会过其他女生,似乎一直在等她回心转意。两人复合过一段时间,但方程一提结婚,因为方妈不同意,两人关系又陷入僵局。

蒋丰跟机务工程师感情好,准备买房子结婚,女方家里却提出要在房产证上加名字。蒋丰爸妈死活不让。他好不苦恼,想找宋洋倾诉，但看她那忙忙碌碌的模样，又退缩，只得抓着部门新来的实习生倾诉。

实习生倒是老成得很，一二三跟他分析，最后建议他，可以事先约定加女方名字但不明确份额，然后约定根据结婚时间长短，女方可以拥有不同比例的房产份额，把蒋丰听得目瞪口呆。

宋洋打断他："待会儿再聊你的房产，现在拿上文件，跟我一起去开会。"

蒋丰问："什么会？"

"日本航线品质提升会。"

"那不是飞行客舱运行的事吗？跟品牌没什么关系吧。"

宋洋正往里推开会议室门，回头白他一眼："你现在还没概念吗？品牌跟所有业务都有关系。"

里面早已坐满人。魏行之坐在正中，他的文秘在旁做会议记录。

两人找位置坐下，没过一会儿，唐越光推门进来。魏行之身旁空了个位置，正留给他，他坐下，恰好对牢宋洋。

两人对视，宋洋低头看手中的会议本。

魏行之说开场白，介绍说现在日本航线运营得很好，航线已经涵盖了东京、大阪跟名古屋三大都市圈，还有佐贺、札幌、旭川、高松等航点。后者为了提升当地人气，为诺亚航空提供一定补贴，包括行李超重补贴。

他说，有消息称，亚洲一些地区也想仿效这种做法，正在跟我们商谈："不过这是题外话，今天召集大家开会，是为了商讨日本航线品质提升。因为我们遇到了敌人。"

魏行之看向唐越光，他站起身，手里握着翻页笔，通过幻灯片为大家讲解日本市场变化。

"目前，已经有两家低成本航空，获批了北上广飞东京、大阪航线。而且这两家廉航，组成了联盟，一起拓展亚太市场。未来在市场上，绝对会跟我们狭路相逢。"

唐越光说话时，从容自信。宋洋打量着他，他的头发，他的眼睛，他的手指，他嘴角上扬的模样。会议室有一面玻璃墙，日光从外面映在他身上。

办公室的人走进来，为每个人倒水。她来到宋洋跟前，将热茶递给她。宋洋说谢谢，目光仍停留在唐越光身上，不留神茶洒了，烫到手，她下意识腾地站起来。

唐越光停下来，看向她。所有人都看向她。

递茶的姑娘连声道歉，宋洋示意无碍，她用另一只手捂着手，脚步匆匆往外走去。到了洗手间，她拧开水龙头，将烫伤的手浸在凉水里。

她听到有人走进来，边走边聊："公司好像要成立日本分公司，唐越光应该是以后的分公司老总了。"

"也是，现在日本业务都跟他相关。"

两人见到宋洋在里面，对视一眼，换了话题，聊起了购物。

宋洋觉得手没那么疼了，用纸巾吸干手背上的水，才转身走回会议室。他们已经进入讨论阶段。蒋丰不知道走到哪儿去了，会议记录本摊开在椅子上，宋洋低头看一眼，上面全是思维导图。

从这导图看来，他的思维够混乱的。

直到散会为止，都没品牌部什么事。宋洋回到办公室，没见到蒋丰，听实习生说刚才他跟未来丈母娘边讲电话边苦兮兮跑出去。实习生边说着，边接了个电话，挂掉电话后说，唐总助找她。

宋洋进去时，唐越光正低头在本子上写着什么。听到脚步声，他抬头："你来了。"他站起来，看她的手，"你的手怎样了？"

"没事。"她将手藏在背后，"找我有事？"

"刚才你不在，刚好说到品牌推广的工作。"他说公司希望品牌分部拍摄一支广告，在中国日本两边投放。但是预算不高。说着，他拿起笔，信手在纸上写了个数字。

宋洋微笑："这个数可以的，比我想象的高。"

唐越光凝视她:"你似乎很有信心。"

"信心谈不上。但自从上次拍摄后,我发觉,并不需要找名气最大的人。这阵子,我经常参加国内大学生影展、青年设计展什么的,看看国内新晋设计师、新生代导演的作品。他们大多有国外留学经验,眼界开阔,作品出色,只是需要一个机会。"

唐越光微笑:"他们说你最懂得花钱,果然如此。"

两人都微微一笑。宋洋问:"听说你要去日本搞分公司?"

"还没确定。一切都是未知数。"唐越光说。

宋洋说:"祝你顺利。"

"谢谢。"

宋洋离开,走回自己办公室。不知道为什么,回去这段路好像走了很远,就像她跟唐越光的距离,已越来越远。

秦远风到北京参加航空与旅游国际论坛。诺亚航空重生后,扭亏为盈,此前又在SKYTRAX顺利摘星,风头正盛。秦远风一进门,就有媒体上前围住他。秦远风笑着回应了几句,远远看到有熟人,说声抱歉,便走开了。

论坛汇集了国内外机场、航空公司高管,以及中国民航业内的领导,是积攒社交货币的最佳场所。秦远风上前,正准备跟澳大利亚旅游局的人打招呼,忽然有人在后面喊他名字。

他转身,见到达叔身后带着一群人,向他踱着步子走过来。

"远风,最近风头很盛啊。"达叔在他跟前站定,睥睨似的,打量着他,"听说已经在日本跟东南亚,跟当地的廉航品牌正面开战了?"

秦远风微微笑:"开战算不上。但我的个性就是这点不好,对手越强大,我越兴奋。"

"年轻人,有野心是好事。"达叔皮笑肉不笑,"但树敌太多,只怕会被群起而攻之。听说在深圳那边,遇到了点儿阻力?"达叔偏着头看人，明知故问。

"我始终认为，充分竞争是好事。我们是做生意，不是做慈善。您说对吗？"

唐越光在这时走过来，边把议程递给秦远风，边跟他说民航局的人到了，让他过去打个招呼。秦远风瞥了一眼，又抬起头，对达叔礼貌地说："不好意思，我还要准备待会儿的发言，先告辞。"

两人转身走开，听到达叔身边的人说："当年沧海航空的一个小职员，到了诺亚，转身就小鬼升城隍。"

唐越光假装没听到。秦远风在旁说："有人看不过眼，证明你成功了。"

"成功的不是我，是诺亚。"

秦远风更正："是我们的心血。"

当天嘉宾多，诺亚作为近年业界新星，秦远风这次来参会，跟第一次代表诺亚参会的景况，大不相同。各国旅游局以及海内外部分机场代表，都愿意在他身上花更多时间。

有意思的是，他们多次提到了近期诺亚为日本航线所拍的广告。

感动，是他们最常用的词。

秦远风只看过那个广告一次。因为是陆文光把关，他并没插手。前阵子他听苏卫提过，这广告是宋洋做的，在社交网络刷屏。秦远风不喜欢苏卫说这番话的用心，没有接过话头。

论坛开始后，首先由主办方致辞，接着是主题演讲环节。秦远风作为嘉宾之一，安排在主题演讲后的专题讨论环节。他中途出去了一会儿，恰好在外面遇到日本旅游局大中华区代表。对方正跟一个年轻人说话，一回头见到秦远风，向他点头致意，朝他走来。

秦远风这次来，原本就打算跟亚洲各国及澳大利亚旅游局的人找机会谈谈，日本旅游局更是重中之重。他向来有出海的野心，还在国外念书时，就梦想有朝一日，自己创立的品牌在国际上扬名立万。

日本只是他的第一步棋，开局良好，他信心大增，很快提出要在日本创办分公司,同时想在没有正面竞争对手的其他亚洲国家,以及澳大利亚复制日本模式。但魏行之跟唐越光非常谨慎,提议他慎重考虑。

当初从互联网起家做旅游时,他从不在意外界声音。但涉足民航业后,这种重资产的玩法将他改变成一个更为谨慎的人。

但是,借这次论坛,跟各国旅游局交好,为未来铺路,仍在他计划当中。

日本旅游局的人说得一口流利中文,两人客套寒暄一会儿,他主动提出一起进餐。秦远风说好。对方又说起那个广告:"我看过你们公司前阵子投放的日本航线广告,非常动人。刚巧,这个导演是我弟弟的同学,也在北京。"

说着,他指了指刚才跟他说话的那男人。对方相当年轻,披着经不起北京晚风的单薄外套。他朝秦远风点头微笑,秦远风跟他握手,导演说自从这个广告出台后,他接到其他航司跟旅游局的单子,所以也到这个论坛看看,算是学习。

"不过广告创意其实跟我没关系。"导演说,"是宋小姐在一张餐巾纸上写的。"

导演偶然得知宋洋是宋洪波的女儿,当下红了眼睛。他说,自己就是当天宋洪波那趟迫降航班上的乘客。当年他还是个小孩,跟爸妈哥哥姐姐一起出去度假。

"我告诉她,如果没有她爸爸,我们一家人都已经不在了。我也不可能站在那里,追寻梦想。我没有什么可以报答的,如果哪天她需要我的话,我倒是可以当劳动力,无偿为她拍广告。她听完以后,一言不发,从包里取出一支笔,抓过餐巾纸唰唰唰写起来。我看了这个创意,以感恩为主题,故事很动人。我们俩从上午谈到下午,她后来打电话给三家不同创意热店的人,把后面的碰面推掉了。"

导演这么跟秦远风说。导演长着一副艺术家的脸,头发蓬松,脖子上有米老鼠文身,是曾志伟在《甜蜜蜜》里的同款。他似乎有点儿不问世事，起码不知道眼前这男人，就是秦邦的儿子。秦远风没说话，不表态，只微笑点头。一如既往，让人看不清他的深浅。

论坛持续两天，秦远风作为嘉宾，在参加完专题讨论环节后，就回去了。当天下午，回诺亚集团出席董事会。晚上跟日本旅游局的人用完餐，前往澳大利亚旅游局的人下榻的酒店，跟对方一起喝酒。次日早上跟魏行之一起跑步，听取他对民航局最新政策的解读。

跑完步后，他告诉苏卫，将他跟独立董事的午餐取消，就说他临时要出差。

苏卫说好。秦远风想了想，又说，问对方什么时候有空，另外约个时间。

工作过于密集，他一直在疾速向前。刚才跑步时，有一个瞬间，他突然想起母亲描述她在云南的生活。雇人打理她的农田，种植有机蔬菜，自给自足。在小洋房里喝茶写书法画画，在后院种花养猫。

他看着车窗外不住往后退的建筑物，突然开口："苏卫，我想让你帮我找人。"

"好的。"苏卫掏出手机，打开备忘录，"谁？"

"很多人。"

5

宋洋提前接到苏卫通知，周六晚上，陪秦远风出席论坛。

活动主题，着装要求，一概不明，连邀请函也无。宋洋纳闷，只得按照职业套装准备，包里塞上平板电脑，各类电子文件、宣传物料都在其中。

出发时，正是城中下班时间。她怕衣服弄皱，又怕东西挤掉，弃地铁而乘车。钻上的士后座，她低头看了一会儿近期媒体数据，便抬头看窗外。

天黑得早,沿途公交车站的广告牌都已点亮,其中有一块属于诺亚航空。日本航线广告海报上,左边是古代的中国,右边是现代的日本。

上面有一行字:山川异域,风月同天。

她在南京时,偶尔看到民国时期的古大明寺唐鉴真和尚遗址碑记,被这个故事跟那句"山川异域,风月同天"所打动。回上海路上,她在本子上记下想法,最后形成这个广告。

路上堵车,宋洋张望着路上的年轻人。他们站在公交车站广告牌前,全都掏出了手机,低头查看。

她猜测,在这其中有多少人,看过他们的广告,喜欢他们的广告,选择他们的航班。

高架入口在眼前,所有车流从四条车道至此处汇集。车尾灯像悬挂在前方的命运警示,这里闪,那里闪,全在此处交流。

宋洋赶到酒店时,比原定时间晚了十分钟。一路奔到会场,沿路并无任何论坛相关指路标识。她未尝不疑惑,但已顾不上,见到会场大门,推门直进。门身厚重,她费了点儿劲,终于推开。

会场内,几百张椅子坐满了人,听到推门声,都回过头,目光落在她身上。

她怔住。找错地方了。这是她第一个念头。

转身要退出,却有人飞快往她这边走来,喊她名字。

是那个广告导演,他笑笑:"你到了。我们都在等你。"

宋洋不解,看向他。

导演只是笑笑,说:"跟我来。"而后,他像将自己的作品推出去的艺术家,骄傲地向大家说,"这是宋机长的女儿。"

她跟在导演身后,机械前行,两旁的人向她行注目礼,所有人都鼓掌。宋洋在他们中间穿过时,有种奇怪的感觉。灯光打下来,她觉得晃眼,好像站在云端之上,周围的光和影,都只是电影场景。

偌大的会场,恍然一片汪洋。每个人都是一股水流,四面八方,朝宋洋这个出水口涌过来。有男人,有女人,有老人,有小孩,有黄皮肤,有白皮肤,有黑皮肤。

他们是能发声的水流,用不同语言不同方言,或带着笑,或带上哭腔,向宋洋说着谢谢。

宋洋瞬间明白:他们是父亲执飞那趟航班的旅客。这是一场该在父亲在世时上映的电影,却因故延迟至今。

偌大的会场在她四周,像闪烁着无数光点,每个人身上都发出一点儿光。

有个短发女人,圆润面颊,怀里抱着婴儿。她激动地对宋洋说谢谢宋机长,说如果不是他,当年还在念书的她,世界还没在眼前展开,就要埋葬在大西洋。

有穿浅蓝色衬衣的男人挤到她跟前,告诉他,当年他刚去参加完前女友在欧洲的婚礼,在飞机上万念俱灰,然而经历一场生死后,他发觉生命宝贵,把所有时间奉献在当志愿者上。微笑着站在他身边的,是他那幸福得有点儿微胖的妻子。

有中年男人见到她,哭得说不出话,几个字几个字地蹦,好久才凑出来他的故事。他说,当日他从国外赶回来见老父最后一面,他在飞机上祈祷,作为家中独子,他不能死,不能让母亲在一周内失去最爱的两个人。

每听一个故事,宋洋的眼睛就更模糊一点儿。

她的包里,什么都有,手机、平板电脑、手账、笔、钱包、口红、卸妆湿巾、香体膏、感冒药、防蚊喷雾,唯独没有纸巾——刚才在车上打了两次喷嚏,纸用光了。

有老奶奶被人搀扶着,从人群中一点儿一点儿挤出来。她哆哆嗦嗦,摸着宋洋的手,话都说不清,身旁的男人替她翻译,宋洋才明白,她要谢谢宋机长救下她儿子。男人说:"她说对不起,我们来晚了。如果早一点儿感谢,也许宋机长就不会受委屈了……"

这仿佛是个废墟,所有情感在已倒塌的昔日之物上,重新涌现。

宋洋第一次发现，原来自己这样怂。导演将她迎到舞台上，大家屏住呼吸，想让她说点儿什么。她握住麦克风，嘴唇颤抖，居然无声地流下眼泪，一个字都说不出来。

会当众流泪，绝对不是她。在人前怯场，绝对不是她。不知道怎样开口，绝对不是她。她站在台上，看着那么多人，最后突然扔下话筒，转身离开。她在洗手间里躲了很久，导演给她电话，她没接。

眼泪宣泄完情绪，她给导演发了条消息，说了一番感谢的话。最后提了一个请求，希望导演安排他们离开。

她颤抖着手，打下一行字：这些情感太重，请恕我无法在一个晚上全部承受。

导演很快回复她："明白，是我们疏忽了。"

宋洋躲在洗手间格子里，妆都哭花了，她掏出卸妆湿巾，胡乱擦着，脸上的妆跟眼泪混在一块儿。把湿巾塞回去时，包里掉出来一本黑色皮革记事本，她弯腰捡起，见到上面写着秦邦跟曹栋然的名字，那下面的画线，还分别指向秦远风、唐越光、莫宏声、夏语冰、陆文光等人的名字。因纸张受潮，字迹已有些糊。

她翻出来，看了好一会儿。洗手间外，依稀传来门开合的声音，似乎有刚才在会场的人进来过，她又听到她们的脚步声走远。然后是导演给她发消息，说会场已经没人了，又跟她说今晚好好休息，说他们永远不会忘记宋机长。

宋洋用手背擦干眼泪，将黑色笔记本跟手机都塞回包里，推门往外走。

偌大的宴会厅，此时空无一人。她像被抽掉一身力气，坐在地板上，将脑袋埋在膝盖之间。脸部朝下，没人看到，眼泪又涌上来一些。

十几年来压抑的情绪，都在今天释放。

门在此时被推开，有人走进来。

脚步逐渐向她接近，来人的影子一点点儿从她的双脚，攀爬上膝盖,来到她肩膀。她听到声音,缓慢抬头,来人的影子落在她脸上,落在她眼角上。她眼角挂着泪,因为笼罩在阴影下,看起来像黑色的泪。

秦远风站在她跟前。

宋洋摇摇晃晃站起来,张了张嘴,想要说话,又一滴眼泪流下来。她赶紧抬手,拭去眼泪,脑袋一片空白。也是今天太过失常,居然没理清这里面的逻辑,居然没明白为什么秦远风会突然出现在此时,出现在此地。

她强笑说:"对不起,苏卫通知我——"

话没说完,秦远风突然伸出手,将她拉到怀里。她像一只鸟,在猎人掌心里簌簌发抖。

"我爸从来没给过任何道歉,所以我一直想为你做件事。我知道这跟一条人命无法相比,但我希望让你知道,你父亲还活在很多人心里。"他边说,边缓缓用手将她垂下的碎发拢起。

"谢谢。我从没想过……"她微笑,又哽咽住,眼角飞快流下一滴泪,瞬间被他投下的影子所吞没,就像黑夜吞噬白昼,男人吞下女人。

她浑身上下,一件首饰也无,只有嘴唇有残妆,红红的,等待被咬。

他终于意识到,自己一直想要她。

他脸庞低下来,影子落在她的脸上,一只手捧住她的后脑勺,低头吻住她的唇,像猎人捕获他的猎物。这双唇,比他之前幻想的还要柔软。

好一会儿,他松开她的唇,以前额抵住她的前额,低声说:"我在上面有房间。去我那里?"

见她没反应,他握住她的手。她手心冰凉,有汗。

离开会场,经过两间宴会厅,电梯在眼前。宋洋在电梯壁里,照见自己苍白的脸，嘴唇轻颤。秦远风伸手揽住她肩膀，在她鬓角轻轻吻了吻。她发觉自己双腿有点儿软。

电梯从三层上到六层，停下。秦远风松开手，跟宋洋隔开一点儿距离。

电梯门打开，有人进来，看秦远风一眼，转开目光，又打量他一眼，似乎认出了他。有人问："你是……诺亚那个秦远风？"

秦远风颔首："你好。"

那人还在巴拉巴拉，非常激动，秦远风只是微笑。

电梯门开开合合，有人上，有人下。秦远风跟宋洋始终隔着其他人。

在三十六楼转换层停下，秦远风先步出，宋洋跟在后面。两人一前一后走着，像是相互不认识的陌生人。他们先后走入电梯，在五十七楼出来。两人似乎有默契，秦远风先走到酒店房门前，开门后，在门前抬头看她一眼，走进去。

这天晚上发生了太多事。宋洋进入这间走道兜兜转转的酒店，肉身与灵魂都找不到出路。她好像又回到了最初，那个贸然出现在饭局直播上的毕业生，所有谈话方向都被秦远风牵着走。秦远风是个连感情都在掌握之中的人。

她忽然想，她是怎样跟随他走了一路，来到这里的？

她跟在他身后，是出于对今晚的感激，还是对权势的屈服，或者，她对这个男人，也有些真心？

酒店的走廊，总有种昏晦不明的感觉。地毯踩在脚下，让人腿更软——而房门就在眼前。

情欲，几乎不在宋洋的世界里。她走了很远一段路，才抵达这个词。

站在房门前太久，灵魂与肉身都逐渐清醒。刚才会场里的情绪激荡，唇上残留的吻感，此刻在她体内，如同潮水一样，进一步，退两寸。

她的手指关节,终于落在门上。

如果她跟他的关系是一场智斗,到底是他赢了,还是她?

秦远风非常绅士地等她进来,关上门,又在她唇上一吻。松开她后,走到后面倒了两杯酒,递给她一杯。

她小啜一口,又放下。

他微笑:"不喜欢?"他也放下酒杯,向她走来,自然娴熟地环住她的腰,低头要再吻。

她转过脸:"不是不喜欢,是以后会后悔。"

他听明白了她的话,但仍没松开她,边吻她的唇边轻声笑:"为什么会后悔?你是披着画皮的妖精?"

就这番话,这些做派,她便看出来,他经验丰富。他不缺女人。而她赤手空拳来到这里,什么都没有。她叫自己冷静,然后说:"你不会想为了一夜激情,失去一个为你卖命的员工。"

秦远风敛了笑容。

宋洋说:"女人是很容易动情的。你以后还会有其他女人,而我可能会爱上你,最后因爱生妒。谁知道这样的我,会不会因此失控,最后影响工作呢?"她强调说,"并不是我觉得自己有多重要。但就此失去我奋斗得到的一切,我不甘心。"

秦远风看待人,永远只有两种。能够为他所用的,不能够为他所用的。

宋洋不在这个范畴,他失去了衡量标准。

她就在他怀里,他隔着衣服摸她的背,非常单薄,他能摸到她的脊柱,一节一节,像她的个性一样突出。沉吟半晌,他说:"这不会是一夜的事。"

"那会是多久?三个月?一年?或者至多两年?"

秦远风无话,他从来不给这种承诺。

宋洋转头看窗外,脚下是夜色中的浦东跟杨浦大桥。她脖子后面粘着一根头发,他伸手拾起,手指捏着这根头发,见到宋洋非常决断的模样，他心里冷了几分，终于开口："好。"又问，"我能最后再抱一下你吗？"

她点点头。

秦远风伸手搂过她，紧紧抱在怀里，却发现她身体抖得厉害。他这才意识到，她全无男女经验，完全在强装镇定，硬撑场面。他有点儿懊恼，刚才应承的话无法再收回，理性与情欲激烈争搏。他低头，嘴唇在她唇上摩挲，她别开脸，他用手将她脸扳正，再次低头吻她。

也许因是最后一次，他不愿松开，越吻越深。直到她浑身都在发力抵抗，他才放开她。嘴唇稍微分离，唇瓣间牵拉出黏腻丝线，他又闷哼一声，再度吻下去。

她躲开他的唇，声音低低的："再继续下去，我们都会失控……"

"好。"他的嘴唇从她唇上流连到脸颊，如蝴蝶留恋花枝。他两手圈住她，一直抱着。蝴蝶始终停留在花枝上，不愿飞离。良久，他忽然低声问："你还喜欢唐越光吗？"

"不确定。"

"那我呢？"

"还没有。但你再这样抱着我，很难说。"

他笑，松开她，看一下表："很晚了，我让人替你在隔壁安排房间，在酒店将就一晚吧。"

宋洋正想婉拒，他解释说："你一个人回去，我不放心。但如果让司机送你回去，让人看到会有闲话。有很多人想通过他跟苏卫，打听我的事。我个人无所谓，但是对你不好。"

"反正我也是你的前绯闻女友。"宋洋尝试缓解气氛，开个小小玩笑。

秦远风微笑："那是以前，你还是小职员。现在好歹是个为我卖命的小管理层了。"

"我知道。"她又说，"谢谢。"

宋洋离开后，秦远风坐在落地窗前，看酒店外面的夜色。

高低楼宇密密麻麻，分布在他脚下，每个窗格子都有灯火。这样看起来，像是潜伏在灌木丛林里的猛兽眼睛。秦远风自认向来是丛林里最擅长伪装的那种动物，但他今晚有点儿累。也许因为想要的没得手，也许因为想起了过往。他忽然想象着，当日宋洪波从酒店顶楼一跃而下时，眼前是否也是类似的风景。

他喝完两杯，分别打了个电话给儿子跟唐黛。又摸着酒杯，对着窗外枯坐了一会儿，心里想起今天看过的那份合同文书，又想着，不知道此时宋洋在隔壁睡着了没。他翻出一本讲英国金雀花王朝的书，边看边慢慢喝了两杯，才渐有睡意。

Chapter 6

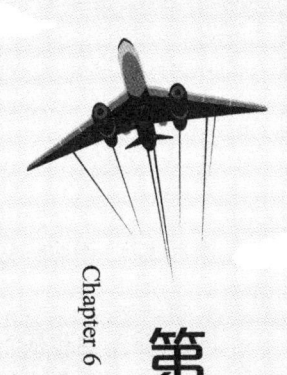

第六章 他不是善男，她不是信女，他们是绝配

1

傅米嘉进入诺亚航空品牌部三个月,遇上了职业生涯首个新闻发布会。

同事们说,这也是个独立出来的新部门,两年前还归市场部管,算上牵头的宋洋,也就三个编制,其他都是实习生。做了一年,渐有起色,后来把公关业务也一并接过来。

"咦,斯华姐你不是一直在做公关业务吗?"傅米嘉睁圆双眼。

张斯华从手机屏幕上抬起眼睛,耐心解释,说过去他们只负责管理社交媒体官方账号,以及处理些小打小闹的公关事件,比如航班延误、服务不好、旅客投诉。但真正的大危机,必须由诺亚集团公关部出面应对。

"大危机?哪些大危机?"傅米嘉问。

张斯华说起,两年多前,东京地震、大阪台风后不久,中日关系遇冷。在各航空公司的日本航线客座率普遍低迷的情况下,诺亚航空跟日本当地协调,要到了更多资源,在日本航线上推更大的优惠力度。

还是有同行抓紧机会,给诺亚航空泼脏水。当时诺亚航空的官方微博等平台下,全是水军齐刷刷的"秦远风你是不是中国人"。

傅米嘉眼睛睁得更圆,神态天真。

张斯华说:"自己企业要出海,反而被自己人攻击。可笑吧。"

两人说这番话时,正在公司大楼一楼的多功能厅里,为明天召开的新闻发布会做准备。自诺亚航空实现连续盈利后，就将这栋楼整栋租下。楼宇外层重新刷成诺亚的蒂凡尼蓝白两色，头顶巨型logo。

与很多公司将新闻发布会安排在五星级酒店召开相反，诺亚航空全部安排在公司一楼多功能厅召开，以节省经费。张斯华让傅米嘉逐一联系名单上的记者，确认出席人数，好准备交通费跟小礼品。

品牌部独立出来后，张斯华负责政府关系以外的公关业务，蒋丰负责新媒体常规运营，另外一个女孩配合其他乘务、市场等部门，策划客舱活动、促销活动。宋洋除了负责整个部门，还负责政府关系。

自改革后，诺亚航空就以精简人员为目标，部门编制虽有扩充，但基本是一人干几人的活儿。

傅米嘉还记得自己进办公室的第一天。

那天正是媒体开放日前夕。多功能厅空调开得足，她搓搓手臂，小心翼翼走进去，一眼见到蒋丰正在搬桌子，张斯华叉着腰在跟工人们讲话："师傅，你把灯挂这里，我怕危险噢。"有个头发半长的女人，正坐在地板上吹气球。

傅米嘉怯生生打招呼："我来报到的……请问谁是宋经理？"

那女人手里捏着气球，转过头。脸上施裸妆，干净利落，一袭深色风衣随便一裹，脑后用黑色夹子松松扎起一团。

那是她第一次见到宋洋。

进入职场前，老妈对她耳提面命，说要小心女上司啦，说她们对待下属特别苛刻啦，"尤其像你这种涉世未深的小姑娘"。傅米嘉分外谨慎，在宋洋跟前大气不敢出。

后来，她发现，宋洋不戴首饰，中性打扮，鞋跟半高，每遇突发状况，直接上手拆局。有天一起加班后，两人留在办公室吃盒饭。她鼓起勇气问对方为什么总是深色打扮，宋洋丢出来两个字，"耐脏"。她又低头扒了两口饭，收起饭盒，抬头见傅米嘉已经吃完，伸手拿过，打包好，直接拎起来扔掉。

傅米嘉还在懊恼，自己被她抢了主动权，宋洋已经回头，抽了两张湿纸巾,飞快把桌子一抹。拉过椅子,坐下。

"继续吧。还有十几页要改。"

接触日久,傅米嘉觉得老妈的警示特别可笑。她抬头细看墙上的团队合影,其他人将宋洋簇拥在中间,她面色严肃,额旁有些碎发,摄影师将她拍得沉稳,甚至沉郁。然而另一张合影上,她站在人群中,手里拎着一个气球,穿湖水绿上衣,藏青色裤子,张斯华往她头上戴纸糊王冠,她笑着推开。

哪一个是她呢?

新闻发布会前一夜,傅米嘉以为要加班到深夜。晚上7点,宋洋拎着袋子进来,问了一下进度,得知除了安装师傅还没装好背景墙跟LED屏外,其余已进入收尾。人员名单全部确认,资料袋已分发,礼品包装好,灯光、音乐跟投影设备调试好,流程走了三遍。

她拍拍掌心,让大家过来吃蛋糕,边吃边做,8点前收工。

"8点?"傅米嘉吃惊。

张斯华瞥她一眼,说她大惊小怪。

后来傅米嘉才知道,宋洋以前也时常加班到深夜,一年前做了乳腺手术后,整个人的节奏就放下来了。

"放慢了?"她问。

"更张弛有度。"张斯华说,宋洋术后在家养伤口养了三天,他们到她家探望她时,见到她桌面放了五六本时间管理、效率管理类的书。

傅米嘉觉得宋洋是个谜——她跟流言里的女人,不是同一个人。

其他部门的人,背后说宋洋,说她升职快,因为跟秦远风有一腿。傅米嘉不信。其他人信誓旦旦:"是真的。两年多前,有人一大早见到他俩前后脚从酒店出来。"

傅米嘉迷茫了。

一个女人,无论是否有才华,是否都必须依靠男人,才能上位?

新闻发布会当天，傅米嘉赶早到，没想到宋洋跟张斯华她们比她来得更早。蒋丰过了一会儿，才抱着手提电脑到，坐在舞台左侧，音响位置附近。宋洋让傅米嘉安排记者们签到。

傅米嘉将媒体名单在长桌上摊开，又弯身清点礼品。一抬头，见有人进来，忙探身招待。

对方高而瘦，长外套下摆擦过桌角。他回头看傅米嘉，非常礼貌，向她点头。脚步没停留，只继续往前走。

傅米嘉一心记得上司交代的任务，无论如何要拦下他，从长桌后跑出，奔到那男人跟前，眯眯眼冲他笑："先生，请问您是哪家媒体的？"

看她一脸认真，对方笑起来。这让傅米嘉更迷糊了。

张斯华这时奔过来，跟男人说："唐总助，早。"

唐越光微笑，跟她说早安，又跟傅米嘉说早安。傅米嘉又抬手，擦了擦前额的汗。原来是公司的人。

唐越光走开，张斯华将议程跟讲话稿递给他，两人在一角交谈。

傅米嘉细声问："那位是？"

"唐总助啊。"

傅米嘉又回头看，见唐越光非常年轻，态度温和，跟宋洋说话，客客气气。她拧开一瓶矿泉水，喝了一口，拧上盖，又看着唐越光。

媒体记者跟博主、网红陆续来到，傅米嘉忙起来。秦远风中途进来，跟众人微笑打招呼。傅米嘉想看清他的脸，但他很快被拥上来的人围住。过了一会儿，宋洋也过来，围住秦远风的圈子扩大，变形，像膨胀的泡泡，围住这两人。

傅米嘉远看，觉得有意思，好像他俩是被记者偶遇围袭的娱乐圈情侣。秦远风着深色，像唐越光般高瘦，跟穿灰色卡其色的宋洋看起来般配。她想起两人的绯闻，这会是真的吗？

带着这种目光，她一路追随秦远风跟宋洋，只觉得两人并无亲昵态，一切都公事公办。

一般航空公司的新闻发布会，找个新闻代言人，在简陋会议室，播放幻灯片，给记者念念通稿，发发通稿，就算完成任务。

　　诺亚不同，秦远风想按照互联网公司玩法。

　　多功能厅有两层，一楼布置模拟成客舱，每人进场签到后，领取一张登机牌，找到自己位置，在座位下找到礼品袋，里面装有通稿跟小纪念品。两旁LED屏，模拟出机上舷窗外蓝天白云。

　　纪念品包括印有诺亚航空logo的亚麻抱枕、水杯、眼罩、围脖、毯子、环保袋跟折叠伞，都是诺亚官网的明星周边产品。

　　记者跟博主们穿过客舱，由工作人员引导到二层，在主场正式落座。

　　发布会开始，会场一片黑暗。秦远风在音乐声中走上台，他着黑色毛衣、旧牛仔裤，像跟老朋友讲话一样，向大家展示诺亚航空近期两个"新品"。

　　第一个是诺亚进驻大兴机场。他宣布诺亚会成为新机场的基地公司："我们的据点一直在上海，自从一年多前在深圳成立基地公司后，就一直有北京的小伙伴来问，我们什么时候到北京。"他用手换了一下话筒，微笑说，"现在我可以告诉大家，北京大兴，我们来了。"

　　傅米嘉正背着舞台，处理长桌上的零食饮料。她弯身清点，发现插上诺亚航空logo的抹茶果冻最受欢迎。台上秦远风讲述诺亚航空在大兴机场的计划。傅米嘉抬头看一眼，又匆匆转身去补货。转身出去时，听到会场掌声潮水一样涨起来，又缓缓落下。

　　回到会场时，恰好赶上秦远风在展示第二个"新品"。

　　他向媒体证实了两年来流传已久的一个消息：诺亚航空即将成立日本分公司。

　　"虽然按照当地规定，我们持股不会超过三分之一，但这是诺亚出海的第一步。我们计划筹备开通日本国内航线。"

　　秦远风把唐越光请到台上，向大家介绍他近年在日本的工作。傅米嘉站在会场最后面的暗处中，看着站在聚光灯下的人，心里想，难怪自己入职三个月，从来没在公司见过这个人。原来他经常在日本跑业务。

她又看向台下的宋洋，看她抱着手臂，随时注意哪里有差漏。宋洋有种淡薄的超然。傅米嘉心想，不知道自己什么时候能够像她那样。

发布会后，品牌部的人一起约去吃烤肉，说是小小庆功宴。傅米嘉不曾参加过，非常期待。宋洋让他们玩开心点儿。她将手腕上的头绳摘下，随手扎起头发，背起包，说自己还有事，便匆匆离开。

她掏出手机看待办事项，上面记着"跟鲁国峰谈判"。

来到鲁国峰家里时，刚过午饭时间。她按响门铃，开门的是鲁国峰太太，隔着金属防盗门，面对突然上门的年轻女性，疑惑又警惕。

屋内传来鲁国峰的声音："谁啊？"

"不知道，说是你同事，来找你的。"他太太回头，又转过来，仔仔细细打量宋洋的脸。想知道跟前这位脸色红润，眼神有力，背着大挎包的年轻女人，跟自己丈夫什么关系。

鲁国峰趿着拖鞋，慢悠悠地踱过来："谁啊？"他看一眼门外，"切"一声，似乎是笑，但更接近于嘲笑，"原来是你啊，秦远风的狗。"

他声音很低地重复一遍，宋洋疑心他说的是"母狗"。因为在旁的鲁太太听清楚他的话，脸上突然就露出释然的神情来。

宋洋说："方便出来说两句吗？不会打扰您太久。"

鲁国峰隔着门，又似笑非笑："秦远风不是在公司级会议上，当着那么多人面，直接将我辞了吗？我跟他派来的人，有什么可以聊的？"

"除非您打算一辈子躲在这扇门后面，不踏入职场。否则，我们还是可以有共同话题的。"

鲁国峰抬起眼皮看她，片刻犹豫后，伸出手来，懒洋洋地拉开门。这位诺亚航空的前总机务工程师，此刻头发蓬乱，穿着冬天的厚厚睡衣，回头跟他妻子说："我手机充电充太久，替我拔了。"又转过头，不耐烦地说，"找我什么事？"

宋洋迅速观察，确认他身上不会有录音设备，于是放心摊牌："听媒体朋友说，您想接受杂志采访。"

"是，怎么了？在诺亚时，接受采访得通过你们，现在还要归你们管吗？"他笑了笑，非常不服气的样子。

"当然不，只是我听到的消息说，您有意要散播对秦远风不利的消息。"

鲁国峰笑了笑："说他坏话也好，好话也好，都由不得你们控制。"

宋洋说："这个当然。不过之前货运部副总廖总，您应该有印象吧？他因为收受利益，被秦老板炒掉，怀恨在心，跳槽到一家货运物流公司。"

"我记得，怎么了？"

"他因为乱讲话而丢掉了工作。"宋洋语气轻描淡写，"民航这个圈子很小，诺亚也不再是当年的小企业，即使是沧海航空的达叔，背后骂秦远风是个毛头小子，台面上还是要互相给面子。"

鲁国峰的脸色很不好看。

宋洋说："我讲这些，只是因为大家曾经同事一场。我不希望您被人当枪使，帮记者提供了成名途径，却把自己后面的路封死了。"

鲁国峰非常沉默。他老婆在屋里喊："说完没有？菜都凉了。"

他的脸从白转红，猛地扭头，冲里面吼："在说正事呢！你别嚷嚷，我已经够烦了！"又低头盯着地板，像在激烈思索。宋洋能看到他头顶有点儿秃，两鬓也有些斑白。好一会儿，他抬起头来，眼睛因愤怒而通红："我只是……只是咽不下那口气！我在民航工作时，秦远风还是个小屁孩呢！他怎么就敢当着那么多人的面，让我收拾包袱回家？"

宋洋说："我知道您儿子还有两年高考，全家人都希望他到国外上学。学费生活费都要花不少吧？因为自己一时意气，影响家人生活，我觉得不像是您这种高管会做出来的事。"

鲁国峰自嘲地哈哈大笑："高管？哈。我现在这个样子，还像高管吗？"他眼神发狠，"一个被践踏的人，谁知道他会做出来什么！"

"我知道您不会。"宋洋非常冷静自持，"公司里很多人知道我的身世。我是宋洪波的女儿，我父亲可以说是间接因为秦邦而死。可是你看，我在替秦远风打工。我咽下那口气了吗？这辈子都不会。"

鲁国峰握牢拳头，好一会儿才松开，忽然阴阳怪气地说："你嘴巴挺厉害的。去年秦远风那个小明星女友闹得上热搜，你也是这样威胁她，最后摆平的吗？"

"我称之为谈判。"宋洋说，"而且，女友前面，有'绯闻'二字。"

她没必要跟鲁国峰解释，秦远风是不会让大众看到他跟女明星走在一起的。大众舆论讨厌这样一种公众人物，住豪宅开名车约会女明星的公众人物。他们喜欢的，是跟他们相像的，能吃苦，接地气，重感情。

应该说，大众喜欢一个成功版本的自己。

鲁国峰脸上没表情，但宋洋听他呼吸加重，知道他已经有点儿被说动。

她再加上一点儿筹码："秦老板是个有意思的人，谁背叛他，他睚眦必报；谁对他好，他也十倍奉还。货运部的廖总是个很好的例子。"

"姓廖的后来怎么样了？"

宋洋说："廖总太太带着他，到秦老板住的酒店房外堵他，向他当面道歉。现在他们全家在柬埔寨。"

鲁国峰牵了牵嘴角。宋洋说："那边有家航空公司在筹建，有中资背景。秦老板把他推荐过去,他现在是那边的高层。夫人小孩也在那里,一个当全职阔太,一个在念国际学校。"

这时,鲁国峰妻子在屋子里喊:"有电话找你!"

"谁?"鲁国峰转过脸,不耐烦地吼。

"你哥啊!"

"让他待会儿再打来!说我正忙!"鲁国峰扯着嗓子。

宋洋隔着门,冲他点一点头:"我不打扰了,希望您能再考虑一下。"她作势要走,鲁国峰喊住她:"等等——"

宋洋站定,听鲁国峰说道:"你回去告诉秦远风,我不会对媒体乱说话。"

宋洋不动声色,冲他点点头:"好。"

鲁国峰突然笑了起来,定定地看她:"我一直以为,苏卫是秦远风的那只脏手……原来你才是。"

宋洋没有接他的话,这两年来,这些话她听得麻木。任务已经完成,她点点头,说声还有事,转身告辞。

宋洋赶到补习班时,桐桐已在门外。她长高了好些,看起来像个小小少女,手里拿着本漫画,正在翻看。抬头见到宋洋手里拿着两杯奶茶,她把书往包里一丢,回头跟补习班老师说,自己表姐来了,回头就奔到宋洋跟前,毫不客气拿过一杯奶茶。

"来晚了,给你带了奶茶,别生我气。"宋洋说。

桐桐反应极快:"一杯是不够的,得两杯才能不生气。"

宋洋笑:"好,另一杯留到下次。"她用手提了提桐桐的书包,很沉。她让桐桐卸下书包,放到她车上,转身问:"怎么想起叫我来?爸爸妈妈呢?"

桐桐大口喝下奶茶:"我跟爸爸说,妈妈接我。我跟妈妈说,爸爸接我。爸爸最近有女朋友了,妈妈不高兴,他俩最近关系特别差,没来往,不会露馅的。"

宋洋听得有点儿心酸，用空出来的手，摸了摸她的头发。

车子驶到博物馆，停好车，宋洋看着桐桐："进去排队？"桐桐往远处看："还有一个人，再等等。"

宋洋心里的猜测，在唐越光到来后被落实。唐越光显然也没料到，会在这里见到宋洋，远远往这边走来时，目光跟脚步一样，深深浅浅。

桐桐站在两人中间，像那种有心撮合离异父母的小孩子，左手右手各牵一个，扬扬得意。她看两人没话讲，特意拉扯宋洋手提包上的小飞机吊饰，转脸问唐越光这是什么。又问唐越光，在日本带了什么好吃的给她跟宋洋姐姐。

青铜器在玻璃橱窗里，宋洋三人在玻璃橱窗外。桐桐在中间，非常兴奋，宋洋跟唐越光都沉默。一阵静默后，宋洋看着橱窗上他的影子，没话找话，问他日本分公司筹备如何。唐越光说有些细节还要确定。唐越光注视青铜器，也没话找话，问她工作如何。宋洋说如果不考虑预算的话，品牌推广是个轻松的活儿。唐越光想了想，笑了。

宋洋很久没见他的笑——尤其当着她的面。

那个月，公司以至整个国家，都发生了大事。唐越光的这个笑，在宋洋回忆起那天时，便多少有点儿微不足道的意思。但不知道为什么，那个笑，跟玻璃里的青铜器一起，在她心里定格到天荒地老。

唐越光没开车来，宋洋先送桐桐回家，顺路送他回去。车上只剩两人，外面月亮很美。他问她是否还住那里。她点头说是的。唐越光问："我听说你去年做了手术。身体还好吗？"

"哦，那个。"宋洋盯着窗外一块广告牌，"良性的。没事。"

"你注意身体。"

"嗯。"顿了顿，"你也是。"

他注视前方，想了一会儿，又问道："你现在也是一个部门主管了，还跟人合租？"

宋洋说："一个人住，半夜醒来有时候睡不着。一想到隔壁房间还躺着个活人,就宽心多了。"

"还是原来那个室友?给陆文光当助理那个?"

"是。但她现在不当助理,回市场部做业务。"

路况有点儿堵,车子挤在长长的车流后面,对牢一排排橘红色车尾灯。唐越光降下些车窗,看一眼外面,又说:"放到业务口锻炼一下,更好提拔。看来她也是前程似锦。"

宋洋想了想:"她前程怎样我不知道,加班倒是挺多。女人想要在事业上博取一寸,需得比同龄男性先跳起来数丈高。"

车厢内静了静。也许两人都想起来她跟秦远风的绯闻。

人们对于晋升太快的年轻女性,抱有太深敌意。尤其宋洋单身,不喜社交,跟秦远风传过绯闻,被唐越光搂着肩膀带走过。

两年来,她习惯了活在误解中。人们说她升职全靠跟秦远风睡,传言她玩弄唐越光感情,让他远走日本,还说她爱用自己人。

外部世界的恶意与流言,传了一圈又一圈。

宋洋一心做好眼前事,所有付出,上面的人俯首便可看到。那些被她踩在脚下的人,他们说的话,一点儿影响不到她。

因为他们不是唐越光。唐越光对她说,我对你很失望。唐越光说,我们之间再也飞不起来了。

宋洋不认为自己是个把恋爱放得比天还大的人。现在她有事业,有朋友,有了些钱,跟方妈关系也转好。人真奇怪,她重拾尊严,放弃讨好,方妈倒对她尊重起来。

过去两年,她甚至在夏语冰介绍下,跟两三个男人约会过。但彼此都觉得当朋友更舒服,于是又多了几个朋友。现代都市,合则来不合则散,才是成熟男女的交往原则。方棠悄悄建议她,发展个炮友也是好的。但宋洋跟一个还算谈得来的约会对象接吻,殊无感觉,更不愿意有再多越界的接触。

有次她陪秦远风出席会议,他还开玩笑似的问起:"听说你交男朋友了?"她说:"老板请放心,只是约会对象,我也并不恋爱脑,绝不影响工作。"

他笑:"我是担心工作影响你恋爱。"

宋洋觉得自己越来越像秦远风,没有爱情也是可以过的。

到了家,沈珏正在洗澡,宋洋看外面起了风,像是要下雨的样子。她换上拖鞋,到阳台上把衣服收了。她伸手去够晾衣架上的袜子,一眼瞥见唐越光仍站在楼下,抬头朝她这边阳台上看。

"咦?回来了?"沈珏从浴室走出来,用毛巾狠狠擦干头发,还是有一两滴水滴落在地板上,"发布会顺利吗?"

"顺利。"宋洋回头,抱着一堆衣服走进来。

"这衣服没干吧。"沈珏扯下毛巾。

"要下雨了。"

这天气却是怪,天空只是阴阴沉沉一晚上,终究没下雨。

沈珏明天到武汉出差,顺便可以探望妹妹,有时间的话还能到襄阳探一下外婆。外婆居然一天天好起来,因为住在舅舅家,跟舅母没少吵架。她想搬到姚国栋家,姚国栋老婆不干了,放话说要是她胆敢搬进来,自己就不给姚家生娃。一家子闹闹腾腾,外婆到楼下散步绕圈时,没少跟邻居街坊诉苦。

邻居看热闹不嫌事大,摇着扇子悠悠笑着:"搬去女儿家呀。女儿都比儿子孝顺。"

外婆说女儿死得早,但眨眨眼,下一秒又浮夸起来:"但我两个外孙女都可厉害了。一个在上海的航空公司当高层,未来老公是飞行员!一个上的武大,以后要赚大钱的!"

被街坊们挑了一上午,外婆又闹起来,今天说去武汉住,明天说搬上海。姚国栋他们乐得不管,但又担心沈珏两姊妹真把老人家接走了,会怂恿她改遗嘱。

傅米嘉这晚人高兴,也喝得多。刚进公司的新人,为今天的盛大发布会所鼓舞,被好风熏得暖,悠悠然仿佛一职场精英,已端坐青云上。到家后，摸着墙壁找开关。灯一亮，出租屋里乱糟糟。小菜鸟现出原形，还需精进。

部门群里，突然一阵妖风袭来。她趴在沙发上，认真看完每一条信息，梳理清楚了事件经过。

这天晚上，"诺亚空少偷拍女同学，外网发不雅照"上了热搜。

说是公司有位刚入职的空少，中学时偷拍女同学照片，在裸女身上移花接木，把不雅照片发到外网。还发了很多不堪入目的文字。女同学朋友发现了，转给当事人，当事人顺着藤摸过去，找到一串串大瓜。

受害者不止一个，更骇人听闻的是，这位空少还往女同学杯里放自己的体液。

女同学大怒，收集证据，一下子找到很多昔日人证，除了中学同学外，还有空少大学的师姐师妹。

航空公司总有这样的公关事件。空乘跟飞行员在酒店流出视频，或穿着公司制服拍情趣照，也有传出小三传闻被人在网上骂的。入职培训时，张斯华说过，这类事情，只要不涉及飞行安全，公众忘了就忘了，他们不会做特别处理。

她看到宋洋没在群里回复，心想着这事应该也不会做处理吧。她特别困，随便洗个澡，直接睡去。

第二天上班，听其他人一说，才明白事态严重。

"你们看了没？昨天晚上公司的社交平台，全被网友攻陷了，都在愤怒地质问公司，替那位勇敢的女生讨说法。""说是女生早在前天已发出微博，后来删除。六小时后，她发布一条表示自己被迫删微博的内容，后来连这条都没了。""我们撤的？""不知道。但那女生也刚，真人露脸拍了视频，语气平静地说出事情原委。"

傅米嘉握着杯子，在旁听得心惊胆战。她翻看手机，公司社交平台没有任何更新。她抬头看宋洋的办公室，空无一人。

上午10点，宋洋抵达办公室。她通知大伙儿集体开个短会：

"简单讲一下昨晚发生的事。"

会议临时,公司会议室全满。宋洋也不在意,她踏着步子进来,径直钻进自己办公室,两秒后,把椅子推出来。大伙儿也就把自己椅子推过去,围成一圈。

她在膝盖上摊开本子,用手拢了拢耳边的碎发,问起:"还有人不知道昨晚的事吗?"

没有人吱声。

"很好。"她低头看了看本子,又抬头,"跟大家讲一下,这件事我推进到哪里了。"

昨晚收到消息后,宋洋立即给陆文光电话。陆文光让她尽快出份声明。但声明怎么写,是道歉,是撇清,是义正词严?因为没有先例,因此也没了主意,他反问:"你觉得怎么办?"

最简单的方法是撤热搜。只是有删微博事件在前,网友怒气已被点燃。

宋洋怀疑删微博这事,空少动用了私人关系。但网友自然认为跟诺亚航空有关。如果再撤热搜,也许能掩上部分公司高层的耳朵,但舆论的铃声依旧大作。

她找人力资源的对接人,找客舱部门,直接联系空少。对方矢口否认,但对疑点无法解释。

此刻,在会议室内,宋洋说:"最新消息是,当事人已经报警,空少今早被带走。人力资源部门正在研究,有可能会辞退他。"

张斯华问:"那我们要不要发份声明,说明已经将他辞退?"

宋洋摇头:"我找了人,从警方跟当事人两个渠道了解更多信息。再还没掌握情况之前,万一空少因为证据不足被放出来,不排除他会反咬我们一口,掀起另一轮舆论。"

空少刚签约诺亚,连培训都没通过,还没正式上岗。

大家"啊"了一下,都替诺亚感到不值。

傅米嘉怯生生地问,是不是可以跟媒体说明这点,说他不算是正式员工。

"而且照片是在中学拍下的，怎么说也跟我们没关系。"

"大众不会这么想。"宋洋在本子上画了两个圈，飞快写下几个字。她将本子翻转，竖在他们跟前。

圈子跟圈子有交集。上面各自写着"上海男子""空少"。

"你们有没有注意到，媒体提及这个人的身份时，有几种说法，一种是上海一男子，一种是空少。采用后者的，比前者多得多。"

傅米嘉明白了："空少，尤其是诺亚航空空少，听起来更吸引人。"

宋洋放下本子："词语是有力量的。诺亚空少，已经是他身上这些标签中最有分量的一个。"

张斯华问："那我们要怎么办？"

"想法撕下他身上诺亚的标签，只能找到更有力的标签。"宋洋昨天一个晚上翻这个空少的社交媒体，找人查他朋友圈，终于发现，他曾经给宅男女神阿七七打赏十万元。

傅米嘉反应很快："跟媒体自媒体联系，让他们把标题改为'阿七七'粉丝偷拍辱骂女同学，可以吗？"

宋洋说："我昨晚有考虑。但粉圈浑水多，阿七七的粉丝要是看出我们在转移视线，把矛头指向我们，这事就没完没了。这种事情，最好不要牵涉到其他人，尤其是粉丝众多的。"她拍了拍手，"请各位同事今天暂时停下手头的活儿，跟进此事。"

有人根据关键词，有人联系他的熟人跟朋友，继续找这个人过去的活动轨迹。有人负责监控数据。有人跟媒体自媒体密切联系，降降热度。

傅米嘉后来想起这一天，觉得危机公关真是争分夺秒。外界看来诺亚在装死，不发一言，实则背后所有人忙得人仰马翻。所谓黄金四小时，只能掩人耳目，连查清真相都不够。

这天上午，宋洋从她的渠道了解到，当事人那边掌握了确凿证据。人力资源部门确定跟空少解除劳动合同。陆文光催促宋洋立马发声明。宋洋据理力争,说如果由公关出面发声明,空少身上的"诺亚"标签更撕不掉。

"那我们什么都不干?"陆文光直接拍桌子。

"由人力资源出公告,不能由我们出。"宋洋不愿让步。

那天中午,人们看到陆文光跟莫宏声一起吃午饭。莫宏声沉着脸,有人经过他身边,听到他不停骂宋洋。

宋洋团队无暇吃饭。实习生到楼下去接外卖,刷门禁卡进大楼,走进电梯时,听到所有人都在讨论空少的事。

"好像他家里有点儿来历。他自己吹的。""喔,所以公司到现在屁都不敢放一个?"

实习生无声垂下头,盯着地板。

他提着外卖,小跑回办公室时,看到宋洋握着手机,飞快穿过办公区域。她喊着张斯华的名字,走近她,跟她说着什么,语气急促。

实习生放下饭盒,听到宋洋说:"念过哈佛……投人力资源部的简历……"

张斯华眼睛亮起来。

陆文光从莫宏声那里要到空少的简历,他表示自己念过哈佛延伸教育学院。宋洋团队里负责接触空少熟人的也说,他曾经吹嘘自己是哈佛毕业,家里富二代,家里为了让他吃苦,逼他出来打工,他挑了个可以经常接触空姐的职业云云。甚至最早期,他自己在朋友圈上也分享过哈佛经历,但删除了。

他的熟人觉得他这个牛吹得大,所以把他朋友圈截图,拿给其他人看。

宋洋问:"截图还在?"

"在。"

当天下午,陆文光让宋洋再次向他汇报进度。

宋洋拿出手机里的数据,给他看"诺亚空少"跟"哈佛毕业生"

的数据对比。前者逐渐下跌，后者一路看涨。

傅米嘉问："但这个人不算哈佛毕业生吧？只是什么延伸教育学院啊。"

张斯华神秘一笑："就是要这个效果。首先是哈佛学霸跟变态猥琐男的强烈对比，将注意力转移，进而我们再放出他只是哈佛延伸教育学院的证据。到时候，没有人再记得诺亚。"

同一时间，诺亚人力资源部悄无声息出了个公告，说明新入职员工某某因违反纪律，解除试用期合同。诺亚官方没有点赞或转发，努力淡化事件，宋洋在背后联系相熟媒体自媒体，请他们强调哈佛毕业生这一点，同时提及诺亚时，不要提到空少，只说是诺亚员工。

傅米嘉这次明白了。毕竟"员工"这个字眼，比"空少"低调多了。

宋洋给他们培训时说过，大众传播学有个理论，叫作沉默的螺旋，是指人们在表达想法时，发现自己赞同的观点受广泛欢迎，就会积极参与；如果自己的观点不受欢迎，即使自己赞同也不会发声。如此会造成前者的强势，后者的弱势，并如此循环往复，就像一个螺旋，一方声音越来越大，另一方越来越沉默。

这个理论基于人们害怕被孤立，而避免单独持有某种信念。危机公关正是利用这一大众心理，抢先成为强势的主流声音。

媒体这边要灭火，政府关系那边也要处理。

傅米嘉听说宋洋飞到北京去堵宣传部门领导、重量级主流媒体领导，希望事件不会发酵到上层。

"有用吗？"她请教张斯华。

"不一定，但也得试。"

第二天晚上，团队留在公司加班，实习生到楼下取外卖。在楼下碰到刚从机场赶过来的宋洋。两人上楼，一进门就听到负责跟踪关键词的蒋丰大呼。所有人围过去，蒋丰嘻嘻直笑："火力基本转移，没有人再提诺亚。"

宋洋低头翻手机，查公司微博。第一条微博下面，已经没有网友针对这事讨要说法了。

大家互相拥抱，欢呼宣告胜利。

傅米嘉也在想，这一仗，打得算是好看。

宋洋却抱着手臂，脸容阴郁，靠在墙上："这不是胜利，是耻辱。为了公司声誉，我们差点儿将阿七七这些不相干的人拉下水。为了公司声誉，我们无法主动站出来，替他向被伤害过的女性道歉。但我们心里要知道，什么是对，什么是错。"

大家静了静。

宋洋用手将头发往后拢，看起来非常疲累："斯华——"

张斯华应了一声，等待她下文。

宋洋却静了好一会儿，用手指按在印堂上，低声喃喃："我刚要说什么来着……让我想想……"她抬起头，双眼疲累却又充满力量，"对了，还是要拟一份说辞，发给秦总。我在想，这事如果后续还有发酵的话，安排相熟的记者……对，要一个电视记者，最好是女记者……在采访他别的事情时，顺便问一条跟此事相关的问题。让秦总像没有准备一样，将这份说辞讲出口。如果没有后续发酵的话，就当作预案吧。"

"好，我现在准备。"张斯华抓起笔，"大概什么方向？"

宋洋用手撑着头，想了一会儿，边思索边口述："诺亚航空绝对不容许任何不正当行为……代表个人跟公司……表达对受伤害女性的关怀和尊重……注意，千万不要出现道歉字眼……"

张斯华边听边记录。

宋洋说："这两天大家辛苦了，回去休息吧。明天晚点儿上班。"

傅米嘉乘地铁回去。她心神恍惚，一直想着这两天的事，地铁驶进站台，车头在幽暗中发出刺眼亮光。她被人一把往后拉回去，回头一看，是张斯华。

"想什么这么入神？"

傅米嘉怯怯地微笑，只是反问她，怎么今天也坐地铁。

张斯华说，男友出差了，没空来接她。两人说起来，发现居然同路。傅米嘉住衡山路那头。张斯华记得傅米嘉是租的房子，有点儿意外她为什么不像其他人一样，在公司附近租住。傅米嘉没好意思说，法租界那片满足了她来上海前，对这座城市的所有幻想。

傅米嘉问："今天宋经理那番话，其实我不太理解。"

张斯华开玩笑："别理她，她发疯。"

傅米嘉也笑。张斯华又说："但她以前说过，企业出了负面新闻，做公关的第一反应就是掩盖跟转移视线……这跟她个性不符。"她不便跟傅米嘉说，宋洋的生父就是死于大众舆论，因此她对此有足够警惕。

张斯华换了个话题，笑笑问："你当时为什么想来诺亚？你的背景，完全可以去更大的公司。"

傅米嘉说："因为宋洋。"

"嗯？"

"情人节那个视频。"

张斯华"哦"一声，笑了。

一年前，面临毕业的傅米嘉还没决定留在加拿大找工作，或是回国发展。就在这时候，国内朋友给她发来一个视频，说是诺亚航空在情人节前推出的视频。因为意识大胆，所以成为一时话题。

视频上，一个女人的手在爱抚金黄色的丝绸，丝绸在她手里皱成一团，又松开，皱，又松开。旁白里，一个女人平静地说："我喜欢被征服，也喜欢征服。每次上升到高处，我快乐。每次下降时，我也快乐。"

女人拇指与食指围成一个圈，金黄色的蜜从上方滴落，落入圈中。旁白的女声发出笑声："我喜欢柔和、平滑的下降弧线，也喜欢飞机轮子触地刹那轻柔的着陆感。"

画面中的手又摊开，中间出现诺亚航空logo。

非常简单，但看惯了"给你舒适的空中之家"套路航司广告的傅米嘉，感受到冲击。她没想到国内也有这样的创意。

她对自己说，我要去这家公司，我要加入这个团队。

张斯华笑笑，告诉傅米嘉："那个推广视频出来前，阻力重重。出来后，听说民航局也找我们谈话，说要注意形象。后来视频在国内下架，倒是英语跟日语版本还在海外流传。"

下一站常熟路，张斯华跟傅米嘉微笑，说她到了。

宋洋快走到家时，才接到夏语冰电话，约她出来喝一杯。她抬头看一眼屋子，黑洞洞的，沈珏不在，她一个人回去，连个说话的人都没有，一口答应。

进入天空之城，她一眼见到坐在窗边的夏语冰，正跟莫宏声笑着说话。她愣了一下。夏语冰见到她，微笑扬手召唤，莫宏声也看到她，撇了撇嘴角。

夏语冰笑说："站着发愣干吗，我没约他。就是刚好见到了，打个招呼。"

莫宏声将脸转向她，亲昵地笑："我有那么吓人么？"

自从一年前，人们撞见魏行之跟夏语冰一起后，两人都是单身，索性半公开。莫宏声知道最近夏语冰跟魏行之正在闹情绪，两人若即若离，于是一心想追回前妻。夏语冰自打离婚后，重拾恋爱的美好，并不抗拒前夫的追求。

莫宏声走开后，宋洋脱下外套，在高脚椅上坐下。夏语冰说："来，庆祝你又下一城。"

宋洋苦笑，说别逗我。

夏语冰是懂她的。初相识时，认为她心机深思，了解愈久，发现这人心底里还是赤子。做事不都从利益出发，在成年人看来，倒是一团孩子气的天真了。

夏语冰稍微猜到一些宋洋跟秦远风的事。她想，像秦远风这种人,既向往能跟自己并肩作战的女人,又喜欢不世俗功利的纯真。一度被宋洋吸引,也不能算是意外。

夜越深,天空之城里越热闹。空气闻起来有食物、酒精跟香水的味道。

夏语冰说:"你不是常说,网友忘性大,所以最好的公关是沉默。等另一波新闻到来,人们就会忘记上一个新闻事件了。你又何须每次都大费周章?"

"啊,那是因为……"宋洋放低叉子,"我什么都不做的话,老板会默认你没有存在的价值。"

两人都笑了。也许笑声有点儿大,吸引得莫宏声也往这里看过来。

一年又即将踩到尾巴上。她们走在夜晚街上,看到年轻女孩披着头发,自信满满地迎面走来。霓虹灯温柔地填满高楼里的格子。那些被打击过的年轻人,被毁掉的希望,藏在城市的缝隙里,偷偷从地上爬起来。过了今年,到了明年,又像野草一样疯长。

夏语冰问宋洋元旦怎么过。宋洋一本正经:"在家铺上干净桌布,点上蜡烛,捧个水晶球,对着镜子问:魔镜魔镜,明年我会怎么样?有男朋友吗?会升职加薪吗?"夏语冰放声大笑,耳上坠着的耳环摇摇晃晃,闪着光。

今年最后一天,沈珏在襄阳,方棠在京都,宋洋在上海。这天晚上,宋洋推掉所有邀约,独自留在家里。切好竹笋,油豆腐切成丝,把排骨剁好,都放到陶瓷锅里煮。汤锅在厨房里,锅里扑腾扑腾。她在客厅里看《公民凯恩》,厨房香气一直飘到外面。

汤煮好了,她在厨房里下盐,试味,端出,小口小口地啜。电视机上,小凯恩正在户外玩雪。

宋洋抬头看墙上的钟,新的一年,就这样悄无声息到了。

沈珏从湖北回来后,发烧了。

一开始是感冒,她还想硬撑着去上班,宋洋直接替她请了假,将她硬按在家里。宋洋在厨房里淘好米，添了水，下了锅。出门前，不放心，打电话给方程，问他是否在上海，能不能来看一下沈珏。

方程赶到时，沈珏正发低烧。他们给她喂了退烧药，看她睡熟。方程有些忧心忡忡。

宋洋说："退了烧就好。"

方程摇头："不，她从湖北回来。"

宋洋抬手看表，快迟到了。她跟方程说再见，匆匆下楼，跳上网约车，往公司那边赶。

今年春节早，1月底就要过年。春运九天后开始。

航空公司每年最赚钱的黄金时段，就在春运。每年这时候，航班量井喷，旅客人数激增，大多集中在一二线城市机场，节前返乡、节后返工。诺亚航空目前主基地在上海，天津、西安、武汉、深圳分别有基地，都是热门城市。

舆情事件多发，品牌推广部灭火次数也相应增加。

宋洋一到办公室，就听到张斯华在电话回复记者，实习生又监控到网络投诉。宋洋在办公桌后坐下，对牢桌面上那张全家福发了会儿呆，连张斯华进来都没察觉。

"想什么那么入神？"她双手撑在宋洋桌上，低头看一眼相框，"你小时候还挺胖。"

宋洋抬起头："那时候无忧无虑。"

"你现在也可以啊。"张斯华笑。

宋洋也笑："好。现在开始，无论你跟我说什么，我都不管了。"

张斯华哈哈笑着，心想，宋洋以前那么不苟言笑，现在也爱开起玩笑来。可见人总会变。她现在跟宋洋熟络，两人之间交流比宋洋跟蒋丰更多，毫不拘谨，拉张椅子坐下，直接说："你听说武汉那边的事没有？"

"什么事？"

"好像有很强的传染病，一开始像感冒，后来变成肺炎。跟十几年前的非典有点儿像。"

宋洋之前听方棠提过，但没往心里去。现在想起今早方程那忧伤劲儿，便把这事放在心上。她问："湖北分公司那边有什么消息没有？"

"一切正常。"张斯华摊摊手，"就是最近全国各地感冒发烧的人特多，好多同事都病倒了。"

两人议论了一阵，结论是，流感季到了。

晚上到家，方程已经走了，他晚上要飞，只留下字条，沈珏几点钟吃过药几点从高烧退低烧度数多少，记录得清楚明白。宋洋到厨房看，锅里还有热的粥，是方程买的外卖。

她心想，方程比以前靠谱不少。

进沈珏房里看，她正睡得沉，宋洋摸她前额，还有低烧。她迷迷糊糊睁眼，又睡过去。

晚上9点多，沈珏一直没醒。宋洋喊她起来喝粥，开了房灯，见到沈珏脸颊通红，嘴唇也红得像没卸妆。一摸额头，烫手得很。

宋洋给沈珏额头贴了退热贴，赶到医院急诊大楼时，沈珏又清醒了些。宋洋在接诊台替她挂号，护士先给她个体温计，一探温度，39.2摄氏度。取了号，前面有五十六个人。诊室入口前竖块牌子，上面写着："近期流感多发，就诊人数较多，请耐心等待，叫号后方进入诊室。过号请重新排队。"

两人在那儿等了半小时，见到一个老人家趴在接诊台，大声喊："我现在发烧了！你不给我提前看！我死在你眼前！"十五分钟后，又一个中年女人，头发披散着，用手狠狠拍桌子，不干不净地威胁着护士。候诊大厅的人默默听着，大概听明白是这女人过号，又不愿意重新排队。

宋洋觉得医护人员不容易。

沈珏靠在宋洋肩膀上,睡一会儿,醒一会儿。睁开眼时,见到旁边有个小男孩,正睁着眼看她。她虚弱一笑,小男孩妈妈将他拉过来,连哄带骗,想让小孩戴口罩:"有怪兽哦,你看,要戴上这个,怪兽才认不出你。"小男孩一脸坚毅勇敢,把脸藏在口罩后面,又用精亮的双眼看向沈珏。

终于轮到她们。医生给沈珏开了单,让她验血。

抽完血,又等了四十分钟才拿到结果,医生看了一眼,给她开药,然后出去交费。宋洋稍犹豫,还是问了句:"有没有可能是肺炎?"

医生抬眼看了看沈珏,又看了看宋洋:"她去过哪里?"

"从湖北回来。"

"再观察观察。"医生伸手在鼠标上点了点。下一个病患已经钻进来,手里攥着病历,往椅子上一坐。

方程这次飞温哥华,没那么快回。方棠不在。宋洋不放心沈珏一个人在家,请了假陪她。沈珏吃了药,又裹被子捂汗,终于退烧到37摄氏度。但还是没胃口,宋洋把小米粥端到床边,扶她起来,小口小口喂。

沈珏突然说:"如果我们都不结婚,就这么两个人相依为命过下去,也不错。"

宋洋笑:"恐怕方程不愿意。"

沈珏一哂:"他还不是听他家太后的。"

两年过去,方妈还是不喜欢沈珏,沈珏一开始还对她客气,后来索性不理会,直接不上方家吃饭。跟方程也分分合合,且并不拒绝更好的机会。有同事要给她介绍异性,她大方赴约,只是跟对方声明自己有男友。

沈珏又在家休息一天,宋洋翌日便上班。头天晚上,她入睡前觉得不舒服,切了两片柠檬泡水喝了,便沉沉睡去。

她不能病倒,翌日还有记者要采访秦远风。

方棠说，念书时候失恋，花了整整数月来疗伤。但上帝在成年人身上吝啬时间。人一长大，失恋也好，感冒也好，马上就要收拾身心灵重投战场。

过去两年，诺亚航空业绩亮眼。去年年底的发布会，在互联网界也许司空见惯，但在向来保守的民航业界却算得上标新立异。媒体采访邀请接踵而来。

今天这家财经媒体，受众面广，影响力大。宋洋以前只接触过一次，这次合作，发现他们采访提纲给得比计划时间还早，且非常详细，功课做足。

采访在会客室进行。通常宋洋会在角落安静落座，像影子一样陪同。一来秦远风有需要，给她一个眼神，她就要上前。二来她也需要知道各媒体跟记者的脾性、需求、关注点。三来提防记者提问埋坑，她需适时提醒。

但秦远风跟媒体打交道的时间，比宋洋入行时间还长。对方投过来再小的炸弹，都能被他稳稳接住，两三下拆解。

女记者提前十分钟抵达，背着一个漂亮的驼色皮包，一见宋洋的面，就热情地伸手给她拥抱，尽管两人从没真正见过面。她跟宋洋微笑说，自己看过她策划的情人节视频，印象非常深刻。宋洋边跟她客气地聊着天，边将她迎进小会议室，将她介绍给秦远风。

她今早提前吃了药，但还是感觉整个人头重脚轻。秦远风看她轻轻打两个喷嚏，跟她说："你出去喝杯水吧。"

宋洋会意，轻轻带上门离开。

记者拨了拨头发，问起诺亚航空国际化的问题。秦远风坦诚地说，出海是包括他在内的许多中国企业家的愿望。日本航线让他们初尝出海成功滋味，但这条航线容易受到政治、经济跟自然灾害影响。"我们打算调整运力，一方面也向国内市场倾斜，一方面加强在东南亚布局。"

"在东南亚加强布局,那就是要在亚洲航空的大本营,跟他们正面开战了?"

秦远风微微笑着,摊开双手:"强者永远不畏惧战斗。我们如此,他们也如此。"

在后续几个关于长三角一体化战略、空铁联运、SKYTRAX摘星等问题后,采访愉快结束。记者关掉录音笔,用手将头发拨到另一边,笑着倾过身子,看着秦远风的眼睛说:"还有点儿意犹未尽的感觉。如果能够跟秦先生找个地方喝杯东西,慢慢聊的话,也许不错。"

秦远风老道地岔开话题:"也许以后有机会,能够在诺亚的飞机上遇见。我们有一款机上饮品不错。"

女记者心领神会,立刻又是一副文艺青年岁月静好的模样。

宋洋在外面推门进来,微笑地跟记者客套,送她出门。往外走时,女记者突然问:"我认识你们湖北分公司的人,听他们说,从1月初开始,泰国、日本等地对武汉出发的航班,都加强了体温检测、健康监测。"

对这种问题,宋洋非常敏感。稍有不慎,就会引发国际舆论。

之前波音某机型停飞,有记者采访率先引入这一机型的沧海航空新闻发言人,对方跟记者关系好,闲聊时提了一句说"打算向波音索赔"。媒体登载后,波音公关部门马上联系沧海航空,婉转表达了他们的不满。

宋洋只能皮笑肉不笑:"我们这边还没收到有关信息。"

女记者也笑,不再追问。

送完记者回来,秦远风问起宋洋鲁国峰的事。事情办完当天,宋洋已给他发过消息,也没想到他会追问细节。她早有准备,挑重点向他做了汇报,只是说话时忍不住打了几个喷嚏。

"对不起。"她说。

"注意身体。你可是我司的重要资产。"秦远风开玩笑。苏卫在此时推门进来，秦远风低头看表："我还有个会要开。"他看起来非常忙碌。在外人面前，又是一副刻意跟宋洋保持距离的模样。但没有外人时，他们还偶尔会说几句与工作无关的话。

这两年，宋洋在秦远风身边，看了不少有意思的书，认识了一些出色的人，眼界跟心境都开阔，越发跟过去的自己不一样。

春运开始。

每年这时候，品牌部要给媒体发春运首日、首周通稿，或是邀请媒体到机场实地报道。品牌部门还要跟客舱部合作，将重点航班做成主题航班。品牌部跟外部品牌跨界合作，比如根据贺岁档电影、贺年食品品牌、主题乐园的广告需求，将客舱作相应布置，在客舱里搞活动。

春运开始前一天，傅米嘉跟同届入职的一起吃饭。两人重感冒，没出席。其他人开玩笑，说他们是不是一对，不然怎么会一起生病。在热腾腾的烤肉架前，他们就着啤酒，聊东聊西。傅米嘉边吃边回复手机，其他人将她手机抢过来："别看啦别看啦，快吃！"

"别！有急事！"

"你又不用飞！有什么好急的！"

"通稿今天要发！"她把手机抢回来，低头改起来。最后检查一遍：今年春运首日，预计执行航班量、运送旅客人数、在北上广深四地进出港航班量及同比、客座率较高的国内国际航班目的地、反向春运情况，都提到了；便捷服务、优惠机票情况，也提到了。

点击发送后，她终于夹了一口菜，心不在焉地听其他人聊起最近武汉的小道消息。有人听说，各地疾控都已经行动起来了。

张斯华给她回了消息，傅米嘉低头一看，对方说："很好。最后再加一段，重点提一下诺亚航空App新推出的抢票功能。"她又埋头改起来。

再抬起头时，一盘肉都被吃光了。大伙儿也换了话题，有人说到秦远风好像有个儿子。人们都吓一跳,说真的假的。

讲话那人笑笑,夹起一片五花肉:"这有什么奇怪的?他这种条件,难道还缺女人给他生孩子吗?"说着,突然把脸转向傅米嘉,阴阳怪气地笑,"你说,会不会是你们宋小姐给他生的?"

傅米嘉腾地站起来。

所有人都抬头看她。她黑着一张脸,冷冷地说:"我有事先走了,你们继续吃。"又转头,低下一张脸,对那人丢下一句话,"刚才这种话,只能暴露你为人龌龊。"

后面几天,工作有条不紊推进中。第一天,诺亚航空跟虹桥机场、浦东机场联合发布春运海报,同步发送春运新闻。第二天,东北暴雪,上海赴东北方向航班延误或取消,各航司值机柜台前都有骚动人潮。蒋丰不断在微博上更新最新航班列表。第三天,航班缓慢恢复秩序。

第四天,宋洋感冒已退,但开始咳嗽。她戴着口罩,正在看上次那个财经记者发来的初稿。电话响起,通知她有临时会议。

宋洋喝了一点儿咳嗽药水,拿着会议记录本走出办公室,在走廊上迎面碰见唐越光。两人放慢脚步,同时开口——

"你感冒了?"

"你还没去日本?"

话音同落,两人都微笑起来。又同时开口——

"还有点儿咳嗽。"

"春节后再出发。"

两人静了静,又微笑。

宋洋想起来,以前他们也曾有这样的事,当时她觉得是默契,但现在她更倾向觉得这是巧合。

过了二十七岁生日后,她对爱情的看法逐渐改变。唯有身体健康、真挚友谊跟追逐梦想必不可少,爱情只是挂在手臂上的奢侈品。有很好,没有也不会活得差。

这两年,唐越光也忙碌于工作,从没听说过他有什么女伴。又也许,他只是隐藏得很好。但宋洋偶尔会想,当他结婚的消息传来,她应当会平静祝福。

唐越光问:"你也去开那个临时会?"

"是。"两人并肩而行,宋洋问,"没说主题。你知道关于什么吗?"

唐越光说:"例行工作而已。待会儿就知道了。"

宋洋"嗯"了一声。她心想,他的嘴一如既往地严。

抵达会议室才发现,会议由魏行之主持,居然连罕于露脸的航医部也在。

魏行之说,公司凌晨接到上海疾控关于本市首例疑似肺炎患者的通知,患者从武汉进入上海。根据上级要求,要加强对公司所有办公区域、机舱内、机场相关区域的清洁和消毒。

宋洋忽然想起日前听到关于武汉的传闻。她忍不住咳嗽了一下,有几个人回头看了看她。

航医部的人念了一下上海疾控的通知,然后从专业角度提出要注意哪些地方。他提议,公司如果有同事出现身体异常,一定要及时就医。

魏行之给每个部门做了分工,轮到品牌部时,要求他们关注官方媒体在这方面的报道口径,且注意不要出现什么"带病坚持工作"的愚蠢宣传。宋洋微笑,瞬间在脑中想起她翻沧海航空内刊,不时见到"巾帼英雄带病上岗""妻子临产,丈夫坚持在岗""老父重病,机务工程师说'我不能放下工作'"这种标题。

散会后,宋洋跟同事们说了这件事,让大家近期注意公共卫生和个人卫生。

"有不舒服一定不要硬撑,记得请假。"

诺亚航空自重启后,上下都非常高效。会议一般不超过半小时。会上提过的事,基本上当天就能执行。宋洋还在跟大伙儿讲话,物业就带着消毒液过来清洁了。她跟人交代完春运工作后，想起来沈珏今天到医院检查肺，便给她发了条消息。沈珏告诉她，自己没事，她才放下心来。

春节气氛渐渐浓了。

陆续有外地同事提前回家。春运机票紧张，航企员工票无法候补，大家也都在激烈抢票。而大楼里拖着拉杆箱进进出出的空勤人员，比往常更多。

宋洋捧着文件，在电梯里进进出出，常听到他们对话。无非是问对方飞哪里，除夕在哪个地方，什么时候回家。只是这几天，彼此保重这样的话，更多地出现在他们嘴里。她在这行业工作数年，早习惯春节前后，公司内的忙碌氛围。

宋洋的车在4S店做保养，这天方棠回公司培训，顺带捎上她。车子顺畅滑进车库，方棠说："那不是唐越光的车吗？这么一大早的。"宋洋隔着车窗，看到唐越光发动车子，匆匆将车驶出去。

"估计要开会吧。"宋洋说。

方棠看了她一眼，宋洋回过头，两人对视一阵。宋洋笑："你看我干什么？"

方棠凑近了，佯装认真地看她眼睛："看你这眼里，完全没有男人啊。"

"没男人我也能活。"宋洋大笑。

方棠也大笑："我也是。"

这天上午事情多，宋洋跟团队的短会才开到一半，便接到陆文光的消息。说是上海市机场地区传染病联防联控工作组开了第一次会议，诺亚要成立疫情防控指挥工作组，让她跟进。

宋洋想，唐越光一大早进机场，原来是为了这事。

欧阳青那边很快出了通知，工作组由秦远风亲自指挥，与民航局、上海市政府与疾控、卫生机构等相关主管部门保持密切沟通协调。

上海疾控严阵以待。但长街之上，日光之下，一切如常。超市水果店里，又开始热情奔放地"恭喜你发财"。

到了晚上，非典功臣在电视上说，目前疫情不排除会人传人。

次日一早，宋洋踏入办公室，听到所有人都在谈这件事。蒋丰披了件海贼王周边外套，边摆弄着高达模型，边吐槽他家长辈一直不当回事，昨晚一看到专家说会人传人，立马紧张起来。张斯华说，可不是，她打电话回去让家里人小心，他们还笑她大惊小怪。正在讨论，眼瞅着傅米嘉戴口罩进了门。

办公室那边又很快下了通知，要求所有人注意公共卫生，尽量佩戴口罩。

这天晚上，宋洋在公司加班，她从抽屉取出泡面，端到休息室，冲热水。她用本子盖住杯面，想起手机还留在办公室里，转身回去拿。

经过航务部办公室，屋里的灯全亮着。所有人都在里面，半数人戴着口罩。有两人站在长桌前，在摊开的航图前讨论，在他们对面的是唐越光，半张脸藏在口罩下。宋洋想起来，在他负责日本业务前，他原本就是负责运行工作的。

她走回休息室，坐下，独自一人静静吃完杯面。

下班时，公司大楼里除了二十四小时运行的区域，行政区域早已全部灭灯。宋洋往电梯间走，边走边感觉背后似乎有脚步声。她陡生寒意，回过头，见到有个男人在黑暗中，悄无声息朝她走来。

她最近陪沈珏看太多怪谈电影，心里有点儿慌。然而那男人很快从黑影中走出来，喊她名字，问："怎么还没走？"

宋洋松一口气，对唐越光说："是你啊。"

两人并肩走，他问了她今天没开车，便顺便载她回家。路上，宋洋问起疫情的事，唐越光说考虑到现在武汉这情况，航务部提前做预案，以防武汉禁航。

她问:"真的会禁航吗?"

唐越光说,再小的可能性,提前做好预案,也有备无患。

宋洋注意到他车上放了一个汉堡王的纸袋,他解释说晚上还没吃饭。宋洋说:"注意身体。"他颔首:"我会。"

这时有电话进来,唐越光用手调整了一下耳机位置。宋洋扭过头看窗外车辆缓慢移动,听着他跟母亲通话。

只听他静了好一会儿,然后说:"我知道了。"

宋洋看他,脸色非常白。他说:"对不起,我有点儿事,要去一趟医院,可能没法送你回去。"

她明白了,虽觉不该,但仍旧开口问:"是你爸?"

"嗯。"

后面的车突然并到右侧车道超车,唐越光差点儿追尾。他心情本就不好,此时黑着脸骂了一句。宋洋看他紧抿嘴唇,便说:"我来开,送你去。"

赶到医院时,他们看到苏卫正在走廊上打电话。挂掉电话,他迎上前来,唐越光问怎么回事,复查一直情况稳定。

苏卫应道:"不清楚,正在抢救。"又说,唐黛跟秦远风都在里面了。

唐越光匆匆往里赶。宋洋没跟上去,只站在苏卫身旁,问了一下情况。

秦邦这两年,一半时间在美国治疗,一半时间在国内调理。人老了,从眼神就能看出来。火候收敛,变得寂寞,他常给前妻打电话,希望她留在上海。唐黛嘴上跟唐越光说着:"哪有这样的好事?"但不知为何,往上海跑的次数也多起来。小威利跟她往返于云南跟上海,跟爷爷和父亲相聚的时候也多起来。

一切看似在变好。只是在这向上的音符中,秦邦是倒下去的那个音阶。

宋洋自知不适合待在这里,她跟着苏卫走向手术室方向,打算打个招呼就回去。

秦远风跟唐越光坐在那里，旁边还有个穿着鼠灰色外套、眉眼秀丽的中年女人。唐越光正跟她说话，让她早点儿回去休息。宋洋估计那是兄弟两人的母亲。秦远风正听完一个电话，回过身来见到宋洋，有些意外。

这时宋洋正跟唐越光客套着："有什么事我能帮上忙的吗？"秦远风便明白，他俩是一起来的。

唐越光让她回去，宋洋也并不假模假式安慰，想了想说："有需要的话，打给我。"起身后，跟秦远风打招呼。秦远风点点头，目送她出门。

回到家，沈珏正站在阳台上，担心地打电话给妹妹。沈雯一口一个"没事"，语气轻快得很。宋洋蹭到阳台上，站在沈珏身旁，伸手搂住她的肩。

沈珏挂掉电话，化好的平眉微微耸起，像条小毛虫。她咬着细细的牙，非常犯愁："我让沈雯到上海来，她说自己刚开始在诺亚湖北分公司实习，想留个好印象，走不开。"

"她这么大一个人了，如果真到了需要的时候，她会来找你的。"宋洋说，心里却想到了唐越光说万一武汉封城禁航的事。

"但愿如此。"

两人静了一下。

第二天是周末，两人都不用上班，也不知为何睡不着。沈珏是担心妹妹，宋洋则不知为何还在想着秦邦。于是捧着一大碗沙拉，窝在沙发上看关于非典的纪录片。沙拉吃不下，纸巾废了好多，宋洋一直给沈珏递纸巾擦眼泪。

宋洋想到沈珏有亲人在湖北，拿过遥控器，提议着："还是别看了吧？"

"看啊。"沈珏又抽了张纸巾，揉了揉眼眶。

宋洋搂过沈珏的头，轻轻放在自己肩上，又开始看。

唐越光的电话，是在此时打来的。电视上，非典亲历者在述说生离死别。手机里，唐越光的名字无声振动着。

宋洋坐起来，看了沈珏一眼，握着手机，往阳台走去。沈珏转头，不经意地问："又是公司电话？"

"嗯。"宋洋也说不上来，为什么她要隐瞒。

外面月光很亮，白白的，洒在阳台地面上。附近是高高低低楼宇的格子，透出温柔的灯光。她接通电话，低声"喂"了一声。

"宋洋，我在你家楼下。"唐越光的声音很低沉，"我想见你。"

他没说原因。宋洋也没问，只说，好的。

她转身回去，披上外套，抓起手包。沈珏按下遥控器，暂停画面，问她："怎么现在还要回去加班？"

"不，就在附近……很快。"

她不擅长说谎，经常自嘲不是个好的公关人。低着头，匆匆穿上鞋子，推门而出。

冬夜的上海很冷。她下巴藏在米黄色围脖中，在风里快步走着，走到手心也出汗。还没到小区门口，就见到唐越光在外面，靠着他的车站着，抽着烟。他见她出来，将烟头往地上一扔，用脚踩灭，拉开车门，目光迎着她。

她小心打量他神色，心里猜测着秦邦的生死，钻进车里，轻声问："你还好吧？"

这是个疑问句，后面尾音抬高，轻颤，跃入空气。但他突然伸手将她拉入怀里，最后的尾音随同她的身体，也掉落他怀中。她困惑而震惊，因从未见过他这样失态。

宋洋什么也没问，也没搂他，只任由他抱着。

半晌，她终于开口："他……"

"抢救过来了，但还在昏迷。"

在唐越光这番话前，她一直在想，自己对秦邦是什么感觉？还恨吗？

过去这些年，自己几乎凭借对秦邦的恨意，才活下去。然而上次在医院见到他，她发觉这不过是个活在虚张声势中的老人。再后来，秦远风为她找到了父亲那趟航班的亲历者，父亲的生命仿佛在这些人身上延续下来。

她再也没有了恨意。

唐越光松开手，抬起头，稍微恢复了冷静："对不起，我不该来找你，不该跟你说这些。"顿了顿，他又说，"我本以为，他对我来说，是个可有可无的人。"

"我听说，每个男人的一生，都在跟自己父亲反复对抗，反复和解。没有人的父母是可有可无的，即使是孤儿。"宋洋说。

唐越光静了一会儿，突然郑重地说："对不起。"

"嗯？"

"你爸的事……"

"那件事，"宋洋说这话时，后脑勺的发夹突然松了，她抬起手臂，把头发重新夹上去，"永远过不去。但是我已经学会了放下。真的，我现在已经不恨任何人了。"

她将脸转过来，眼睛很亮。她说："你有话要讲吧，今晚我把耳朵借给你。"

上海的夜晚依旧是热闹的，车厢内却非常静，只有唐越光的声音。他说小时候自己恨他，长大后发觉自己身上到底有像他的地方。也终于意识到，秦邦也是个普通人，一个糟糕的、狂妄自大的、内心寂寞的普通人。

"他其实非常有才华，母亲也是喜欢他这点。他总说，先顾温饱，再谈理想。可是温饱了那么久，理想不知道放哪里去了。

"你知道母亲怎么跟他离婚的？当时发现他跟一个小女生搞到一起，他跪在那儿，声泪俱下请求原谅。母亲心寒至极，不为所动。但他居然让我跟秦远风一起，跟他跪在一起。母亲心软了。

"后来有一天,母亲在外面吃饭,发现隔壁桌那个穿着亮片小吊带,一脸玻尿酸肿,对着电话那头放声大笑的女人,就是父亲的出轨对象。母亲直接起身到外面打了个电话,跟父亲说,我们离婚吧,回头继续跟朋友若无其事地吃饭。"

宋洋想起,同样心高气傲的夏语冰说过,比发现对方出轨更难受的,是发现那个出轨对象极不入流。

"离婚后,母亲很不快乐,因为难得见到秦远风。秦远风也不快乐,因为父亲太严苛了,我有时候会看到秦远风脸上青一块紫一块……但或者,父亲才是最不快乐的那个。"

宋洋耐心地听。仿佛全上海都睡着了,只有他们俩醒着。车窗外的天空,像是啤酒瓶盖底的颜色,车厢内有种湿漉漉的沉默。唐越光的情绪终于被语言稀释,微笑说:"对不起,浪费了你一个晚上。"

"花在值得的人身上,怎能叫浪费?"

两人相视,又都微微一笑。

"看来你好些了。"宋洋说。

唐越光却不语,稍微凑近她一点儿。现在宋洋在男女关系上,比过去有经验一些了,从唐越光打电话叫她下楼开始,她就隐隐觉得会有这样一出。果然,他在她脸颊上试探般,轻轻吻了一下。他又退一步,询问似的看她。见她睁着眼,于是又小心翼翼,轻轻在她唇上,要吻下去——

宋洋很快别过脸。唐越光看着她,她也看着他,平静地说:"我们已经过去了。"

他顿了顿:"还是因为他吗?"

她摇摇头:"跟秦邦无关。只是我对你已经没有以前的感觉。"

像有一点儿火光藏在眼睛里,然后突然被人伸手捻灭,唐越光的眼眸暗淡下来。

宋洋说:"之前我并不确定,但是现在,我已经确定下来。"

他迟疑,良久,终于说:"我们是朋友吗?"

"我不把你当朋友，怎会陪你一个晚上？成年人的时间是很宝贵的。"她半开玩笑。

唐越光也笑。

"夜深了，你回去休息吧。后面一段时间，估计会很忙很忙。"他跟她道晚安。她下了车，往小区里走几步，忍不住回头。他在车上，远远地看着她。她狠下心，快步跑回去。

电视依然开着，沈珏在沙发上睡过去。宋洋将她轻轻拍醒，叫她回房间睡，免得着凉。她飞快刷牙洗脸，走到阳台上晾毛巾时，看到今晚月亮特别明亮。她看了好一会儿，才走回自己房里。

手机搁在床头，她抓起来，飞快浏览公司群里的信息。退出后，她才注意到秦远风给她发过消息。

两年来，秦远风跟她维系着上下级关系，从未给她发过任何信息。所有工作内容，全部通过苏卫或者陆文光传达。极其偶然情况下，她需要越级请示他，他从不在微信里回复，依然通过苏卫或陆文光来表达肯定或否定。

她点进去看，那里只剩下两条来自他的撤回信息。

宋洋握着手机，站在阳台上，想了好一会儿，才慢慢走回去。

第二天一大早，宋洋被苏卫电话吵醒。苏卫非常社交地笑，说周末吵醒她不好意思："但秦总说要临时发布新闻，网上直播。你可能需要回来加班了。"

宋洋一下清醒了。

唐越光没说错。时间像被按下倍速键一样，疾速奔跑起来。

宋洋背着包，踏入公司，在电梯里听到有人说："春运时期，正指望赚钱呢。"又有人说："还想赚钱？少亏点儿就不错了。"

楼层到了，她踏出电梯。

秦远风比她更早到，提前在办公室里准备。苏卫在电话里通知她过来，说秦远风要跟她商量怎样网上直播。她一路上，已经看过了魏行之今早临时召开的会议纪要,里面的内容包括加强对乘机旅客的健康巡查、适当增加飞机通风、加大航后消毒力度、加强地面工作人员健康管理和安全防护、为经停疫情暴发地或者疫情暴发地为始发地及目的地的航班适当增配卫生防疫包等等。

　　过来路上,她已经用语音备忘录,根据要点,打了腹稿。到办公室见到秦远风,她一说,立即通过。她飞快敲出稿子,打印出来,镜头夹好,稿子放镜头旁。秦远风往那里一坐,开始对镜头讲话。

　　他说,诺亚航空会根据民航局最新通知,做好新型冠状病毒的防控,涉武汉航班机票也会免费办理退票:"现在民航业受到考验,但诺亚会努力保护好每位旅客。"

　　宋洋站在摄影师身旁,抱着手臂看他。这男人,让人瞧不出他昨晚一夜在医院。此刻出现在镜头前,仍然是神采奕奕的模样。

　　然而镜头一关,他脸上的光便倏然消失。他惯常在镜头前,放大自己积极乐观那一面,将阴郁藏在后面。

　　录完后,摄影师出去了。宋洋收拾好东西,抬头见到秦远风坐在长桌后面,不言不动,慢慢点起了一支烟。

　　他以前好像并不抽烟,起码,不在室内抽。

　　过了好一会儿,他突然问:"苏卫,现在我们的口罩储备有多少?"

　　宋洋应:"大概六千多。"

　　他抬头,见到宋洋:"哦,你还在。"静了静,他说,"公司人数众多,远远不够。"

　　"航医那边说,1月初为应对流感,他们临时增购防护、消毒等用品。但自从专家在电视上说人传人开始,国内医疗物资就开始紧缺,连医院都紧张。"

　　秦远风拉过桌面的水杯,将未燃尽的香烟放进去。"我知道了。"

方棠飞莫斯科，收到公司跟方妈指令后，她跟机组分头行动，各自在当地买口罩跟消毒用品。

今年冬天的俄罗斯并不冷，但对方棠来说还是够呛。她穿着厚厚的羽绒服，从酒店出发，转了好几家药房，都说没有货。旁边一个华人听到，用东北口音冲她说："早被别的中国人买光了！"

方棠正要开口，后面突然有男人问："哪里还有卖的？"

声音熟悉。她转过头，看到徐风来裹在厚厚大衣里，站在她身后，越过她的肩膀，跟东北小哥说话。

对方说："我帮你们问一下。"他打了个电话，跟对方讲了一通俄语后，又抬头看他们，"你俩，谁要？"

方棠跟徐风来彼此看了对方一眼，徐风来说："我们都要。"

方棠不是第一次飞莫斯科，知道俄罗斯治安远不如中国。东北小哥让他们上车，她犹豫片刻，徐风来上前，跟对方说了几句话，回过头对方棠说："这人应该信得过的。但你还是别去了，我买了，带给你。"说着他先跳上车。

方棠心底那点儿傲气又上来了，跟着上了车，说道："不用，我跟你一块儿去。"

他们在车上晃了一个多小时，小哥话多，跟他们说，前阵子留学生们已经将药房的口罩抢购一空，都是运回国内的。现在市面上已经没有了，运费也高，估计那些留学生也没辙了。"我认识一些俄罗斯人，他们囤了货，就是打算卖给中国人的。"

车子左摇右摆，最后来到一个工业园区，看上去有点儿荒凉。徐风来下车前，将他们的定位发给同事，又提醒方棠，也将定位发给同事。下车后，又当着东北小哥的面，拍了车牌号、工业园区跟东北人的侧面，将照片发回去。小哥笑笑，也不说话。

进了残破的工业楼，电梯哐里哐当往上走，抵达五层时，重重地晃了一下。方棠几乎没站稳，徐风来伸手轻轻搂住她的腰。虽然隔着厚厚的羽绒服，但过去的感觉，一下子回来了。她说谢谢，而他非常慢非常犹豫地，等小哥走出电梯，回头看他们，才松开手。

东北小哥拍了拍门，门很久才被打开，后面露出一张胡子拉碴的俄罗斯男人的脸。小哥热情地喊："马克西姆！"后面说的话，方棠就听不懂了，她只听得懂马克西姆说17卢布，像是怕后面两个中国男女听不懂，还用手比画了一下。

"这么贵？"方棠脱口而出。她刚在药房打听，说要12卢布，再早之前，甚至更低。

小哥说："我给他讲。"他操一口流利的俄语。方棠跟徐风来在后面等了许久，最后看小哥回头，对他们说："他答应15卢布。"徐风来还在警惕地看着他，没表态，方棠已经点头："我要。"又说，"有多少要多少。"

小哥摇摇头："还能有多少？黑市都整没啦，都从乌克兰、吉尔吉斯斯坦调货呢。"

他们进屋，徐风来检查了一下口罩，的确有三层，是正规医用口罩。他跟方棠各提了1000只。付钱后，东北小哥还在里面跟对方说话。方棠用上海话低声问徐风来："他是不是在里面抽佣？"徐风来说："能买就不错了，让人赚点儿钱也正常。"

过了一会儿，小哥也抱着一个纸皮箱子出来，跟马克西姆说再见，跟他们一块儿下了楼。上车后，他没有发动车子，回过头跟他们说："你们咋整回去？现在货运也紧张。"

"我们……"方棠刚开口，徐风来赶紧按住。他说："我们认识航空公司的人。"

"那就太好了。"小哥一直没什么表情，这下脸上突然绽开了笑容，"想跟你们商量个事，能不能替我想办法把这箱口罩运回国内？刚才你们出了多少钱，我替你们出一半。"

方棠跟徐风来对视一眼，心里想着，这人估计是要把口罩寄给国内家人。徐风来说："我尽量试一下，也不知道我航司的朋友帮不帮得上忙。你是要寄去哪儿？黑龙江，吉林，还是辽宁？"

小哥一笑:"不,寄到湖北,哪个小县城都行,只要是湖北就成。"

两人都愣了愣。

小哥又说:"我一直有看新闻,湖北小县城的医院,啥都没有,缺货缺惨了。哎,你俩要是能帮上,那我看能不能整点儿别的消毒药水之类的。飞机能运吗?"

车子发动,往市区里开。也许因为找到托运途径,小哥心情好,话也特多。他说,非典那年,他姐染了病,虽然治好,但人也毁了。他边盯着前路,边打方向盘,絮絮叨叨:"反正,我就也想做点儿什么吧。之前寄了些口罩回家,这次就想寄给湖北那边,希望能顶用。"

两人坐在后面,各怀心事,都没说话。下车后,他们跟东北小哥挥手,直到再也看不到。徐风来转过头,发觉方棠的眼睛居然红红的。

方棠这次飞完莫斯科回来,一心准备好好在家过年。

今年除夕,她跟乔克都不用飞,方妈一直说要让他来吃饭。乔克爸妈都在澳大利亚,给他姐带小孩,他每年除夕都在机上过。难得今年不用飞,方棠试探般问他,去她家吃年夜饭怎样,他一口答应下来。

方家兄妹都要飞,往年年夜饭,不是方棠在外,就是方程在外。今年也是巧了,方程也留在上海,再加上乔克要过来,方爸方妈格外重视,提前买了好多年货。

在中国,任何一座大城市最安静的时候,都是过年期间。外来人口像水一样流回自己家乡,等假期一过,又像水一样流回来。方棠走在街上,感觉像拥有了整座城。

抵达上海时,已是下午5点多,乔克的车在候机楼等她。她把拉杆箱塞进车里,两人直奔方家。

宋洋跟方程早已到达。宋洋正在厨房里帮忙,方妈现在对她非常客气，像跟亲闺女说话一样，总是笑眯眯："哎呀，快放下快放下，让我来。"宋洋也没天真到真把自己当亲闺女，坚持把菜择完，将肉剁碎，把米淘了，才离开厨房。

方棠进门就看出来，方妈特地做了头发，重新上了色，在客厅那盏大吊灯下闪着光泽。脸色也亮得像刚从美容院出来，嘴唇抹得红，见到乔克，马上热情绽开一个笑容。她穿着素雅粉色外衣，还是方棠给她买的，显然对乔克这个未来女婿非常满意，要留给他一个好印象。

乔克不苟言笑，也不擅应对这种场面，只像走过场一样，按照方棠教给他的，将礼物递到方妈手中："第一次上来，也不知道买点儿什么好。"

"哎哟，哪里需要这么客气的啦，都是自己人好伐。"方妈笑得眯眯眼。

听到厨房有声响，乔克问要不要帮忙，方爸从厨房走出来，把他按下。一只手端过来水果盘，憨笑着让他吃。

他们在旁和乐融融，方程只默默坐在一边，喝着杯子里的茶。茶水早已凉掉。

方棠一进门就注意到老哥神色不对。她听宋洋说，沈珏在武汉买了房子，打算留给妹妹毕业后住，去年刚装修完，打算今年过年回去住。没想到武汉封城，她回不去，妹妹出不来。方程本想带她回家吃年夜饭，最后又为这事跟方妈吵了一架。

疫情以来，沈珏每天看手机新闻八小时。然而她除了联系华师大上海校友，联系运输物资，提供捐助外，就没什么能做的了。对于能不能到方家吃饭，她压根儿不关心，方程跟她也吵了一架。

现在方程闷声不语，一杯接一杯喝着茶。

乔克跟方家的人不熟，方妈那种"你家人都在澳大利亚吗""你姐什么工作""你上海买房子了吧"刺探隐私的话题，让他感觉非常不适。他认识宋洋，但宋洋此刻只静静吃饭，绝口不提任何话题。她似乎很忙，偶尔盯一下手机。他想跟同样是飞行员的方程聊聊，但再迟钝的人也看得出来，方程没那情绪。

方妈给乔克夹了一片茄子，又笑着说："那你也还真够独立的啊。我家方棠就不行了，估计以后还得指望有人好好照顾呢。"

电话在此时响起。

方棠问："谁打来的？"

"公司。"乔克握着电话，冲桌上其他人点点头，"不好意思，我接个电话。"

乔克走到阳台上。外面不知何时开始下起了雨，雨水落在阳台植物的宽大叶子上，再溅满地板。

方棠从客厅往外看，觉得乔克仿佛周身都蒙在雾白色的水汽当中。她隐约猜到这个点公司打来电话，会是什么事。方妈还在耳边笑着说什么，她无心去听，耳边只有哗哗哗的雨声。

乔克在那边说："好的，我知道了。"

他走回来，跟方棠说："备上了紧急任务，我要出发了。"

方棠还没吭声，方妈已经"啊"了起来。但她很快反应过来，立马笑笑："工作要紧，工作要紧。"

宋洋突然抬头："飞哪里？"

乔克突然沉默。方棠明白了。

方棠了解他。他从来不擅长撒谎，眼神里写得清清楚楚明明白白，她看到了"武汉"两个字。

宋洋看方棠这表情，证实了自己的猜想。

大家一直猜测，要派医疗团队跟抗疫物资过去，应该是迟早的事。

一小时前她听虹桥机场熟人说，他们已经接到电话，一架军用包机要在当晚起飞，运送上海医护人员跟物资赴武汉。

军用包机既然连夜起飞，那么诺亚航空会接到任务，也是迟早的事。

"我跟你一块儿去。"宋洋说着,从椅子上站起来,走到门边去取她那只双肩包。

公司那边暂时还没有人通知她,但她从来不是坐着等通知的人。

方妈怔了怔,脸上写满惊愕。

方程也站起来:"我也去。我送你们。"

这下,连方棠也意外。方妈急了:"怎么了?怎么了?怎么你也要走?"

方程刚一直在看手机,刚接了个电话,语焉不详地说声"好"后,突然也说要走。方妈问:"你要去哪里?"

"就是临时……飞北京嘛。"

方棠现在才注意到,方妈的脸分外白。也许因为今晚要见未来女婿,精心打扮了一番。她的表情被厚厚的粉遮盖,看不出什么表情,但手非常快,突然就把方程手机夺过来。方程说:"哎,你干吗——"

方妈低头翻他微信,突然脸色就更白了,像个幽灵一样。

他所属的737机队,经理在群里发了消息,说公司接到紧急任务,要运送130多名医护人员赴武汉。

方程第一个报名,后面陆续有其他人跟上。

方妈看着手机屏幕,脸上的肉微微颤动,看不出来是生气,还是害怕,抑或不舍。

方程有点儿不忍,硬着心肠说:"年夜饭,等我回来再补上吧。"说着也抓起外套,在乔克肩膀上轻拍一下,像熟悉彼此的战友一样,又回头冲宋洋说了声"走吧"。

方妈在后面,看着三人的身影,两只手握牢了拳头,又松开,眼泪在眼眶里打着转,突然高声喊:"不许去!方程,你给我回来!"

乔克已经拉开门走了出去,宋洋跟在他身后。方程走在最后,他停下脚步,只在方妈视野中留下一个背影。他没回头,扬了扬手,假装潇洒:"也不是第一次除夕夜飞了。那道虾给我留着,我还要吃的。"说着便伸手,把门带上。

方妈被留在原地。

她看着将自己跟儿子阻隔开的那扇门,也不知道心里什么感觉,眼泪再也控制不住,涌了出来。方爸看着她,叹了一口气,上前抱住她的肩膀,轻声细语:"别哭了。他就是送医生跟物资去武汉,又不是去接触病人。之前日本地震后,他飞当地接回同胞,不也没事回来了吗?"

方妈鼻子都哭红了,用手推方爸:"你懂什么!你就没想过,他后面还会再飞,还会接触到感染的旅客吗?"

"我知道,我知道。"方爸用力搂了搂她,"但儿子大了,你就由得他吧。"

方棠也走上来,左臂搂住方爸,右臂环住方妈,将脑袋靠在方妈肩膀上。

三人就这么抱成一团。好一会儿,方妈突然低声说:"方棠,你开车过来了吗?"

"有。"方棠抬起头来。

方妈淡淡地说:"那个叫沈珏的女孩子,你接她过来,一起吃饭吧。"

宋洋乘坐方程的车,往机场赶的时候,才接到陆文光电话。他说,明天上午,诺亚航空还要临时增加两班包机,运送上海市第七批医疗队赴鄂。她从双肩包里取出硬皮本跟笔,在车厢内幽暗的灯光下,潦草记录。

"有联系群组吗?我可能要跟他们对接。"她说。

"有,等下拉你进去。"

运控中心是航司执行航班任务的神经中枢。宋洋在群里看到,他们接到任务时,对运送多少人、多少物资,都还没有明确的数字。他们紧急调整了两架客机待命,以防出现故障,延误进度。

乔克在车上,查武汉当地天气。方程握着方向盘,盯着车头左右摆动的雨刮:"希望那边不会出现暴雨或者下雪,不然备降返航就麻烦了。"

宋洋在航站楼下,方程跟乔克分别到沧海跟诺亚大楼里的飞行准备室。

外面的雨越下越大,宋洋抵达T2航站楼时,天地间像是被雨水连成一片。她从包里取出外场证,挂在脖子上,边快步走边在手机里找地面值机负责人。电话接通了,对方告诉她,到柜台后找他。

到了值机柜台后,值班主任正在忙前忙后。宋洋不愿过多打扰他,跟他要到旅客名单后,只问了两个简单的问题:"今晚值班人手多少?有专人引导吗?"方便他用是否作答。至于有没有开通绿色通道,开设了多少个值机柜台,为医疗队办理值机及行李托运手续怎样尽量简化,宋洋全靠自己观察,自己数。

她用手机拍了些照片,简单编辑文字,发到部门群里,问他们谁有空。

张斯华第一个问:"要去现场吗?"

她回复:"不用,我在。你们谁有空,分分工,把我发到群里的内容编辑一下,更新内容,发个通稿。"

张斯华发个"好的"。过一会儿,又说:"注意安全,除夕快乐。"

宋洋很难描述此刻的心情是什么,但绝对不会是快乐。她在候机楼里,看到医疗队成员陆续抵达,戴着口罩,穿着便装,身边是他们的家人。

从旅客名单可见,医疗队分为普通患者救治医疗队跟危重症患者救治医疗队,各有65跟55人,还有1名领队。宋洋跟领队谈了谈,知道他们分别来自呼吸科、感染性疾病科、医院感染管理科、重症医学科和护理专业等。

领队手里挥着旗杆,上面印着"上海援鄂医疗队"。宋洋跟他说话的时候，不时有医生赶到，显然大部分人都没来得及吃完年夜饭，有人到了现场才想起来忘带充电器或水杯，拉开行李箱一顿翻，还是翻不到。可见任务来得突然，东西收拾得匆忙。

宋洋问过值机主任，找到一个刚下交接班的值机小姑娘，开着机场摆渡车，拿着购物清单，去给医疗队员买充电器、水杯等必需品。

医生们怪不好意思，非得塞钱还给宋洋。知道她是诺亚航空的品牌经理，主动问："是不是要跟你们合影？"

宋洋摇头，她不知道怎么说，自己做这件事，不完全为了公司宣传。她转移话题，跟对方说："刚才来的时候，雨很大吧。"

"大呀。"女医生很年轻，笑起来有酒窝，"刚才我出家门，上师傅的车时，雨下得最大。我爸妈送我上车，都太急了，忘了带伞。我就一直叫他们回去。"顿了顿，她眼睛突然红了，又偏头一笑，"后来上了车，我爸跟我发消息说，车子一开，我妈就哭了。"

另一个男医生在旁插话："我女儿一直在车后面追。"

宋洋表面坚韧，内心软得很，最听不得这些。这时值机的小姑娘回来了，她借机走开，去拿充电器、水杯、雨衣这些东西给他们。

值机小姑娘多买了一套雨衣，交到宋洋手上："姐，你拿着吧。"

现场非常热闹，候机大厅都是医疗队员跟送行的家人。宋洋将水杯跟雨衣塞进包里，抬头见到有个女孩，高高瘦瘦，一个人默默站在医疗队的旗杆下，偶尔抬头跟同伴们说句话，没看到她的家人。

宋洋忍不住上去问，才知道对方瞒着家人出来，所以没有人送行。宋洋轻声说："如果你不介意的话……我可以当你的亲人，替你送行。"女孩看上去文文静静，之前神态一直很放松，听了宋洋这话，微微笑着，说"太好了"，上前抱了抱她。两人抱了一会儿，松开手时，宋洋发现女孩的眼眶红了。

工作群组里，各部门负责人不住反馈他们的工作进度。宋洋在手机里看到，装载工人冒着滂沱大雨，将抗疫物资搬到机上。

机场里的人越来越多。宋洋在人群里见到秦远风跟苏卫时,才发现她错过了陆文光的电话。陆文光给她发了条消息,说秦远风正过来,记得给他拍照。

宋洋走上前,发现值机主任也在秦远风身旁,在给他介绍进度。

秦远风头发上有些淡淡的水汽,宋洋疑心自己看错,因为他不可能淋湿。他穿着黑色外套,对值机主任说:"你不用管我,我只是过来看看。你继续忙。"

值机主任愣了一下。苏卫笑笑:"没事,你们都去忙。"

这时机场里的医疗队员已经基本集结完毕。有人穿的外套上印有医疗志愿者字样,有人手上缠着红丝带。媒体记者也都拥到现场,候机大厅里,黑压压人群中一面"上海援鄂医疗队"旗帜左右挥舞。巨型红色横幅被左右拉开,"敬佑生命,救死扶伤,甘于奉献,大爱无疆"的字眼,在蓝色白色口罩与黑色衣服、橘红色闪光灯跟候机楼地面中,红得触目惊心。

现场喧闹得很,有记者面对镜头说话的声音,有医疗队员在跟家人朋友告别,也有在旁举着手机抹着眼泪围观的旅客。

秦远风远远看了一会儿,说:"我们到机上,给机组人员打气。"

宋洋愣了一下。她本以为秦远风到现场,是为了出现在电视镜头中,没想到他这么快提出要走。

秦远风像猜出她的想法,平淡地说:"这次主角是医疗人员,谁都不该抢他们风头。"

他们往外场走,秦远风问起宋洋了解到的情况。宋洋告诉他,这次装机时间很紧,据说是防疫物资重量不断有变化。光是配载平衡,就调整了五次压舱物的重量。

三人边说边穿过机场。候机楼里,四处可见屏幕上亮出"上海援鄂医疗队"字样。诺亚航空、沧海航空的值机柜台前,满满当当的手推车上,全是一箱箱打包整齐的纸箱,上面贴了粉红色纸,清楚标明单位跟物资名字。值机人员一刻不停地弯腰打包，打包绳把手指勒出了血痕。带血痕的手指不会停，还要往行李上贴专属行李标识。

也不知道是谁的主意，诺亚航空值机柜台上，贴了一幅儿童画。上面画着戴口罩的医生跟护士，稚嫩的字体写着："谢谢你们，白衣天使！"

三人穿过候机楼时，见到各处餐厅外都竖起了"驰援疫情医务工作者免费"的牌子。还有机场工作人员将餐饮运送到远机位登机口，直接交到因大雨晚到，顾不上用餐的医疗队员手上。

安检队伍里，不知道是谁喊起"加油武汉"。医疗队员在呐喊声中，静静等待过安检。

"航班能准时起飞吗？"秦远风问。

"运控中心联系了空管跟塔台，他们知道是国家任务，优先放行。"宋洋说。

秦远风看宋洋一眼。这次他临时起意到机场来看，没通知任何人，但陆文光还是知道了。他在机场第一眼见到宋洋，她没有表现出任何意外，显然已经从陆文光那里得到消息了。

是，他差点儿忘记了，她原本就是个把事业看得比感情还重要的人。

秦远风问："暴雨对装机有影响吗？"

"有点儿，一开始他们要在机下避雨，在雨停间隙抓紧时间装机。但这雨下个没完，后来找了防水布。"宋洋这么说着，扬起胸前的外场证刷卡，推开禁区玻璃门，他们三人通过梯子下到停机坪地面。

雨不住地下。三人都披着雨衣。宋洋那件是机场里临时买的短装，风不住从下面灌进来，水一刻不停打湿她的脚。

在地面负责协调的同事认出秦远风，赶紧上前。他穿着一件雨衣，边用手抹脸上的雨水，边向秦远风汇报说："我们刚才把358件行李装机，大多数是医疗设备器械跟药品。"

他们说话时，宋洋在旁举着手机拍照——拍诺亚航空平时没被镜头注意到的普通人，拍他们加油、上水、排污，拍机务人员量气压、摘皮托管套、检查工单。尽管穿着雨衣，但持续不断在雨中工作，他们的衣服跟鞋子都湿透了。

她见到乔克穿着反光衣，在绕机做航前检查。机务维修人员走到他身旁，跟他讲飞机检修情况，他听得非常认真，雨水打到他脸上，他抬手擦掉。

秦远风登上飞机，给机组人员打气，提醒他们注意安全，尽量在武汉少停留，少接触外界。他言简意赅，宋洋还没拍几张照片，他已说完。

他说："我知道这次任务紧急，大家都忙，还要被迫站在这儿听我讲话。我识相，先退下，上海再见！"大家都笑，鼓起掌来。

秦远风三人下机，留出时间给他们做行前准备。他扭头，对苏卫跟宋洋说："你们先回去，我在这里看看。"

宋洋跟苏卫相互看了一眼，都没接话。

雨渐渐小，但还是下个不停。夜越深，停机坪上气温越低。秦远风站在那里，远远眺望着，看地服人员撑着大伞，护送医疗队员上机。

秦远风问："这天气，能顺利起来吗？"

苏卫说："我问问。"

他微笑，回头看苏卫一眼："不用了，我只是随口一说。"他的目光又越过苏卫，落在宋洋脸上。

她前额跟鬓边的头发都被打湿。白色的雨水细细地打在她身上，好像给她镀上一层银白色的光环。她站在这个光环内，非常专注地看着那架飞机，眼眶微红。

他与她之间隔着苏卫。他凝视她半晌，才慢慢收回目光。

飞机停的机位，推出时只能头朝北从A滑出。在等待过程中，秦远风一直在风雨中站着，在飞机推出时，他扬起手向机组致意。

飞机载着一百多名医疗队员跟三百多件抗疫物资，冒着细雨，在虹桥机场腾空而起，最终被夜空吞噬掉。宋洋眼眶始终微红，眼泪转了一圈又一圈，她抬手擦掉，不让它掉下来。

2

沈珏还是第一次到方家吃饭。

方棠给她电话时，她反复问同一个问题："你确定自己没听错？"

现在车子驶到方家楼下，她又问了一遍。不是因为她卑微，而是太不同寻常。

她并非无心跟方妈修补关系。她真爱方程，也知道方程对她一片真心，但方妈的问题不解决，这个雷迟早要炸。她也想过讨好方妈，但宋洋的经历、她自己的过往，都告诉她：你要是示弱，对方只会更得意。

沈珏在家里翻出了一盒歌帝梵巧克力，是她上次去巴黎培训，在戴高乐机场随便买的。方棠瞥了一眼，笑笑说："这礼物好。"

"为什么？"

"我妈最崇洋媚外了。国外带的东西，就算是超市买的，她都觉得更金贵。"

沈珏跟方棠一起走进电梯，感觉无法理解。也许因为方妈那一辈人，年轻时正是改革开放初期，价值观跟喜好都是那时候形成的。她这么乱想着，方棠已经开始拍门。

对待沈珏，方妈始终不如对乔克热情。但这天晚上，方妈多少有点儿像变了个人，对可能失去儿子的恐惧，转化成另一种连她自己都说不清道不明的情绪，使她不情不愿地接受了沈珏。现在沈珏站在她跟前，不卑不亢，把用墨绿色礼品纸包装好的巧克力递给她。

她点点头，说："吃过了吗？一起吧。"

到了方家，他们围坐在电视机前看节目，方妈不怎么说话，方爸端出糖水跟水果，笑眯眯地问沈珏平时上班累不累，要多注意身体。

沈珏自小缺父爱，成长过程中，舅舅跟表哥都给她难堪。她对男性长辈的印象并不好。方爸问她话，她反应有点儿迟钝，只低下头剥橙子吃。塞了一瓣到嘴里，很甜。

电视开始播放新闻——

"在今晚的虹桥2号航站楼，上百位医护人员告别家人，驰援武汉……接国家卫生健康委通知，根据新型冠状病毒肺炎疫情防治需要，要求上海组派医疗队，做好援助准备。接到任务后，上海市各大医院医务人员主动请战……"

方妈靠在沙发上，低着眼皮玩手机，这时眼皮往上一翻。方爸正在厨房盛甜汤，也握着勺子走出来，盯着电视看。沈珏手里还握着一瓣橙，定定地看着电视。方棠从洗手间走出来，也定定站在电视机前。

电视上，记者正采访一个医疗队员："有什么新年愿望吗？"

医疗队员的笑容藏在口罩后，想了一会儿："希望所有人都平平安安回来。"

方棠鼻子一酸，回头看沈珏，眼泪正沿着她脸部线条往下滑落。不知道她想起的是湖北的家人，还是方程。方妈突然站起来，腾腾腾往阳台上奔，她们都听到她压抑着的哭声。在深夜的上海楼宇跟楼宇之间，哭声起伏，莽莽寂寂。

小区里，不知道哪家小孩子在阳台上玩烟花，小小的光亮，噗噗地往上跳跃着。孩童的笑声，是没尝过世事忧患的童年。

诺亚跟沧海赴武汉的航班，分别在大年初一01：29跟01：46抵达武汉天河机场。方家人悬着的心还没放下来，方妈隔一会儿给方程发一条消息，隔一会儿发一条。方棠跟沈珏都不想打扰他们的飞行，只给男人们发去"新年快乐"。过了好一会儿，他们也分别发来"新年快乐"。方程比较腻歪，还给沈珏发了句"有没有想我啊"，沈珏回他一句:"东西能交到沈雯手里吗?"

方妈不想让女儿大晚上跑来跑去,让她跟沈珏留在这里过夜。沈珏神色犹豫,方棠在背后轻轻推她,她说:"那我打扰了。"

方妈静了静,终于淡淡地说:"都是自己人,客气什么。"

大年初一,方棠跟沈珏在方家吃过饭,方棠又要赶着回去,沈珏自然也不便继续待着。

自从方程飞武汉,方妈就变得特别安静。她看方棠要回去,更不说话了。方棠一直装得特别开朗,说她飞行时的见闻,说平时乔克对她多么严苛,说等他回来要罚他三杯,不,三十杯。沈珏在旁听了,只微微一笑。

见方妈什么都没说,方棠说:"妈,那我回去了啊。待会儿乔克回来,见不着我了。"

方妈抬起眼皮,看她一眼,眼神幽深。方棠赶紧别过脸,跟沈珏说话。

方妈开口:"方棠,告诉我,你是不是也要飞武汉?"

方棠突然静了静。沈珏看看她,又看看方妈。

方妈脸上也瞧不出有什么表情,她低头拢了拢头发。方棠在日光下看她的脸,发现母亲真的老了。是自己平时没注意,还是她一夜之间老了许多?

她不忍说真话,只哈哈笑着:"想什么呢?你女儿我可贪生怕死了。"

方妈似乎有眼泪噙在眼眶里,什么也没说。方棠假装没看到她眼泪,仍自喊着沈珏,飞快出门去。

出了门,方棠按电梯,沈珏站她身旁。两人一边聊几句公司的事,一边等电梯。

电梯从十五楼下来,到七楼这层停下。电梯门打开,有个年轻妈妈牵着小孩,小孩手里抱着玩具。妈妈正低头跟儿子说话,一抬头见到方棠进来，突然怔了怔，然后神经质一样，把儿子往外拽出电梯。

"怎么了，妈妈？"儿子不肯出去。

沈珏跟方棠正说话，这时也停下来，看着这对母子。

方妈是个爱炫耀的，这楼上上下下，凡是她认识的人，几乎都知道她有双当飞行员的儿女。像方棠这种美女，当年还在楼里住的时候，已经小有名气。她当上空乘后，拖着拉杆箱进进出出，也神气过一段时间。后来当上飞行员，人倒谦卑起来。不变的只有方妈。

方棠正要跟对方打招呼，那年轻妈妈却一转身，蹲在儿子身旁，细声细气说："这里有个飞行员呀，谁知道刚从哪里飞回来啊。"

方棠跟沈珏都怔了怔。尤其方棠，她向来以飞行员身份为荣，昨晚还为乔克跟老哥而感动，没想到却在邻里街坊那里，收到一张"生人勿近"卡。

平时她嘴皮子动得犀利，此时一下子像被冻在原地。

小男孩还在原地扭拧。沈珏反应更快，拉起方棠的手就往外走："我们走楼梯，不跟他们一起。"那年轻妈妈见她们出来，忙不迭又闪身进去，按键关门。

沈珏突然回头，两手往外格开电梯门，与那妈妈脸对脸，眼对眼。

年轻妈妈非常惶恐，只牵着儿子的手："你要干什么？"

沈珏一字一顿："我们有科学的、专业的防护。"她转身，又突然回头，"忘了说，正因为有她这样的人，你才可以在家安心吃年夜饭。"

她松开手，年轻妈妈苍白的脸随着电梯门的闭合，越来越窄，直至消失在她们视线中。

两人默默从楼梯间往下走，走到外面大街上，方棠忽然说："其实我也能理解。"

"嗯？"沈珏看向她。

"恐惧是因为不了解。所以，会害怕也是人之常情。"

"那你怕吗？"沈珏问，"公司后续应该还会有航班飞武汉。如果……"

"我也怕。说真的,我才不是什么伟大的人。但有些事情……总有人要去做。"

方棠掏出手机,递给沈珏看。沈珏见到昨晚在"飞行三分部"的工作群组里,分部领导又发布了后续赴鄂航班任务,方棠是第三个报名的。

沈珏说:"我代表湖北人,谢谢你。"

一路上,两人都是心事重重,没什么话。

大年初一,上海街头人不多。沈珏透过车窗往外看,见到路上年轻人全都戴着口罩,神情肃穆,行走如风。倒是老年人戴口罩的不多,在暖融融的冬日阳光下,遛狗抽烟买菜聊天,一切如常。

"沈珏。"方棠突然开口。

"嗯?"她转过头。

"新春快乐。"方棠微笑。

沈珏也笑:"新春快乐,身体健康。"

新春伊始,各航空公司航班上,陆续发现有发热旅客。

方棠给林玲发贺年消息,林玲告诉她,自己正在医学隔离,说是接触过新冠确诊旅客。

诺亚航空情况也一样,方棠认识的人,陆陆续续都被隔离。她给乔克发消息,说自己很可能是下一个被隔离的,消息刚发出去,立即收到公司通知,让她飞新加坡,接滞留当地的湖北旅客。

受疫情影响,新加坡的航空公司取消了往返中国大陆的航班。诺亚航空中午接到任务,要派出一架空机,从上海飞新加坡,接回滞留当地的139名湖北同胞。

她又给乔克发了条语音,告诉他:"我要飞新加坡接人啦。"

发出去没多久,徐风来突然给她发来"保重"二字。她正纳闷,才发现原来自己刚才的消息发错人了——徐风来最近换了头像,头像上那片星空，跟乔克的头像特别像。

她意识到自己按错，也没空多想，就要开始准备任务了。

跟平时飞行不同，这次航班除了准备时间紧以外，还要做防疫培训。

值班航医为他们示范穿戴防护服："先消毒手部……记住，要从下往上套，这个样子……"他们比画着，又提醒说因为飞行在密闭空间，换上防护服后很长时间不能用餐，不能饮水，不能上厕所。

"那怎么办？"方棠问。

航医看她一眼，低声说："纸尿裤。"

方棠的脸从白转红，又转白。

航医扫视一眼机组成员，又补充："还有一件事。纸尿裤只能承受一次小便，所以大家要控制进水。"

方棠第一次穿防护服。刚穿到身上没多久，就感觉汗水沿着脖子往下淌，连贴身衣物都湿透了。跟她一起飞的乘务组里，有一个是林玲的堂妹，方棠平时喊她小林。小林低声跟她说，热得连纸尿裤都湿了。方棠在口罩后面，无声笑了笑。

全体机组人员登机，出发前，来了一张大合影，全都包得严严实实，仅露出的两只眼睛，也都藏在护目镜后面。只有防护服上贴了名字，才能辨出谁是谁。

方棠他们在驾驶舱做航前准备时，小林跟在乘务长身后，将客舱里的每个角落都消毒一遍，连马桶都清洁得仔细。穿着厚厚重重的防护服，小林觉得自己笨重得像个机器人，抬起手来，就听到衣服摩擦的声音，转身走两步，鞋套又摩擦起来，怎么都比平时慢不少。

起飞后，方棠在波道里听到管制员说："诺亚200，一路辛苦！请转达华东空管对湖北同胞的关心！"

波道里，相继传来其他航班机组的声音："武汉加油！"

到了新加坡，湖北旅客上机。有不少旅客也是全副武装，穿着防护服，戴着口罩跟护目镜，露出疲惫的眼睛。小林给登机的每位旅客测体温，用长久没进水而异常干燥的双唇，一遍一遍地说"欢迎登机"。

　　护目镜在不透气的防护服里会起雾。每到这时候，她就等，等雾气在护目镜上凝成水珠，渐渐从护目镜镜片上滑落。外面世界清楚了，她又张开干燥的唇，跟隔开一段距离的旅客，用近乎吼叫的方式沟通。

　　小林心想，待会儿机上服务得这么一直吼下去，嗓子都要坏了。

　　在一个年轻妈妈抱着孩子进入机舱后，后面登机的是两位老人家，老爷爷搀着老奶奶，老奶奶戴了口罩，老爷爷没有，只用围巾裹着半张脸。

　　小林边给他们测体温，边问他们，是不是没有口罩。

　　老爷爷怔了怔，神情有点儿尴尬，有点儿紧张地说："我有的，在口袋里。"说着伸手去摸，却怎样都摸不出来。

　　小林再看老奶奶的口罩，居然是棉布的。她心里明白了几分，估计两位老人家买不到口罩，只有一块棉制口罩，老爷爷让给老奶奶用。她说："你们等一下。"回头拿了两个一次性口罩，交到他们手上。叮嘱他们说，在飞机这种密闭空间里，用这个更好。

　　老爷爷低头说谢谢。老奶奶跟老爷爷说："我们遇到好人了啊。"

　　后面上机的是一个阿姨跟小姑娘，估计是她女儿。阿姨激动地跟女儿说着武汉话，不停重复："终于可以回家了，谢天谢地啊。"小林在武汉念过书，给他们测完体温后，用武汉话说了句："欢迎回家。"阿姨一怔，对着小林，突然就哭了出来。

　　上客完毕后，机长广播时，阿姨又哭了一次。

　　机长说着生硬的武汉话，他说他爱热干面，他爱武大的樱花，他爱东湖，他爱珞珈山，他最爱的是自己在武汉出生长大的妻子。他出发飞这趟航班前，妻子跟他说，要好好飞，所有人都平平安安回来。

　　阿姨跟其他旅客，坐在位置上，哭得稀里哗啦。阿姨想摘护目镜抹眼泪，女儿在旁按住她的手："别碰眼睛！别碰眼睛！"

隔着过道,有小女孩探出脑袋,好奇地问妈妈:"他们为什么哭呀?"

"因为机长说得很感人哪。"妈妈说。

小女孩扯下一点儿口罩,妈妈瞪她一眼,小女孩嘫嘫嘴,赶紧把口罩拉上去,边软声软气地说:"妈妈,戴口罩好难受啊……"

"长大了你就知道,难受的事情多着呢。当一个无忧无虑的小孩子,是这个世界上最幸福的事了。"妈妈无奈地微笑,叹了口气。

小女孩又问:"爸爸呢?我好久没见到爸爸了。"

妈妈不说话了,只看向窗外。

方棠以前也飞过这趟航班,但穿着防护服飞,十几小时内即日来回,还是第一次。机长之前就提醒过,尽量禁食禁水。从出发开始,一直到新加坡当地,等待上客,回程航班,整个过程中,她跟其他机组成员都没喝过一滴水,没吃过一粒米,没上过一次厕所。防护服下,从内衣裤到制服,全部湿透,又自然干了,黏糊糊贴在身上。

抵达武汉时,她已经感觉在防护服下的肉身,快要窒息了。但他们还要再飞回上海,因为他们一致同意,在武汉逗留时间越短越好。

正常下客跟装卸作业后,机组不做任何停留,直接空机返回上海。

蒋丰去年年底刚结婚,今年留在上海过年。春节期间,原本大家都在家,值班人员只需要手机值班,但他还是戴着口罩赶回公司。春节时期,公司附近除了一家便利店外,没有其他还在营业的店。蒋丰到公司时,天色已暗,只有便利店那里亮着灯,他往里面看了看,里面值班的小姑娘刚巧也正往外瞧。

店里没别的客人,她的眼睛在口罩上方,扑闪扑闪。蒋丰经过便利店,前路又没入夜色中。他回头再看那家便利店发出的光,忽然觉得心头有点儿暖。

回到公司,一进来,就见到宋洋坐在办公室里。她在看方棠他们这班机组，在脱下口罩跟护目镜后的合影。

所有人的眼睛都微微发红，脸颊也红，耳朵跟颧骨位置，被口罩勒出深深的痕。每个人的脸就像干涸后的河道，被水流冲刷了一遭。听方棠说，有个叫小林的乘务因为长久禁食禁水加上高强度工作，出现了低血糖，但很快没事了。

蒋丰问："他们这批机组，还在隔离吧？"

宋洋这才发现蒋丰进来了，她点头，给蒋丰刚才的问题一个肯定答复。又问他："怎么回来了？老婆要上班？"

"是。最近可忙了，几乎每趟航班上都有发热旅客，好几趟上面有确诊的。她跟师傅们要给飞机换汽滤。"

宋洋知道，现在是特殊情况。以前像这种高效微粒空气汽滤是定期更换，现在则是飞完就换，飞完就换。

维修人员更换汽滤，也得做足防护。防护服、口罩、护目镜、手套，一样不缺。为了避免汽滤上的杂质落到空气中，得像外科医生一样细致。偏偏工作空间又封闭又窄小，加上身穿防护服戴着口罩，别提多难受了。蒋丰说起他家老婆，满脸都是怜爱。

宋洋微笑："是。方棠也说，自己飞过一趟这航班，穿了十几个小时防护服，已经大喊受不了。回来后，觉得医护人员更伟大了。"

"不为良医，便为良相啊。"蒋丰摇头晃脑，突然看向宋洋，"你以前也是学医的，后来不当医生，现在是当起了良相？"

"'良相'当不起。倒是那'两箱'——"宋洋指了指办公室门口，蒋丰才发现那里放了两箱小礼品，"本来打算年后搞活动，用来送给媒体的。现在疫情不知道什么时候完，得找个地方放起来。"

蒋丰随口说了句："最怕的是疫情没完，公司完了。"

宋洋在办公室写通稿，蒋丰剪辑他的视频。两人用一动一静的方式，宣传诺亚航空在防疫抗疫方面的事。

除了前往新加坡接回滞留当地的湖北旅客外，诺亚航空近来还做了很多事。旗下在东南亚、日韩、俄罗斯跟澳大利亚等地的海外办事处，全体一百多名员工，全部加入同一个微信群组，在境外大量采购防疫物资，除了用于自身员工、机上空勤的防护外，还捐助给武汉医院。

这个春节是忙碌的。团队人员跟海关协调通关，对抗疫物资进行统一运输、入仓跟分发，提高效率。

蒋丰捧着脑袋发呆，突然说："我总觉得……少了点儿什么……"

宋洋抬头，隔着几排电脑，看着他那颗脑袋又有什么奇思妙想。

蒋丰说："你看，什么点心盒代替熟食、登机前三次体温复测、机上深入消毒这些，各家航司的做法都大同小异。"

宋洋提醒他，诺亚航空在海外采购了上百台呼吸机、上万套防护服，连医生用的手术帽、医用口罩都买回来不少，全都捐给湖北当地医院了。

"我知道。"蒋丰小声嘀咕，"但沧海航空也这么做嘛。"

宋洋又提醒他，诺亚是最早启动境外支援转运物资的航司，同时最早对外公布了医疗物资免费运输方案。在其他航空公司还在对海外华人和机构捐助物资采取收费时，诺亚免费承运。

"我知道。"蒋丰小声嘀咕，"就是觉得……现在的宣传太常规了……少了点儿刺激……"

宋洋苦笑："呸，你这乌鸦嘴。这种时候，就别来什么刺激了。"

蒋丰还真是乌鸦嘴。他想要的刺激，说来就来了。

年初五那天，上海旅客在社交平台的抱怨，传遍全网，说是他们在关西机场等航班，发现同机的武汉旅客在悄悄吃退烧药。

日本办事处那边紧急处理，对全机人员再次测体温，最后请那两位发烧旅客下机，其余人共同登机，且重新排列位置，安排湖北旅客坐在客舱后面六十排。

这事其实不大，但有营销号蹭热点，于是越来越热闹。

宋洋在家收到日本方面消息时，航班还没从关西机场起飞。她关在房间里，不停收发信息，接听电话，最后索性直奔公司。

宋洋回到公司，办公室里只有她一人，她静下来，心里慢慢形成了想法。她先打电话给陆文光，向他请示。陆文光的态度是，先不要发声。

宋洋同意——现在说话，容易被视为站队。这件事的性质已经改变，诺亚不适合蹚这浑水。

为了第一时间收到消息，宋洋刷了卡，进入运控中心。一进门，就见到唐越光正在调度部门，跟值班人员说着什么。她走近了，听到他们说："航班已经起飞了……武汉旅客在机上……对，68名上海旅客没登机……"

宋洋走过去，直接问："现在什么情况？"

唐越光回头，看见她，苦笑着："僵局。"

说是僵局，但上海乘客留在当地，不处理他们是不可能的。他们提出让诺亚专机送他们回上海。宋洋听到总值班经理马上否认了这个方案："不行，太贵。"

最后还是诺亚航空通报了驻大阪领事馆，领事馆工作人员做上海乘客工作，诺亚则替他们免费改签其他公司航班。因为人数众多，有些乘客第二天才能走，住宿餐饮费用都由诺亚航空承担。

方案确认下来后，宋洋赶紧通知陆文光。陆文光好一会儿才接电话，对身边又笑又闹的小孩吼了一声，安静下来后，才对宋洋说："我先打听一下官方媒体的口径。你先别发声。"

宋洋留在办公室等，一等就从中午等到晚上。

唐越光经过她门前，探了探头，微笑说："还没走？"

"还有工作。"

他跨进来一步，在门口停下："可以回家做。"

她微笑："都一样。"她本想说，单身狗在哪里不都一样。但不知为何，在唐越光面前，她有意跟这个主语保持一定距离。

"吃饭没有？"

她摇摇头,才注意到原来已经8点多。

"我办公室有比萨,过来吃。"他静了静,"你要是不介意聚众用餐的话。"

宋洋伸了个懒腰:"好啊。"

唐越光办公室跟她直线距离不远,但她几乎没踏入过。他桌面非常整洁,跟他家风格相当一致。两人在办公桌前吃一份比萨、一包薯条,她问他何时启程去日本,他说看看疫情如何再说,现在这边需要人。

"今年春运客座率断崖式下跌。"宋洋戴着透明手套,抓起一份比萨,"大家都在担心,年后会开始裁员。"

唐越光说:"一切都是未知数,公司也在评估影响。"

宋洋说:"我担心……"

唐越光抬头看她。

"听说三大航受冲击也很严重,像我们这种中小航司更不用说了。"

唐越光凝视她,突然说:"别动。"

"嗯?"

"这里……"他伸手,"嘴边有一点儿酱……"手指轻展,触碰到她唇角。

她往后一退,笑笑:"真不小心。"抽张纸巾,轻轻一拭。

唐越光总觉得,他俩之间有层薄薄的纱,他过不去,她进不来。但只要那层纱还在,他们就有一点点儿希望,即使一开始是他先离开,即使上次她说对他不再有感觉。

而现在,他看着她手上那张纸巾,上面染了她唇边的一点儿番茄酱,像已过了花期的花色。

他们之间的花期,也过了。

唐越光看她,也微笑:"是啊,真不小心。"

此时有人在门边说:"谁不小心?"两人转头,见到秦远风站在那里,也不知道站了多久。他抿着嘴,看起来像是职业微笑,又像漫不经心，刻意忽视刚才所见。

他说："你们都在啊。"尾音微上扬，像个问号，又像句号。

唐越光跟宋洋都站起来。宋洋捻了张湿纸巾，用力擦拭指尖上的油。

秦远风说："你们都在，正好……大阪那事我听说了。"

唐越光说："是，现在上海的旅客也已经改签。"

秦远风点头，看了宋洋一眼："我不希望现在有任何对诺亚不利的声音。"宋洋心领神会。疫情对民航业影响太大。蛋糕变得那样小，再争夺剩下的份额，就要格外用力。

后来她对沈珏说，有时候，一个人或一家公司吃相太难看，是因为再不吃就要饿死。沈珏笑着狂点头，说我懂的，我穷过。

秦远风将落在宋洋身上的目光收回，看向唐越光，说有事找他。宋洋马上说："我还有点儿事，先回去了。"转身离开。

她走开，听到秦远风在身后说话，声音断断续续："现在公司在飞的航班，只剩下两成……"

宋洋心里紧了紧。

走回办公室的路上，陆文光给她电话，说从宣传部的朋友那儿打听到，官媒口径主要是"继续对武汉旅游团队回国返汉给予大力支持，让出境的武汉旅游团队平安归国返汉"。宋洋心里有了数，很快拟好两份说辞，一份是支持武汉游客归国，一份是继续加强疫情防控工作不放松。

她将两份稿发到工作群里，让其他同事编辑发布，同时提醒他们："先发支持武汉那个，再发加强防控。对了，盯紧官媒对这事的定论，适当转发。"又给相熟的记者再发一遍贺年消息，提醒他们特殊时期多注意身体。

至于大阪那件事，她什么都没提。

离开诺亚大楼时，夜色已深。她抬头看到秦远风的办公室，仍亮着灯。

诺亚航空把旗下酒店辟出最顶层,作为机组隔离区。酒店就在虹桥机场旁,平时也作为外地机组到沪的过夜酒店。方棠就在这里隔离。

刚开始隔离时,方棠还能坚持日常锻炼,到第四五天后,惰性就上来了。平时跟乔克住,他会督促她均衡饮食,坚持锻炼,不用飞的时候,尽量作息规律。她给乔克打电话,他有时没及时接,问干吗去了——"刚在锻炼。""刚在看飞行案例。""刚在看新闻。"

方棠不懂,真的不懂,不懂自己怎么能找了个这么无趣的人。

乔克明天就隔离满十四天,可以解脱了。方棠还剩两天,心情郁闷。她给乔克发语音:"羡慕你,马上可以出去了。"

乔克没回复。她气得把手机扔床上,又抓起平板电脑,开始看日剧。一口气看了四集后,她感觉困,澡也没洗,直接躺在床上睡着。

空调开得太暖热,她半夜热醒。抓起手机看,是凌晨2点多。她白天睡太多,晚上睡不着,翻翻手机,乔克还是没给她回复。她有点儿不高兴。

再看新信息,居然有徐风来的语音。

方棠放在耳边听。

徐风来的声音跟她记忆中的一样,只是有点儿低沉。

"你应该还在隔离吧,没算错的话,第十二天。"

这比他此时主动给她发消息,更令她意外。

他说:"我在新闻上见到你了。第二天,我也去飞意大利,运送滞留当地的湖北旅客了。"他说自己那趟航班上,有一个女孩,长得跟方棠有点点儿像,让他想起了她。

"她不停哭,不停哭,整趟航班上一直哭。后来我们的乘务长问她,才知道,她去意大利参加艺术活动,在当地停留一个多月,回来后就跟男友结婚。但男友感染了重症,她回不来见他。"

故事最后有一个悲剧结尾。

方棠侧着身子,躺在床上,将手机放在耳边。眼泪从眼角流出来，落在枕头上。她想，为什么徐风来要跟她讲这个。

"还有一个。女儿跟朋友出发去欧洲玩之前，跟妈妈吵了一架，气鼓鼓出门了。妈妈在她在欧洲期间确诊并离世了。女儿很伤心，她恨自己，为什么跟妈妈见的最后一面，说的最后一句话，是'你管不着我'。

"这些都是我听乘务组的人说的。隔离期间，她们在群里分享了很多这些事，关于生死，关于爱。我想了很多。

"我知道你现在很幸福。但有些话我怕现在不说，谁知道还有没有机会。"

空调暖热，方棠懒得起身，靠在枕头上，等着徐风来将要说的话。跟他一起的时间过去那样久，她对他已经没有任何感觉了，但一个曾经让自己患得患失的男人，即将要说出那句话了。她将手心放在心脏位置，还是能感觉激烈跳动。

手机却不听话，再没了声息。

方棠坐起来，用手擦了擦汗，把空调温度调低。

再看手机。

不，徐风来的最后一条消息，就停留在那儿了，就是刚才那条了。

紧接着，是一条"已撤回"。

方棠失笑。徐风来，一点儿没变啊。

他俩的关系，就像对赌，其中一方不输，另一方就无法赢。每次方棠靠近一点儿，徐风来就退，方棠一退，他就回过身来追。敌进我退，敌驻我扰，敌疲我打，敌退我追，这种游戏，方棠玩累了，徐风来还不肯放手。

凌晨时分发来这么感性的消息，谁说他不是真心的。

只是真心话也有保鲜时限。这个时限由手机决定，只有两分钟。

方棠把手机放在枕边，又迷迷糊糊入睡。这次她睡得沉，直到外面敲门才醒来。看时间，居然已经是中午，工作人员过来给她测体温。

她披好衣服，戴好口罩，打开门，测好体温，在门外两张小凳子上，把今天的早餐跟午餐一块儿取了。

　　方棠没什么胃口，吃不下太多，只打开早餐饭盒。

　　上面搁着一张字条，宋体二号打印出来的一行字——看窗外。

　　没有落款。她疑惑，又打开午餐那份。

　　上面同样有字条，还是宋体二号字。内容还是"看窗外"。

　　方棠站起来，快步走到窗前，往底下一看。

　　她所在的房间楼下是酒店后面的空地，长了两三株树，平时春夏他们经过时，树上开着不知道名字的小花，淡淡的甜香。正值冬天，此时只剩光秃秃的干枝。疫情前，常常见到酒店员工推着餐车从那儿经过，或是蹲在树下偷懒抽烟。

　　方棠拉开窗帘，阳光马上透进来。她抬眼就看到树枝上拉了张海报，但是被风卷起来，看不到上面的字。

　　目光下移，乔克穿着白色羽绒服，站在树下，一直抬头看。他戴着口罩，上面画着笑脸。他平时不常笑，戴上笑面口罩后，像是另外一个人。

　　天知道他在这里站了多久。

　　乔克从口袋里掏出手机来，朝方棠晃了晃。方棠一扭头，掀床单翻枕头，挖出她手机。乔克打给她，她接通："怎么了？"

　　电话那头，乔克说："过去一个月，我看到太多遗憾，我不想留下遗憾。"

　　这时，外面的风好像静下来了。树枝上拉着的海报缓缓放下来，方棠见到上面写着："嫁给我，方棠。"

　　方棠的嘴扁了扁，也不知道是要哭还是要笑，突然又一转身，消失在窗子后。

　　过了一会儿，窗后出现两只手，提着酒店信纸，上面写着大大的"YES"。

　　方棠现身在信纸后，纸上的"YES"红红的，她的眼睛红红的。

方棠跟小林同时结束隔离,乔克来接她们。小林看这两人腻腻歪歪,觉得不好意思,一路上装睡。

春节期间,上海路面上本就人少。疫情期间,从迪士尼、东方明珠到电影院餐厅什么的,全部关门,路上空荡荡。他们一路往家方向驶去,行道两旁树木静静伫着。小林将脑袋贴在车窗上,从没见过这样的上海,眼睛睁圆了。路上的行人全都戴着口罩。有人骑着三轮车经过,骑车人全身套着防护服。有人站在关门的饺子馆前,扯下口罩,一脸厌倦地抽着烟。

到了小区门外,乔克放缓车速,等待小区保安放他们过。保安走出来,朝里面看看,认出来他们,突然朝他们摆摆手。

方棠纳闷:"怎么了?"

乔克又将车窗降下一些,非常礼貌:"我们住这里。"

保安背着手走出来,走得慢,边说话边点着头:"我认得,我认得。你们都是飞的嘛。"见到坐在后排的小林,嘀咕一句,"又来一个。"他把口罩往上提了提,手指一晃,指了指门上挂着的牌子,"小区新出来的政策,你们看看。"

三个人都去看那牌子上的字,小林一字一句地念出声来:"各位飞行机组:为做好疫情隔离工作,现本小区严格执行各项措施,请飞行机组自觉在外隔离,一律不得入内。"

方棠脸色一变,推开车门,黑着脸问:"什么意思?这是不让我回家了?我可是按照规定,刚刚隔离完十四天的。"

仿佛方棠是行动传染源似的,保安身子往后缩了缩:"这是小区物业的决定,跟我没关系啊。反正从今天凌晨开始,所有机组一律不得进入小区。"

方棠快气炸了,一副马上要冲上去捏他脖子的架势。乔克按住她,站到她跟前,对保安说:"昨天我还能回家,现在你们临时制定这个,是不合理、不合规、不合情的。"

保安索性不理会,转过身就往他的保安室里躲,边走边嘀咕:

"又不是我定的。"

小林一直不吭声，只在旁听着，眼睛越来越红，此时鼻子一酸，突然就哭了出来。方棠正要跟保安理论，看她哭，转身去搂住她。

小林的眼泪鼻涕一起流出来，边哭边说："我们送医疗团队跟抗疫物资到武汉……我们……我们穿着防护服，十八个小时不吃不喝不上厕所……你知道是什么滋味吗？……你知道我妈听说我跟我姐都要去接湖北旅客之后，哭了多久吗……"

保安坐在保安室里，透过敞开的门窗，埋着脑袋听着，脸上也不知道是什么表情。

小林的声音越来越大，吸引了路人围观。刚好有同住这个小区的沧海航空乘务拖着箱子过来，也在看牌子上的字。

越来越多的人过来，小林站在这些人当中，大声哭着说："我们已经按照要求隔离了十四天，每天测两次体温，还要做检测……你知道怎么检测吗？你知道吗？"她竖起两根指头，展示一个插入鼻孔的动作。她的眼泪跟鼻涕还在往外流，看起来有点儿滑稽，但没有人笑话她，都静静在那儿听着，听她哭，听她说。

"……可难受了……你们知道医生辛苦，你们知道建医院的工人辛苦，那你们知道机组人员有多辛苦吗？"

人群中，有人小声说："你们赚钱多呀。"

方棠气了，狠狠环视一圈："我们接受过多少培训，才能够飞上天，你们知道吗？我们每次上班，都肩负着上百条人命，你们知道吗？现在我们飞一趟国外救灾航班，就要隔离十四天。半个月不能飞，我们没有小时费，只有基本工资。"

旁边沧海航空的乘务听到这里，也悄悄抹起了眼泪，她说："我刚飞完运送医疗团队的包机回来，根据规定，我不需要隔离。我以为自己终于可以回家了。我不期待迎接我的是鲜花和掌声，但也不期待看到这样一块冷冰冰的牌子。"

逐渐聚集起十来个路人，在这个需要社交距离的日子里，向保安室聚拢，声讨着小区的举措。保安吓得把窗关了，在里面拼命打电话。过了一会儿，小区物业主任过来了，乔克上前跟他交涉。对方眼见过来了许多人，又拿不出来乔克说的上级通知，于是虚虚地笑着："都是误会，都是误会。"他回过头来，对着保安，又是一副领导的模样，"把牌子摘了吧。"

方棠向大家宣布她要结婚，宋洋跟沈珏都恭喜她。她俏皮地反问沈珏："你跟我哥呢？"沈珏只是微笑，不语。

宋洋察觉她不想提这事，于是主动问起沈雯在武汉怎样。

沈珏说，妹妹跟诺亚湖北分公司的人一块儿当志愿者，到街头给老人家送菜、发口罩。还当起了主播，直播当志愿者的工作。

方棠好奇，闹着要看视频。沈珏随手点开一条，屏幕上出现了第一人称视角的武汉夜景。看起来，她正坐在车上。

画外音传来沈雯的声音，带着点儿湖北口音，她说："我现在跟诺亚的飞行员小哥哥一起，正赶往医院。因为听说有些医生吃不上饭，所以我们就联系了餐馆，给他们送外卖。"她解说着，现在经过的地方，平时非常热闹，"现在这个点，以前我们一帮同学出来逛时，路上都是人跟车。现在我们的车一路疾驰，街上没有人，车辆很少很少。"

画面外突然传来男人的声音："你看两边大楼。"应该就是沈雯说的飞行员小哥哥。

沈雯举着手机，拍摄车外道路。道路两旁经过的每栋大楼的建筑外立面，都亮出"武汉加油"字样。车子一路飞驰，仿佛在"武汉加油"的密林中穿行。

视频此时没有了声音，只有画面。方棠怀疑手机是不是有问题，又调整了音量，放到最大。

这时，他们听到有人抽泣。沈珏认出来，是沈雯的声音。

沈珏流下了眼泪。宋洋伸出两手，圈住她的肩膀。

方棠也靠在乔克怀里,非常安静。

窗外远远地传来哪户人家的电视机声,那是城市夜晚最寻常的市声。沈珏想,在疫情开始前,湖北的每座城市里,也都是这样的声音。

离开方棠跟乔克那儿,沈珏同宋洋回了家。她看起来精神不是很好,非常疲累。进了家门,直接躺倒在沙发上。宋洋坐在沙发另一头:"你不用担心她。我跟湖北公司那边的人打过招呼了,他们会照顾她。"

沈珏没吭声。宋洋看着她:"你不可能照顾她一辈子。"

沈珏翻了个身,面朝沙发。

宋洋起身,往厨房走去:"我给你倒杯水。"她拎起水壶,晃了晃,发现没有开水,转身开冰箱,拿出一罐可乐。走出客厅,搁在长桌上。

她说:"喝水。"

沈珏翻过身,宋洋看见她眼睛浮肿。她把易拉罐轻轻按压在沈珏眼角,沈珏被冰了一下,下意识抬手挡住。

沈珏伸展手臂,拉住宋洋衣角,说了句什么。

宋洋没听清,转过头:"嗯?"

"我怀孕了。"

宋洋想了想,莞尔:"那你不要喝这个。我给你烧点儿热水。"

沈珏慢慢撑起身子,坐直身体,脸色非常苍白。宋洋伸手摸她额头,没发烧。沈珏把头靠在她肩膀上。

她说:"宋洋……不要告诉方程,我还没决定要不要生下来。"

宋洋握住她的手:"我明白。"

沈珏将头枕在宋洋膝盖上,跟她说了很多自己小时候的事。她说她们母女过得非常艰难,妈妈并不是个坚强的人。父母不够强大时,小孩子就会特别要强。

"她如果够强大,也不会被那个男人骗,被搞大肚子,有了我。小城市是人情社会,去到哪里都被指指点点。

"后来有了继父,有了妹妹,生活变好了,我也终于有了一个可以对着他喊爸爸的人。

"你知道我第一次体会到人情冷暖,是什么时候吗?爸爸生病了,我妈找外婆跟舅舅借钱,他们说没有。我妈找爸爸的家人借,爸爸的妈妈犹豫,但爸爸的兄弟私下阻挠,说如果她把钱借出去,分文不剩,他们是不会替她养老的。后来,没有人借钱给妈妈,爸爸听说了这件事,偷偷从医院跑出去,想找个地方自生自灭,不要拖累我们……

"我那时候念小学,跟妈妈疯了一样到处找他,那天下着很大的雨,妈妈在公园长椅上见到爸爸,穿着病服,很破很旧,胡子没刮,像个流浪汉一样。妈妈抱着爸爸哭,爸爸也哭。

"妈妈将爸爸接走,出了院。爸爸在家养病,一个月后就走了。但是那个月,是我见过他们最幸福的时候。

"爸爸走后,我们一家又过上了被人指指点点的日子。说妈妈克夫,说我命硬。我那时候常常想,做人真苦……方程一直被他爸妈宠着长大,他不懂这些……他不会知道,一个小孩子要健康快乐长大,需要很多很多爱,像他这样……"

沈珏的声音渐渐低下去。客厅的灯闪了闪,突然灭了。

宋洋在黑暗中静静坐了会儿,说:"灯坏了。明早再找人换吧。"

沈珏说:"不用找人。我会换。"

宋洋说:"我也会。但现在,能够用钱解决的问题,我不愿再动手了。"她轻轻用手抚着沈珏的鬓角,"我们努力,不就是为了让自己跟所爱的人,都过上更好的生活吗?"

沈珏咬着嘴皮,不声响。好一会儿,宋洋站起来:"我去给你烧点儿水喝。"她随手点开沈雯的一个视频,将手机留在桌面上,自己走到厨房。

客厅里一片幽暗,厨房的光透出来,在地面上形成一小片光影的条框。

手机里出现一棵树的枝干，白色雪块软塌塌，从树上掉落。沈雯的声音出现在画面外，非常惊喜："今天温度20摄氏度，樱花居然开了。"镜头拉近，樱花开得跟雪一样，带着淡淡的粉白。

视频播放完毕，自动跳到下一段。沈雯戴着口罩，笑意还是藏不住，从口罩的边边缝缝一直往外溢。她说："我们有空勤姐姐今天生日。其他人给她送上礼物！"镜头拉远，出现了好几个穿防护服的。其中一个人背对镜头，露出背部，大家拿着笔，笑着在她防护服背上画画。

厨房里，开水壶开始噗噗微响。宋洋忽然说："我第一次去佐贺时，在飞机上看了《佐贺的超级阿嬷》这本书。人生真的很苦，但总有人在逆境中依然奋发，依然找到乐子。"

沈珏不声不响，睁大眼睛，看着长桌上的手机屏幕。

屏幕上，穿防护服的人们移开笔跟脑袋，镜头拉近，露出后背。

沈珏看到防护服背上，被人画满了生日蛋糕、鲜花、玩具熊、心形，还有"武汉加油"四个大字。背景音里，沈雯带头唱起了生日歌，大家都在笑。

隔离结束后，方程没在家待几天，又从西雅图飞浦东。他是责任机长。一查系统，徐风来刚好是第二机长。

他知道徐风来跟方棠的事，徐风来也知道他是方棠的哥。一般机组排班不会把闹矛盾的组员排同一班，不过方程跟徐风来算不上闹矛盾。只是其他两名副驾驶都看得出来，他们俩几乎没怎么说过话，见面也只是淡淡地点头。

执行飞行前程序时，副驾驶跟徐风来聊起美国发布入境禁令的事："现在说是曾在抵达美国入境口岸前十四天内到过中国内地的，都暂停入境。"

方程也有注意到这些新闻，他插了句嘴："澳大利亚也是，现在留学生不能回去上学，都慌了。"

徐风来想起，有人说过，乔克家人都在澳大利亚。他没接话。

航前准备后，起飞、穿云、爬升，一切如常。方程接通自动驾驶模式，乘务组松开安全带，在一片宁静的客舱内巡视。疫情期间，客舱内人少，都戴着口罩，部分人还穿上防护服或雨衣，脚上套着鞋套。

大部分人都安静地在看机上电影，也有人睡起来。小孩子在位置上动来动去，不肯安静，当妈的半张脸遮在口罩后，只露出很浓的两道眉毛，看起来有点儿凶，一直边瞪孩子边说"嘘"。孩子不听，她骂起来，又抬手按服务铃。

林玲走过来。"浓眉"说："我想要张毯子，给孩子盖上。"

林玲弯身说："不好意思，特殊时期，我们出于公共卫生要求，不提供毯子。"

"浓眉"的眉毛往上提了提，皱了一下，又松开："好吧。"突然又问，"这飞机安全吧？有没有武汉人？"

林玲耐心解释，说他们按照民航局规定，飞机全面严格消毒，所有旅客都测体温。但对方不依不饶，还在问："那你还是没告诉我，到底有没有武汉人？"她声音太大，其他旅客都往这边看过来。

驾驶舱里，没有客舱那么热闹。

飞行过程平稳，副驾驶是个话痨，开始瞎扯："我学飞前老觉得飞行员戴墨镜，是为了耍酷。真正飞了才发现，原来驾驶舱里天天亮瞎眼。"

方程微微笑了笑。

徐风来向来高傲，看不上的人，他几乎不怎么搭理。他觉得这个副驾驶傻不啦唧的，便懒懒的，不怎么接话。他转过头说："我去上一下洗手间。"

就在这时，副驾驶低低"啊"了一下。他注意到系统弹出"左发过热"告警，立刻向方程报告。他们赶紧向空管报告故障，然后方程下口令，执行发动机过热检查单。

客舱里，依然热闹得很。"浓眉"说："你一直在避重就轻，没有回答我这个问题啊。"其他旅客也加入声讨:"是呀,有没有武汉人啊?"

就在这时候,机上传来"砰"一声闷响,乘务组跟乘客都晃了晃,林玲立刻按住椅背,但身子明显往左边一倾。

有孩子放声哭出来。"宝宝别哭——"当爸的急了,解开安全带就要去抱孩子。林玲马上制止:"请系好安全带!留在位置上!"

整个乘务组同时提醒:"请大家留在座位上!不要松开安全带!"

"浓眉"刚才还气势汹汹,一下像个泄了气的球,被安全带摁在位置上,随着机身摇摇摆摆。

驾驶舱里,他们还没做两步发动机过热检查,系统突然弹出"左发过热"告警信息。火警灯闪,火警铃响,发出令他们厌恶的声音。

一旦出现火警告警,说明探头探测温度超过一定的温度。机组不用判断,直接按照真的警告进行处置,按要求尽快着陆。

方程的心紧了紧。再看徐风来,他的脸色也苍白。

他们俩的飞行生涯中,还没出现过真正的发动机火警。他们接受培训时,经常听老教员说起发动机罢工的事,但是教员也说,现在发动机可靠性比过去强,这种事情很少。不过教员总是强调:"平时训练,该加强的还是要加强。"

驾驶舱里,一阵窒息般的宁静,攫住每个人。方程眼前闪过此前看过的空难纪录片片段,发动机烧成黑色一团。

飞行生涯中最大挑战,像一只乌鸦般,慢慢在他眼前飞过,又落在他肩头上。有那么一瞬间,他突然想,如果他不在了,方棠能不能照顾好爸妈?沈珏个性那么硬,还有别的男人受得了她吗?

方程从没遇到过真正的发动机火警灯闪铃响,但模拟机上见过多次。他命令自己冷静下来,努力回忆模拟训练过程。

火警优先级高于发动机过热。

"执行发动机火警检查单。"方程冷静下来,跟副驾驶相互配合。徐风来跟另一名副驾驶在后面监控。

在整个过程中，驾驶舱里的几个人能听到发动机内部发出的磨损声。飞机持续抖动，方程努力控制住自己的手，逐一关闭左发自动油门预位电门、左发油门杆慢车……

在整个操作过程中，方程能感受到自己的脉搏跳动。

切断左发燃油切断手柄，拔出左发灭火手柄……完成系列操作后，对应的燃油系统、液压系统跟其他系统会被切断。

飞机停止了抖动。驾驶舱仪表像被驯服一样，告警消失，灯不闪，铃不响。

副驾驶似乎发出了轻轻的"呀"声，又像是在口罩后面松了一口气。徐风来这才意识到，自己手心都是汗。他以前常听方棠提到她哥，这次他对方程有了新的认识。他坐在驾驶舱后部，看不清方程的神色，只听到他自若地指挥着："我们要立刻申请返航，优先落地。"

在左发关闭情况下落地，风险会增加。

徐风来说："我申请坐右座。"顿了顿，他又补充说，"双机长操纵飞机，更保险些。"

方程说："我相信你的能力，因此我更需要一个强者替我监控全局。"

徐风来缓缓呼吸。他说："好。"

仪表盘上的光，幽幽映在他们脸上。他们谁也不说话，按照方程的分工，各自干着自己的事——方程负责操作飞机降落，副驾驶负责下降准备跟性能测算，第二机长监控全局，另一位副驾驶跟管制和客舱通话。

飞机比最大落地重量超出40吨，要立即执行超重落地检查单。测算结果，机场跑道满足各项着陆要求。

"徐风来——"方程突然说。

"是！"徐风来应。

"飞机状态现在很稳定，我们一定能安全降落的。就是要委屈你，晚点儿才能上洗手间了。"方程故作轻松。徐风来笑："我的牺牲可大了！"

副驾驶看到两位机长充满信心，心也稳下来了。

方程操纵飞机一直向左转，掉头直到航向130，加入航向道。

林玲直到此时才知道发生什么事，方程告诉她，尽管发动机已经关闭，飞机状态稳定，但仍要做好紧急撤离准备。林玲的神色滞了滞，但很快说："知道了。我会做客舱广播，稳定旅客情绪。"

客舱里，刚才因为飞机抖动而带来的紧张，因为飞机恢复平稳而被一扫而空。旅客们又开始看机上电影，有两个学生模样的，一直激动地讨论着各国对中国禁航的新闻。

"留学生的日子太不好过了！"戴眼镜的高个子说，"你说，我们……"

客舱广播在此时响起："各位乘客，由于飞机出现故障，我们即将返航西雅图机场。"

客舱里的空气凝固了。眼镜男一下子忘了自己要说什么，扭头看着他的同伴，汗水流了下来。

林玲召集所有乘务，让她们确认各自的撤离职责："看一下自己区域里，有哪些需要照顾的特殊旅客。"

最后确认，飞机上有一名轮椅旅客，四个幼童，两个婴儿，两名孕妇。

一旦机长发出紧急撤离指令，这些提前准备就会让撤离更加安全有序。

过了一会儿，方程跟徐风来透过驾驶舱窗户，看到了西雅图的灯光。然后，他们看到了机场延长线上的灯光，引进灯、中线灯、落地灯、边线灯、进场灯。

下降、进近、落地……方程驾驶飞机，在西雅图机场，缓缓接地。林玲一直捏了把汗，直到飞机平稳落地，紧急撤离程序取消。

客舱里，有人鼓起掌来。掌声带动了其他人的掌声，大家都鼓起掌来。方程透过驾驶舱窗户看到,青柠色消防车已停在地面。

他靠在座位上,长长舒了口气。徐风来在后座上,往前凑了凑:"处置太及时有力了。"

方程回头看了他一眼,笑笑:"合作愉快。"

这事上了西雅图本地新闻。主播还逐一访问机组成员,问他们在飞机上想到了什么。方程当然没好意思把自己那点儿小心思说出来。倒是徐风来,向来谁都瞧不起的一个人,对着镜头,用英文流利表白:"飞机落地那一刻,我确认了自己最喜欢的人是谁。"

电视机前的少女们纷纷说,好浪漫呀。

但疫情期间,这不过是小小的水花,很快被巨大的生与死、爱与恨所淹没。即使在沧海航空内部,这事也算不上什么。

因为疫情,国务院通知上班时间往后延,减少聚集,提倡在家办公。沈珏状态很不好,线上开着开着会,会突然掉线走开。公司里的人都怀疑她是不是感染,让她注意休息。

只有宋洋知道,沈珏开始孕吐了。

"我去给你买点儿果脯。"宋洋结束一个线上会议,回头看了看沈珏。时间指向中午,她也要去把这两天的菜买回来。

沈珏坐在沙发上,翻着手上的一本书。宋洋不让她看电视,怕抗疫新闻影响她心情。过了一会儿,她听到有人敲门。

门打开,方程站在外面,手里捧着一大束花。

从西雅图回来后,他第一时间给沈珏打了电话,说自己落地了。

沈珏问:"顺利吗?"

"还行……有点儿小故障。"

沈珏没看新闻,不知道事件有多严重。宋洋看了新闻,不让她知道事件有多严重。

回到上海后,机组要回去接受事件经过调查。机组成员在公司食堂那儿又小聚了一次。大家都戴着口罩,隔得远远的,用飞机上的纸杯盛点儿水，碰了碰杯子，算是一次重聚。各自离开时，徐风来向方程问起方棠最近如何。

"她很好，要结婚了。"

徐风来静了静，眼睛在口罩上方堆积起笑："那真是太好了。恭喜她。"

方程处理完这些事，到方家见了爸妈，第一时间奔去找沈珏。他将花束放在自己脸前，笑着放下，等待沈珏上前拥抱。

这是想象中的。

现实中，沈珏隔着门，抱着手臂说了一句："你来了。"伸手，"嗒"的一声，门应声而开。她转过身，让方程自己走进来。

她向来是个寡淡的人，方程早已习惯——但今天的她，淡得连盐味儿都没有。

方程将花束递到她面前，随口问："这几天都没出去吗？"

她鼻子受花粉刺激，赶紧往后一缩，一手捂着半边脸，一手接过花束，扔似的放在长桌上。她说："谢谢……怎么突然买花？"

"买花给你还需要理由？"方程松弛地在沙发上坐下，又伸手去拉沈珏。沈珏心里装着事，用手推了推他，胃部突然就涌起一股腻味，扭头就往洗手间奔去。

方程跟过去，看她趴在马桶上吐，有点儿好奇："你吃什么东西了？"

沈珏坐在地板上，脑袋晕沉得难受。她用纸巾擦嘴，扔到马桶里，一并冲走。她靠着马桶坐，软软地说："没吃什么。"

"没吃什么那怎么会……"方程突然回过神，"你怀孕了？"

沈珏不吭声。

方程静了静，走到外面。沈珏盯着他的背影，想知道他为什么突然走开。他走到长桌前，抄起桌面上的花束，大步走向沈珏。他弯下身，跟她平视，把花递给她："嫁给我吧。"

沈珏怔了怔，听方程说道："本来我准备了开场白的，不过你现在不舒服……"

沈珏突然转身,又趴在马桶上吐起来。她吐了一会儿,擦干净,才悠悠回过头来:"我不要你因为这个而求婚。"

方程掏了掏外套,从里面摸出来一个蓝色绒布小盒子。他打开盒盖,露出里面的戒指。他说:"现在外面没几家店开门,我跑了很久,才找到一家。款式么,有点儿难看,也没有钻石。不过疫情过后,我给你买最漂亮、最好的。"

沈珏看了看那戒指,小小一枚,放在做工粗糙的盒子里。她又看了看方程,他的神情非常认真,她只有在他谈及工作时,才见过这样严肃的表情。

他说:"回来的时候,飞机遇上火情告警。我那时候闪过一个念头,我不能死,我还没跟你一起变成老公公老婆婆。"

沈珏看着他。

他说:"在武汉,现在正有很多人经历生离死别。而我一秒钟都不想再跟你分开了。"

沈珏突然笑了,笑着笑着,又流下眼泪。方程抱住她的脸颊,亲她脸上的泪。忽然听到宋洋在门口说话:"怎么有人在洗手间里求婚?"他们一起抬头,看到宋洋两手都满,两边购物袋里塞满了肉菜。

沈珏看看宋洋,宋洋看看方程,方程看看沈珏,沈珏看看方程,方程看看宋洋,宋洋看看沈珏。三个人都笑。

3

诺亚航空在情人节那天复工。

欧阳青是办公室主任,他提前准备了略显浮夸的大红包,跟在秦远风跟魏行之身后走出来。老板走到哪里拜年,他就跟到哪里,给员工们递上大红包。

以前秦远风不太兴这套，往往只有魏行之在。但对于在疫情阴影下的诺亚乃至全行业来讲，开门红比任何时候都更显必要。欧阳青在职场浮沉多年，深谙其中道理。

大部队来到品牌部时，宋洋他们正在讨论企业复工复产包机的宣传。"海报用诺亚VI主色调……"傅米嘉从显示屏上方见到秦远风往这边走来，下意识站直了身子，其他人都抬头看。

欧阳青在身后大声说："秦总、魏副总来给大家拜年啦！"

人们一拥而上，脸上挂着喜庆笑意，好像过去两周对疫情的讨论，对公司裁员甚至倒闭的猜测，只是一场幻觉。

宋洋站在他们后面，配合地微笑。秦远风简单讲了一两句话，问大家假期过得怎样，有没有湖北籍的员工。大家笑嘻嘻地开着玩笑，有湖北籍的说他们一家都在上海过年。秦远风微笑点头，说："那就好。"

宋洋看得出来，秦远风兴致并不高。他向来是个很好的演员，高兴的时候不动声色，生气的时候波澜不兴。她看惯了他在媒体与公众面前演戏。

她看出来，他心事重重，在人前讲了几句客套话，便只带着笑，在旁听魏行之给大家鼓劲儿，说些共克时艰的话。

他怎么可能不焦虑呢？

春运还有四天结束，交通运输部最新数据显示，全国铁路、道路、水路、民航累计发送旅客人数比去年同期下降近50%。其中，民航发送旅客人次，同比下降48%。

欧阳青代替大佬派完红包，招呼大家过来合影时，冲宋洋直招手："过来呀，大家一起合影。"

秦远风跟魏行之站在中间。宋洋往边上走去，但欧阳青直接将她拉过来，"来来来，女士站中间。"明明边上还站着好几位女士，但人们直接将她挤到秦远风身旁。欧阳青举起手机，说"一二三茄子"，宋洋嘴角上翘。欧阳青放下手机，她嘴角落下来。

客舱部门就在隔壁。拍完合影，秦远风他们又往客舱部走去。市场部一下子安静下来，只听到欧阳青在隔壁远远喊着："秦总、魏总来给大家拜年啦。"

中午时分，欧阳青把照片传给他们。宋洋看到二三十个人列作两排，头发长到脖颈处，着驼色风衣、黑色裤子的她站在秦远风身旁。跟其余二十几个人一样，他俩的脸都被口罩覆着，看不到上翘的嘴角，眉眼里没多少笑意。

张斯华把照片打印出来，放在墙上的相框里。她说："这是我们团队跟老板的第一张合影喔。"

疫情之下，关于小航司撑不住，要面临裁员甚至破产倒闭的消息满天飞。进入2月，国内多地下发通知，推动企业有序复工复产。诺亚航空宣布全力支持复工复产，承接各地政企复工包机任务。

陆文光说："各航司都遭遇寒冬，大家都在争夺复工复产包机。所以这方面宣传务必要做好。"

早在他说这番话前，宋洋已经提前做准备。

基本上，除了湖北航线外，全国各地都在有序恢复航班。秦远风他们早上进来时，宋洋正在改西安的城市概念海报。海报既为各复工城市打气，也是诺亚的航线广告。

天色已晚，宋洋让其他人早点儿下班，免得家人担心。送走最后一个人后，她对着电脑，想着南京的海报文案，始终没想出来，索性走到窗前，眺望远处。

办公室外的走廊上，市场部的人经过，谈论着春节期间承运了多少国外救灾物资。

"现在国外疫情紧张起来，国内口罩产量增加，我们反过来给日本那边捐了不少。"

"风水轮流转啊。"渐行渐远，声音渐小。

民政局一复工，方棠乔克就戴着口罩去领证。这位明星女飞被认出来，很多人要跟她合影。宋洋听说后觉得有意思，从这个角度发了通稿，又宣传了一波，算是热闹了一阵子。

但除此之外，民航界的好消息并不多。

原本打算发力国际航线的诺亚，现在面临各国对中国禁航，国外疫情又在不断升级的现实问题。公司里，所有人都忧心忡忡。宋洋跟张斯华到楼下拿外卖时，听到旁边有人低声说："秦远风之前一意孤行。他是厉害，但那又怎么样？还是敌不过黑天鹅。"

陆文光似乎是唯一看起来仍笑容满面的人。他总是把"一个人有利用价值，就不怕没有去处"挂在嘴边。但宋洋听夏语冰说，中年人最脆弱最焦虑，但面子上还要死撑。

夏语冰跟魏行之现在同居着，都没打算结婚。宋洋觉得有意思，夏语冰跟过去相比，像是变了一个人。从工作狂女强人，变成了恋爱到老的那种女人。

这段时间，品牌部基本没花预算，却有不少业绩，分管的陆文光也脸上有光。这天宋洋跟他汇报时，他想起来什么："对了，这个你直接拿给秦总吧。这个采访直接谈到国际扩展，他一直挺重视的。"

他从桌面上拿起一本政经杂志，封面上是浮世绘风格的黄鹤楼，两个大大的字：战疫。

宋洋随手翻了翻，感觉秦远风的野心夹在抗疫的生死之间，显得多么不合时宜。

上帝真会作弄人。仅仅相隔一个多月，什么都变了。

苏卫提醒宋洋，秦远风心情不好。"旅游业跟民航业都受巨大冲击，虽然现在复工复产后，航班量有所回升，但还是血亏。"

"我明白。"光是退票，就损失十几亿。谁能心情好？

秦远风坐在桌子后，脸上没什么笑意，听清楚宋洋的来意，便点头说："放在这里吧。"宋洋将杂志放在那儿。

秦远风点头，又说："最近辛苦了。"

他突然如此客气，即使是虚伪的话，从他嘴里说出来也显得诚恳。宋洋倒是不适应了，说："没什么。"

她眼里的秦远风，永远是她第一次见他的那副模样，神采奕奕，意气风发。他不曾在任何人跟前露出这模样，包括她。

秦远风问："你还有事？"

"有媒体想约采访，但我说近期不合适。"

秦远风点点头。宋洋跟他说没事的话自己先出去，转身要走，他突然在桌子后面问："你看过这报道没有？"

"还没来得及细看。"她见到秦远风脸色不太好，又补充一句，"我回头会认真看。"

"没来得及？"秦远风没什么表情，"我以为这个应该是你的本职工作。"

宋洋站着，非常忍让。

半响，秦远风说："不好意思，我最近有点儿烦。"

"我明白。"

"你明白？"秦远风盯着她看，"你明白什么？你认为你明白我什么？"

宋洋毫无畏惧，也抬起眼睛直视他："公司现在这情况，大家都不开心，都想办法共渡难关。"

"不用跟我讲这种话。"秦远风重重靠在椅背上，"对着媒体，对着公众，这些话我说得比谁都溜。也不要想着揣测我的心思。"

宋洋看着他双眼："您是支付我薪水的人，受您的气是应该的。我只是想了解清楚，今天这气从哪里来，要到哪里去。"

秦远风没吭声。于是她硬硬地，再次重复前文："秦总，没什么事，我先走了。"也不留下任何时间给秦远风，她转身就出去。

秦远风喊她名字，她停下脚步。他说："你刚才说有媒体要采访，你跟苏卫确认一下，这周找一天时间。"

"他们想了解疫情对民航业的影响。"宋洋迟疑片刻，目光左移右晃，落到刚才搁在桌面的那本杂志上，"而您此前还在采访里，展现了无限信心。现在出现在这种制造恐慌的报道里，对诺亚的形象总归有影响。"

"外界要看诺亚什么时候倒,我就要给市场信心,让他们知道,我们还活着。"他语气坚定,"你去替我安排。"

宋洋咬了咬下唇。

"你在想什么?"没等她应声,他说,"你在想,万一诺亚倒了,这篇报道就会成为笑柄?"

他猜中了她的想法。但他很快说:"诺亚不会倒。"

宋洋便接过他的话往下说:"老板有信心,那我们员工自然也有信心。"她又是一副公事公办的口吻,"没什么事,我先出去。"

诺亚航空向来低调。但这次秦远风要求找家高级餐厅请记者吃饭,在饭局上接受采访。宋洋订好餐厅,提前到那里踩点时,突然记起来,自己跟秦远风第一次碰面,就是在这里。

一切都没有变。

她跟餐厅老板交谈,老板还记得当天那个怯生生的毕业生,却认不出眼前这个人,就是当天的小姑娘。她混职场日久,什么话该说,什么话不该说,相当了然,却依然保有赤子之心。餐厅老板说起生意难做,她认真地听,老板讲到眼泛泪光,她及时递上纸巾。

等待秦远风来的时候,她信手从包里取出那本杂志,翻到秦远风采访那页。

每个字与每个字的缝隙间,能看到秦远风踌躇满志。跟她在办公室看到的那个男人,像是哈哈镜里的两面,明明是同一个人,却形状各异。

她看到女记者问到秦远风的择偶观。她这么写道——

秦远风被问到这个问题,静静想了一下,带着笑意。

他笑着反问:"我必须回答吗?"但没到我回答,他快速回答:"我喜欢能够跟我并肩作战的人。"

宋洋又看了一遍这句话，将杂志收回包里。

那天采访很顺利，话题围绕着春运保障、复工复产、航司自救、对疫情一线的帮扶等现实热点。

秦远风承认，这个行业正经历剧痛："但我相信只是阵痛。至暗时刻终究会过去。复工复产以来，诺亚已经接到不少企业包机任务。"面对记者问及资金流动问题，秦远风微笑，"我知道，外界对诺亚有比较多揣测，毕竟我们一脚踩在旅游业这条船上，一脚踏着民航业，两者都遭受重创。但我想借这个机会说明，自从诺亚重启后，过去三年的盈利相当不错，而我们一直注重抗风险能力的提升。"

宋洋在旁倾听，不得不承认，秦远风的确充满人格魅力。那天那个颓唐的秦远风，好像只是他的其中一层皮，他在公众面前又披上了另一层更光鲜好看的人皮。

他特别提到诺亚包机的优势："我们成本比其他公司更低。疫情之下，企业都受到打击，正是共克时艰的时候。虽然大家都是以成本价去做这件事，跟国家一起共渡难关，但我们的成本比别人的更低，对这些存亡关头的企业来说，也是一个助力。"

他语气诚恳，该笑时笑，该严肃时严肃，提到运送医疗团队时，他又不失时机地宣布，他们会为白衣天使们送上诺亚金卡。

只有当记者离开后，秦远风才又敛掉那种顾盼自如的神态。在人后，他习惯于将一切情绪都收起。

宋洋走上前，提醒他，是否把年前拍的那系列照片给媒体发过去。他挥挥手："你决定吧。"又抬头，"让我看看。"

她从包里掏出平板电脑，不慎带落那本杂志，滑落在秦远风脚边。他弯腰拾起，发现她在他访谈那页折了一下。他递给她，她说："我看过了。"

"嗯。"他不语，递给她时，他握住她的手指。

宋洋平视他。

"上次我心情不太好，在办公室对你发了脾气。我向你道歉。"

"您太客气了。"

秦远风的脸色沉了沉。宋洋没明白他的表情，半晌才意识到，她用了敬语。很久之前，他叫她不要用"您"称呼他。

她没忘记，只是感觉语言是有时效性的。她认为这句话的期限已经过去。

"秦总。"她说。

他看她。

"您手机响了。"

秦远风看了她许久，才终于松开了手。

沈珏跟方程领了证，方程想让她现在就搬过去住，但她东西还没收拾好，且现在临时搬出去，宋洋也找不到室友。她有一大半时间还住在宋洋那儿。

那天晚上，一切平静，除了天气。外面下起细雨。沈珏特别容易困，尤其这种天气。她跟宋洋聊了会儿天，听对方说工作上的事，然后就直接去睡了。时间才9点多，宋洋睡不着，在阳台上对着外面的雨。

夜越深，雨下得越大。宋洋想起除夕那晚的雨，一坐就坐了好久。门铃响起时，她才从阳台走过去开门。

秦远风站在门外，水珠沾湿了他的头发，肩膀也湿了。

宋洋过于意外，只顾盯着他。

身后，沈珏开了一点儿门缝，探出半个脑袋："这么晚了，是谁啊？"

宋洋下意识将门掩上一些，回头说："找错了。"

沈珏"哦"一声，又合上门。

宋洋不知道自己为什么要撒谎，沉默而立。秦远风用手拢了拢半湿的头发，似乎在笑，又似乎没有："我还要在外面站着，等你室友出来，见到我吗？"

她于是将门拉开，让他进来。他进门后，宋洋将鞋柜里平时给方程备着的拖鞋取出，秦远风穿上后，她将他的鞋塞回鞋柜里。她在前面走，带他到自己房间，他在后面跟随。整个过程中，两人没有说过一句话，却异常默契，尽量不发出一点儿声响。

进了房间，宋洋将门在身后关上，"我给你拿毛巾——"他突然揽过她的脑袋，将她按在门上，咬她嘴唇。门发出"砰"的重响。宋洋想说话，秦远风轻咬住她舌尖，她齿间释出很轻的呜咽，他用舌头将这呜咽承过来，将她抱起来，放在床上，整个儿压在她身上。

她用手摸着他湿漉漉的后颈，低声说："你会感冒的。"

"那我把衣服脱了。"他的声音更低。

宋洋非常尴尬，而他松开衣领，解开一粒扣子，便低头再吻她一下，再解开一粒，又低头再吻她。他将手伸进她衣服，从上方看着她，低下头吻她肌肤，水珠从他发梢坠在她身上。

隔壁房间，沈珏轻声咳嗽。秦远风停下来，看着宋洋。

宋洋声音压得低："这里隔音很差。"

秦远风含住她耳朵："那我轻点儿。"

他脱掉她睡衣，一切都很熟练。她张开嘴唇，差点儿喊出声来，秦远风用手掌捂紧她嘴。

半晌，他们听到沈珏的脚步声在外面传来。秦远风全身都在发力，捂住她嘴的手也上了劲儿。他们俩都咬唇，不让自己释出半点儿声响。

脚步声在门外停下。沈珏抬手敲门，轻声问："宋洋，你没事吧？"

秦远风松开掌心，又在她嘴角吻了一下。

宋洋声音微弱："没事。"

隔着门，沈珏说："那你有事喊我。"

"嗯。"

沈珏又说："不要太晚休息。"

"嗯。"

秦远风拉起宋洋，继续亲她，而她的身体在他手心下颤抖。她转头看窗外，外面下着很大的雨，跟除夕那天晚上一样。

秦远风走的时候，雨已经停了。宋洋背对门口，听着他起身，穿衣，推门，假装自己睡着了没醒过来。

她在心里想，今天上午他还有一个关于全面压缩成本的会议，下午要去接医疗团队归来的航班。他永远匆匆，永远忙碌。

甚至忙得忘记给她一个再见的吻。

他离开后，宋洋睁开眼。床头柜上的闹钟，指向早上3点20分。她在床上躺了一会儿，想到天亮后还要上班，重新入睡。

第二天上班，宋洋迟到了一个多小时。蒋丰开她玩笑，说迟到的人要请大家吃午饭，她微笑，说没问题。

吃午饭时，大家表面上嘻嘻哈哈，但其实都提不起劲。他们说，诺亚召开董事会，研究如何应对。秦远风向董事会表示，根据非典的数据，只要公司在疫情期间活下去，旅游业跟民航业就会迎来报复性反弹。

宋洋没什么胃口，找个借口走开，在餐厅外面点起一支烟。

夏语冰走过来："什么时候开始抽烟？"

"像鲁迅一样，夜里长时间伏案，需要提神时。"

夏语冰微笑。宋洋问："董事会那边什么反应？"

"秦远风没有收获多少支持。现在国内疫情控制得不错，但国外问题严重，尤其在日本。日本扩张计划大受影响，公司整个国际化进程都受挫。"夏语冰看了宋洋一眼，"你脸色不太好。没事吧？"

宋洋摇头："没睡好。"她摁灭香烟，说声自己要回去，夏语冰说，她也要回去继续陪女儿吃饭。宋洋突然在后面喊住她。

夏语冰问："怎么了？"

宋洋稍犹豫："一个女人被爱着，是什么样的感觉？"

"啊，那个。"夏语冰微笑，"你会非常清楚，不需要问人。"

而后面两天，秦远风始终没出现，也没再找过她。

小林还是新人，一切都新鲜。

她提前申请到这次赴武汉接医疗人员的任务，早早准备，学了几句武汉话。那天，飞机空机抵达武汉机场，她跟在乘务长身后，站在客舱门口迎客，脸颊绯红绯红，像是喝过了酒。医疗队员也穿红色，整齐划一。

居然有人认出了小林，笑笑说："当时好像是你送我去武汉的。"

"您还记得呀？"小林笑，"我把您送出去，现在也接您回家。"

这些医生都比出发前黑了些，瘦了些，有的人脸颊两边都凹下去了。女孩子出发前都剪了寸头，现在都长长了些，但距离扎起头发，还有一段时日。她记得当时有对双胞胎姊妹，头发剪短了，显得眼睛更大更亮，非常美。姐姐很文静，妹妹很活泼，当天的乘务组都对这两姊妹印象深刻。

小林这天又见到了姐姐，头发长了些，头上夹了个黄色小发夹，依旧文静秀气。见到小林，也认出她来，冲她点了点头。

小林没见到妹妹，心里想着她会不会晚点儿上机。但直到关舱门，依然没见到她人。小林不敢问，什么都不敢问。

这趟航班任务是难忘的。除了布满客舱的鲜花，给团队代表送花外，乘务组都争相跟医疗团队合影。小林看着相片中的自己，笑容藏在口罩后面，她显得小小的，傻傻的。

乔克是这趟航班机长，一路驾驶飞机抵达上海空域。

空管塔台喊话："诺亚8006，跑道18左，可以落地，欢迎回家。"半响，波道里塔台的声音继续传来，"请转达华东空管对全体医疗队员的敬意。欢迎凯旋，祝大家一生平安！"

乔克说："一定转达，也祝你们平安。"

航班平稳降落在虹桥机场，穿过了机场方为他们准备的水门——这是民航业的最高礼遇。傍晚时分，水珠溅落在机身上、停机坪地面上，远远看去像蒙了轻纱。

这是那一夜之后，宋洋第一次见到秦远风。他站在那里，带着一点儿严肃，然而镜头捕捉到他时，脸上又带笑，将诺亚金卡送到医疗团队代表手上。

主角是医疗队员，配角也许是飞行组乘务组民航局机场，但不是他秦远风。他非常恪守本分，静静站在一旁。转过头来，跟宋洋目光相触的瞬间，他用手指了指她的手机。

她掏出手机，看到他给她发来消息："待会儿跟我去一趟医院。"

宋洋脑海中第一个念头，是秦邦出事了。

医疗队员跟飞行组乘务组在候机楼里合影时，宋洋搭乘秦远风的车，奔赴医院。两人都戴着口罩，静静坐在车上。呼吸里，是秦远风外套上的雪松味道。

面对工作，宋洋是杀伐果决的女王蜂。但是在感情面前，她没有经验。她脑中无法抛开那天晚上的事，但是自尊心让她不甘开口问，于是便静静地转头看窗外。疫情期间，上海街头行人明显比过去少。人们走在路上，行色匆匆，戴着口罩。

秦远风突然开口："他估计是最后时刻了。医生说，就在这两天。"

宋洋静了一静，不知道说什么好，最后说："那么，其他人……"

"我妈在云南，阿光在日本，希望他们来得及。"

车子即将驶到医院，远远见到白色建筑物外的小花园里，有着病号服的患者慢慢散着步。秦远风说："真讽刺。从开始到最后，留在他身边的人，也始终只有我。"

即将踏入医院门时，宋洋终于忍不住，问了她想知道的问题："秦总让我来医院，是因为……"

秦远风正在前面走，听到她这话，便回过头来，看着她的眼睛：

"我想让他在临终之际,对你说对不起。"

宋洋跟在他身后走,用手摸了摸耳垂,看起来心事重重,不言语。走出几步,突然没踏稳,差点儿踩空。秦远风伸手拉住她的手臂,她站稳了,他正要松开,她突然拉着他的袖口,低声说:"已经没有意义了。"

"什么?"

宋洋松开手:"这件事已经过去,再提起来又有什么意义吗?"

"他是个快要离开的人,忏悔也好,道歉也好,以后再也没有机会了。假如哪天,你发现自己的心结原来一直没打开,而当事人已经不在,你就永远没有办法解开它了。"

她轻声问:"那你呢?每个男人都要跟自己的父亲对抗跟和解,你的心结打开了吗?"

"唐越光告诉你的?"

"这不重要。"

"谁有资格定义重不重要?"他说,"关于我的事,我希望你是从我口中,而不是从别人口中听到。"

秦远风说完这话,直直看着她。

他很久很久,没有用这样的眼神看她了。

也许那天晚上,是唯一的例外。

这两年来,他们一直没提过那天酒店里差点儿做下的事,那个没犯下的错,友好地维持着上司下属关系。在外人看来,她是他所信任的人,尤其去年谭若思辞职跟一个富二代结婚后,人们越发相信她是秦远风身边最后的赢家。

只有她知道,不是这样的。但那天晚上之后,她又对一切不确定了。

秦远风说:"如果你还恨他——"

"我不恨。"

"好。"他说,"那你陪我进去。"

他们通过体温监测，填表，穿上防护服，在护士带领下，进到单人重症监护病房。

宋洋只觉呼吸刹那停止。

那个不可一世的秦邦，现在变成又干又瘦的老头儿，身上插着细长的管子，仪器发出微细的尖鸣。她以为他已经死了，然而走近一看，他眼睛浑浊，正睁着眼睛看天花板。

秦远风走上前去，喊他"爸"。秦邦没有反应。秦远风转过头来看向医生，医生说："刚才知道你赶过来，我们已经给他打了强心针。他应该是有反应的。"

秦远风又靠近，再次喊他，这次是喊他名字。

秦邦很慢很慢地，将眼球转过来，落在秦远风身上，又慢慢落在他身后的宋洋身上，便定住，再不动了。

秦远风说："我把宋洪波的女儿带来了。你不是说，想让自己不留遗憾吗？"

宋洋骤然明白，秦远风不是要让自己不留遗憾，而是要让他爸不留遗憾。好人的血早已冷掉，坏人安然大半生，只需对着沾血的刀忏悔，便能上天堂。

她突然感觉自己是掉进大灰狼陷阱的兔子。自己在秦远风心目中，算什么呢？他也许便是这样利用女性对他的好感，在自己往上的征途中，驱使她们的吧？无论是两年前，还是那天晚上。他这样擅长揣摩人心，到底什么是真，什么是假？

宋洋又想起了《无人生还》的最后，一个男人，跟一个女人，在生死边缘试探对方，谁都不相信谁。

她在心里笑自己，居然在他的戏里，付出了一点儿真感情。

谁付出一点真心，就会第一个死。而她已经死在那个下雨的夜晚。

宋洋一言不发，转身往外走。

秦远风追上来，从后面拉住她的手，用男人的力气将她往回拽。她生了气，用力甩开。她回身，看着他："像秦邦这样的人，什么都有了，他还要求什么呢？哦，求一个原谅。"她眼神愤懑，"我说过，我已经不再恨他。但这不代表我原谅他。我这辈子都不会原谅。"

"很好。"他突然说，"我跟你一样。"

宋洋怔了怔。

他说："我曾经恨他，但后来不再恨。只是我也没法原谅他。但世界上的事，一码归一码。今天他抢救过来后，说的第一句话，你知道是什么吗？他叫着宋洪波的名字，说着对不起。"

宋洋将下唇咬破了皮，咬出了血。鲜血的味道渗入她舌尖。她用手扯了扯口罩，将它往上提。

秦远风说："爱也好，恨也好。武汉那边，不断有人死亡，死去的人再也无法表达，而依然在世的人也无法传递心意。你不愿放过他，那你愿意放过自己吗？给他一个道歉的机会，至于接不接受，那终归是你的事。"

宋洋今天戴了一副泪形耳环。她睁着眼，看了他好一会儿，终于轻轻点头，像是眼泪掉下来，落在耳边。

她跟在秦远风身后，几乎是半跪在床边，凑近了秦邦。

秦远风说："宋洪波的女儿来了。"

秦邦睁眼，用浑浊的眼珠子盯着宋洋，就像一双假的玻璃珠子。她被盯得不舒服，但仍是低声应了一句："我是宋洪波的女儿。"

然后，宋洋从秦邦嘴里，听到那句久违的"对不起"。

天气很冷，但是她的脊背微微出了汗。空调也许失灵，她的情绪也一同失灵，她张了张嘴，见秦邦看着她，但她无法说出"我原谅你"这四个字来。

她转过脸，朝秦远风说："我做不到。"

"啊，这样……"他忽然轻轻拉起宋洋的手，"那就不要强迫自己。"

宋洋疑心自己听错了，然而秦远风仍然牵着她的手，将她拉近一点儿，俯身对秦邦说："爸，这是宋洪波的女儿，是我喜欢的女人。"

宋洋没想到剧情急转直下，一只手在他手心里抖，他牢牢握住。

秦邦的眼神凝聚起来，死死盯住秦远风。宋洋在他眼里，读出了叫作恐惧的情绪。

这个男人，在最后时刻，害怕自己儿子。他也许还害怕她，因为觉得自己半生经营，最后却被她攫取。

秦远风非常平静："你为什么这样看着我？你以为我跟她一起，是为了向你报复？报复你对我从小体罚家暴，还是报复你阻止我跟我妈见面，向我灌输仇恨？你错了，我并不恨你。在我把威利抱回家，在我成为一个父亲后，我就不再恨你了。"

他轻声说："掉进水里的人，会想把救生艇上的人也拉下来。你一直没发现，你自己不需要爱，所以你也不让我有。我一直害怕自己会跟你一样，但现在我知道，我不会。"

护士在旁低声提醒，说现在非常时期，建议不要在里面停留太久。

他慢慢站起来，转身对医生说："麻烦你们了。如果有需要的话，请尽力抢救。"又回头，看向病床上的秦邦，"你好好休息，我再来看你。"

秦邦睁眼看着他，又像是看着虚空，也不知道听到没有。宋洋最后走出病房时，忍不住回头看了他一眼。

她隐约有种自己要告别过去的感觉。

秦远风站在病房外，跟她说，车子在外面，让司机送她回家。她摇头，说自己回去。他也不坚持，点点头。

宋洋走开几步，又回头，见到秦远风坐在外面长椅上，非常落寞的神色。

后面数天，宋洋再没见到秦远风。

她在新闻上，看到秦邦去世。有记者在殡仪馆外偷拍到秦远风，非常沉郁，再不是那意气风发的模样。加上旅游业民航业遭到疫情重创,他们都猜测,他这次是否会一蹶不振。

大家虽然如常工作,但总觉人心惶惶。

宋洋在机场等待媒体,在机场电视屏幕里看到新闻滚动字幕,说英国航空CEO在内部信里说,这次疫情对民航业的影响,要胜于"911"袭击、非典和2008年全球金融危机。她在花店买花,手机上弹出新闻,说北欧航空宣布裁员九成,近一万名员工失业。她在超市货架间徘徊,听到旁边有人提到达美航空、汉莎航空、荷兰皇家航空,说他们都有裁员计划。

沈珏说,办公室里的其他女孩羡慕她。"要是失业了,还有个飞行员老公养着呀。"虽然疫情期间,飞行员的收入也大幅缩水。方程那次算过,说估计一年得少个五六十万。

乔克倒是淡定,他向来生活简单。方棠自诩是他单调生活里的唯一乐趣。唯一烦恼?也许是方妈非得让他俩办个盛大婚礼,她好在老同学老朋友面前炫耀。

生活仍在继续,但秦远风不过没露面数天,流言便纷纷起来。说诺亚不是要裁员,就是又要破产了。宋洋在走廊上,听到有人小声嘀咕:"辛苦奋斗这些年,一夜回到解放前。还是脱不了旧诺亚的命运呀。"

即便如此,也没有人存跳槽的心。都知道,能保住现在的工作就算不错了。

宋洋面色平静,对着电脑,打开PPT开始做。这时,右下角突然弹出新邮件信息,发件人显示是秦远风办公室。

不知道为什么,她握住鼠标,却迟迟不敢点开,怕听到坏消息。难道会像他们所说的那样吗?

就在这里,蒋丰已经在位置上,大声念起来——

"你们的安全健康是第一位的,防护服穿好,工作量不要超负荷……"

宋洋低头。

"……很多人关心裁员的问题。我在此给大家一个确切的答复:

我们不会裁员。"

办公室里,其他人都围到蒋丰桌子前,盯着他的屏幕,一起"哇"出来。

蒋丰又提高声音继续念:"……我本人自本月开始,停止领薪,而其他公司高管层也提出自愿降薪,最低半薪……"开始陆续有人鼓起掌来。"过去三年,你们不曾放弃过诺亚,今天,诺亚也不会放弃你们。"傅米嘉抬起手背,不被察觉地擦了擦眼泪。

宋洋点了一下鼠标,点开那封信。

耳边,还是蒋丰的声音:"我也有自己牵挂的人……"

他念到这里,静了一下,想要确认自己没看错。其他人都下意识"咦"了一下。

张斯华催他,蒋丰往下念:"……最近这段时间,在我本人身上,以及这个国家,都发生了一些事。我比任何时候都更能体会生与死的分量。我希望你们每个人,为了所爱的人,好好保护自己,好好爱自己。身体第一,工作第二。然后我们再用这副健康的躯体,为了给所爱的人提供美好生活,去努力奋斗……"

傅米嘉跟其他女生,都悄悄转过脸,红了眼睛。

宋洋站起身,走了出去。

秦远风真身虽然没出现,但他这封信仿佛有魔力似的。

诺亚上下似乎受到他极大鼓舞,从未如此同甘共苦过。即使在诺亚重生初期,或是为SKYTRAX摘星之旅拼搏的时候,也不曾试过如今天一样,上下齐心。

宋洋走在办公区域里,总能听到看到明明只被安排上半天班的人,在那里一忙忙一整天。魏行之召开会议,说是研究放缓国际化扩张脚步,同时布局客运转货运。

"现在货运更赚钱。"大家都这么说。

人们还是有一点儿焦虑,但并不严重。所有人都相信,诺亚能够在这场疫情下活下来,能够挺过去。因为他们曾经见证过,外行人秦远风突然闯进来，将濒死的诺亚逆天改命。

公司相继出台了一系列措施，应对当前形势。

据说魏行之在视频会议上，多次跟各分子公司经理说："你们积极点，向机场、代理人争取优惠减免，起降费、停场费、候机楼租赁费，能省一些是一些，能省多少是多少。"他又点名表扬品牌部跟市场部，说前者宣传及时得力，后者主动走访客户，为公司争取了不少复工客源。

诺亚原本在节油上就特别下功夫，这下更使劲。毕竟省油，就是省钱。

领证后，方程迫不及待要过二人世界的生活，催着沈珏搬家。沈珏一拖再拖，总舍不得宋洋。宋洋笑："你也是要当妈妈的人了，还能黏着我不成？"沈珏问她以后有什么打算，是重新找室友，还是换个一室户。宋洋说她还没想好。

就在这时，房东说要收回房子，给她从加拿大回国的女儿住。

宋洋便想，有个自己的房子，也许会不错。她开始在网上看房。沈珏听说后，高兴得很："那真好。以后我跟方程吵架，就可以投奔你了。"

宋洋笑："还没一起住就想吵架的事了！"

她替沈珏打包东西，自己的东西也一并收拾。从书柜最上方，掉落一本黑色皮革本子，她捡起来，刚好看到那一页。上面是秦邦、曹栋然、黎雪的名字，还有秦远风、唐越光、莫宏声、夏语冰，后面又增加了罗慧怡。

她默默地看了好一会儿。这时沈珏在外面喊："方程接我买点儿东西，我出去啦。"

宋洋在房间里应了一声，便听到沈珏出去，带上门。她目光仍在本子上，逐一看过去，最后落在秦远风的名字上。

沈珏却在这时回来，又敲起了门。宋洋嘴里喊着"来了"，终于将本子合上，轻轻抛到垃圾桶里。

都过去了。

她上前,打开门:"怎么忘记带钥匙……"

秦远风站在门外,口罩下,一张风尘仆仆的脸。他说:"我刚从云南回来。"声音听起来有些感冒,但他很快又微笑,"做过核酸检测了,只是普通感冒。"

他总是这样,突然来到,又匆匆地走。

宋洋站在门口,没有让他进来的打算:"秦总您找我有事?"

"跟我来。"他说。

她没动,低头看了一下地板,复又抬头:"我室友出去买东西了,很快会回来。您找我有什么事?"

"给我十五分钟。"

她微笑:"老板,今天是周末,您不能无条件征用我。"

"给我十五分钟,明天让你休息。公平?"

"公平极了。"宋洋说,"等我一下。"她披上外套,抓上包包。因为戴口罩,索性也懒得化妆,戴着帽子便跟他出门。他自己开车,还是那辆开了多年的黑色别克君越,一路往前驶去。路上车流汹涌,人声车声被抛在窗外。

她终于问:"我们要去哪里?"

秦远风看了她一眼,握住她的手,并不言语。

外面飘下些细雨,天阴阴沉沉,像是夜晚提前降临。宋洋发现他们正驶向诺亚集团方向。在阴沉天色中,她远远见到诺亚集团大楼外墙已亮起了灯,武汉封城期间,这座大楼滚动放着"中国加油"的字样,现在似乎已经换成了其他文字。

她没细看,只问:"我们现在是要干什么?"

"你看大楼。"秦远风言简意赅。

车子驶近了,秦远风靠路旁停下车。宋洋看到诺亚集团大楼外墙上,滚动播放着"祝贺诺亚航空获SKYTRAX五星航空公司"的文字。

秦远风说:"你让我将这五星摘下,送给你做礼物。我做到了。"

宋洋看向那一行字，反复地看，像小孩子盯着彩色糖果。

"你应该知道，民航局出台了'五个一'政策①，国际航班数量大幅度缩减。我们的处境更困难了。"秦远风握住她一只手，"我希望你一直在我身边，跟我并肩作战。"

她转头看他："这是上司对下属的嘉许，或是请求？"

"不，这是一个男人，在向一个女人求婚。"

他看着她，她也看着他，两人都非常沉默。只有外面那行"祝贺诺亚航空获SKYTRAX五星航空公司"，仍在玻璃幕墙上，热闹活泼地滚动着。

宋洋说："你只是见到太多生死之后的触动。疫情一过，你会后悔的。"

"那是别人，不是秦远风。"他说，"如果这算拒绝的话，那我告诉你，我可以接受你因为不喜欢而拒绝我，但我没法接受这种理由。"

"其他理由怎么样？比如说，你不适合结婚，我也不适合。"

秦远风失笑："你是担心我会吃亏？不，我这样精明的一个人，婚前协议我会拟好，财富我会在结婚前安排好。再说了，还有什么是比我跟你结婚更好的宣传造势呢？"

"没见过这样现实的求婚。"宋洋终于忍不住失笑。

"我骗不了你，也不想骗你。"他抱住她，不由分说，像是在催促一个方案尽快落实，"所以，你的答案是什么？"

"能不能等疫情过完，我看看诺亚会不会完蛋，再告诉你答案？"宋洋笑。

秦远风也笑。

宋洋想，这到底还是一场智斗。但她不懂，他们俩之间，到底是谁赢了。

---

① "五个一"政策：以减少输入性病例为目标，一家航空公司在一个国家保留一条航线，一周至多一个航班，并严格控制客座率。

也许现在是双赢，也许以后都会输。但是，能够让这个男人在赌桌旁买定离手，已经是小胜。

现在，她决定赌一把。她点了点头。

宋洋要跟秦远风结婚的消息传开，所有人都震惊了。唐越光很快打来视频电话，微笑着祝福。秦远风问起他私事，他也只是笑着说，工作为重。然而他们很快听到，视频那边有个日本女孩子，用不太流利的中文喊他名字。

最感震惊的还是方妈。

从震惊中恢复过后，她迅速进入角色，再对人提起宋洋时，就是"我家宋洋"，又开始讲秦远风这位女婿多好多好。

也有不识相的老同学，不怀好意地戳穿："但我在新闻上看到，秦远风都安排得明明白白。要是离婚了，你家宋洋可分不到几个钱。"

方妈没料到还有这手，又不敢直接问宋洋，转头去问方棠。

方棠一哂："网友就喜欢关注这个。但他们的婚前协议也约定了，要是秦远风出轨离婚，宋洋可以分好多钱。这怎么没人提？"

方妈于是定下心来，底气又足了。

宋洋跟秦远风约定了不办婚礼，一来两人都对爱情这玩意儿没多少信心，总有点儿走一步算一步的意思，二来公司正值艰难期，任何让人联想到铺张浪费的事情，都对品牌不利。

现在，诺亚航空正积极向民航局、上海市政府诉苦，请求减免相关税费、协助保留境外航权时刻；又跟飞机租赁公司请求延期支付租金跟税款，回头还跟虹桥机场、浦东机场协商费用减免优惠。

饶是如此，对秦远风主动提出男方若出轨离婚，赠予女方上亿财产这项，宋洋还是意外。秦远风说："如果不能给你爱，那就只能给你钱。"

进入夏季，全国很多省市已经降低风险等级，上海街头路人多，已是疫情前的热闹模样。各省市相继推出补助，国内旅客出行意愿虽然仍在低谷，但数据在一路攀爬，市场回暖。诺亚上下非常忙碌，宋洋缺席了几次方家聚会。她的生活跟过去一样，没有太多变化。

这天，诺亚航空在机库举办小型新闻发布会，以直播为主，现场有少量关系好的媒体。宋洋驾车到地铁站，捎上等候在此的张斯华跟傅米嘉。

张斯华现在跟宋洋熟，一上车就开玩笑："让老板娘来接我，我是不是很快就要被辞啦？"

宋洋也笑："现在让你下车？"

"不敢，不敢。"

傅米嘉坐后座，打量着宋洋背影。她一如既往穿着简单，驼色工装服，跟张斯华说着话。傅米嘉慢慢想着近日围绕秦宋的新闻。新闻上说，秦远风是老狐狸，说他有私生子，说他找了个无偿保姆。也有人说宋洋不吃亏，秦远风的人脉跟资源在那儿呢。

无论是哪样，大家观点惊人一致：与其说是真爱，不如说更像利益盟友。

之前傅米嘉偷偷问过张斯华，张斯华笑："你自己也做这行，应该知道，没有无缘无故的舆论，都有背后的原因跟目的。也许你应该用自己的脑子来做判断。"

傅米嘉不缺脑子，但缺阅历，还是看不清情况。

今天的活动在机库里进行。她们抵达时，已经是傍晚时分。

时间刚好，活动刚开始。

经过体温监测跟表格登记后，偌大的机库里三三两两站着几个记者，都隔着一段距离，戴着口罩，远远说着话。他们都认识宋洋，见到她进来，过来跟她打招呼，又开玩笑："老板娘还要亲自坐镇？"

她也开玩笑："还不是替同一个男人打工？"

"在说我？"秦远风不知何时走进来，从后面轻轻搭着宋洋的肩膀。附近记者便适时举起相机，拍了好几张。

机库后竖起巨大的投影幕布,站在跟前的秦远风显得渺小而真实。似乎跟过去那个偶尔狂妄的人,区分开来。他款款笑谈:"这似乎是诺亚的至暗时刻,但摘星成功的喜悦……"又提及国内市场开始逐渐回暖。各航司旅游景点、酒店的大促销,确实起了作用。

最后他宣布,要推出"周末快乐飞"套餐:"有效期内,用户可以不限次数乘坐周末国内经济舱旅行。"

投影打在媒体记者脸上,他们杂声哗起来,又转头议论着。

宋洋站在媒体区外,看着他的脸,觉得他一如既往闪闪发光。

在全世界以为秦远风面对疫情,完全没辙,只得又使出恋情炒作招数时,秦远风早已在内部推行自救。

民航局还没正式推出退票政策,秦远风已嗅到疫情影响的气味,提前安排跟金融机构沟通。在其他航企还没反应过来时,他们得以在退票潮中,及时续撑起资金。尽管高层降薪,但一线员工完全不受影响,部分人员还特别加薪。一时间,诺亚士气大涨。

在意识到国内外疫情会出现反转时,诺亚争取新开了三四十条国内航线。这次"周末快乐飞"套餐,就是他们刺激国内市场需求的措施。

近几年,中国经济发展迅猛,民航业也随之水涨船高。钱好赚,很多航企放松了警惕,把非常态当作常态。然而诺亚这种要靠山没靠山,要关系没关系,处在夹缝中的小公司,一直有危机感,一直苦练内功。在潮水退去时,上岸速度自然比裸泳的更快。

在秦远风顶住压力、开疆拓土的征途上,宋洋一直站在他身边,见证这一切。此时此刻,她站在巨大的机库内,专注地看秦远风。她想,这个男人,跟她初次见面时一样,光芒藏不住。

她浑然没察觉苏卫什么时候站在她身旁。

苏卫轻声说:"你赢了。"

宋洋转过头,一双眼睛含着笑意:"也要谢谢你。"

苏卫的笑容也藏在口罩后面,声音仍然很轻:"应该的。当年如果不是宋机长,我们一家都已经不在了。"

宋洋看着他,两人交换一个眼神,微微一笑。

苏卫突然露出些犹豫,小心翼翼道:"其实我一直很好奇,这个问题会有些冒犯……"

"啊,你想知道,我是否真的爱他?"

苏卫怔了怔,而后微笑,露出些被看破的尴尬。这问题其实还没说出口,他已经有些后悔。但宋洋看起来似乎并不介意。他想,老板娘其实比看似接地气的老板,要更好说话些。

此时,旁边突然传来阵阵掌声。苏卫跟宋洋抬起头,只见投影幕布收起,藏身后面的飞机逐渐露出真身。机身前部喷涂了海洋元素,机腹底纹采用蓝白色调,机身白色部分,喷涂着罗马字母。仔细看去,是人名的拼音。

SONG YANG。秦远风微笑解释:"这是宋洋号。"

大家都会心地笑,齐齐回头看向宋洋,冲她叫好、鼓掌。

夕阳余晖此时投在机库内,这最新涂装的飞机,像被渐渐退去的日光轻抚,又像是爱人无声的承诺。

宋洋觉得自己内心静止了一下。

即使知道,这一切不过是秦远风的宣传策略,不过是他要做给人看的噱头,但即使不解风情如她,也不得不承认,自己被打动。

她非常配合,在媒体面前,适时地露出微笑。

待所有人转过头后,她忽然低声反问:"苏卫,你觉得一个人最爱的人,是谁?"

"当然是自己。"苏卫微笑。不知道为何,脑中却想起了安琪当年对他的评价。

"是啊,自己。"宋洋说,"我怎能不爱一个跟自己相像的人?"

秦远风说过,他不是善男,她不是信女,他们是绝配。

理想是比钱更奢侈的东西,而爱更甚。现在,她得到了两者。即使这一切伴随着智斗、猜疑与流言。

夏天即将结束,中国民航航班量恢复到疫情前的九成,武汉早已解除封城,倒是从海外回来的人得隔离。宋洋终于给自己放了个假。

这个周末,她驾车到墓园里,轻声告诉父亲,她结婚了。

她捧着一束花,轻轻放在墓碑石上,从手机里翻到秦远风照片,翻转过来,递到墓碑前。"就是这个人。"她放下手机,塞回口袋里,像在诉说心事,"他叫秦远风,是秦邦的儿子。我也不知道你会怎么想,是替我高兴呢,还是会生气。如果你还在,你会怎么做呢?是阻止我,还是轻声说,过去的事情,就让它过去,上一代的事,就让它结束?"

这时天空飘下点点细雨。她抬头看了看天,又说:"我忘记带伞了,得回去了。我下次再来看你。"顿了顿,"如果你不介意的话,我会带上他,让你看看,我现在过得很好。"

说完这番话,宋洋弯下腰,将这花束又端正摆好,才准备转身离开。但她很快又抬头打量一眼墓碑上,父亲跟母亲的照片。她低声说:"爸爸,妈妈,我真的很想你们。"

她站起身体,要往回走,却意外地看见黎雪手里捧着一束花,站在她跟前。两年多没见,黎雪看起来憔悴不少,再不是当年那个活泼闹腾的家庭妇女。宋洋突然感觉脸颊像被针扎一样,阵阵刺痛。

如果说,她认为曹栋然是罪有应得,秦邦是自有报应,罗慧怡始终活在底层。那么黎雪呢?她对当年的事深感愧疚。

虽然秦远风说过,那不过是她出轨招致的后果,但那到底是别人的家事。

宋洋面对黎雪,说不清自己的情绪,轻轻移开目光。

黎雪问:"有空吗?聊两句?"

天空飘着雨,宋洋在车厢内,听完黎雪对当年事情的追述,那其中夹杂了她的忏悔。她说:"你相信吗?真相大白后,我多年来的心结终于解开。虽然付出的代价太大,但是,在受到外界指责后,我很快感觉到前所未有的轻松。"

宋洋说:"但桐桐不该成为受害者。"

"谁知道呢?就算不是你,也会有其他人告诉区路通。结果未必会不同。"黎雪看着外面天色阴沉,用手扯了扯缠在脖子上的红色围巾。她现在看起来,特别平静。她说自己现在在当瑜伽教练。跟区路通关系也不错,经常一起跟桐桐玩。

宋洋小心提起区路通有新女友的事。黎雪笑着说:"是的,一开始我觉得不开心,但渐渐地,也就释然了。毕竟我们俩都已经是自由身。对了,他还跟我抱怨过女朋友厨艺不好。"她笑了起来,看起来是真的轻松愉快。她说,瑜伽让她学会了内心平静,诚实面对自我。

宋洋跟黎雪在墓园告别,独自驾车回去,感觉内心某个部分平静柔软下来。她开车到附近小路,暮色中,静静看飞鸟回巢,直至天色尽暗。她在夜色中驾车返程,车子驶上高架桥时,她接了一个电话,是威利童声童气喊她回家。

挂掉电话后,她听到电台主播说:"人生,最重要的不是知道如何起飞,而是如何降落。"她想了想,忽然笑了。

丘吉尔先生会说,这不是终点,这甚至不是终点的起点。但这可能是起点的终点。

(全文完)